迦陵談詩

葉嘉瑩

三民書局

國家圖書館出版品預行編目資料

迦陵談詩／葉嘉瑩著.——四版一刷.——臺北市: 三民, 2019
面; 公分.——(葉嘉瑩作品)

ISBN 978-957-14-6494-7 (平裝)

1.中國詩 2.詩評

821.886 107018146

著作人	葉嘉瑩
發行人	劉振強
著作財產權人	三民書局股份有限公司
發行所	三民書局股份有限公司
	地址 臺北市復興北路386號
	電話 (02)25006600
	郵撥帳號 0009998-5
門市部	(復北店) 臺北市復興北路386號
	(重南店) 臺北市重慶南路一段61號
出版日期	初版一刷 1970年4月
	四版一刷 2019年1月
編號	S 820310

行政院新聞局登記證局版臺業字第〇二〇〇號

ISBN 978-957-14-6494-7 (平裝)

http://www.sanmin.com.tw 三民網路書店

緣起

葉嘉瑩教授專長於中國古典詩詞，從事教學、研究多年，成果斐然，蜚聲海內外。

本局出版葉嘉瑩教授的五本詩詞論著作品：《迦陵談詩》、《迦陵談詩二集》將感性之評賞與知性之理論相結合，引領讀者細品詩歌的精神和生命；《清詞選講》看十位清代詞人如何在國破家亡的巨大黑暗中，創作出瑰麗耀眼的詞作；《迦陵談詞》品賞晚唐到兩宋等詞家的風格特色，提出迥異於舊說的新見解；《好詩共欣賞》評賞陶淵明、杜甫與李商隱三位風格各異的詩人作品，以傳統詩論與西方理論細細品味詩中趣味。這五本著作賞詩品詞無不深入淺出，不僅引領讀者涵泳於詩詞作品中，更能覓得與己心同感之抒懷。

本局秉持好書共讀、經典不輟的理念，重新設計版式、封面，期為古典帶來新意。誠摯邀請讀者，品賞古典詩詞的動人韻致，憶起曾觸動心弦的詩詞美句。

三民書局編輯部　謹識

迦陵談詩

目次

中國詩體之演進

沿用詩名者，則自宋、元、明、清以來，皆不出唐代所形成之古體律絕之範疇，並無新體之創建，以迄於民國初年，始隨語體文運動之完成，而有所謂語體詩之出現。

中國之詩歌，自《詩經》的〈風〉、〈雅〉、〈頌〉，以迄於今日的新詩，已有將近三千年之歷史（〈商頌〉存疑不計，〈周頌〉一部分為周初之作殆無可疑，其時代約在紀元前十一世紀之時），欲以數千字作完整之介紹，其勢自有所不能，本文但就中國詩體之演變略作一簡單之說明。

中國最早的一部詩歌總集是《詩經》（《詩經》以前之古歌謠，一則不盡可信，再則未能成體，故從略），《詩經》中的詩歌，雖二言至八言之句法俱備，然就其整體言，則以四言為主。此種四言之句，在句法之結構及節奏之頓挫各方面，皆為最簡單而最完整的一種體式，是以晉摯虞即云：「雅音之韻四言為善」，以為其足以「成聲為節」（〈文章流別論〉），蓋一句之字數如少於四言，其音節則不免勁直迫促，不若四言之有從容頓挫之致，是以中國最古最簡之一種詩體，為《詩經》所代表之四言體，此正為必然之勢。惟是此種四言之句雖足以「成聲」，然而卻缺少回旋轉折之餘地，典重有餘，而變化不足，後世除一些古典之作，如箴、銘、頌、贊及駢文之一部分仍時用四言之句法外，至於抒情之詩歌，則漸離棄此典重甚至板滯之形式而另闢他途。其繼承此一詩體而寫作之詩人，如兩漢之韋孟、仲長統諸人之作已乏生動之趣，魏晉之世，曹孟德、陶淵明二家之作雖頗有可觀，然亦已不過為四言詩之回光餘影而已，是以梁鍾嶸已有「世罕習焉」

之歎（《詩品・序》），自茲而後，作者益尠，於是此種詩體，遂成為一種歷史上的遺跡了。

時代較《詩經》稍晚的一種新興詩體，則是南方的作品《楚辭》所代表的騷體。（其句法蓋以三言為基礎，雜以兮字些字等語詞，而或先或後與二言、四言配合運用。）《詩經》的四言體，因其音節頓挫之簡單整齊，故其所表現之風格為樸實典雅；《楚辭》的騷體，則因句法之擴展，及語詞之間用，故其所表現之風格為變化飛動，且因句法之擴展，篇幅亦隨之有極大之延長，此種擴展和延長，使詩歌有了散文化的趨勢，於是《楚辭》的騷體，遂逐漸由詩歌中脫離出來，發展而為賦的先聲。劉勰《文心雕龍・詮賦》篇云：「靈均唱〈騷〉，始廣聲貌，然則賦也者，受命於詩人而拓宇於《楚辭》者也。於是荀況〈禮〉、〈智〉，宋玉〈風〉、〈釣〉，爰錫名號，與詩畫境，六義附庸，蔚成大國，述客主以首引（按賦多設為客主問答之體，而《楚辭》之〈卜居〉、〈漁父〉實倡之於先），極聲貌以窮文，斯蓋別詩之原始，命賦之厥初也。」是以《楚辭》在戰國之世雖可視為「風雅寢聲」而後「奇文鬱起」的一種新體詩，但這種新體詩的形式除漢初偶有作者外，卻並未為後世之詩人所沿用，而反被賦家所繼承了。是《楚辭》雖為詩歌之別裔，實毋寧尊之為辭賦之初祖也。

嬴秦傳世既短，純文藝之發展又為法家之政治所限，是以無可稱述。爰及劉漢，其初亦不過仍模擬《詩經》、《楚辭》之舊（前者如韋孟〈諷諫詩〉、唐山夫人〈房中歌〉；後者如高祖〈大風歌〉，及武帝〈瓠子〉、〈天馬〉諸歌），這種消沉的氣象，直到樂府詩興起纔得到轉機，而有了新的開拓和成就。樂府詩的本義，原只為一種合樂之歌辭，就其廣義者言，則《詩經》及《楚辭》之〈九歌〉皆可稱為樂府詩；然若就其狹義者言，則樂府詩實始於西漢武帝之世，《漢書．禮樂志》云：「武帝定郊祀之禮，……乃立樂府，采詩夜誦，有趙代秦楚之謳。以李延年為協律都尉，多舉司馬相如等數十人造為詩賦，略論律呂，以合八音之調。」當時之樂府詩，其歌辭之來源有二：一則出於士大夫之手，一則采自民間歌謠；其樂譜之來源亦有二：一則為繼承《詩經》、《楚辭》之舊調，一則為受西域胡樂影響之新聲；至其歌辭之體式，則有承《詩經》之四言體者，有承《楚辭》之騷體者，有出自歌謠之雜言體者，而其間最可注意的一種，則是由新聲的影響所逐漸形成的一種五言的體式。《漢書．佞幸傳》云：「延年善歌為新變聲……所造詩謂之新聲曲。」而《漢書．外戚傳》所載其侍上起舞所唱的一首〈佳人歌〉，則除第五句外，通篇皆為五言，吾人於此不難覘知五言之體式受新聲影響而逐漸形成的跡象，但這只是樂府詩的五言化而已，真正五言古詩的興起則在東漢之世。

關於五言詩之起源，說法頗為紛紜，然求其可信，則最早的一首完整的五言詩，自當推東漢班固之〈詠史詩〉為代表。至於世所傳西漢之世的枚乘之古詩，及蘇李〈贈別〉、班姬〈團扇〉諸作，則自魏晉以來已多疑之者。摯虞〈文章流別論〉云：「李陵眾作，總雜不類，元是假託，非盡陵作。」劉勰《文心雕龍‧明詩》篇云：「李陵班婕妤見疑於後代。」鍾嶸《詩品》之評古詩亦云：「雖多哀怨，頗為總雜，舊疑是建安中曹王所製。」我們試將這些詩歌與班固的「質木無文」的〈詠史詩〉（語見《詩品‧序》）相較，就知道這些「婉轉附物怊悵切情」的五言詩（《文心雕龍‧明詩》篇評古詩），完成於班氏以前是極不可能的一件事。是西漢當僅為五言詩之醞釀時期，至東漢而五言之體式始具，其後作者漸多，建安之世乃「彬彬稱盛大備於時」（《詩品‧序》）。一時曹公父子風起於上，鄴中諸子雲從於下，「騁節縱轡」，「望路爭驅」（《文心雕龍‧明詩》篇），於是五言詩不但在形式上達到了完全成熟的境界，內容上亦因作家之輩出，而有了多方面的拓展和嘗試，這種成熟和拓展，奠定了五言詩體難以動搖的地位，於是五言遂取代了《詩經》與《楚辭》的兩種體式，而成為我國詩人沿用千餘年之久的一種正統詩體。在這種演變之間有一件頗可注意的事，即是以音節句法論，四言及騷體多與散文有相通之處（騷體去其「兮」字則句法頗近於文，四言體兩字一頓亦與散文之四字句頓挫相同），而五言詩之句法及音節則與散文迥異，散文之五字句，其句法多為上三下二，五言詩之句法則多為上二下三，是五言詩之成立，實為詩與文分途劃境之始。

兩漢而後，自魏晉以至南北朝，則是我國詩歌由古體至律體的一個轉變時期，因為此一時期正當我國文學史上唯美主義之全盛時代，作者對藝術技巧之運用既日益重視，討論亦日益精微，於是遂產生了聲律與對偶之說。這兩種說法的興起，實在是對中國文字的特性有了反省與自覺以後的必然產物。因為中國文字最明顯的特色可以說有兩點：其一是單形體，其二是單音節。因為是單形體，所以宜於講對偶；因為是單音節，所以宜於講聲律。關於對偶的運用，我們自張衡、王粲、陸機諸人的詩賦裡，已可窺見其日趨工整之勢；至於聲律之說，則雖早有注意及之者，如司馬相如〈答盛覽問作賦〉之所謂「一經一緯，一宮一商」，陸機〈文賦〉之所謂「暨音聲之迭代，若五色之相宣」，然此仍不過指自然之音調而已。迄於宋齊之間，由於佛經梵音轉讀之影響，聲韻之分辨乃更趨精密，至周顒作《四聲切韻》、沈約作《四聲譜》，四聲之名因以確立，而中國之美文遂亦因對偶聲律之日益講求，而得到一大進展，此即為四六文之形成與律詩之興起。所謂律詩一方面須講求四聲的諧調，一方面須講求對偶的工整，其相對之二聯必須音節相等、頓挫相同，而且須平仄相反、辭性相稱，這種格律體式實在是中國文字的特色所能表現的美的極致，而兩晉南北朝就正是這種律體由醞釀漸臻成熟的一個時期，我們從謝靈運、顏延之、謝朓、沈約，以迄何遜、陰鏗、徐陵、庾信諸人的詩中，可以清清楚楚地看到這種演進的痕跡。

至於唐朝，則是我國詩歌的集大成時代，它一方面繼承了漢魏以來的古詩樂府使之更得到擴展而有以革新，一方面則完成了南北朝以來一些新興的格式使之更臻於精美而得以確立。古詩的擴展和革新，雖可自修辭、謀篇、用韻各方面窺見其變化，然而在詩的體式上說來，則仍是承漢魏之舊，故不具論。至其所完成之新格式，則有五、七言律詩，五、七言排律，及五、七言絕句數種，此數種新格式與前此之古體詩相對統名為近體詩。其中五律自齊梁以來雖已由醞釀而漸臻成熟，而至唐初經上官儀當對律之創立（見《詩苑類格》），及沈、宋四傑諸人之努力，此種體式始更臻完美而正式成立。至七言律體之成立，則當先溯源到七言古詩之興起，我國詩歌之有七言句，雖由來已久，然求之兩漢之作，則尚無完整而純粹之七言詩，柏梁聯句既乖舛可疑（顧炎武《日知錄》已辨其為偽），張衡〈四愁詩〉亦尚非全體，迄於魏文帝始有〈燕歌行〉兩首完整的七言詩之出現。考其體式，蓋當為騷體之簡鍊凝縮與五言詩之擴展引申所合成的一種中間產物。至其句法則為四、三之頓挫，與散文之七字句之多為三、四之頓挫者有別，而與五言詩同其途徑，是七言之將興原有其潛蘊之必然因素在。惟是魏文帝之世，正當五言詩騰躍方興之際，而就文學體式之演進言，則新體式之成立，必當在舊體式衰老僵化之後，是以魏文帝雖已開七言之端，然其追蹤繼響，則必待南北朝五言之變既窮，然後有音跡可見也。且七言詩既曾受騷體之影響，故吾人於繼承騷體之賦作中，亦略可窺見其演化之跡，蓋自楚騷之演而為漢賦，是詩歌之散文化，而自漢賦之演而為南北朝之唯美賦，則又有自散文而詩化之趨勢，如梁元帝之〈秋思賦〉，庾信之〈春賦〉、〈蕩子賦〉諸作，其間皆雜有極富詩歌意味之七言句，而且這些七言句，更隨當時對偶聲律之說的興起，與當時之七言詩如庾信之〈烏夜啼〉等作，有著同樣明顯的律化的痕跡，是則唐初七言律體之興起，固正有其形成之背景在。五、七言律體既經確立之後，隨之而完成者更有二體，即五、七言排律是也，律詩以八句為篇（亦有以六句或十二句為篇者），排律則不限句數，「排偶櫛比，聲和律整」（《唐音審體》），此種體式，蓋亦自六朝古詩之律化演出，至唐而隨律詩之體式以俱定者也。

至於五、七言絕句之格式，則恰為律詩之半，以四句為篇，除對偶不必講求外，其平仄諧韻之格式均與律詩全同，故世多有人以為絕句乃截律詩之半而成者，然考之詩歌演進之歷史，則此種以四句為篇之五、七言小詩，其產生實早在律詩之前，如漢樂府雜曲之〈枯魚過河泣〉、橫吹曲之〈出塞歌〉（此歌聲律頗謹嚴，雖未必為漢人之作，然必在唐人律絕之前），固已皆為五言四句之體式，此種樂府小詩，至南北朝而大盛，如當時之〈子夜〉、〈讀曲〉、〈折楊柳〉諸歌，實已肇五言絕句之權輿；至七言絕句之興起雖較五絕為晚，然若南北朝樂府之〈捉搦歌〉等亦已為七言四句之體式，影響所及，當時文士之作如梁簡文帝之〈夜望單飛雁〉、湯惠休之〈秋風引〉，則已為七言絕句之濫觴矣，惟是其格律之漸趨嚴整，則當受律詩之影響，寖假以至於唐，七律既繼五律而成立，七絕遂亦繼五絕而興起矣。

詩歌之體式演進至此，真可謂變極途窮。「豪傑之士亦難於其中自出新意，故遁而作他體」（《人間詞話》），於是宋詞元曲乃繼之而起，就其內容性質言，詞曲實同為廣義之詩歌，然若就其與音樂配合之方式言，則詞曲自有其與詩歌相異之格律，雖同源然已趨於殊域，名體俱新，蔚然獨立，其體式之演變，已不在本文所敘述範圍之內。至其仍沿用詩名者，則自宋、元、明、清以來，皆不出唐代所形成之古體律絕之範疇，並無新體之創建，以迄於民國初年，始隨語體文運動之完成，而有所謂語體詩之出現，此種革新，實為窮極之後的必然之變。就近數十年來語體詩寫作之成績言，雖尚無可以為代表之大家傑作之出現，然就其進步之跡象言，則語體詩所形成之新句法實已有取古今中外兼容而並包之勢，以現代人寫現代之詩歌，此種豐富之語彙及句法，對表現較繁複較精微之情思，自有其不容忽視之妙用在，惟是如何運用此一兼容並包之長，而使之達於更完美更精鍊之境界，則不僅有待於天才詩人之出現，而此詩人似更須兼有貫通古今中外之學養，貴古賤今與耽今昧古之成見如能早一日泯除，則此種境界必能早一日有達成之望，而就文學演變進化之通例言，則此後之詩壇自當為新興詩體之天下也。

談〈古詩十九首〉之時代問題

——兼論李善注之三點錯誤

我以為這十九首詩，很可能是東漢之時，班固傅毅以後，較建安曹王略早的一個時代的作品。

自從我在教育電視臺擔任播講〈古詩十九首〉以來，常有一些聽眾和朋友們問及我所用的教材，而我卻只是每週隨時整理一些材料，隨時播出，並沒有成系統的教材可供大家參考或採用，因思何不將所播出之一部分材料整理寫出，以答覆諸聽眾友人之詢問，既可以充教材之用，又可免個別作覆之勞，遂草為此文，但因為時間及篇幅之限制，本文僅將所播出之材料，作一般大眾化之敘述寫出，並非考證之專著，乃先作此簡短之說明。

提到〈古詩十九首〉，首先要說明的，乃是將這十九首詩視為一組詩的源起，原來在齊梁之間，流傳著一些漢魏以來的古詩，據鍾嶸《詩品》所云：「……陸機擬十四首……其外四十五首……」的話來看，則當時鍾嶸所見的古詩，至少當有五十九首之多，而《昭明文選》則選錄了其中的十九首編為一組，列於卷二十九〈雜詩〉上，統名之曰〈古詩十九首〉，自此以後，其他諸詩雖漸有亡佚，而此十九首詩，乃獨流傳千古，成為了我國五言古詩的最早期最成熟的代表作品。而五言之句式實為我國舊詩之基本句式，因此這十九首詩之謀篇、遣辭、表情、達意的各種方式，也就給予了我國舊詩以極深遠的影響。然而一兩千年以來，關於這十九首詩的時代與作者之問題，卻始終未能獲得一個確切一致的結論，這真是一件極可遺憾的事。

關於這十九首詩的時代問題，其所以引起後世許多紛紜歧異之爭辯的緣故，那便是因為從最早提到這些詩的人，他們的說法和看法就是不盡相同的，現在我先舉出幾種最早而最重要的說法：

一、劉勰《文心雕龍．明詩》篇云：「至成帝品錄，三百餘篇，朝章國采，亦云周備，而辭人遺翰，莫見五言。……〈古詩〉佳麗，或稱枚叔，其〈孤竹〉一篇，則傅毅之辭，比采而推，兩漢之作乎。」

二、鍾嶸《詩品》上〈古詩〉：「陸機所擬十四首，文溫以麗，意悲而遠，驚心動魄，可謂幾乎一字千金。其外『去者日以疎』四十五首，雖多哀怨，頗為總雜，舊疑是建安中曹王所製。」（瑩按《文選》載陸機所擬古詩十二首，其中十一首皆見於十九首中；又《詩品》所云其外四十五首之「去者日以疎」及「客從遠方來」等句，亦並見十九首中。）

三、《昭明文選》卷二十九〈雜詩〉上，收〈古詩十九首〉。李善注云：「並云古詩，蓋不知作者，或云枚乘，疑不能明也。詩云『驅車上東門』，又云『遊戲宛與洛』，此則辭兼東都，非盡是乘，明矣。昭明以失其姓氏，故編在李陵之上。」

四、徐陵編《玉臺新詠》，收枚乘詩九首，其中有八首，皆在〈古詩十九首〉之內，而作者姓氏並題枚乘。

綜觀以上四說，前二者為最早批評到這些作品的專著，後二者為最早編錄這些作品的詩集，而他們對這十九首詩的時代與作者，卻有著極不一致的看法。有人以為有早到西漢景帝時枚乘的作品；有人以為有晚到東漢明帝、章帝間傅毅的作品，或者更有晚到建安時曹王的作品；有人以為兼有西漢與東漢兩代的作品；有人統名之曰古詩，而不作任何時代與作者之確指。此四說中，統名古詩之一說似最為浮泛，然實亦最為矜慎，以其無一說可立，故亦無一說可擊。至於兼兩漢而言者，其說似最為圓通，然而如一細味此十九首詩之內容與風格，則知此種說法，實不可信，因為西漢景帝之世，乃當西元前一五六至西元前一四一年之間，而東漢建安之世，則當西元一九六至西元二一九年之間，其前後相去有三百餘年之久，即使以傅毅所生當時的東漢明帝、章帝之世而言，上距西漢景帝之世，也已有二百年左右，而這十九首詩所表現的風格，卻決不像是其間相差有百年以上的作品。說到風格之為物，雖頗為抽象，然而熟於文學演進之歷史的人卻都知道，文學風格之演進，幾乎如生命之成長一樣，是與時推移，無法阻遏的一件事。即以有唐一代而論，不過二百八十餘年之久，而詩風大別之已有初盛中晚之四變。又如宋代之詞，北宋初期之晏歐，既迴不同乎北宋後期之周秦，南宋初期之放翁稼軒，亦迴不同乎南宋後期之夢窗玉田。又如元代之曲，初元之關漢卿、馬致遠，亦復迴然不同於晚元之喬夢符、張小山。這其間之差別，實在不僅是作者性格身世之不同而已，而是其用字、遣辭、謀篇、立意，乃至乎發聲、協韻，種種表現之方式，都各有其不同時代之特色在，熟讀各代文學作品的人，自可一目而了然於其演進之跡。而〈古詩十九首〉的各詩，其內容雖有種種不同，然其表現之方式，卻是極為相近的，所以這十九首詩，雖然不是一人之作，而其作者之時代，卻決不會相去過遠。那麼我們所要決定的，就是這十九首詩，究竟是哪一時代之作品的問題了。

首先我要討論的，乃是其中一部分作品，《玉臺》選錄題名枚乘的問題。在前所舉四書中，以徐陵《玉臺新詠》之時代為最晚，據《梁書》，昭明太子生於梁天監前一年，卒於中大通三年，享年卅一歲，而昭明卒時，徐陵僅年廿五，至於劉勰與鍾嶸二人，則皆生於齊代，劉氏《文心雕龍．時序》篇，且有「皇齊御寶」之言，可見其書蓋作於齊代。由此看來，則時代較徐陵為早的人，尚不敢大膽肯定其中有枚乘之作，而只說：「或稱枚叔。」（按叔乃枚乘之字）可見此一說法，原來就不為當時的人所採信。所以昭明乃統名之曰古詩。鍾嶸且以為有晚到建安之作，而且明白地在《詩品．序》中說過「王揚枚馬之徒，詞賦競爽，而吟詠靡聞」的話。凡此種種，都足以證明，當時一些態度較為矜慎，且較有識見的文士們，固早已對枚乘之能有如此成熟的五言詩作，表示懷疑不可信了。再者，我們就《玉臺新詠》之編選的態度來看，如其序文：「本號嬌娥，曾名巧笑。」之偽託，以及：「往世名篇，當今巧製，……選錄豔歌，凡為十卷。」之言，其輕率與不負責之態度已可想見，因此其題名枚乘之說，也就使人覺得不可採信了。最後，我們再就中國五言詩之成立而言，我們試看一看，今日所傳下來的西漢的可信之作，如《漢書・蘇武傳》所載之〈李陵別歌〉，原來僅不過是騷體之短歌（按世傳之蘇李贈答之五言詩實不可信，早自劉勰《文心雕龍》、顏延年〈庭誥〉，便已疑其為偽，迄梁啟超〈漢魏時代之美文〉一文，辨之已詳，茲不具論）；又如《漢書・外戚傳》所載之〈戚夫人歌〉，及李延年〈佳人歌〉，也都不是通體完整的五言詩；至於《鐃歌》中的〈上陵〉一篇，及《漢書・五行志》所載之成帝時民謠，這兩篇雖然是通體五言之作，然而就其句法之簡率質拙來看，實在僅可為五言之句，而卻絕非成熟之五言詩。如此說來，而謂早在漢景帝時，便已有了枚乘所寫的極成熟諧美的五言詩，這是極不可信的事。所以《文心雕龍・明詩》篇說：「至成帝品錄，三百餘篇，朝章國采，亦云周備，而辭人遺翰，莫見五言。」這正是諸家不肯輕於採信枚乘之說的緣故。而且我們再試看一看晉陸士衡及宋劉休玄的擬古之作，就會發現他們所擬的古詩，其中都有《玉臺》題名枚乘之作，而陸劉兩家擬作，皆但取古詩首句為標題，而並不云擬枚乘，可見較齊梁更早的人，就並不信枚乘之說了。

第二，我們就要談到傅毅與曹王之二說了。就今日所傳與傅毅同時的班固之作品來看，如班固的〈詠史詩〉，其「三王德彌薄，惟漢用肉刑」之句，是何等近於散文的質拙語法，所以《詩品・序》即指班固之作為「質木無文」；而傅毅之文才，從魏文帝《典論・論文》所說的：「傅毅之於班固，伯仲之間耳，而固小之」的話來看，則傅毅似乎也不是能寫出如此諧美之五言詩的人物。而且除了《文心雕龍》繼「或稱枚叔」以後，一句不十分肯定的「〈孤竹〉一篇，則傅毅之辭」的說法以外，他人既並無傅毅之說，傅毅也未嘗傳有其他五言之作，所以傅毅之說，也是不可信的。至於曹王之說，則就其風格而言，似乎又嫌時代太晚了一點，因為曹王諸人，對於詩歌之寫作，已有極濃厚之文士習氣，其為詩已經不免於「有心為之」的「作意」，而且已經逐漸注意到辭采之華美，往往流露有誇飾之跡，這與〈古詩十九首〉的「結體散文，直而不野」的風格，是並不相合的。而且如果曹王果有此等作品，則魏文帝《典論・論文》及其〈與吳質書〉等，詮衡當時文士的論評中，也不會全無一語及之，所以此說之不可信，亦復極為明顯。

那麼，這十九首詩，究竟是哪一時代之作呢？如果就這十九首詩的風格作直覺的判斷，我的意思以為該是傅毅班固以後，建安曹王以前東漢的作品，而且其中並無西漢之作。然而，歷代以來，卻一直有一些人，為了這十九首詩的東西漢之時代問題，而互相爭辯著，因此我們不得不略舉各家之說，然後再加以按斷。

主張這十九首詩為東漢之作的，其重要之說，約有以下數種：

一、十九首之用字，有觸犯西漢惠帝之諱「盈」字者，如「盈盈樓上女」、「盈盈一水間」、「馨香盈懷袖」等，屢用「盈」字，不加避諱，故當為東漢之作（顧炎武《日知錄》）。

二、促織之名，不見於《爾雅》、《方言》等書，至漢末緯書，始見此名，故當為東漢後期之作（徐中舒〈五言詩發生時期的討論〉）。

三、洛陽之「洛」，西漢人書中多作「雒」，據《魏略》及《博物志》，謂漢於五行屬火，忌水，故改「洛」為「雒」，至魏始復原字，而十九首之「遊戲宛與洛」，乃作「洛」字，故當為漢魏之間人所作（胡懷琛〈古詩十九首志疑〉）。

而主張此十九首中，有西漢之作的人，則也舉出各種理由，來駁斥以上諸說：

一、西漢人之作品中，亦有不避「盈」字者，如賈誼〈陳政事疏〉之「怨毒盈於世」、鄒陽〈獄中上書〉之「死士盈朝」，皆為西漢人作，而並皆不諱「盈」字。

二、西漢人所作辭賦，其中鳥獸之名，即有不見於《爾雅》、《方言》者，蓋緣我國地大物博，草木鳥獸之異名，《爾雅》、《方言》豈能遍載。

三、據段玉裁《說文》水部「洛」字注云：「雍州洛水，豫州雒水，其字分別，自古不紊，……」後人書豫水作「洛」，其誤起於魏，裴松之引《魏略》曰：「黃初元年，詔以漢火行也，火忌水，故洛去水而加佳，魏於行次為土……土得水而柔，故除佳加水，變雒為洛，……自魏人書雒為洛，而人輒改魏以前書籍，故或至數行之內，雒洛錯出，……」據此知「雒」「洛」二字，自魏以來，多有人妄改之者，焉得依以立說（以上三說見《古詩十九首集釋考證》）。

綜觀此反駁之三說，雖亦言之成理，然而實在細按起來，則此諸說，都不過僅為消極之反證，既不能據此以必其然，則又安能據此以必其不然，所以如果只有這些證明，則〈古詩十九首〉之時代，恐怕早已由主張全為東漢之作的一說獲得定論了。

然而一千多年以來，這十九首詩，卻一直紛爭不已於東西漢之間的緣故，那便因為自李善之《文選．古詩十九首注》，便把我們引入了一個迷途。我在前面，已曾經引過李善的一段話，說：「詩云『驅車上東門』，又云『遊戲宛與洛』，此則辭兼東都。」這段話原是對的，但李善卻不敢據此以其必無西漢之作的緣故，那便因為李善認為〈古詩十九首〉之第七首，用的乃是武帝太初改曆以前，西漢初年曆法的緣故，現在我把原詩及李善注，分別抄錄於後：

> 〈古詩十九首〉之七：明月皎夜光，促織鳴東壁，玉衡指孟冬，眾星何歷歷。白露沾野草，時節忽復易，秋蟬鳴樹間，玄鳥逝安適。昔我同門友，高舉振六翮，不念攜手好，棄我如遺迹。南箕北有斗，牽牛不負軛，良無磐石固，虛名復何益。
>
> 李善注：《春秋運斗樞》曰：北斗七星，第五曰玉衡。《淮南子》曰：孟秋之月，招搖指申。然上云促織，下云秋蟬，明是漢之孟冬，非夏之孟冬矣。《漢書》曰：高祖十月至霸上，故以十月為歲首。漢之孟冬，今之七月矣。

這首詩乃是感時物之變易，傷友道之不終之作，此一點本文不暇詳述，而其引起問題的，乃是因其所寫為孟秋之景，而詩中卻有孟冬之言。關於這一點，李善之說，初看起來，似頗為言之成理，他的意思是以為《漢書》所云「高祖十月至霸上，故以十月為歲首」，乃是把夏曆之十月當作正月，一如三代之改曆者然，如是，則漢之正月乃是夏之十月，漢之二月乃是夏之十一月，依此推算，則漢之孟冬十月乃正當夏之孟秋七月矣，如此，一直到漢武帝太初元年改訂曆法，始復以夏之正月為歲首。此詩有孟冬之言，而所寫乃孟秋之景，故此詩如就李善所說的曆法來看，則定然該是漢武帝太初改曆以前的作品了，這就是一千多年來，大家都不敢斷然否定此十九首中有西漢之作的緣故。

但是，仔細察考起來，則李善之說，實在有極大的三點錯誤：第一、李善以「玉衡」與「招搖」混為一談，此其錯誤之一；第二、李善以為孟冬乃指季節而言，此其錯誤之二；第三、李善以為漢初之改曆，乃是將夏曆之十月改稱為正月，此其錯誤之三。今分別將此三點錯誤，辨正說明於後：第一、我們先要弄明白北斗七星的名稱，及其所指之方位與曆法的關係。北斗一共有七星，據《春秋運斗樞》云：「斗，第一天樞，第二旋（按即天璇，又作天璿），第三璣（按即天璣），第四權（按即天權），第五衡（按即玉衡），第六開陽，第七搖光，則招搖也，第一至第四為魁（按乃斗之首也），第五至第七為杓（按杓音標，謂斗之柄也）。」以上為七星之名稱，至於七星所指之方位與建曆之關係，則據《史記．天官書》云：「北斗七星，……用昏建者杓，……夜半建者衡，……平旦建者魁。」所謂「建」者，建曆之所據也，按〈天官書〉所云，乃謂昏時觀測北斗，則以杓（即斗柄最後一星，名招搖者）所指之方位為依據，而夜半觀測，則以衡（即第五星玉衡）所指之方位為依據，平旦觀測，則以魁（即斗首第一星，名天樞者）所指之方位為依據。而天上則分有子、丑、寅、卯、辰、巳、午、未、申、酉、戌、亥之十二方位，寅為孟春之方位，卯為仲春之方位，……其他由此類推。而一般建曆，則以昏建為準，如昏時斗杓指在寅之方位，則為孟春之月，昏時斗杓指在卯之方位，則為仲春之月，……如此類推。故《淮南子》所云：「孟秋之月，招搖指申。」者，其意乃為孟秋之月，如依昏建之法觀測，則斗杓（即招搖）當正指在申之方位也。然而如在夜半觀測，則知雖同在孟秋之月，而其指在申之方位者，乃不為招搖，而為玉衡矣，所謂「夜半建者衡也」；如在平旦觀測，則指在申之方位者，又不為玉衡，而為天樞矣（天樞即魁之第一星），所謂「平旦建者魁也」。蓋因地球有自轉與公轉之運行，故如在每日之同一時刻觀測，則斗所指之方位，因地球之公轉而每日不同，一月之久，則已自此一方位，移至彼一方位矣，但如在同一夜之間觀測，則斗所指之方位，乃因地球之自轉，而每時不同，由昏時，而夜半，而平旦，而斗之方位，因時刻之不同，亦數移易矣。所以此詩中所云「玉衡指孟冬」，其「孟冬」二字，實在並非指四時之季節，而乃是指天上十二方位中，相當孟冬的「亥」之方位。如果在夏曆孟冬之月，則昏時杓所指者，固正當為「亥」之方位，然而如果在夏曆孟秋之月，則在夜半至平旦之間，當斗魁（即天樞）逐漸移指孟秋申之方位時（所謂平旦建者魁也），而玉衡乃正逐漸移轉至孟冬亥之方位矣，此種景象，在秋宵之夜空，固屬歷歷可見者也，所以此句「玉衡指孟冬」云云，實在乃是寫秋宵靜夜之深，而並非寫四時季節之易，其理實至為簡明。而李善既混「招搖」與「玉衡」為一談，又不明此句中「指孟冬」三字之意，不以方位釋孟冬，而以季節說孟冬，於是與全詩所寫孟秋之景，乃大相扞格，乃又不得不強用漢初「以十月為歲首」之說以釋之，於是乃又陷入另一更大之錯誤中。蓋高祖至霸上，以十月為歲首之事，與三代之改曆，實在並不盡相同，原來漢初之以十月為歲首，乃是僅僅把十月當作一年的開始，而其季節與月份之名稱，則未嘗改易也。所以《史記》、《漢書》於太初以前之諸帝本紀，每年皆以冬十月為始，雖以之為一年之始，然而於時與月則仍稱為冬，且仍稱十月也。所以王先謙《漢書補注》，於高祖元年敘事至「春正月」時，乃注曰：「秦二世二年，及此元年，皆先言十月，次十一月，次十二月，次正月，俱謂建寅之月為正月也，秦曆以十月為歲首（按漢初即沿用秦曆仍以十月為歲首），漢太初曆以正月為歲首，歲首雖異，而以建寅之月為正月則同，太初元年正曆，但改歲首，未嘗改月號也」，此其言可為明證。李善不察，而遽謂「漢之孟冬，今之七月」，其荒謬已甚，所以李善的說法，根本不可採信。如此，則主張此十九首中為有西漢之作的一條最有力的證據，也被推翻了。

因此，我們可以下一個結論，那就是無論就其所表現之風格，作主觀的評斷，或者就其所用之辭字地名等，作客觀之評斷，這十九首詩，都當為東漢之作，而不可能是西漢之作。而且這十九首詩中所表現的一部分及時行樂的消極頹廢之人生觀，更大似東漢衰世之音，所以我以為這十九首詩，很可能是東漢之時，班固傅毅以後，較建安曹王略早的一個時代的作品。這或者是一個比較可信的說法。

一組易懂而難解的好詩

〈古詩十九首〉的文字雖極為简單平易，而所引起的解釋則是人各一辭，眾說紛紜，這正是一組最可作為代表的易懂而難解的好詩。

在開始正文以前，首先我要說明在標題中所用的「懂」與「解」兩個字，實在並無深意，「懂」就是明白懂得的意思，「解」則是分析解說的意思。我之取用了這一個標題，完全只是因為我教書二十多年以來一點甘苦自得的體驗而發。根據個人的教書經驗，我以為詩可以分做四類：其一是易懂也易解的詩，如元稹的〈上陽白髮人〉、白居易的〈新豐折臂翁〉，這些詩不僅在字面上沒有生字難辭，可以使「老嫗都解」，就是在內容方面，對其所吟詠的情事，也是不難加以明白確指極易解說的，這一類詩我們姑且把其藝術價值置而不論，至少以教書而言，我以為乃是最為容易講解的一類詩；其二則是難懂而易解的詩，如韓愈的〈南山〉詩、盧仝的〈月蝕〉詩，這些詩中充滿了難字怪句，看起來非常難懂，要講這些詩，一定要費許多時間為那些生難的字句翻檢字典和辭書，可是在內容方面則並無什麼深意可資探尋和解說，這一類詩也許有某一些對奇險有偏好的讀者會認為也不失為藝術上另一方面之嘗試和成就，但就我個人而言，總以為講這一類詩費力甚多而所得甚少，好像頗不合算的樣子；其三則是難懂也難解的詩，如李白的〈遠別離〉、李商隱的〈燕臺〉詩，這些詩不僅在字句方面一看之下就使人覺得閃怪變幻難於把捉，講解起來更是情思幽邈，歧義妙解，眾說紛紜，使人難以明言其意旨之究竟何在。這在教書而言，是很難解的一類詩，然而尋幽探奇雖艱難曲折也自仍有其一份樂趣在，以我個人而言，對這一類詩就是頗有著一些偏愛的；其四則是易懂而難解的詩，這一類詩，我以為也可以分別為兩種，從字面之明白淺顯言，其使人易懂雖是一樣的，可是在內容方面使人難解的原因就不盡相同了。一種使人難解的原因是由於內容所蘊蓄的深遠幽微，使人難以為其意蘊加以界說，則讀者縱使頗有會心，也難以言語來解說表達，如陶淵明〈飲酒〉詩「結廬在人境」一首的「此中有真意，欲辯已忘言」可以為代表；又一種使人難解的原因則是由於語意與語法的含混不清，造成一種模稜兩可的現象，使人難以確指其含意究竟何在，如李後主〈浪淘沙〉「簾外雨潺潺」一首之末二句「流水落花春去也，天上人間」之「天上人間」四字可以為代表。這二種易懂而難解的詩，都是看似淺明，而極難解說的，而以藝術價值言，則這一類易懂而難解的詩卻又往往有極高的成就，因為這一類詩以表現而言，其寫作態度往往最為真摯誠懇，絲毫沒有逞強立異爭新取勝的用心，而意蘊方面則又深微豐美，使人有取之不盡、用之不竭的感受，《論語》有言曰：「仰之彌高，鑽之彌堅，瞻之在前，忽焉在後。」這是很值得我們研賞的一類詩，因此我很想為這一類詩尋出一種解說上的基本原則來，這是我所以要想適擇一組易懂而難解的詩來加以解說的緣故。當然我原可以做自由之選擇，如前所舉之淵明詩及後主詞都可作為此一類詩之例證來加以分析解說，然而我現在所選取的則是較之淵明詩和後主詞年代更早也更有系列的一組詩，因為我以為這一組詩同時可以代表前面所舉的易懂難解之詩的兩種類型，無論在內容之深微豐美及語意之含混模稜方面，都值得我們將之作為例證來加以討論分析，這一組詩就是在中國文學史上一向被人目為評價最為高卓而解說也最為紛紜的一組詩——〈古詩十九首〉。

關於〈古詩十九首〉之時代與作者的問題，自齊梁以來早就有著許多不同的說法，我以前曾經寫過一篇短文〈談古詩十九首之時代問題〉（原發表於《現代文苑》二卷四期，已收入本書），因此在本文中不擬再加贅述，而且，這一方面的考證也不是本文的重點所在，總之，我以為這十九首詩乃是東漢之世的作品，作者雖時代相近然而卻並非一人，其姓名也早已不可且不必確指，而各詩所詠之內容，也並無一定之次序，更無任何關聯或一貫性之可言，然而如果以藝術價值來衡量，則這十九首詩卻又確實有著藝術境界上某種成就之一致性。

先從內容方面來說，我以為詩人所寫之內容，就其深淺廣狹而言，可以分為二類，一種是屬於共相的，一種是屬於個相的，王國維《人間詞話》評後主詞云：「後主之詞真所謂以血書者也。宋道君皇帝〈燕山亭〉詞亦略似之，然道君不過自道身世之戚，後主則儼有釋迦基督擔荷人類罪惡之意，其大小固不同矣。」有人從字面上來吹求，說後主既非宗教家，又本無救世救人之意，如何可以將之比做釋迦基督？又如何能說他有擔荷人類罪惡之意？其實這是誤會了王國維的本意，王氏的本意只是以釋迦基督來做一種借比，他的本意乃是說後主所寫的詞好像能寫出千古人類所共有的某種悲哀，而道君皇帝所寫的則只是一己小我個人之悲哀而已。如道君皇帝之〈燕山亭〉詞，他所寫的「裁剪冰綃，輕疊數重……院落淒涼，幾番春暮……萬水千山，故宮何處」，似乎都只是屬於個相的外表的事跡，而後主〈虞美人〉詞所寫的「春花秋月何時了，往事知多少」與〈烏夜啼〉詞所寫的「林花謝了春紅，太匆匆」則是所有有情之人所共有的傷今懷往的哀傷，與所有有生之物所共有的生命短暫的悲愁，也就是說後主所寫的情意境界乃是屬於共相的。其所以能呈現為人類情感上之某種共相，我以為乃是由於他能寫出人類感情活動的某種基型的緣故。而且這種感情往往乃是人所同具的最原始最基本的感情。以〈古詩十九首〉而言，其所以能享有千古常新的高卓之評價者，也就正因為它們所寫的乃是千古常新的人類最根本的感情之基型的緣故，雖然〈古詩十九首〉之內容並不盡同，但無論其所寫的是離別的懷思，是無常的感慨，是失志的悲哀，總之它們所表現的乃是人類心靈深處最普遍也最深刻的幾種感情上的基型，因此在意蘊方面，這十九首詩可以說得上是經得起千古所有人類的無盡的發掘，而都能對之引起共鳴的，而意蘊愈普遍深微的作品，也就愈難以外表浮淺的事跡來加以解說界定。這種意蘊當然與淵明詩的「此中真意」並不相同，因為十九首所寫的乃是人與人間感情的共相，而淵明詩所寫的「真意」則是人與自然間精神的交融，其內容當然不同，然而由於意蘊之難以界定，而使讀者對之感到易懂而難解的一點則是相同的，這是欣賞〈古詩十九首〉所當具有的第一點認識。

其次再就語法與語意之含混模稜而言，西方文學批評界對這方面之研究已經建有相當之體系，最著名的如威廉・恩普遜（William Empson）所著之《七種曖昧的類型》(*Seven Types of Ambiguity*)，他把詩歌的語意與語法之含混模稜的現象標舉出七種曖昧的類型，最近哈佛大學的一位梅祖麟先生也曾因恩氏之啟發而寫了一篇分析中國詩的文章，標題為〈文法與詩中的模稜〉，文中分七節來討論唐詩律絕中的模稜與假平行的各種現象。其實無論東方或西方的詩歌中都有此種含混模稜的現象，而且其語意與語法的變化甚多，很難以少數幾種類型來歸類，但是承認詩歌中可能有此種含混模稜之現象的存在，此一認識則是極為重要的，而且此種現象往往也正是造成一篇偉大作品的重要因素，因為正是這種含混模稜的語意與語法，有時卻使得作者與讀者之意念的活動範疇都更加深廣豐富起來。過去傳統的批評界一向缺乏此種認識，因此傳統的批評總是想努力把一首詩加以最為拘限的界說，而且各是其所是，對一切不合一己之見的說法都妄加排斥，這是一件極可憾惜的事。我以前曾寫過一本《杜甫秋興八首集說》，從這本書中所收集的資料，就可看出在三十五種不同的注本中，對杜甫這八首詩有著何等紛紜歧異的解說，而綜合起來一看，就會發現這種種不同的解說在杜甫詩句中原來都有著相當的可能性，而如果想要擇一固執把其他說法都一概抹煞，則反而是愚拙而淺薄的看法了。有了這種認識，我們在對詩歌加以解說時，就可以有若干方便，而不會再犯固執拘限的毛病了。我在前面已經說過，詩歌中含混模稜的現象，變化甚多，如果就其外表來歸類，乃是一件極為瑣複的事，但如果從其根本的來源來歸類，就比較簡單得多了，我以為詩歌之所以引起含混模稜的現象可以有三種因素：其一、由於表現的工具——文字的念法與語意所能引起的解釋之分歧。其二、由於表現的內容——作者心中之意識的活動之難以確指。其三、由於表現的效果——讀者心中所能引起的感受與聯想之反應的不同。我在前面所舉的後主詞之「天上人間」一句，其所以引起含混模稜之現象，主要乃是因為語法之不夠完備，因為這一句中的四個字，實在只有兩個名詞，一個是「天上」，一個是「人間」，要想加以解說，勢必要在這兩個名詞之外，更加以若干補足的述語，這些述語如何加在上面，當然就未免見仁見智各有不同了。至於〈古詩十九首〉之所以造成若干含混模稜的現象，則分別具有前面所說的三種因素，有時且是二種或三種因素的混合，因此承認這些含混模稜的現象，乃是欣賞〈古詩十九首〉所當具有的另一點認識。

前面我曾說過，〈古詩十九首〉雖非一人之作，然而在藝術價值上，卻有著某種成就之一致性，其成就即在於從內容方面而言，其意蘊之深微普遍既最近於人類感情方面的幾種最根本的基型；而從表現方面而言，其語意與語法之含混模稜，又最為豐美而富於變化，因此〈古詩十九首〉的文字雖極為簡單平易，而所引起的解釋則是人各一辭，眾說紛紜，這正是一組最可作為代表的易懂而難解的好詩。自齊梁以來，對這十九首詩加以評注解說的著作已有很多，除了對作者及時代的考據之說不算以外，對於內容方面的解說大抵是想對之從外表的事跡來加以界定者多，而從感情之基型來加以推演者少，現在就讓我們試從一個新角度兼採各家之說，從多種解說之歧義中來對其所蘊含之感情的基型一作探尋的工作。在此有一點我必需聲明的，就是此文並非考證專著，因此除了特殊的解說我標明了出處以外，至於一般性的解說，為了避免繁瑣，我並未一一注明出處，這是要請讀者諒解的。

其一

行行重行行，與君生別離，相去萬餘里，各在天一涯，道路阻且長，會面安可知，

胡馬依北風，越鳥巢南枝，相去日已遠，衣帶日已緩，浮雲蔽白日，遊子不顧反，
思君令人老，歲月忽已晚，棄捐勿復道，努力加餐飯。

這首詩當然一望而知乃是一首寫離別之情的詩，昔江淹〈別賦〉有云：「黯然銷魂者唯別而已矣。」別情正是一般人類所共有的一種感情經驗，但雖為人類共有之情，其表現於詩歌之作品中卻也仍有著共相與個相之不同。例如柳永〈夜半樂〉詞之「凍雲黯淡天氣，扁舟一葉，乘興離江渚……到此因念繡閣輕拋，浪萍難駐」，其別情就是屬於個相的；而此一首古詩所寫的「行行重行行，與君生別離」，其別情則是屬於共相的。屬於個相的作品，對於時間、空間，與夫事跡、人物，大概都有著比較可以界定的敘述，如前所舉的柳永之〈夜半樂〉一詞，我們可以從「凍雲」一句，知其時節；從「江渚」一句，知其地點；從「扁舟」一句，知其為水路而非陸路；從「繡閣輕拋」數句，知其為遠行人之口吻而非送行人之口吻，為男子之口吻而非女子之口吻。可是現在我們所要研究的這一首「行行重行行」的古詩則不然了，這一首詩不僅沒有寫出明確的時間和地點，甚至連它是遠行人的口吻或送行人的口吻，是男子之口吻或女子之口吻，亦復難於確定，因此歷代解說這首詩的人也就有了許多紛紜不同的說法，有人以為是逐臣之辭，有人以

為是棄婦之辭，有人以為是行者欲返而不得之辭，有人以為是居者懷人而不見之辭。如果把這首古詩與柳永的那首〈夜半樂〉詞相較，則柳永那首詞對讀者所能喚起的共鳴乃是有限度的，而這一首「行行重行行」的古詩所能喚起的共鳴則是無限度的，那就是因為這首古詩所寫的不是外表的個相，而是人類心靈中之某種情感活動之共有的基型的緣故。因此，時無分古今，地無分南北，人無分男女，事無分遠行與送行，遂都被包容於此種基型之中，而同被其感動而喚起共鳴了，陳祚明《采菽堂古詩選》評〈十九首〉云：「人人讀之皆若傷我心者。」就正是因為這一種道理，如果以為這一首詩之多歧解是它的短處，或者妄想要固執一端而蔑棄其他的說法，那就未免淺之乎視此詩，同時也就不能體會這首詩真正的好處所在了。

現在我們先從第一句「行行重行行」看起，這一句五個字全用平聲，如果繩之以後世聲律之說的四聲八病的限制，則這一句詩竟可以說是通身是病了，然而我們讀起來卻不但未嘗覺得有任何違拗啞澀之感，反而覺得就恰好正是這五個字纔真正寫出了我們離別之時所共有的一份感覺和聲音。而我們試一分析就會發現原來這五個字中乃竟有四個字是相同的，其實這一句詩原來就只是「行行」一個疊字動詞的重複，中間一個「重」字也只不過是點明此一重複之動態的字樣而已，所以這五個字在意象上所呈現的原來就是一片基本的離別的動態，而且無論以遠行人而言、以送行人而言，都是同樣真實的。從遠行人而言，漸行漸遠，當然是「行行重行行」；從送行人而言，則目送去者之漸遠，其動態也依然是「行行重行行」，何況這五個字除了意象上呈現著一片離別之基本動態而外，聲音上的五個平聲字，所予人的也一樣是一逝不返有去無還的感覺，而這五個字又何其簡單何其平易，何其樸質而自然，完全沒有絲毫安排雕飾的用意存在於其間，昔莊子有「天籟」、「人籟」之說，如果說後世聲律謹嚴的有心用意之作是「人籟」，則這五個字就正近於所謂「天籟」了。

次句之「與君生別離」也是一句極平易的句子，然而卻寫出了千年萬世之人所共有的離別的哀傷，昔《楚辭・九歌》有句云：「悲莫悲兮生別離。」杜甫〈夢李白〉詩亦有句云：「死別已吞聲，生別常惻惻。」在人世間，我們所經歷的最普遍最不可避免的悲苦莫過於離別，而離別又可分為「死別」與「生離」二種。觀夫《楚辭・九歌》及杜甫〈夢李白〉詩所寫的當然都是與「死別」相對的「生離」，生離之所以異於死別，或者說生離之悲苦之所以更甚於死別者，我以為可以分為二點來說：第一，死別之形成乃是完全由天而不由人的一件事，對於這種無可挽回的生命的終結，我們雖然有著極怨深悲，然而另一方面卻也有著莫可奈何而只好一意擔荷承受的死心塌地的感覺；第二，死別乃是另一對象的完全消逝，當此事初一發生時，感情之另一端驟然落空，我們自然極感痛苦，然而日往月來，天長歲久，沒有對象的懷念，自然也就會因其一端之落空而漸趨淡忘了。至於生離則不然，第一，生離乃是並不完全由天而也可以由人的一件事，如果相愛之二人，其中一人之生命已不復存在，那當然無話可說，如果二人都同時仍存在於人世，那麼同時存在於人世的兩個相愛的生命，為什麼竟然不能同居共處，而要造成離別的悲苦呢？這是生離較之死別使人更覺有所不甘的一點；再者，生離的對象並未自人間消逝，只要所愛之對象一日尚在人間，則二人重見的希望，便一日不甘棄捨，如此則有生之年盡是相思之日。死別是頓斷之後逐漸可以放開的，而生離則是永無斷絕的懸念懷思，這是生離較之死別使人更覺難於捨棄的又一點。證之於《紅樓夢》中寶釵把黛玉之死告訴寶玉使之一慟決絕，然後可以安心養病的話，則生離較之死別之更為不甘，更為難捨，當屬可信。然後再回頭來看這一句古詩：「與君生別離」，「與君」二字是何等親切的關係，「生別離」三字又是何等無奈的口吻，其不甘與難捨之情豈不躍然紙上。而除此之外「生別離」三字還更有另一種解釋，那就是不把「生」字看做與「死」對舉的死別生離之意，而把「生」字解釋做「硬生生」的「生」字之意，如馬致遠《漢宮秋》劇之「錦貂裘生改盡漢宮妝」及《雍熙樂府》無名氏〈端正好趕蘇卿〉一套之「本是對美甘甘錦堂歡，生扭做悲切切陽關怨」，便都是把「生」字做「硬生生」的意思來用的，如按此意，則「與君生別離」一句，乃是說我與你硬生生被別離所拆散之意，似乎也更有著一種激動強烈的不甘之感。所以吳淇之〈古詩十九首定論〉，就採用此一解釋說：「生字當解做生熟之生，猶云生生未當別離而別離也」，這種解說也未嘗不好，只是我們不要忘記十九首乃是漢代的詩，而「生」字之被用做「硬生生」的意思，則似乎乃是唐宋以後的事，所以此句「生別離」三字，當然仍以其他注家所採用的《楚辭》之「生別離」的解釋，指死別生離之意為是。而將之解做「硬生生」之意，則只是後世讀者之一種聯想而已。然而就文學之欣賞而言，則此種聯想可以使原詩之意境更為豐富多彩，則也未始不可承認其可以有此一種想法和感受的存在。

接下去「相去萬餘里，各在天一涯，道路阻且長，會面安可知」四句，則是從臨分手時的「生別離」之深悲極苦的感情中一路接寫下去，一句較之一句為遙遠，一句較之一句為絕望，從漸行漸遠的日益加長的萬里的距離，到天涯阻隔人各一方的清醒的認知，然後因此種認知再轉回頭來更作重逢會面的遙想，纔發現中間的阻隔竟然已經是無法邁越的了。這裡的「道路阻且長」一句，「阻」字是一層隔絕，「長」字是又一層隔絕，如果路雖險阻而並不遙遠，那麼以一個有情之人，也許終能勝過險阻而達成見面之望；或者路雖遙遠而並不險阻，那麼只要有見面的決心，也必能跨越長遠的距離而有相逢之一日，然而在此處所說的既「阻」且「長」的雙重隔絕之下，則縱使是一位有情之人，而人力微弱，年命幾何，於是重逢再見的希冀乃終於落入於絕望的地步，所以乃有以下「會面安可知」一句的充滿相思之苦與絕望之悲的哀吟歎息。這四句詩，無論對行者而言，或對居者而言，其哀傷之情都是同樣真實也同樣使人感動的，因為這四句所寫的由離別而造成的距離與懷想，也正是千古人類所共有的一種感情之基型的緣故。

下面的「胡馬依北風，越鳥巢南枝」二句，則於抒情敘事的絕望哀吟中，突然蕩開筆墨，插入了兩句從表面看來與上下文似都不相連貫的比喻。這種寫法乃是古詩及漢魏樂府的一種特色，如〈飲馬長城窟行〉之「青青河畔草，綿綿思遠道」一首，也是一路敘寫離別相思之苦地寫下來，然後卻突然於抒情敘事的半途中驟然停頓，而接下去「枯桑知天風，海水知天寒」二句，望之與上下文似皆不相銜接的比喻，全不作指實的說明，因之乃可使讀者生多方面的聯想，作多方面的解釋，於是而使前面所敘寫的情事驀然都有了迴旋起舞的一片空靈之感，這是文學創作中極高的一種手法。而尤其可貴者則在於古詩樂府的此種比喻多半所取材的都是人世間某種極自然之現象，如〈飲馬長城窟行〉之「枯桑知天風，海水知天寒」二句，及這一首古詩之「胡馬依北風，越鳥巢南枝」二句，都只是大自然界的某一種不假人力不加思索而本然原有的自然現象，以這種現象來做比喻，姑不論其所比喻的意思究竟何指，總之，在直覺上已經先能予讀者一種恍如定命的無可奈何的必然之感了。而另一方面，此種比喻卻又可由多方面之聯想做多方面的解釋，這是極深刻極豐美而同時又極自然極質樸的一種比喻手法。「枯桑」二句，因為並非本文所要討論，姑置不談。現在我們只看這一首古詩的「胡馬」二句，這二句比喻雖極自然簡明，然而其所能引起讀者的聯想則是極為豐富的，我們先從這二句詩的出處來看，就可以分為二種不同之喻意：其一，李善《文選注》引《韓詩外傳》云：「詩曰『代馬依北風，飛鳥棲故巢』皆不忘本之謂也。」而這「不忘本」的意思，則又可以分做不同的二方面來看：如果從行者的一面來看，則此二句當然乃是正面寫遠行之人的不忘本的思鄉念舊之懷思；而如果從居者的一面來看，則此二句乃是反面的喻意，謂胡馬尚且向北風而依戀，越鳥亦且向南枝而巢宿，物皆懷舊，則彼遊子豈不思鄉乎。這是採用《韓詩外傳》為說所可能引起的二種解釋；其二，《吳越春秋》亦有「胡馬依北風而立，越燕望海日而熙」之言，則乃是取用「雲從龍，風從虎」的一種同類相求的用意，如用此說，則此二句詩乃是寫凡物皆有其所相依不去的歸附，所以胡馬尚依北風越鳥亦巢南枝，然而我與君乃是同心相愛之人，如何乃竟然別離至如此之久遠而不能互相依投歸屬乎？這是又一種解說。而除了此二種「不忘本」及「同類相求」的取意以外，另外還有一種說法，就是把上面的二種出處及取意都拋開不論，而只從字面來看，則胡馬與越鳥，一北一南，所予人的也自有一種南北睽違的隔絕的直感。隋樹森《古詩十九首集釋》引紀昀曰：「此以一南一北申足『各在天一涯』意以起下相去之遠。」就是從這二句一南一北之睽隔的直感來作解說的。只是紀昀卻想以這一種說法抹煞其他的各種解說，謂「胡馬二句有兩出處，一出《韓詩外傳》，即善所引不忘本之意也；一出《吳越春秋》……同類相親之意也，皆與此詩意別，注家引彼解此遂致文意窒礙」。這種固執一端的說法，就未免過於狹隘了。總之，此二句比喻所予讀者之意象極為簡明真切，有一份命定的必然之感，而其所可能引起之聯想卻又極為豐富變化，有行人念舊之思，有居人對行人不念舊之怨，有相愛之人不得相依共處的哀愁，有南北睽違永相阻絕的悲慨。而從表面看來，則又是與上下文全然不相銜接的兩句突來之喻象，使全詩至此忽然起了一陣迴旋動蕩的姿致，卻又同時有承轉變化的許多妙用，這真是神來之筆的二句好詩。

下面「相去日已遠，衣帶日已緩」二句，則從迴旋動蕩之懸空的比喻中，又返跌回真真切切的現實來，是則無論前二句胡馬及北風之取喻為何，縱使有不忘本之心，縱使有同類相親之願，縱使有不甘睽違的悲慨，總之，相去日遠、衣帶日緩乃是相離別以後之無可挽贖的事實。這一返跌原來就極為有力而且驚心。而又遙遙與前面「相去萬餘里」數句呼應承接，更且不避重複的同樣用了「相去」兩個字，但又非單調的重複，而是從重複之中更轉進一層的寫法，我們試把此同以「相去」二字為開端的兩句一作比較，就會發現這二句的情意在予讀者的感受上，實在有許多不同，「萬里」一句雖亦有相去甚遠之感，但一則「萬里」所代表的只是空間，並無時間之含意，再則「萬里」之「萬」字雖然是個極大的數字，但畢竟仍是個有限的數字，而此句之「日已遠」三個字，則其所表現的乃是除空間以外更兼有時間的雙重的悲慼，前一句只寫空間，則萬里雖遠，相見未始無期，而此句之「日已遠」，則以時間與空間相乘積，是則時間之久既屬無期，而空間之遠又更為無盡。而此句之尤妙者更在其不僅以「相去」二字，與「萬里」一句相呼應，更且以「日已」二字與下一句相排偶，於是從「相去日已遠」到「衣帶日已緩」，離人乃在時空的雙重乘積下造成了相思與憔悴的同樣無盡無期。柳永〈鳳棲梧〉詞之「衣帶漸寬終不悔，為伊消得人憔悴」，大似自此句蛻變而出，只是柳永的二句詞似尚不免用力著跡，雖曰「終不悔」，但畢竟已將「悔」字明白說出，則已隱然有計較之念，而此句之「日已」兩個字則只是日復一日的一往無還的刻骨相思，雖然至於憔悴消瘦也依然毫無反省毫無回顧，而外表所寫的則只是衣帶日緩一件事實而已。無論就行者而言無論就居者而言，如此深刻堅毅的感情，如此溫柔平易的表現，也都是足以使人感動的。

而就在這種使人感動的綿長久遠的相思之悲苦中，下面卻忽然承接了「浮雲蔽白日，遊子不顧反」十個字，我以為這纔是這一篇詩中最使人摧毀傷痛的所在。我們從開端的「生別離」、「天一涯」讀下來，一直讀到前一句之「相去日遠」、「衣帶日緩」都使人覺得詩中人物雖有離別之痛，然而隔絕的只是時間與空間，至於二人之間相信愛的情意則是毫無阻隔的，如此則相去雖遠相別雖久，而相思之感情永在，相見之信念長存，則雖在別離之悲苦中，也依然有著一份安慰和支持的力量，至此忽然以「浮雲蔽白日」一句，使一片沉重的陰影當頭籠罩下來，這真是何等難以承受的重擊。只是這句詩的浮雲究竟何指呢？而且被蒙蔽的又究竟是哪一方呢？李善《文選注》云：「浮雲之蔽白日以喻邪佞之毀忠良。」吳淇〈古詩十九首定論〉亦云：「浮雲比讒間之人。」是「浮雲」乃指二人中間的讒毀蒙蔽，這一點在傳統的注解上是相同的，至於被蒙蔽的是哪一方，則就有不同的說法了，一種是把被蒙蔽的「白日」比做被放逐的賢臣，也就是下一句的「遊子」，李善注引陸賈《新語》曰：「邪臣之蔽賢，猶浮雲之彰日月。」以「蔽賢」與「彰日月」對舉，則日月之所喻當然乃指賢臣而言，是以吳淇之〈古詩十九首定論〉及張庚的〈古詩十九首解〉，就都指明說：「白日比遊子。」而另一種說法則是把被蒙蔽的「白日」比做君王，饒學斌月午樓〈古詩十九首詳解〉就採用此一說法，謂：「夫日者，君眾也，浮雲蔽日所謂公正之不容也，邪曲之害正也，讒毀之蔽明也。」這二種說法雖不盡同，但把這首詩都看做乃是賢臣被放逐且遭讒毀而作，則是一樣的。此外還更有另一說法，就是把這首詩看做乃是思婦之辭，張玉穀〈古詩十九首賞析〉即云：「此思婦之詩……浮雲蔽日，喻有所惑，遊不顧返，點出負心。」是「白日」乃指遊子，「浮雲」則指遊子在外面所遇到的誘惑。只是一個遇到誘惑就薄倖不歸的遊子，既不是君王，又不是被放逐而依舊忠心耿耿的賢臣，為什麼仍然以光明的「白日」為其象喻呢？於是乃又有人以為白日乃是象喻遊子舊日溫暖的情愛之光照，於今情愛隔絕所以說浮雲蔽日也，方東樹〈論古詩十九首〉就採用此說，云：「白日以喻遊子，雲蔽言不見照也。」看到前面這些說法，我們已可知道，這二句詩所能引起的解說是何等歧異紛紜，但我以為其間仍然可以歸納出一個根本的基型來，那就是「白日」乃是任何一種圓美光明的情操之象喻，而浮雲則是一片蒙蔽的陰影，無論是君臣，是夫婦，是朋友，最可悲哀的都莫過於當彼此經過悠久而漫長的時空之離別以後，而其中竟然有一方面有了一片隔絕蒙蔽的陰影，這乃是天地間最可憾恨的一件事。李義山有詩云：「不辭鶗鴂妒年芳，但惜流塵暗燭房，昨夜西池涼露滿，桂花吹斷月中香。」我以為義山所寫的這一種「暗」之蒙蔽與「斷」之隔絕的悲恨，就與「浮雲」一句大為相似。原來人世間最可哀痛的，不是年芳的零落，不是人壽的無常，而乃是被流塵所遮暗的一蕊光明，被天風所吹斷的一縷芳香，於是在這種蒙蔽的陰影下，遂終於逼出了「遊子不顧反」的痛心的結果。「遊子」無論是被棄的逐臣，或者是棄家的蕩子，總之乃是離鄉別井的遠遊之人，「不顧反」者則當是不更念及歸返之意，然而離鄉的遊子何以竟然不更念及還鄉呢？這一句仍然可以從兩方面來立說，如果從行者方面而言，則本身就是遊子，證之於這首前面所寫的「生別離」的悲哀，及「胡馬」、「越鳥」的不忘本的託喻，與夫「衣帶日緩」的憔悴相思，則遊子之思鄉欲返的深衷豈不顯然可見，然而如今卻竟然落到了「不顧反」的下場，環境有時可以逼使一個人做出與自己本心大相違背的決定，這是可傷痛之一；而且證之於下面所寫的「思君令人老」諸句，則其欲返之本心實在卻又常存未泯，這是可傷痛之二，而此處卻依然明明白白地寫下了「不顧反」三個字，則上句「浮雲蔽日」的陰影所造成的蒙蔽隔絕之使人戰悸悲哀也可以想見了。再者此句如就居者方面而言，則「遊子」便非自稱而係稱人之辭，「遊子不顧反」者，思婦多情，而遊子薄倖，這正是中國詩詞中女性的傳統悲劇，而中國女性傳統的典型，一向都具有著人類含蓄隱忍這一方面的最高的情操，以最溫柔的心來負荷最深重的傷害和哀愁，而且要做到無怨無怒的地步，所以此句也只說「不顧反」，而不是「不欲反」，如果是「不欲」，則是遊子已經決心不返，而「不顧」則似乎仍只是一時「不念及」之意，而且上一句的「浮雲蔽日」，把「遊子」依然比做「白日」，是此一心目中之偶像，其光明溫暖的圓美之象喻乃依然絲毫未改，然而雖有此溫柔婉轉的相諒之心，而白日畢竟已遭蒙蔽，遊子亦竟然去而不返，反覆思量，千迴百轉，在已遭蒙蔽隔絕的陰影下，所隱蓄的一縷相思之情的顫慄，是極為可傷的。

下面接以「思君令人老」一句，如果就居者方面而言，則在遊子不返的情形下，而居者相思不已，那麼「思君令人老」當然是極自然的承接。但如果就行者方面而言，則本身就是不返的遊子，何以又說「思君令人老」呢？對此我想頗可以牽附韋莊的幾首〈菩薩蠻〉詞來為之立說。韋莊的〈菩薩蠻〉詞一共有五首，有人認為乃是韋莊入蜀後之作，有人則以為乃是韋莊飄泊江南時所作，總之，這五首詞寫的乃是遊子之情，則是可信的。假如我們按照傳統的解說，把這五首詞看做乃是整個一系列的作品，那麼，我們試看他如何從「紅樓別夜」的「惆悵」寫起，帶著「早歸家」的叮嚀承諾，與「美人」「和淚」而「辭」，然而在別離之後，卻一轉而說出之「未老莫還鄉」的話，再一轉更說出了「白頭誓不歸」的話，而正當我們要相信遊子之果然負心的時候，他最後卻說出了「凝恨對殘暉，憶君君不知」的二句深情苦憶的呢喃。可見「不反」是一件事，而「思君」是一件事，「不反」可能是為了外在的某些不得已的因素，而「思君」則是本心中永難改變的初衷，唯其有前面「不反」的決絕之言，此處的「思君」才更有欲罷不能的真摯深刻之感，而且因「思君」而「令人」竟然至於「老」，則憂傷之深，歲月之久，皆可想見，然而相思的情意雖深，而一逝的年華不返，所以接著又說出了「歲月忽已晚」五個使人驚心動魄的字來。無論就居者而言，無論就行者而言，既然有著不能斬斷的「思君」之情，又有著無可避免的「人老」之痛，相見的日子無期，而相待的年華有限，歲月之晚，使人警覺於一旦無常來到，則所有相思相待的期望苦心都終將落空，這是何等使人不甘，又何等使人驚懼的一件事，所以說「歲月忽已晚」，「忽已」二字不僅寫出了歲月的消逝迅速無情，更寫出了相思之人對此歲月消逝的一份驚懼傷痛之感，何況前面已有過「人老」之言，則此處歲月之無情當然也就更為可哀了。

最後二句「棄捐勿復道，努力加餐飯」也是解說極為紛紜的兩句詩，先說「棄捐」一句，「棄捐」二字可以有兩種解釋：一是解作被拋棄捐捨的意思，如班婕妤〈怨歌行〉所寫的「棄捐篋笥中，恩情中道絕」，其棄捐二字便是此意；又一種則是解作丟開一邊的意思，如樂府詩〈婦病行〉一首之：「徘徊空舍中，行復爾耳，棄置勿復道。」其「棄置」一句之句法便與此「棄捐」一句之句法完全相同，是則此句之「棄捐」豈不也可以解作彼句「棄置」之丟開一邊之意。所謂「棄捐勿復道」者，按第一說乃謂這種被拋棄的悲哀不要再提說了，如按第二說則乃謂把這事丟開一邊，不要再提說了，這二種說法實在頗為相近，而且皆歸之於「勿復道」則是完全相同的。何以「勿復道」呢？一則言之無用，再則言之傷心，對於無可挽贖的事，除了一意承受之外，語言原是多餘的事，這正是對悲苦體驗得極深刻的話。至於末一句「努力加餐飯」，則也有兩種不同的解釋：一種是把此句解作勸對方加餐之意，張玉穀〈古詩十九首賞析〉即云：「以不恨己之棄捐，惟願彼之強飯收住，何等忠厚。」我以為此一說法乃是受了樂府詩〈飲馬長城窟行〉一首「長跪讀素書，書中竟何如，上有加餐食，下有長相憶」數句之影響，以為此處之「努力加餐飯」也是書信中勸對方加餐的話，這種解說當然未始不可也未始不好，只是這樣似乎就必須要把這首詩認做乃是書信的口吻才可以；又一種則是把此句看做乃是自勸之辭，姜任脩〈古詩十九首繹〉云：「惟努力加餐保此身以待君子。」又引譚友夏云：「人知以此勸人此並以之自勸。」張庚〈古詩十九首解〉亦云：「且努力加餐，庶幾留得顏色以冀他日會面也，其孤忠拳拳如此。」我以為承接著上面的「思君令人老」及「歲月忽已晚」讀下來，則此處解作自勸之辭，實更為自然近情也更為深刻堅毅，因為在「人」之「老」與「歲」之「晚」的兩重悲哀恐懼之下，要想堅持不放棄重逢再見的希望，則除了「努力加餐飯」之外，實在更沒有其他可以延長生命勝過無常的方法。然而一個「衣帶日緩」的人，每日在相思憔悴之中，要想加餐又何嘗容易做到，所以上面才更加上了「努力」兩個字，這兩個字中充滿了對於絕望的不甘與在絕望中強自掙扎支持的苦心，是將此句解作「自勸」較之將此句解作「勸人」，則勸人加餐固然是忠厚之至，而自勸加餐則用情益苦，立意益堅相思而必欲有相見之一日，乃甚至欲以人力之加餐勝過生命之無常。像這種為了堅持某一種希望，擔荷起無量悲苦而勉力去做的掙扎支持，其所表現的已不僅是一種極深刻的感情，同時也是一種極高貴的德操。我常以為當一個人遇到悲苦挫傷之時，如果絲毫不做掙扎努力，便先爾自行敗餒或甚至因失望與失敗，而自加戕賊，這樣跌倒下去的人縱使能使人憐憫同情，也是不值得尊敬和效法的。反之，當一個人遇到悲苦挫傷之時，如果能自加勉力，在痛苦的掙扎中依然強自支持，即使最後也失敗而倒下去了，這樣倒下去的人較之前者，才更富有悲劇感，更有波瀾，更有力量，更有德操，更使人同情，也更使人尊敬。何況如果竟因艱苦之掙扎而居然有一日能使全心靈全生命所期待的事情終得實現，則豈不更是一件可欣喜禮讚的事。這一首古詩末二句所寫的「棄捐勿復道，努力加餐飯」就隱然表現了這種最可貴的德操，同時言外之意更展現著一份無盡期的對重逢再見之深情的苦待，而且與開端之「生別離」的哀痛遙相呼應，這種離情，這種德操，無論對於居者，無論對於行者，無論是一個被放的逐臣，無論是一位被棄的思婦，或者是任何一個曾經過如此別離的悲哀與隔絕的痛苦，而仍然一心抱著重逢的希望而不甘放棄的人，這首詩所寫的情意都有著它永恆的真實性，這正是因為〈古詩十九首〉的內容，乃是如我在前面所說的屬於一種人類最普遍的感情之基型的緣故，而其語意與語法的含混模稜之現象，則更造成了讀者多種解說與感受的高度適應性，因此我們乃可以一方面掌握其情感的基型，一方面從多種不同的看法和感受來對之試加探觸和解說，我以為這正是我們研賞這一類詩所頗可採用的一種態度和方法。

但是我最後仍要聲明一句，就是我們所引用的說法雖然很多卻也並非絲毫無所別擇，即以這一首「行行重行行」而言，有幾個說法，就是我所不曾引用的，如饒學斌月午樓〈古詩十九首詳解〉把這十九首詩全看做一人之作，云：「此遭讒被棄憐同患而遙深戀闕者之辭也，首節總冒，標『會面安可知』、『思君令人老』二句為柱，自其三至其七為一截承『會面安可知』一柱而申之；自其二其八至其十六為一截承『思君令人老』一柱而中之，其十七收束思君，其十八收束思友，末以單收下截住。」他之所以要把此章「行行重行行」一首中之二句看做兩根分別的支柱的緣故，實在因為他要把這十九首詩全解作逐臣被棄思君戀闕之辭，而且又要認定是一人之作，但又發現有幾首詩按照這一說法實在無法講得通，因此遂又不得不加個「憐同患」的理由，把另一些詩勉強解作思友之辭。至於「行行重行行」一首何以又被分為二根支柱呢？他的解釋是：「夫曰『各』曰『會面』曰『南北』，此分誼相等，爾我同儕，直平等觀者非可概之於尊長也，雖厝愚氓，亦共知君父之尊……即不敢彼此平衡……此上截思友確是思友，斷不得混作思君也」；又曰：「夫『日』者君象也，『浮雲蔽日』……此孤臣孽子所自傷者也，而曰『遊子』曰『思君』，明乎其為臣子也，此下截思君確是思君，斷不得混作思友也。」像這樣牽強比附任意割裂的說法，當然一望可知其為愚妄拘執，這是我們雖有心兼融眾說，也無法採信的。又如：陳沆之《詩比興箋》則按照《玉臺新詠》的說法把這一首「行行重行行」及其他「西北有高樓」等八首都認為乃是枚乘之作，而且指明其寫作之次序及時間事跡，云：「『西北』、『東城』二篇，皆上書諫吳時作；『行行』、『涉江』、『青青』三篇則去吳避梁之時；『蘭若』、『庭前』二篇則在梁聞吳反復說吳之時；『迢迢』、『明月』二篇則吳敗後作也。」像這種把作品與作者之生平比附立說的方法用之於某些確實可信的詩與作者之間，也不過只能作一種講詩的參考而已，尚不可率爾便完全據以立說，何況這幾首詩原來就不一定是枚乘的作品，而且其詩與詩之間及詩與枚乘的生平之間更看不出絲毫必然之關係。像這一類說法，正與前所舉之月午樓的說法同樣牽強拘執，這都是我們所無法勉強同意的，我在此不過略舉二例以作說明而已。

從「豪華落盡見真淳」論陶淵明之「任真」與「固窮」

淵明最可貴的修養，乃在於他有著一種「知止」的智慧與德操，在精神上，他掌握了「任真」的自得，在生活上，他掌握了「固窮」的持守，因此他終於脫出了人生的種種困惑與矛盾。

在我國詩人中，陶淵明是辭語表現得最為簡淨，而含蘊卻最為豐美的一位詩人。關於他的詩之為綺為質，為枯為腴，他的思想之為周孔之儒術，為莊老之道家，抑或更兼有釋迦之佛法，歷代來，早就引起過不少爭執和討論。而賞愛陶詩的讀者，更是包括了各色各樣的人物。其所以引起如此多方面的問題，與如此多方面的興趣的緣故，正因為淵明的殆無長語的省淨的詩篇，與他的躬耕歸隱的質樸的生活，在其省淨質樸的簡單之外，原都蘊蓄著一種極為繁複豐美的大可研求的深意。元遺山《論詩絕句》評淵明詩，有「豪華落盡見真淳」之言，這七個字確實道出了淵明之化繁複為單純的一種獨到的境界。我現在就想試將淵明達致此種境界之因素，作一簡單之分析。我以為淵明最可貴的修養，乃在於他有著一種「知止」的智慧與德操，在精神上，他掌握了「任真」的自得，在生活上，他掌握了「固窮」的持守，因此他終於脫出了人生的種種困惑與矛盾，而在精神與生活兩方面都找到了足可以託身不移的止泊之所。這正是淵明之所以能化繁複為單純，變豪華為真樸的一個最主要的原因。

先就其詩歌所表現之真淳而言

一般詩人的作品，其所以成功的原因，往往都有著許多可以依恃的憑藉，或者恃天才而自高，或者逞工力而求勝，或者施藻繪以為炫惑，或者鼓氣勢而為震懾。雖然這種種因素，也都可以使一位詩人獲致成功，然而如果更深一步研求，就會發現，這種種恃天才、逞工力、施藻繪、鼓氣勢的結果，在其一張一弛的著力之間，都曾使一首詩歌在本質上，或多或少的蒙受了虛實出入的損失，甚或竟不免有著將虛作實的彌補和誇張。而唯有淵明的詩，乃是極為「任真」地，完全以其本色毫無點染地與世人相見。在這一點上，即使大詩人如李白杜甫，與淵明相形之下，也不免顯得有著誇飾和渣滓，所以宋朝的詩人黃山谷就曾經說過：「淵明不為詩，自寫其胸中之妙耳」（《詩人玉屑》），這正是淵明的詩顯得如此真淳的緣故。然而淵明的詩雖真淳，卻並非單簡，而其並非單簡的緣故，則又同出於「任真」之一因，這真是一件極可玩味的事情。

先從其遣辭用字一方面來看。淵明的詩有一個特色，就是看似平易而其實則並不易解。平易，是因為他原無意於「為詩」，更無意於以字句求勝，所以不會如退之、長吉輩的有心炫奇立異；不易解，則是因為他原只是自己「寫其胸中之妙」，並無意於求人之知，所以也不必如微之、樂天輩的一定要做到老嫗都解。因此淵明有些詩句，真是寫得簡淨真淳，完全只是一種精神氣韻的流佈。在淵明只是求「盡己」的自得其意，而全未計及「為人」的取勝求知。如其「采菊東籬下，悠然見南山」的淺出深入、言微意遠的名句，及其〈述酒〉詩之廋辭隱義喻託深至的作品，固無論矣。即以其並非名句的詩句而言，如其「千載撫爾訣」（〈和郭主簿〉）的思古，「騬驥感悲泉」（〈歲暮和張常侍〉）的傷逝，「達人解其會」（〈飲酒〉之二）的知命，以及〈詠貧士〉之一的由「雲」而「鳥」而「人」的層轉無痕，〈飲酒〉之十五的由「灌木」之荒，「人生」之短，到「委窮達」、「惜素抱」的運行無礙。從這些句法與章法的表現上，都可使我們感受到淵明的一種「但識琴中曲，何勞絃上音」但可以「神」會而不可以「跡」求的任真自得的境界。這正是淵明的詩雖真淳而並不易解的原因之一。

再從其內容方面來看，則淵明也依然是「任真」而卻並不易解。因為淵明雖是以其一份本色與世人相見，然而他的本色卻原來並非一色。淵明之本色，乃是如日光七彩之融為一白，有七彩之含蘊，而又有一白之融貫，這種既豐美復精淳的本色，正是淵明的特色。而談到此一特色，我們就不得不牽涉到淵明的思想與修養的問題了。關於此一問題，前人之討論辯說已多，如朱子以為「淵明所說者莊老」（《朱子語類》），真西山以為「淵明之學，正自經術中來」（〈跋黃瀛甫擬陶詩〉），近人陳寅恪先生以為「外儒而內道，捨釋迦而宗天師」（《陶淵明之思想與清談之關係》），郭銀田君以為「無疑的，有印度思想的淵源在」（《田園詩人陶淵明》）。凡此諸說，都不失為有得之言，只是如果想各據一偏之見，而為淵明建立起一個具有門戶壁壘的狹隘之思想體系，那對淵明的思想而言，就未免有失其任真自得之意了。所以我現在並不想為淵明的思想，做任何體系家數的劃分或拼湊，我只想把淵明對於思想與修養的汲取，歸納出一個大原則來，我以為淵明所汲取的原則，只在於任真的適性與自得。所謂適性者，但取其適合於自己之天性而言；而所謂自得者，則指其果然有得於心的一份受用而言。淵明的天賦中，似乎生而具有著一種極可貴的智慧的燭照，他能擺落一切形式與拘執，自然而然地獲致最適合於他自己的一點精華。這種天賦，使他能把自任何事物中汲取所得，都化為了足以添注於其智慧之光中的一點一滴的油膏，而這盞智慧之燈，則仍是完全屬於他自己的所有，而並不可也不必歸屬於任何一家。這種不可執一不可甚解的，由繁富豐美所凝結的智慧之光的閃爍，便形成了淵明詩的那種特色。那正是把一切蹊徑外表全部泯沒了的，由「七彩」而融貫成的無瑕疵的「一白」。而此種「一白」的形成之因，則乃是由於他的一份「任真」

的適性自得的採擷與融會。這是使淵明的詩所以能化綺為質，從枯見腴，看似真淳而並不易解的另一原因。

其次談到淵明之質樸的歸隱生活

自顏延之〈陶徵士誄〉稱之為「南岳之幽居者也」，鍾嶸的《詩品》亦尊之為「隱逸詩人之宗」，《晉書》、《宋書》、《南史》，都將淵明列於〈隱逸傳〉，這就淵明晚年所過的「開荒南野」、「守拙田園」的外表生活看來，原是對的。然而如果換一個角度來一加窺視的話，就會發現他的感情生活中的另一面貌。原來淵明的心境，並非如一般人單就隱逸二字所想像的。常如一面澄瑩寧靜的平湖，而在其湖心深處，還隱現著有起伏的激流和蕩潏的盤渦，於是乎除了隱逸的稱號外，有些人又為淵明戴上了一頂忠義的冠冕。這種說法至南宋而益盛。湯文清在《陶靖節詩集注》自序中即云：「不事異代之節，與子房五世相韓之義同。」真西山在〈跋黃瀛甫擬陶詩〉一文中，亦稱其：「眷眷王室，有乃祖長沙公之心。」至於雖未標舉忠義，而卻看出了陶詩並非完全平淡的，則《朱子語類》中曾云：「陶欲有為而不能者也」，又云：「陶淵明詩，人皆說是平淡，據某看他自豪放。」此外詞人辛棄疾也曾以其「欲飛還斂」的心情，在一首〈賀新郎〉詞中寫道：「看淵明，風流酷似，臥龍諸葛。」而清代的詩人龔自珍，則更推演朱子與稼軒之意，以為淵明不僅有豪氣，不平淡，可以與鞠躬盡瘁的諸葛相比，更還隱有著一份懷沙自沉的屈子的悲憤，於是在他的〈雜詩〉三首中，乃寫出了「陶潛酷似臥龍豪，萬古潯陽松菊高，莫信詩人竟平澹，二分〈梁甫〉一分〈騷〉」的詩句。這種種論評，正如前一節所引諸家論淵明思想的各種說法相似，都不失為一得之見，然而對淵明而言，則卻都有著稍一著跡便爾失真的危險。淵明所有的，實在只是一個「真」字。「質性自然」，這是淵明生而具有的一種可貴的稟賦，正如東坡所云：「欲仕則仕，不以求之為嫌，欲隱則隱，不以隱之為高。」這一種任真自得之意，原非隱逸或忠義的名號可拘限。然而淵明畢竟辭仕而歸隱了，而且終身不復出仕。這其間當然也自有其一份大可深求的歸來之意。我們先從淵明的「欲有為」來看，淵明原是一位生而具有著仁者之襟懷的人，因此淵明詩中，時時流露出對於好風、微雨、眾鳥、新苗以及田夫、稚子、親舊、近鄰的一種親切沖和的愛意。淵明既愛此世之物，復愛此世之人，則如何能對於此人間世，漠然無所關心。何況淵明對於那一位「汲汲魯中叟，彌縫使其淳」的聖者，更曾深致仰慕懷想之誠，則淵明之曾經有過用世之心，原該是一件極自然而且必然的事。我們看他在〈命子〉詩中，對祖先功業的稱述，以及在〈擬古〉詩中所寫的「少時壯且厲，撫劍獨行遊」，與在〈雜詩〉中所寫的「猛志逸四海，騫翮思遠翥」的一些句子，就可知道，淵明少年時原也曾有過一番欲有所為的壯志，而並非完全無意於事功。如果能不違背其質性之自然，便可達成此一志意的話，則淵明又何嘗不樂於用世有為。只是此人間之世，原是個「真風告退，大偽斯興」的人世，當他「時來苟冥會，宛轡憩通衢」，而果然步入仕途之後，卻發現仕宦之所得，既不能達成其原有的志意，而折腰事人違拗了自己的質性，所換來的，只是「口腹自役」的生活，「傾身」之所得，只不過足以「營一飽」而已，則又何必淈泥揚波，徒為所污。這在淵明而言，真是「志意多所恥」，於是乎「悵然慷慨，深愧平生之志」，「遂盡介然分，拂衣歸田里」了。因此，如以淵明之志意而言，則用世乃其本心，歸田才是不得已。然而如以淵明之質性而言，則歸田方能保全其自然與真淳，而出仕則不免於有「違己交病」之患。所以淵明的歸田，既非為了虛浮的隱居的高名，也非為了世俗的道德的忠義，而只是為了在「大偽斯興」的此一人世，保全其一份質性自然的「真我」。此一原因，看似簡單，而其間卻曾經過多少徘徊與徬徨，也蘊蓄著多少對此世的失望與悲痛。更何況易代之後，淵明雖不是一個拘於外表名節觀念的人，但其內心深處，則常懷有一種發自真淳之至性的滄桑深慨。我們看他在〈擬古〉九首中所寫的「枝條始欲茂，忽值山河改」，以及「年年見霜雪，誰謂不知時」諸詩句，仍可體會到他內心中，對於陵夷遷替的一份深切的哀傷。所以淵明歸隱的原因與歸隱的生活，雖然簡單，而其中所蘊蓄的情意，卻極為複雜。東坡〈書淵明飲酒詩後〉就曾經說：「正飲酒中，不知何緣記得此許多事。」稼軒在其〈水龍吟〉一詞中，也曾經說過：「北窗高臥，東籬自醉，應別有歸來意。」而淵明畢竟抱著如許深微的情意而決心歸隱了。

我常想，如果真有一個手中執著智慧之明燈的人，則他必然會從這黑暗而多歧的世途中，找到他自己所要走的路。也許四周的黑暗，也曾使他產生過無限的壓迫之感，也許踽踽的獨行，也曾使他感受到徹骨的寂寞之悲，然而有一點足可自慰的，就是他畢竟沒有在黑暗中迷失自己。自淵明詩中，我們就可深切地體悟到，他是如何在此黑暗而多歧的世途中，以其所秉持的注滿智慧之油膏的燈火，終於覓得了他所要走的路，更且在心靈上與生活上，都找到了他自己的棲止之所，而以超逸而又固執的口吻，道出了「託身已得所，千載不相違」的決志。所以在淵明詩中，深深地揉合著仁者哀世的深悲，與智者欣愉的妙悟。我們看他如何從「人生若寄，憔悴有時，靜言孔念，中心悵而」的悵惘，轉到「一世異朝市，此語真不虛，人生似幻化，終當歸空無」的體認，再轉到「縱浪大化中，不喜亦不懼，應盡便須盡，無復獨多慮」的乘化；以及他如何從「徘徊無定止，夜夜聲轉悲」的迷失的徬徨，轉到「嘯傲東軒下，聊復得此生」的自得的欣喜；如何從「欲言無予和，揮杯勸孤影」的寂寞的哀傷，轉到「知音苟不存，已矣何所悲」的不求人知的放曠；如何從「念此懷悲悽，終曉不能靜」的失意的悲慨，轉到「不覺知有我，安知物為貴」的達觀的脫略，於是淵明終於找到了他自己的一個寄託心靈的自得的天地。他以知命的委順，泯沒了悲苦；他以知止的固執，超越了迷途；他以他的閃爍的智慧之燈火，照亮了他的四周。於是欣然的從他四周的事物中，看到了種種可賞愛的人生的妙趣，而於「山氣日夕佳，飛鳥相與還」之際，悠然吟出了「此中有真意，欲辯已忘言」的詩句。而為了保有他這一份心靈上任真自得的境界，他終於選擇了躬耕的生活方式。

說到躬耕，就要談到淵明的「固窮」的操守

淵明為了保全其「任真」之質性，而選擇了躬耕，而支持住他對躬耕之選擇的，則是他的「固窮」的操守。僅此一連鎖關係，已可看出「固窮」之節對於淵明的重要性了。我們從淵明〈飲酒〉詩中「栖栖失群鳥，日暮猶獨飛」的一首，可以看出淵明確曾在此

黑暗多歧的世途中，有過一段徬徨的日子。淵明在精神上，是一隻脫去塵羈的飛鳥，而生活於此人世之間的，則是一些蠕蠕而動的蟲豸。淵明雖曾以其仁者之襟懷懷有用世之念，然而蟲豸既不能學高鳥之飛翔，飛鳥又如何肯效蟲豸之蠕動。徬徨的結果，淵明終於放棄了其用世之志意，退而但求保全一己之「真我」了。但退而保全一己之真我，又復談何容易。淵明在〈庚戌歲九月中於西田穫早稻〉一詩中說得好：「人生歸有道，衣食固其端，孰是都不營，而以求自安。」精神上的真我固然要保全，而現實生活的家人衣食，又豈能完全棄而不顧。既要謀求衣食，則維生之計只有躬耕才是使人最無慚怍的一條路。一分耕耘，一分收穫，除草則苗肥，揠苗則苗槁，豈但不可欺人，更且不可自欺，淵明就曾經說過「衣食當須紀，力耕不吾欺」的話。於是淵明終於選擇了躬耕。而為了此一選擇，淵明也付出了他所能付出的最高代價。淵明常在辛苦中，也常在饑寒中，他以「晨興理荒穢，帶月荷鋤歸」的勤勞，換來的生活卻是「夏日長抱饑，寒夜無被眠，造夕思雞鳴，及晨願烏遷」，真如淵明所云：「躬親未曾替，寒餒常糟糠。」有時甚至還不免「饑來驅我去，不知竟何之」。在這種生活中，支持淵明的，就是他的一份固窮的操守。所以淵明詩中，曾屢次提到固窮兩個字，如「高操非所攀，深得固窮節」（〈癸卯歲十二月中作與從弟敬遠〉一首），「不賴固窮節，百世當誰傳」（〈飲酒〉二十首之二），

「竟抱固窮節，饑寒飽所更」（〈飲酒〉二十首之十六），「斯濫豈彼志，固窮夙所歸」（〈有會而作〉一首），「誰云固窮難，邈哉此前脩」（〈詠貧士〉七首之七）。從這些詩句中，我們都可看出固窮的持守，對他的任真的選擇的支持的力量。梁啟超在其〈陶淵明之文藝及其品格〉一文中，就曾經說：「他實在窮得可憐，所以也曾轉念頭想做官混飯吃，但這種勾當，和他那『不屑不潔』的脾氣，到底不能相容，他精神上很經過一番交戰，結果覺得做官混飯吃的苦痛，比捱餓的苦痛還厲害，他纔決然棄彼取此。」太史公在〈伯夷列傳〉中曾經引《論語》的話說：「子曰：『道不同不相為謀』，亦各從其志也，故曰：『富貴如可求，雖執鞭之士吾亦為之，如不可求，從吾所好』，『歲寒然後知松柏之後凋』，舉世混濁，清士乃見，豈以其重若彼，其輕若此哉。」孔子之「飯疏飲水」，「樂在其中」；顏淵之「陋巷簞瓢」，「不改其樂」，並非樂此貧窮，其樂處乃是在於貧窮之外，有非貧窮所可移易者在。這種固窮的操守，不僅是出於理性的道德觀念，尤其可貴的乃是出於一種感情與人格的凝聚；不然，即使能守得住固窮的節操，也未必能體認到固窮的樂趣。淵明便是不但守住了固窮之節，也體認到了固窮之樂的一個人。我們從他所寫的：「先師有遺訓，憂道不憂貧」（〈癸卯歲始春懷古田舍〉），「草廬寄窮巷，甘以辭華軒」（〈戊申歲六月中遇火〉一首），「豈不實辛苦，所懼非饑寒，貧富常交戰，道勝無戚顏」（〈詠貧士〉七首之五）的一些詩句，便可看出他對固窮所表現的從容、甘願，與無懼；而且更進一步，在由固窮所保持住的任真自得的精神生活中，達到了「俯仰終宇宙，不樂復何如」（〈讀山海經〉之一）的入化的境界。

研讀淵明詩，我們可以體悟到，一個偉大的靈魂，如何從種種矛盾失望的寂寞悲苦中，以其自力更生，終於掙扎解脫出來，而做到了轉悲苦為欣愉，化矛盾為圓融的一段可貴的經歷。這其間，有仁者的深悲，有智者的妙悟，而歸其精神與生活的止泊，於「任真」與「固窮」的兩大基石上，從而建立起他的「傍素波干青雲」的人品來，而且以如此豐美的含蘊，毫無矯飾地寫下了他那「千載下，百篇存，更無一字不清真」的「豪華落盡見真淳」的不朽詩篇。

嗟夫，淵明遠矣，人世之大偽依然，栗里之松菊何在，千古下，讀其詩想見其人，令人徒然興起一種「願留就君住，從君至歲寒」的淒然的嚮往。

論杜甫七律之演進及其承先啟後之成就

——《杜甫秋興八首集說·代序》

杜甫在正格之七律中，能做到既保持形式之精美，又脫出嚴格之束縛的，兩點最可注意的成就，那便是前面所提到過的——句法的突破傳統與意象的超越現實。

一、集大成之時代與集大成之詩人

談到我國舊詩演進發展的歷史，無疑的，唐代是一個足可稱為集大成的時代，只根據《全唐詩》一書來統計，所收的作者，就有二千二百餘人之眾，而所收的作品，則更有四萬八千九百餘首之多，在如此眾多的作家與作品中，其名家之輩出，風格之多彩，自屬一種時勢所趨的必然現象。面對如此繽紛絢爛的集大成之唐代詩苑，如果站在主觀的觀點來欣賞，則摩詰之高妙，太白之俊逸，昌黎之奇崛，義山之窈眇，固然各有其足以令人傾倒賞愛之處，即使降而求之，如郊之寒，如島之瘦，如盧仝之怪誕，如李賀之詭奇，也都無害其為點綴於大成之詩苑中的一些奇花異草。然而如果站在客觀的觀點來評斷，想要從這種種繽紛與歧異的風格中，推選出一位足以稱為集大成的代表作者，則除杜甫而外，無足以當之者。杜甫是這一座大成之詩苑中，根深幹偉，枝葉紛披，聳拔蔭蔽的一株大樹，其所垂掛的繁花碩果，足可供人無窮之玩賞，無盡之採擷。

關於杜甫的集大成之成就，早自元微之的〈杜甫墓誌銘〉，宋祁的《新唐書・杜甫傳贊》，以及秦淮海的《進論》，便都已對之備致推崇，此外就杜甫之一體、一格、一章、一句而加以讚美評論的詩話，歷代的種種記述，更是多到筆不勝書。至於加在杜甫身上的頭銜，則早已有了「詩聖」與「詩史」的尊稱，而近代的一些人，更為他加上了「社會派」與「寫實主義」的種種名號。當然，每一種批評或稱述，都可能有其可資採擇的一得之見，只是，如果徵引起來，一則陳陳相因，過於無味，再則繁而不備，反而徒亂人意。我現在只想簡單分析一下杜甫之所以能有如此集大成之成就的主要因素，我以為其主要因素，實可簡單歸納為以下兩點：其一、是因為他之生於可以集大成之足以有為的時代。其二、是因為他之禀有可以集大成之足以有為的容量。

先從集大成的時代來說，一個詩人與其所生之時代，其關係之密切，正如同植物之與季節與土壤，譬如二月早放之夭桃，十月晚開之殘菊，縱然也可以勉強開出幾朵小花，而其瘦弱與零丁可想；又如種桑江邊，藝橘淮北，縱使是相同的品種根株，卻往往會只落得摧折浮海枳實成空的下場。明白了這個關係，我們就更會深切地感到，以杜甫之天才，而生於足可以集大成的唐代，這是何等可值得欣幸的一件事了。自縱的歷史性的演進來看，唐代上承魏晉南北朝之後，那正是我國文學史上，一段萌發著反省與自覺的重要時期，在這一段時期中，純文學之批評既已逐漸興起，而對我國文字之特色的認識與技巧的運用，也已逐漸覺醒，上自魏文帝之《典論・論文》，陸機之〈文賦〉，降而至於鍾嶸之《詩品》，劉勰之《文心雕龍》，加之以周顒沈約諸人對四聲之講求研析，這一連串的演進與覺醒，都預示著我國的詩歌，正在步向一個更完美更成熟的新時代；而另一方面，自橫的地理性的綜合來看，唐代又正是一個揉合南北漢胡各民族之精神與風格而滙為一爐的大時代，南朝的藻麗柔靡，北朝的激昂伉爽，二者的相摩蕩，使唐代的詩歌，不僅是平順地繼承了傳統而已，而且更融入了一股足以為開創與改革之動力的新鮮的生命，這種揉合與激蕩，也預示著我國的詩歌將要步入一個更活潑更開闊的新境界。就在這縱橫兩方面的繼承與影響下，唐代遂成為了我國詩史上的一個集大成的時代。在體式上，它一方面繼承了漢魏以來的古詩樂府，使之更得到擴展而得以革新，而另一方面，它又完成了南北朝以來一些新興的體式，使之益臻於精美而得以確立；在風格上，則更融合了剛柔清濁的南北漢胡諸民族的多方面的長處與特色，而呈現了一片多彩多姿的新氣象。於是乎，王孟之五言，高岑之七古，太白之樂府，龍標之絕句，遂爾紛呈競美，盛極一時了。然而可惜的是，這些位作者，亦如孟子之論夷齊伊尹與柳下惠，雖然都能各得聖之一體，卻不免各有所偏，而缺乏兼容並包的一份集大成的容量，他們只是合起來可以表現一個集大成之時代，而卻不能單獨地以個人而集一個時代之大成，以王孟之高雅而短於七言，以高岑之健爽而不擅近體，龍標雖長於七絕，而他體則未能稱是，即是號稱詩仙的大詩人李太白，其歌行長篇雖有「想落天外局自變生」之妙，而卻因為心中先存有了一份「自從建安來，綺麗不足珍」的成見，貴古賤今，對於「鋪陳終始排比聲韻」的作品，便爾非其所長了，所以雖然有著超塵絕世的仙才，然而終未能夠成為一位集大成的聖者。看到這些人的互有短長，於是乎我們就越發感到杜甫兼長並美之集大成的容量之難能可貴了。

說到杜甫集大成的容量，其形式與內容之多方面的成就，固早已為眾所周知，而其所以能有如此集大成之容量的因素，我以為最重要的，乃在於他生而禀有著一種極為難得的健全的才性——那就是他的博大、均衡與正常。杜甫是一位感性與知性兼長並美的詩人，他一方面具有極大且極強的感性，可以深入於他所接觸到的任何事物之中，而把握住他所欲攫取的事物之精華，而另一方面，他又有著極清明周至的理性，足以脫出於一切事物的蒙蔽與拘限之外，做到博觀兼採而無所偏失。這種優越的禀賦，表現於他的詩中，第一點最可注意的成就，便是其汲取之博與途徑之正。就詩歌之體式風格方面而言，無論古今長短各種詩歌的體式風格，他都能深入擷取盡得其長，而且不為一體所限，更能融會運用，開創變化，千彙萬狀，而無所不工，我們看他〈戲為六絕句〉之論詩，以及與當時諸大詩人，如李白、高適、岑參、王維、孟浩然等，酬贈懷念的詩篇中的論詩的話，都可看到杜甫採擇與欣賞的方面之廣；而自其〈飲中八仙歌〉、〈醉時歌〉、〈曲江〉三章、〈同谷七歌〉、〈桃竹杖引〉等作中，則可見到他對各種詩體運用變化之神奇工妙；又如自其〈赴奉先縣詠懷〉、〈北征〉及三吏、三別等五古之作中，則可看到杜甫自漢魏五言古詩變化而出的一種新面貌。而自詩歌之內容方面而言，則杜甫更是無論妍媸鉅細，悲歡憂喜，宇宙的一切人情物態，他都能隨物賦形，淋漓盡致地收羅筆下而無所不包，如其寫青蓮居士之「飄然思不群」，寫鄭虔博士之「樗散鬢成絲」，寫空谷佳人之「日暮倚修竹」，寫李鄧公驄馬之「顧影驕嘶」，寫東郊瘦馬之「骨骼硉兀」，寫醜拙則「袖露兩肘」，寫工麗則「燕子風斜」，寫玉華宮之荒寂，則以上聲馬韻予人以一片沉悲哀響，寫洗兵馬之歡忭，則以沉雄之氣運駢偶之句，寫出一片欣奮祝願之情，其含蘊之博與變化之多，都足以為其稟賦之博大均衡與正常的證明。其次一點值得我們注意的，則是杜甫嚴肅中之幽默，與擔荷中之欣賞。我嘗以為每一位詩人，對於其所面臨的悲哀與艱苦，都各有其不同之反應態度，如淵明之任化，太白之騰越，摩詰之禪解，子厚之抑斂，東坡之曠觀，六一之遣玩，都各因其才氣性情而有所不同。然大別之，要不過為對悲苦之消融與逃避，其不然者，則如靈均之懷沙自沉，乃完全為悲苦所擊敗而毀命喪生。然而杜甫卻獨能以其健全之才性，表現為面對悲苦的正視與擔荷，所以天寶的亂離，在當時一般詩人中，惟杜甫反映者為獨多，這正因杜甫獨具一份擔荷的力量，所以才能使大時代的血淚，都成為了他天才培育的澆灌，而使其有如此強大的擔荷之力量的，則端賴他所有的一份幽默與欣賞的餘裕。他一方面有極主觀的深入的感情，一方面又有極客觀的從容的觀賞，如其最著名的〈北征〉一詩，於飽寫沿途之人煙蕭瑟，所遇被傷，呻吟流血之餘，卻忽然筆鋒一轉，竟而寫起青雲之高興，幽事之可悅，山果之紅如丹砂，黑如點漆；而於歸家後，又復於囊空無帛，饑寒凜冽之中，大寫其幼女曉妝之一片嬌癡之態；又如其〈空囊〉一詩，於「不爨井晨凍，無衣牀夜寒」的艱苦中，竟然還能保有其「囊空恐羞澀，留得一錢看」的詼諧幽默。此外杜甫雖終生過著艱苦的生活，而其詩題中，則往往可見有「戲為」、「戲贈」、「戲簡」、「戲作」等字樣，凡此種種都說明了杜甫的才性之健全，所以才能有嚴肅中之幽默與擔荷中之欣賞，相反而相成的兩方面的表現，這種複雜的綜合，正足以為其稟賦之博大均衡與正常的又一證明。

而且此種優越之稟賦，不僅使杜甫在詩歌的體式內容與風格方面達到了集大成之多方面的融貫匯合之境界，另外在他的修養與人格方面，也凝成了一種集大成之境界，那就是詩人之感情與世人之道德的合一。在我國傳統之文學批評中，往往將文藝之價值依附於道德價值之上，而純詩人的境界反而往往為人所輕視鄙薄。即以唐代之詩人論，如李賀之銳感，而被人目為鬼才，以義山之深情，而被人指為豔體，以為這種作品「無一言經國，無纖意獎善」（李涪〈釋怪〉）。而另外一方面，那些以「經國」「獎善」相標榜的作品，則又往往虛浮空泛，只流為口頭之說教，而卻缺乏一份詩人的銳感深情。即以唐代最著名的兩位作者韓昌黎與白樂天而言，昌黎載道之文與樂天諷諭之詩，他們的作品中所有的道德，也往往僅只是出於一種理性的是非善惡之辨而已，而杜甫詩中所流露的道德感則不然，那不是出於理性的是非善惡之辨，而是出於感情的自然深厚之情。是非善惡之辨乃由於向外之尋求，故其所得者淺，深厚自然之情則由於天性之含蘊，故其所得者深，所以昌黎載道之文與樂天諷諭之詩，在千載而下之今日讀之，於時移世變之餘，就不免會使人感到其中有一些極淺薄無謂的話，而杜甫詩中所表現的忠愛仁厚之情，則仍然是滿紙血淚，千古常新，其震撼人心的力量，並未因時間相去之久遠而稍為減退，那就是因為杜甫詩中所表現的忠愛仁厚之情，自讀者看來，固然有合於世人之道德，而在作者杜甫而言，則並非如韓白之為道德而道德，而是出於詩人之感情的自然之流露。只是杜甫的一份詩人之情，並不像其他一些詩人的狹隘與病態，而乃是極為均衡正常，極為深厚博大的一種人性之至情，這種詩人之感情與世人之道德相合一的境界，在詩人中最為難得，而杜甫此種感情上的健全醇厚之集大成的表現，與他在詩歌上的博採開新的集大成的成就，以及他的嚴肅與幽默的兩方面的相反相成的擔荷力量，正同出於一個因素，那就是他所稟賦的一種博大均衡而正常的健全的才性。

以杜甫之集大成的天才之稟賦，而又生於可以集大成的唐朝的時代，這種不世的際遇，造成了杜甫多方面的偉大的成就，而其中最值得注意的，則該是他的繼承傳統而又能突破傳統的一種正常與博大的創造精神，以及由此種精神所形成的承先啟後繼往開來的表現。

二、杜甫與杜甫以前之七言律詩

杜甫的繼承傳統與突破傳統的精神，以及其深厚博大的含蘊，表現於古近各體，都有其特殊獨到的成就，而其中尤其值得注意的，我以為該是他在七言律詩一方面的成就。因為，其他各種體式，到杜甫的時候，可以說大致都已早臻於成熟之境地，而惟有七言律詩，則仍在嘗試之階段。對於其他各種體式，杜甫雖然亦能有所擴展與革新，然而畢竟前人之作已多，有著足夠的可資以觀摩取法的材料，而惟獨對於七言律詩一體，則杜甫之成就，乃全出於一己之開拓與建立。如果我們把各體詩歌的成就，比做庭園的建造，則其他各體，譬如早經建築得規模具備完整精美的庭園。杜甫於進入園中周遊遍覽之餘，一方面既能盡得前人已有之勝，一方面更能以其過人之才性，見前人之所未見，於是乎據山植樹，導水為池，更加以一番拓展與改建，這種拓展與改建，當然也彌足珍視，然而畢竟可資為憑藉者多，拓建較易，而意義與價值亦較小；至於七律一體，則在杜甫以前之作者，只不過為這座庭園纔開出一條入門的小徑，標了一面「七律」的指路牌，而園門以內則可以說仍是曠而不整，一片荒蕪，從闢地開徑，到建為花木扶疏亭臺錯落的一座庭園，乃全出於杜甫一人之心力。如果說在中國詩史上，曾經有一位詩人，以獨力開闢出一種詩體的意境，則首當推杜甫所完成之七言律詩了。

談到杜甫七律一體的演進與成就，我們就不得不對杜甫以前的七言詩之產生，與七言律詩之形成，先有一個概略的認識。七言之句，雖然早在古歌謠與三百篇中就已經出現了，然而真正完整的七言詩，則興起頗晚，而且一直不甚發達。我總以為中國五言詩之興起，是時勢所趨，頗為大眾化的一件事，而七言詩之興起，則似乎與一些天才詩人的創造與嘗試，一直有著較密切的關係。觀乎七言之體式，當是騷體之簡鍊凝縮，與五言詩之擴展引申所合成的一種中間產物，而在今日所見到的可信的作品中，第一個作這種結合嘗試而得到成功的作者，首當推東漢時候，寫〈四愁詩〉的一位偉大的天才張衡

〈柏梁聯句之不可信，自顧炎武《日知錄》以來，辨者已多，茲不具論〉。現在我們就把他的〈四愁詩〉錄在下面：

我所思兮在太山，欲往從之梁父艱，側身東望涕霑翰，美人贈我金錯刀，何以報之英瓊瑤，路遠莫致倚逍遙，何為懷憂心煩勞。

我所思兮在桂林，欲往從之湘水深，側身南望涕霑襟，美人贈我金琅玕，何以報之雙玉盤，路遠莫致倚惆悵，何為懷憂心煩傷。

我所思兮在漢陽，欲往從之隴阪長，側身西望涕霑裳，美人贈我貂襜褕，何以報之明月珠，路遠莫致倚踟躕，何為懷憂心煩紆。

我所思兮在雁門，欲往從之雪紛紛，側身北望涕霑巾，美人贈我錦繡緞，何以報之青玉案，路遠莫致倚增歎，何為懷憂心煩惋。

我們從這四首詩中，可以清楚地看到騷體影響所遺留的痕跡，然而每句皆為七字，已較騷體為整齊，而「兮」字語詞之運用亦已逐漸減少，這種嘗試的成功，為七言詩之體式植下了一粒極有生機與希望的種子。

自此而後，一直到了另一位天才魏文帝的出現，纔對七言之詩體作了更進一步的創造與嘗試。現在我們把魏文帝的兩首〈燕歌行〉也錄在後面：

秋風蕭瑟天氣涼，草木搖落露為霜，群燕辭歸雁南翔，念君客遊思斷腸，慊慊思歸戀故鄉，何為淹留寄他方，賤妾煢煢守空房，憂來思君不敢忘，不覺淚下霑衣裳，援琴鳴絃發清商，短歌微吟不能長，明月皎皎照我床，星漢西流夜未央，牽牛織女遙相望，爾獨何辜限河梁。

別日何易會日難，山川遙遠路漫漫，鬱陶思君未敢言，寄聲浮雲往不還，涕零雨面毀容顏，誰能懷憂獨不歎，展詩清歌聊自寬，樂往哀來摧肺肝，耿耿伏枕不能眠，披衣出戶步東西，仰看星月觀雲間，飛鳥晨鳴聲可憐，留連顧懷不能存。

我們看這兩首詩，較之前所舉張衡之〈四愁詩〉，已經有了更進一步的演進，「兮」字與「之」字等騷體常用之語詞，既已經全部被棄去，而且在句法的組織與音節的頓挫上，其二、二、三之頓挫，亦與五言詩二、三之頓挫，已有著更為接近的傾向。雖然每句都押韻的格式，仍有頗近於騷體短歌之處，然而大體說來，魏文帝之作，較之張平子之作，已經更明顯地可以看出其去騷日遠，去詩日近的趨勢了。

我以為張平子與魏文帝，在中國詩史上，都是頗可注意的天才，而其天才又正與杜甫有著某一點相似之處，那就是感性與知性的均衡與正常。張衡的多方面的成就，尤其足以為其天才的均衡與博大的說明，他一方面在科學上，有著渾天地動等儀器的偉大精密的製作與發明，而另一方面，在文學上，他也有著極可重視的創作的成就。在辭賦方面，他的〈思玄〉、〈兩京〉、〈歸田〉諸賦，既能兼得楚騷漢賦之長，而且更開了魏晉抒情短賦的先聲。在五言詩方面，他的〈同聲歌〉，是東漢可信的五言之作中，僅後於班固〈詠史詩〉的最古老的作品，而其情意之婉轉深密，則較之班固「質木無文」的〈詠史詩〉，在詩的意境上，已有著極顯明的進步。另外在七言詩方面，他的〈四愁詩〉的成就，則更為值得注意，其水深雪紛之託興，字法句式之複沓，既兼有楚騷與國風之美，而形式上又全不承襲風騷，而成為了七言詩的濫觴。我們從張平子的文學的創作與科學的發明之並長兼擅，以及他的成就的方面之廣大方向之正確來看，都足以證明張平子是一位感性與知性兼美的天才。而最早的七言詩的雛形之作，就出於張平子之手，這實在不是一件偶然的事。至於魏文帝，則同樣也是一位感性與知性兼美的詩人，他既有創作的才情，又有理性的思辨，所以，《文心雕龍》說「子桓慮詳而力緩」，「慮詳」、「力緩」，就正是他有反省的思致的表現，所以他能有《典論・論文》之作，成為了我國文學批評中最早的一篇專著。而他的〈燕歌行〉二首，就正代表了七言詩演進的另一階段，這也不是一件偶然的事，因為，在文學的創作中，一般尋常的作者，都只是追隨風氣，在風氣所趨的情勢下，群行並效，即使偶然有幾個才情出眾的人，也偶然可以寫出幾篇感人出眾的作品，然而若想嘗試一種新體式的製作，開出一種詩歌的新意境，則不是僅靠著一點過人的才情就能做到的，而一定要是感性與知性兼長並美的人，然後纔能知所取捨剪裁，知所安排運用，知所毀建廢興，我以為這是在討論整個文學史的演進，與個人創作的成就時，兩方面都值得注意的事。

所惜者是張平子與魏文帝兩位作者，都只是由其一己天才之所至，自然而然在作品中現出了由其感性與知性所凝聚成之一種新體式，而卻並未曾對之作有心有力之提倡，所以自張平子魏文帝二位天才之後，七言詩一體，乃一直消沉了許久，都沒有更進一步的演進，直等到南北朝的時候，五言之變既窮，一般作者纔於窮極思變之際，而開始對七言詩作有限度的嘗試。其中對唐代影響最多的一位作者是鮑照，他的樂府體的〈擬行路難〉十八首，曾給予唐代的李白高適諸人的歌行以不少影響，不過鮑照的〈擬行路難〉，也仍是古樂府雜言之變，雖然七言之句較多，然而卻並非完整之七言詩。到了齊梁以後，七言的作品，才由於時勢之所趨而日漸增多，如梁武帝的〈河中之水歌〉，雖然在音節韻律上仍有樂府歌行之遺跡，然而已是完整之七言詩；又如梁簡文帝之〈夜望單飛雁〉、梁元帝之〈送西歸內人〉等詩，則由於南北朝五言小詩引申之七言化，成為唐代七絕的先聲，而其中尤其可注意的，則是受齊梁聲律對偶之風的影響，所形成的一種近於律詩的體式。現在舉幾首作為例證：

蝶黃花紫燕相追，楊低柳合露塵飛，已見垂鉤挂綠樹，誠知淇水沾羅衣，兩童夾車問不已，五馬城南猶未歸，鶯啼春欲駛，無為空掩扉。（梁簡文帝〈春情〉）

文牕玳瑁影嬋娟，香帷翡翠出神仙，促柱點唇鶯欲語，調弦繫爪雁相連，秦聲本自楊家解，吳歈那知謝傳憐，祇愁芳夜促，蘭膏無那煎。（陳後主〈聽箏〉）

促柱繁絃非〈子夜〉，歌聲舞態異〈前溪〉，御史府中何處宿，洛陽城頭那得棲，彈琴蜀郡卓家女，織錦秦川竇氏妻，詎不自驚長淚落，到頭啼烏恆夜啼。（庾信〈烏夜啼〉）

揚州舊處可淹留，臺榭高明復好遊，風亭芳樹迎早夏，長皐麥隴送餘秋，淥潭桂檝浮青雀，果下金鞍躍紫騮，綠觴素蟻流霞飲，長袖清歌樂戲洲。（隋煬帝〈江都

宮樂歌〉）

從這四首詩來看，前面兩首，中間四句已經是頗為工整的對句，只有末兩句則仍然都是五言句，這正是五言之轉為七言，古體之轉為律體的階段中，過渡時期的作品。至於後二首，則在字數、句數、對偶各方面，都已經完全合於七言律詩之體式，只有平仄尚未完全和諧，而七言律詩之形成，已有著指日可期的必然之勢，所以到了唐初的時代，經過上官儀「當對律」之倡立，與沈佺期宋之問諸人「回忌聲病，約句準篇」之講求，五言律詩之體式，既更臻於精美而完全確立，七言律詩之體式遂亦隨五言律詩之後，而相繼成立。惟是五言律詩之體，因為自六朝以來，已早有律化之醞釀與準備，故其所表現之意境與表現之技巧，乃極易達到擴展與成熟之境界。而七律一體，則雖然因受五律之影響而得以成立，然而其所成立者，實在僅是一個徒具平仄對偶之形式，這也就是我所說的僅是一條門徑與指路牌，而其園門以內，則仍是空乏貧弱，一片荒蕪。這一方面自然是因為七言之體式，自魏晉以來，原來就不發達，作品之可資觀摩取法者既少，作者對七字為句的句法之組織運用亦未臻熟練，而況在平仄對偶之格律的限制下，七字之句自然較五字之句所受的束縛拘牽為更多，所以，初唐詩人的作品中，雖然也偶然可以發現有幾首七言律詩，然而可資稱述者則極少，我們現在就以沈宋二家為例，看一看他們的七律之作。

沈佺期的作品，據《全唐詩》所收共一百五十七首，其中七言律詩計有十六首，這在初唐詩人的七律之作品中，可以說是所佔的比例極大的了，我們現在先把沈氏這十六首七律的詩題錄出來看一看：

①奉和之春遊苑迎春。②人日重宴大明宮賜綵縷人勝應制。③奉和春初幸太平公主南莊應制。④奉和春日幸望春宮應制。⑤侍宴安樂公主新宅應制。⑥龍池篇。⑦興慶池侍宴應制。⑧從幸香山寺應制。⑨紅樓院應制。⑩再入道場紀事應制。⑪嵩山石淙侍宴應制。⑫古意呈補闕喬知之（此詩樂府入雜曲，題獨不見，又或但題古意）。⑬遙同杜員外審言過嶺。⑭和上巳連寒食有懷京洛。⑮陪幸太平公主南莊詩。⑯守歲應制。

宋之問的作品，據《全唐詩》所收共一百九十三首，而其中七律之體，則僅有四首而已，現在我們也把宋之問這四首七律的詩題錄出來看一看：

①餞中書侍郎來濟。②奉和春初幸太平公主南莊應制。③三陽宮侍宴應制。④和趙員外桂陽橋遇佳人。

我們看沈佺期的十六首七律中，有十二首都是奉和陪幸應制一類的作品，至於宋之問的四首中，亦有兩首題中便已標明是頌聖之作，這一類應制頌聖之作，即使其稱頌之技巧，有高下工拙之異，而其內容之為歌頌無聊，則一望可知。現在把這些作品暫時擱置不談，我們且將沈宋二家頌聖以外的作品各錄兩首來看一看：

盧家少婦鬱金堂，海燕雙棲玳瑁梁，九月寒砧催木葉，十年征戍憶遼陽，白狼河北音書斷，丹鳳城南秋夜長，誰謂含愁獨不見，更教明月照流黃。（沈佺期〈古意〉）

天津綠柳碧遙遙，軒騎相從半下朝，行樂光輝寒食借，太平歌舞晚春饒，紅妝樓下東迴輦，青草洲邊南渡橋，坐見司空掃西第，看君侍從落花朝。（沈佺期〈和上巳連寒食有懷京洛〉）

曖曖去塵昏灞岸，飛飛輕蓋指河梁，雲峰衣結千重葉，雪岫花開幾樹妝，深悲黃

鶴孤舟遠，獨對青山別路長，卻將分手霑襟淚，還用持添離席觴。（宋之問〈餞中書侍郎來濟〉）

江雨朝飛浥細塵，陽橋花柳不勝春，金鞍白馬來從趙，玉面紅妝本姓秦，妬女猶憐鏡中髮，侍兒堪感路傍人，蕩舟為樂非吾事，自歎空閨夢寐頻。（宋之問〈和趙員外桂陽橋遇佳人〉）

這四首詩中，以沈佺期的〈古意〉一首最為著名，沈德潛《說詩晬語》曾評之云：「沈雲卿獨不見一章，骨高氣高，色澤情韻俱高」，這首詩的好處，一在開端二句以華麗反襯悲哀，寫得極有神采，二在中間兩聯，一句閨中，一句塞外，再一句塞外，再一句閨中，寫得極為開闊。然而如以內容言，則征夫思婦之情，仍不過只是詩人常寫的一種極熟的題材，沈佺期也不過只是很會找題材，很會作詩而已，並沒有什麼發自深衷的深厚之情。至於「九月」與「十年」，及「白狼河」與「丹鳳城」之對句，雖然頗有開闔之致，然而句法則亦仍屬工整平板，而結尾兩句，尤其是滿帶著齊梁樂府詩的味道，《全唐詩話》曾云：「末句是齊梁樂府詩語……如織宮錦間一尺繡，錦則錦矣，如全幅何。」所以這首詩只能算是自樂府演變為七律的一首奠定形式的代表作，此外在詩歌之意境與句法上，都並沒有什麼新的拓展和成就。

至於其他三首詩，沈佺期的「行樂光輝」與「太平歌舞」，及「紅妝樓下」與「青草洲邊」的對句，固然是庸俗平板；宋之問的「千重葉」與「幾樹妝」，及「金鞍白馬」與「玉面紅妝」的對句，也一樣淺俚無足取。再看一看這三首詩的內容，則兩首為唱和之作，一首為餞別之作，除了渲染一些眼前俗景之外，所寫之情事，不過為「侍從花朝」、「分手霑襟」、橋上「遇佳人」而已，其空泛無聊，更復顯然可見。七言律詩之一體，在一開始成立之時，就走上了這一條內容空泛、句法平俗的用於酬應贈答的路子，這一方面，當然是由於初唐的一些作者，天才本來就不甚高，他們只能作一些安排藻飾的小巧的工夫，而卻普遍都缺乏一種開源拓地的創造精神，如王、楊、盧、駱四傑，根本無七律之作，崔日用、張九齡、杜審言、李嶠諸人，偶有幾篇七言律詩，亦多為奉和應制之作，其成就較之沈宋尤為無足稱述。而另一方面，則由於七言律詩，本身的體式既極為端整，而格律復極為謹嚴，因此限制了這些天才較為平凡的詩人，使他們的情意思想，在這種體式與格律中，都受到了嚴格的束縛，而感到不能有自由發抒的餘地，而同時這種體式的嚴整，卻又便於一些未能免俗的詩人利用來製造「偽詩」，因為，七律之為體，只要把平仄對偶安排妥適，就很容易支撐起一個看來頗為堂皇的空架子，所以，這種體式最適於作奉和應制贈答等酬應之用。甚而至於今日，一般酬應之作的頌喜祝壽等詩篇，也仍然多用七律之體，這種作俑之始，可以說由來已久了。

初唐以後，唐詩漸進於全盛之世，在此一階段中，王維自然是其中一位重要的作者，據《四部備要》本，趙殿成注《王右丞集》，共收古近體詩四百七十九首，其中有七律之作二十首，此二十首中，有奉和應制等頌聖之作七首，酬贈餞行之作六首，及其他雜詩七首。摩詰居士的七律，其內容固然已較沈宋二家為擴展，辭句亦更為流利通暢，然而平仄對偶之間，則仍不免時予人以沾滯之感，較之其五言律之天懷無滯妙造自然，相差乃極為懸殊。現在我們舉王維的兩首七律來看一看：

積雨空林烟火遲，蒸藜炊黍餉東菑，漠漠水田飛白鷺，陰陰夏木囀黃鸝，山中習靜觀朝槿，松下清齋折露葵，野老與人爭席罷，海鷗何事更相疑。（〈積雨輞川莊作〉）

居延城外獵天驕，白草連天野火燒，暮雲空磧時驅馬，秋日平原好射鵰，護羌校尉朝乘障，破虜將軍夜度遼，玉靶角弓珠勒馬，漢家將賜霍嫖姚。（〈出塞〉）

從這兩首詩來看，第一首的清新澹遠，第二首的沉雄矯健，都可證明摩詰對七言律詩的意境，較之沈宋二家，已經有了顯明的擴展，然而我以為這種擴展，該只屬於摩詰一人之成就，而並不代表整個七律一體之演進。因為，這兩首詩中所表現之意境，乃出於摩詰之生活環境與其才情修養之自然流露，而並沒有一種帶著反省與嘗試意味的開創精神，所以其意境雖佳，而卻並不能表示摩詰曾促成七律一體之運用及表現技巧之任何進益，〈積雨輞川莊作〉一首，乃作於摩詰輞川隱居之時，據《舊唐書．王維傳》云：「晚年長齋，不衣文綵，得宋之問藍田別墅在輞口，輞水周于舍下，別漲竹洲花塢，與道友裴迪浮舟往來，彈琴賦詩，嘯詠終日。」有這樣隱居閒逸的生活，所以，才有那樣清新澹遠的作品，這原是作者生活修養的自然流露，自無可疑；至於〈出塞〉一首，詩題下，原有自注云：「時為御史，監察塞上作」，姚鼐評此詩云：「右丞嘗為御史，使塞上，正其中年才氣極盛之時，此作聲出金石，有麾斥八極之概矣。」可見〈出塞〉一詩之意境，也是作者當時生活才情的自然流露。此種由作者之生活、修養、才氣、性情之所至的自然流露，都該僅屬於作者個人之成就，而並不能代表一種詩體之歷史的演進，正如陶淵明之五言古詩，雖然妙絕千古，然而卻不能代表晉宋之際五言詩之演進的任何階段。這正是我在前面論張平子與魏文帝時所說的，必須具備有知所安排運用，與知所毀建廢興的反省的理性，才能於詩體作有意之拓展與建立，而摩詰這二首詩，則僅是生活與修養所反映的自然之流露，所以，其意境雖較沈宋二家有所擴展，而其章法與句法，則仍然是平鋪直敘，並無更進一步之演進。如果將這兩首詩中的「山中習靜觀朝槿，松下清齋折露葵」，及「護羌校尉朝乘障，破虜將軍夜度遼」等對句，與摩詰五言律詩之「江流天地外，山色有無中」，及「行到水窮處，坐看雲起時」等對句相較，其工拙高下豈不顯然可見。所以我說摩詰七律仍不免予人以沾滯之感，而與摩詰五律之超妙自然乃迴乎不可同日而語，因此七言律詩之體，在摩詰個人而言，固已較沈宋有所擴展，而就一種詩體之演進言，則並無顯著之進步，至於摩詰此二詩平仄之失黏，所謂折腰體者，則尤為七律一體未盡臻於成熟之證。

其次，我們再看一看盛唐詩壇上，另外兩位名家高適、岑參的七律之作，《全唐詩》共收高適詩二百四十一首，其中七律之作僅有七首，共收岑參詩三百九十七首，其中七律之作僅有十一首。高岑二家七言古風之邊塞詩，固傑然為一世之雄，然而兩家之七言律詩，則平順板滯，全為格律所拘，其內容亦多為酬應唱和之作，並無任何開拓擴展。現在我們將二家七律之作各舉一首來看一看：

嗟君此別意何如，駐馬銜杯問謫居，巫峽啼猿數行淚，衡陽歸雁幾封書，青楓江上秋天遠，白帝城邊古木疏，聖代即今多雨露，暫時分手莫躊躇。（高適〈送李少府貶峽中王少府貶長沙〉）

節使橫行西出師，鳴弓擐甲羽林兒，臺上霜風凌草木，軍中殺氣傍旌旗，預知漢將宣威日，正是胡塵欲滅時，為報使君多泛菊，更將絃管醉東籬。（岑參〈九日使君席奉餞衛中丞赴長水〉）

從這兩首詩來看，高適的「巫峽啼猿」與「衡陽歸雁」，及「青楓江上」與「白帝城邊」的對句；岑參的「臺上霜風」與「軍中殺氣」，及「漢將宣威」與「胡塵欲滅」的對句，雖頗為工整流麗，然而其句法之平板，對偶之拘執，用意之凡近，亦可以概見一斑，清葉燮即曾譏之謂：「高岑七律，遂為後人應酬活套作俑。」而高氏一首，中二聯平列四地名，則尤為人所譏議。蓋人之天性，各有短長，觀高岑二家之風格，近於豪縱雄放一流，而不耐束縛，故長於古而短於律，譬如形骸脫略之人，一旦使之垂衣端坐，束帶整冠，便覺百種拘牽，舉手投足，皆為所制，遂自然有一種窘迫局促之態，所以高岑二家，對七律一體之演進，乃並未能有較大之貢獻。

再次，我們要提到另外一位偉大的詩人李白，李白確實是一位了不起的天才，其七言古風，如〈遠別離〉、〈蜀道難〉、〈天姥吟〉、〈鳴皐歌〉諸作，真有所謂「大江無風，波浪自湧，白雲從空，隨風變滅」之妙，若此者，原為太白之所獨擅，固無論矣；至其五言古詩，如〈古風〉五十九首諸作，其包舉之恢宏，寄意之深遠，皆可見其胸中浩渺之氣，亦迥然非常人之所可及；至其五言律詩，如〈夜泊牛渚懷古〉、〈聽蜀僧濬彈琴〉諸作，意境之蒼茫高遠，屬對之疏放自然，亦復正自有其不同於凡近之處；至於其五七言絕句，一片神行，悠然意遠，以夐絕一世之仙才，寫為四句之小詩，其成就尤非著力者之所能及。而惟有七言律詩一體，則為太白諸體中最弱之一環，據清繆曰芑本《李太白文集》，共收各體詩九百九十四首，其中七言八句，通篇押平韻之作共九首，而〈送從弟綰從軍安西〉一首乃短歌之體，並非律詩，其較合於七言律詩之體者不過八首而已，這八首詩的題目是：

①贈郭將軍。②送賀監歸四明應制。③別中都明府兄。④寄崔侍御。⑤登金陵鳳凰臺。⑥鸚鵡洲。⑦題雍丘崔明府丹竈。⑧題東溪公幽居。

從這幾首詩來看，太白的七言律詩有兩種現象，一種是表現太白不羈之才氣，全然不顧七律之格律者，如其〈鸚鵡洲〉一首：

鸚鵡來過吳江水，江上洲傳鸚鵡名，鸚鵡西飛隴山去，芳洲之樹何青青，煙開蘭葉香風暖，岸夾桃花錦浪生，遷客此時徒極目，長洲孤月向誰明。

又一種則是為格律所拘，使太白之才氣全然不得施展者，如其〈題雍丘崔明府丹竈〉一首：

美人為政本忘機，服藥求仙事不違，葉縣已泥丹竈畢，瀛洲當伴赤松歸，先師有訣神將助，大聖無心火自飛，九轉但能生羽翼，雙鳧忽去定何依。

從這兩首詩來看，第一首頗有豪縱自然之致，而第二首之詩格，則極為平俗卑下，以太白謫仙之才，而竟有如此卑俗之作，那正因為其天才愈為不羈，格律之束縛所加之壓迫感亦愈甚，譬如把一隻身長不過數寸的小鳥，養在三尺高的樊籠之內，則雖在拘限之中，也還可以有迴旋起舞的餘地，而若因雄鷹巨鶚於此樊籠之內，則其委頓低垂，乃真有不堪拘束者矣，所以太白有時不免竟爾不顧一切地破籠飛去，所舉第一首〈鸚鵡洲〉的前四句，就表現了太白破籠竟去的一段天才的豪氣。像這兩類作品，無論其為委頓籠中，或者破籠竟去，對籠來說，都是不幸的，因為委頓於籠中者，固然是彌彰此樊籠之狹隘，而破籠飛去者，則竟破毀此樊籠而置之不顧。如果只就太白的七言律詩來看，則七律一種體式，乃真無絲毫可以成立之價值矣，這只因為太白之天才，與此種拘執狹隘之七律之體式，全不相合，而太白復不能如杜甫之致力用心於擴建此狹隘之樊籠使成為博大之苑囿的嘗試，這就太白之天才與七律之體式來說，雙方都是可遺憾的，所以太白在七律一體之成就，並沒有什麼值得稱述之處，即使以其守格律的最負盛名的一首和作〈登金陵鳳凰臺〉來說，王世貞的《藝苑卮言》，及《全唐詩話》，也都曾譏之云：「並非作手。」而胡仔的《苕溪漁隱叢話》，楊慎的《升庵詩話》，則皆謂其為擬崔顥〈黃鶴樓〉之作，現在我們把李白的〈登金陵鳳凰臺〉及崔顥的〈黃鶴樓〉，都抄錄在後面看一看：

鳳凰臺上鳳凰遊，鳳去臺空江自流，吳宮花草埋幽徑，晉代衣冠成古丘，三山半

落青天外，二水中分白鷺洲，總為浮雲能蔽日，長安不見使人愁。（李白〈登金陵鳳凰臺〉）

昔人已乘黃鶴去，此地空餘黃鶴樓，黃鶴一去不復返，白雲千載空悠悠，晴川歷歷漢陽樹，芳草萋萋鸚鵡洲，日暮鄉關何處是，煙波江上使人愁。（崔顥〈黃鶴樓〉）

從〈登金陵鳳凰臺〉詩開端之兩用鳳凰，及前錄〈鸚鵡洲〉詩之兩用鸚鵡來看，則太白確有模倣崔顥〈黃鶴樓〉詩兩用黃鶴之嫌，而且〈鸚鵡洲〉詩次聯之「芳洲之樹何青青」，亦大似崔顥〈黃鶴樓〉詩次聯之「白雲千載空悠悠」，二者都是不顧平仄格律，末三字連用三平聲，且有二疊字，與上一句迥然不相偶，凡此種種相似之處，都使人覺得，姑不論《苕溪漁隱叢話》及《升庵詩話》所載之故事是否可信，而太白此詩之曾受崔顥〈黃鶴樓〉之影響，則殆為無可置疑之事。以太白之天才超軼，而竟受崔氏一詩之影響如此之深，我想這正因崔氏以古風之句法入於律詩之作風，與太白之長於古風不耐格律束縛之天性有暗合之處，因之乃不免深受其影響。然而，即使以崔顥之〈黃鶴樓〉而言，雖然其興象頗為高遠，而就七律之詩體而言，則仍屬未臻於完整成熟之介於樂府與律詩之間的過渡時期之作，此種作品，在天才偶一為之則可，然而究非正途常法，不能為後世樹立規模，垂為典範。明胡應麟評此詩，即曾云：「崔顥〈黃鶴〉，歌行短章耳。」清紀曉嵐亦曾云：「偶爾得之，自成絕調，然不可無一，不可有二，再一臨摹，便成窠臼。」所以即使是崔氏原作，也已經不能列為七律之正格，而且並未能為後世開源闢徑，則縱然崔氏之作可以稱為絕調，於七律一體之演進，也並不能有所裨益，而況太白此詩，有模擬之心，此以創作之精神論，便已落於第二乘之境界，至於〈登金陵鳳凰臺〉一詩中二聯之對句，雖較〈鸚鵡洲〉一詩為合律，金聖歎且曾讚美吳宮晉代一聯云：「立地一哭一笑」，以為「我欲尋覓吳宮，乃惟有花草埋徑，此豈不欲失聲一哭，然吾聞代吳者晉也，因而尋覓晉代，則亦既衣冠成丘，此豈不欲破涕一笑」。又云：「此是其胸中實實看破得失成敗，是非贊罵，一總只如電拂。」金氏之言，就詩之意境開闔而言，頗能得太白神情氣勢之妙，然而《藝苑卮言》及《全唐詩話》，乃譏此二句云：「並非作手」者，就句法格律而言，此二句仍不過承初唐之舊，平順工整，並無可以稱勝之處，尤其如果在讀過杜甫的一些在句法中足以騰擲變化的七律之後，就更可以體會出此「並非作手」四個字的意味了。所以太白雖為絕世仙才，然而對七律一體之演進，也並無絲毫功績可以資為稱述之處。

最後我們再看一看此一時期的其他名家之作，此諸家在詩的內容方面，既沒有摩詰與太白之廣，而在詩的數量方面，也沒有摩詰與太白之多，所以他們對於七律一體，也都沒有留下什麼可觀之成績，如孟浩然僅有七律四首，王昌齡僅有七律二首，崔曙、祖詠和儲光羲都僅有七律一首，而這些作品，都沒有什麼特殊成就，姑且略而不談。此外較為可觀者，應推李頎及前面所談到的崔顥二家，李頎留有七律六首，崔顥留有七律三首，崔顥除前所引過的〈黃鶴樓〉一首以外，還有〈行經華陰〉一首，及〈雁門胡人歌〉一首。〈行經華陰〉一首，氣象頗為闊大，此蓋崔氏一般之風格如此，而以體式與句法言，則並無特殊之演進，至於其〈雁門胡人歌〉一首，則與〈黃鶴樓〉一詩，同樣有以樂府語調用於七律之情形，現在將這一首詩錄出來看一看：

高山代郡東接燕，雁門胡人家近邊，解放胡鷹逐塞鳥，能將代馬獵秋田，山頭野火寒多燒，雨裡孤峰溼作烟，聞道遼西無鬥戰，時時醉向酒家眠。

此詩後六句全為七律之格式，而首二句則為樂府古風之聲調，而且標題以「歌」為名，我們從此可以看出，崔顥實在是有意地以樂府聲調用於七律，與前所舉之〈黃鶴樓〉

一詩，同樣不能視為七律之正格，尤其不能代表七律一體正統之演進。

至於李頎的七律之作，雖然也不過只有七首，然而值得注意的是他對於七律一體運用之純熟，現在我們舉他的兩首詩作為例證來看一看：

朝聞遊子唱離歌，昨夜微霜初渡河，鴻雁不堪愁裡聽，雲山況是客中過，關城樹色催寒近，御苑砧聲向晚多，莫見長安行樂處，空令歲月易蹉跎。（〈送魏萬之京〉）

花宮仙梵遠微微，月隱高城鐘漏稀，夜動霜林驚落葉，曉聞天籟發清機，蕭條已入寒空靜，颯沓仍隨秋雨飛，始覺浮生無住著，頓令心地欲歸依。（〈宿瑩公禪房聞梵〉）

從這兩首詩來看，李頎的七言律詩，其對偶之工整，聲律之諧暢，轉折之自然，都表現了對七律一體運用之成熟，唯一可惜的是並沒有什麼開拓獨到的境界，所以許學夷就曾批評他說：「李頎七言律聲調雖純，後人實能為之。」那也就是說他聲律雖熟，而失之平整，內容也缺少開拓和變化，並沒有什麼極為過人的成就。

從以上所舉的名家七律之作看來，可見唐詩七律一體，雖然在初唐沈宋的時候就已經成立了，然而在杜甫的七律沒有出現之前，以內容來說，一般作品大都不過是酬應贈答之作；以技巧來說，一般作品也大都不過是直寫平敘之句，所以嚴守矩矱者，就不免落入於卑瑣庸俗，而意境略能超越者，則又往往破毀格律而不顧，因此七言律詩這一種新體式的長處，在杜甫以前，可以說一直沒有得到盡量發展的機會，也一直沒有得到應該得到的重視。我們看到自晚唐以來，兩宋以迄明清諸家詩集中，七律一體所佔的分量之重，所得的成就之大，就可以知道杜甫對於七律一體的境界之擴展，價值之提高，以及他所提供於我們的表現之技巧，句法之變化，這一切對於後世的影響，是如何深遠而值得注意了。

三、杜甫七律之演進的幾個階段

中國文字之特色，是單形體單音節，無論贊成或反對，這個特色原來就適宜於講求平仄及對偶，乃是一種必然的趨勢所形成的事實，所以自魏晉南北朝以來中國的詩歌，一直都向著這一方面在發展。迄於唐代，五言律詩既已先獲得優異的成績於先，則按照理論來說，七言律詩較之五言律詩每句多了兩個字，其缺點固然是增加了兩個字的麻煩，而隨之而來的優點，則是也增加了兩個字的藝術之精美性的表現的機會，所以七言律詩之可以形成為中國詩歌中最凝鍊精美的一種體式，原該是一種可以預期的事實，只是在杜甫以前的一些詩人，都因他們的天才工力以及識見修養的限制，而未能予這種體式以應得的重視，也未嘗付出應盡的努力，直到杜甫出來，才由於他所稟賦的感性與知性並美的資質，而認識了這種體式的優點與價值，於是杜甫乃以其過人的感受力與思辨力，及其創作的精神與熱忱，擴展了七律一體的境界，提高了七律一體的價值，而將他的高才健筆深情博學都納入了這一向被人卑視的、束縛極嚴的詩體之中，而得到了足以籠罩千古的成就。當然這種成就，也並不是一蹴而成的，我現在就想試把杜甫的七言律詩，按其年代的先後，劃分為幾個階段，藉以窺見一些杜甫在這種詩體的內容與技巧上的一些演進的痕跡，當然這種劃分都只是為立說方便而作的大略的區劃，不然，以杜甫之博大變化，每首詩皆各有其不同之風格與境界，則又豈是此簡單的幾個階段所能盡。

杜甫的詩，據清浦起龍分體編輯的《讀杜心解》來計算，計共收詩一千四百五十八首，其中的七言律詩計有一百五十一首之多，這比起李白的九百九十四首詩中只有八首七律的情形來，真是相差懸殊了，而如果自杜甫入蜀以後的作品來計算，則七律所佔之比率數為尤大，即以此比數之大，與比數之增加來看，已經可以見到杜甫對七律一體之重視，及其逐漸成熟演進之痕跡了。如果把這一百五十一首七言律詩詳加分析，其變化之多，方面之廣，自然是難以窮盡的，我現在只依其時代之先後，約略將之分為四個演進的階段。

第一個階段是天寶之亂以前的作品，這是杜甫七言律詩作得最少，成績也最差的一個階段。在這一階段杜甫仍然停留在模擬之中，其所作如：〈題張氏隱居〉、〈鄭駙馬宅宴洞中〉、〈城西陂泛舟〉、〈贈田九判官梁丘〉、〈贈獻納使起居田舍人澄〉等，其內容與一般作者一樣，也仍然都是以酬贈及寫作為主，技巧方面也只是對偶工麗句法平順，絲毫沒有什麼開創與改進之處。現在我們舉杜甫這一階段的兩首七律來看一看：

春山無伴獨相求，伐木丁丁山更幽，澗道餘寒歷冰雪，石門斜日到林丘，不貪夜識金銀氣，遠害朝看麋鹿遊，乘興杳然迷出處，對君疑是泛虛舟。（〈題張氏隱居〉）

青蛾皓齒在樓船，橫笛短簫悲遠天，春風自信牙檣動，遲日徐看錦纜牽，魚吹細浪搖歌扇，燕蹴飛花落舞筵，不有小舟能蕩槳，百壺那送酒如泉。（〈城西陂

泛舟〉）

第一首〈題張氏隱居〉，此題原有詩二首，另一首是五言律詩，所寫乃相留款曲之情。此首七律，則寫張氏隱居之幽寂，題中所云張氏，歷代注者或以為乃隱居徂徠之張叔明，或以為乃張叔卿，或以為乃張山人彪，錢注已曾云：「不必求其人以實之。」總之為一隱者而已，此詩開端先從入山求訪說起，次句寫山之幽，三句寫沿途所歷之澗道冰雪，四句寫到後所見之斜日林丘，五句寫夜宿所見煙嵐霞氣之美，藉以映襯張氏之高潔清廉，六句寫朝遊所見山中麋鹿之嬉，藉以映襯張氏之閒逸恬適，七句寫乘興而遊，雲山杳然，出處都迷，八句寫對此高隱之士，此心蕩然，全無所繫，有賓主俱化之感（或以為七句喻隱仕之出處不決，八句慨己身之飄搖無著，似過於深求）。觀此詩所寫，由「求」而「歷」而「到」，又由「斜日」而「夜」而「朝」，層次清晰，章法分明，中二聯之對偶，亦復句法平順，對偶工整，像這種平順工整之作，仍未脫早期七律的平俗空泛之風，其內容與句法，都大有似於前所舉李頎之〈宿瑩公禪房聞梵〉一首，杜甫並未能超越前人而別有建樹。

第二首開端寫所見之樓船與船上青蛾皓齒之佳人，次句寫遙聞簫笛之音，遠傳空際

（悲字但寫音聲之感人，不必拘定悲哀為解）。三四一聯，春風，遲日，錦纜，牙檣，極寫春光之美與樓船之麗，而句中著以「自信」與「徐看」二字，可以想見一片容與中流之樂，五六一聯，水中則魚吹細浪，枝上則燕蹴飛花，而承以歌扇舞筵，則魚吹細浪兼以映襯歌聲之美，有沉魚出聽之意，燕蹴飛花兼以映襯舞姿之美，有燕舞花飛之致，復著以「搖」字「落」字，則扇影搖於水中，飛花落於筵上，遂爾將魚兒，燕子，細浪，飛花，與歌扇舞筵並相結合為一片美景良辰賞心樂事，至於末二句，有蕩槳之小舟，送百壺如泉之酒，正極寫飲宴之樂且盛也。仇注引顧宸曰：「天寶間景物盛麗，士女遊觀，極盡飲宴歌舞之樂，此咏泛舟實事。」是也。（或以為此詩如〈麗人行〉之類，當有所指，似不必如此拘鑿。）觀此詩所寫之種種景物情事，可謂極鋪陳工麗之盛，而其風格則仍在初唐綺麗餘風的籠罩之下，可見杜甫此一時期的作品，仍未能完全擺脫時尚，其風格仍不過是平順工麗，不但未能度越前人，即較之摩詰、太白的一些佳作之遠韻高致，亦復尚有未及，而且此一詩之春風遲日一聯，上下承接之際，都有平仄失黏之病，前一首之澗道一聯與伐木句相承，亦有平仄失黏之病，此與前所舉宋之問〈餞中書侍郎來濟〉一首，及王維〈積雨輞川莊作〉一首，與〈出塞〉一首諸詩失黏之情形所謂折腰體者正復相同，這原是七律尚未完全成熟時的一種現象，杜甫尚完全在當時風氣籠罩之下，所以連這種失黏的現象，也一併承襲下來，這與杜甫晚年所作的一些擺脫聲律故為拗體的極為老成疏放的作品，實在不可以放在一起相提並論，這種作品是尚未入網的群魚，而後來的拗體則是透網而出的金鯉，不過，杜甫在這一階段的模倣與嘗試，也已經為後來的種種演變與蛻化作了很好的準備工夫，這一點也仍是不可忽視的。

第二個階段，該是收京以後重返長安一個時期的作品。這一階段，杜甫所作的七言律詩，可以分作兩部分來看，一部分是至德二載冬晚及乾元元年春初，杜甫重回長安，身任拾遺，滿懷欣喜之情，所作的一些頌美之作，如：〈臘日〉、〈奉和賈至早朝大明宮〉、〈宣政殿退朝晚出左掖〉等詩屬之；又一部分則是乾元元年春晚，杜甫自傷衰職無補，寸心多違，滿懷失意之心，所作的一些傷感之作，如：〈曲江〉二首、〈曲江對酒〉、〈曲江陪鄭八丈南史飲〉等詩屬之。前一種頌美之詩篇，雖然也有一些頗為人所讚賞推重的高華偉麗博大從容的作品，然而此種頌美之詩，自初唐以來，作者已多，並非杜甫之所獨擅，現在姑置不論。我所認為可以代表杜甫七律第二階段的作品，乃是屬於後一種的傷感之作，從這一部分作品，我們可以很明顯的看到，杜甫一方面對於七律一體的運用，已經達到運轉隨心，極為自如的地步，而另一方面，杜甫於天寶之亂以來，所經歷的陷長安，奔行在，喜授拾遺，放還鄜州，重返朝廷，再遭失意等種種憂患挫折的變化，也更為擴大而且加深了杜甫詩歌中的感情的意境，這種技巧與意境的同時演進與配合，使杜甫的七言律詩進入了第二個階段。現在我們也舉兩首詩作為例證來看一看：

一片花飛減卻春，風飄萬點正愁人，且看欲盡花經眼，莫厭傷多酒入脣，江上小堂巢翡翠，苑邊高塚臥麒麟，細推物理須行樂，何用浮榮絆此身。（〈曲江〉二首之一）

朝回日日典春衣，每向江頭盡醉歸，酒債尋常行處有，人生七十古來稀，穿花蛺蝶深深見，點水蜻蜓款款飛，傳語風光共流轉，暫時相賞莫相違。（〈曲江〉二首之二）

關於這二首詩，很多對杜甫此一時期心情之轉變未曾詳加研析體會的人，往往會覺得，以杜甫從前「致君堯舜」、「竊比稷契」的志意抱負，何以會在長安收復天子還京，杜甫身為近侍官授拾遺的時候，竟然寫出如此及時行樂之作，王嗣奭《杜臆》就曾經說過：「余初不滿此詩，國方多事，身為諫官，豈行樂之時。」然而，我們如果仔細從杜甫的詩中研求一下，就會發現他是如何地從滿懷的希望振奮，而轉變到哀感頹傷，這種表面看來似是及時行樂之詩，其實正是杜甫一片悲哀失意之心情的流露。杜甫在初還朝時，不僅曾寫了很多首欣喜頌美之作，而且更曾在詩歌中顯露出他身為諫官的一份忠愛之情，我們看他的〈春宿左省〉一詩：「花隱掖垣暮，啾啾棲鳥過，星臨萬戶動，月傍九霄多，不寢聽金鑰，因風想玉珂，明朝有封事，數問夜如何。」此詩由花隱垣暮寫起，而夜，而朝，在其瞻望星月，聽金鑰，想玉珂的種種情事之中，寫出了多少忠勤為國之意，而所有的期待盼望，都只在於明朝之「有封事」，其殷勤懇摯，豈不正是一份「致君堯舜」、「竊比稷契」的用心。可是我們再看一看他在〈題省中壁〉一詩中所寫的：「腐儒衰晚謬通籍，退食遲迴違寸心，袞職曾無一字補，許身愧比雙南金。」的話，就可以知道杜甫當時必然有許多難於進言，或進言而無補的苦衷，從其「違寸心」上面的「遲迴」二字，就可看出他的無限低徊悵恨之悲了，而況就在這年春天，曾與杜甫以〈早朝大明宮〉詩相唱和的賈至，便已經出官汝州，杜甫〈送賈閣老出汝州〉的詩中，就已經有「艱難歸故里，去住損春心」的歎息，其後於是年五六兩月，房琯、嚴武與杜甫便也都相繼出貶，由此可以想見當杜甫寫〈曲江〉二首之時，不僅是抱著空懷忠悃久違寸心之悲，而且更可能有著無限憂讒畏譏之心，於是纔寫出〈曲江〉這兩首如此哀感頹傷的作品。明白了杜甫當時的一份心情，我們再看這兩首詩，纔不會誤以為是「行樂」之詩，而對杜甫妄加責怪，也纔不會漫以一般詩人傷春之作而等閒視之。

第一首只開端「一片花飛減卻春」一句，便已寫出杜甫之滿懷悵惘哀傷，僅此一句，便已是杜甫歷遍人生種種悲苦深加嘗味後之所得，因為若不是曾經深感到人世間花落春歸的悲哀的人，決不會因一片之花飛，便體會到春光之殘破，而杜甫卻將如此深沉的悲哀的體味，僅從一片花飛寫出，我們看他「一片」兩字寫得如此之委婉，而「減卻」二字又說得如此之哀傷，其意境之深，表現之妙，便已非以前任何一家之所能比。而復繼之以第二句云：「風飄萬點正愁人。」自花飛一片之哀傷，當下承接到風飄萬點之無望，我每讀此二句，總覺得第一句便已以其深沉的悲哀，直破人之心扉，長驅而入，而就在此心扉乍開的不備之際，忽然又被第二句加以重重的一擊，真使人有欲為之放聲一慟之感。然後復接以「且看欲盡花經眼，莫厭傷多酒入脣」二句，把一片無可奈何的心情、無可挽回的悲哀，全用幾個虛字的轉折呼應表達出來，已是欲盡之花，然且復經眼看之，已傷過多之酒！而莫厭入脣飲之，夫花之欲盡，既已難留，則我之飲酒，何辭更醉，而且不更飲傷多之酒，又何能忍而對此欲盡之花，既對此欲盡之花，又何能忍而不更飲傷多之酒，這兩句真是寫得往復低徊哀傷無限。我們試將此種對句，與以前所舉高適之「巫峽啼猿」、「衡陽歸雁」，及李頎之「關城樹色」、「御苑砧聲」等對句相較，就可以看出杜甫已經使這種平板的律詩對句，得到了多少生命，得到了多少抒發。以後接入五六兩句：「江上小堂巢翡翠，苑邊高塚臥麒麟。」從飛花而寫到人事，彼人事之無常，亦何異乎此飛花之易盡。張性《杜律演義》云：「曲江，舊時風景佳麗，祿山亂後，無復向時之盛，是以堂巢翡翠，塚臥麒麟，盛衰不常如此。」仇注亦云：「堂空無主，任飛鳥之棲巢，塚廢不修，致石麟之偃臥。」所謂翡翠者，固當是翡翠鳥，江上小堂者，則昔日歌舞繁華之地也，而今歌舞繁華，都成一夢，而空堂之上，但為飛鳥營巢之地而已；麒麟者，石麒麟也，秦漢間公卿墓往往以石麒麟鎮之，而今苑邊高塚之前，石麟早已傾臥欹斜，則其斷裂與斑駁可想，此無生之物尚且如此，則塚中昔日之人，富貴之早為雲煙，屍骸之早為塵土，更復何所存留乎。有此二句，則知前四句，杜甫所以對風飄萬點之欲盡飛花如此哀傷者，其感慨之深意，正自有無窮之痛。而以句法論，此江上小堂二句，又寫得如此之整鍊，一方面既足以使前四句為之振起，一方面更於此為一凝重之頓挫。然後接以尾聯：「細推物理須行樂，何用浮榮絆此身。」「細推」二字寫得極有深度，極有情致，細推者何，自此一片驚飛，乃至風飄萬點的欲盡之花，到堂巢翡翠塚臥麒麟的世事雲煙賢愚黃土，於是知一切有情無情之物，其幻滅虛空短暫無常盡皆如是，更何必羈絆於此「浮榮」，而徒然自苦，於是而有「須行樂」之言。然而以杜甫對國家對人類的情愛之深厚執著，又豈是真能看破虛空但求一己行樂之人。讀此二句詩，當細味其「須行樂」之「須」字，及「何用浮榮」之「何用」二字，其中有多少含蘊，有多少悲慨，這種要將一切都放下而無所顧戀的、但求行樂的聲吻，正由於杜甫一切都無法放下，而又無可奈何的一份沉哀深痛，後世淺識之人，乃竟真以「行樂」目之，仇注引申涵光之言，甚至以為此句「似村學究聲口」，這對當時退食遲徊寸心多違的杜甫真是一種可悲的誤解。

我們再看第二首詩，第二首詩乃承接第一首而來，第一首寫傷春自慨而歸之於無可奈何之行樂，第二首則由傷春無奈而轉為留春之辭，然而春去難留，則留春之辭乃彌復可傷矣。首聯：「朝回日日典春衣，每向江頭盡醉歸」，一開端便寫得如此之無聊賴，典春衣而云「日日」，向江頭而云「每向」，醉歸而云「盡醉歸」，其「日日」字，「每」字，「盡」字，都用得極好，足以寫出其滿腔無可奈何的抑鬱哀怨之情，而尤其妙在「日日典春衣」之上，偏偏著以「朝回」二字，夫上朝是何等事，典衣盡醉又是何等事，如今杜甫乃於朝回之時，而日日典衣以求盡醉，則其於朝中，違寸心之種種情事，可以想見。次聯：「酒債尋常行處有，人生七十古來稀」二句，先不論其以「尋常」對「七十」之數字之借對之妙，即以其「酒債」與「人生」，及「行處有」與「古來稀」之對偶的承應自然而言，便已非杜甫以前諸作者之一循格律便落平板的句法所可比，而此一聯之尤可貴者，則更在其所含蘊之感慨之深。尋常行處的酒債之多，正因七十古稀的人生之短，而況人生一句之所慨者，實不僅七十古來稀之短促而已，其中更有杜甫對人生之多少失意哀傷，無可奈何之餘，惟欲盡付之一醉而已，此所以尋常行處不辭酒債之多也，而杜甫此二句，卻但只落落寫來，一句酒債，一句人生，其間之開合感慨，乃盡在於言外，此種技巧與意境，也不是杜甫以前的七律所曾見。至於頸聯：「穿花蛺蝶深深見，點水蜻蜓款款飛」二句，一般人只知欣賞其「深深」與「款款」二疊字之自然，「穿花」與「點水」二對句之工麗，若但知以此為工，則真將墮入「魚躍練川拋玉尺，鶯穿絲柳織金梭」之惡道矣（見〈曲江〉二首仇注）。故葉夢得《石林詩話》乃讚美之云：「讀之渾然」、「氣格超勝」，葉氏之言固然不錯，而其實杜甫此一聯的好處，還不僅在其句法工麗之中不見琢削之跡的一種渾然超勝之致而已，而更在其中所蘊含的一份極深曲的情意。王國維《人間詞話》曾分詩歌為有我之境與無我之境，而舉元好問之「寒波澹澹起，白鳥悠悠下」為無我之境，若元氏之「澹澹」與「悠悠」，亦為疊字，而其所表現者乃但為優閒淡遠，並不見悲喜之情，與前所舉王維〈積雨輞川莊作〉的「漠漠水田飛白鷺，陰陰夏木囀黃鸝」一聯之「漠漠」、「陰陰」頗為相似，而與杜甫此聯之「深深」、「款款」

則迴不相同，蓋王氏與元氏皆能泯然悲喜而為超，而杜甫此二句則乃是深揉悲喜而為入，雖然此二句中亦未嘗著以悲喜字樣，然而其所寫之「深深」、「款款」，卻使人讀起來，自然會感到杜甫對此深深見之穿花蛺蝶，款款飛之點水蜻蜓，正自有無限愛惜之意，像這種不正面抒寫感情，而感情卻能由其所寫之事物中自然透出的境界，正是胸懷博大感情深摯的杜甫之所獨擅。而此二句，尤為使人感動者，則更由於自其愛惜之情中，所流露出的無限哀傷，何以知其哀傷，則自上一句之「人生七十古來稀」，及後二句之「傳語風光」、「暫時相賞」諸語所顯然可見者也。蓋此穿花之蛺蝶與點水之蜻蜓，亦終必有隨流轉之風光以俱逝之一日，因此眼前所見之一種「深深」、「款款」之致，乃彌復可戀惜，亦彌復可哀傷矣，像這種情意如此轉折深至，而對偶又如此工麗天然的七言律句，豈非我前面所說的意境與技巧的同時演進和配合的證明。至於尾聯：「傳語風光共流轉，暫時相賞莫相違」二句，「傳語」二字已寫出無限叮嚀深意，而且其所欲傳語者，乃是向無知之風光傳語，其感情之深與癡可以想見，「共流轉」之「共」字當是兼此二詩之花與蝶與蜻蜓與詩人而言者，此三字寫得極為親切纏綿，而復承接於叮嚀深至的「傳語風光」四字以後，其感人已多，而又繼之以「暫時相賞莫相違」七字，「相賞」而云「暫時」，已說得如此可哀，而「莫相違」之「莫」字，則說得更為委婉深痛，全是一片叮嚀祈望之深意，明知其不可留而留之，而如此多情以留之，杜甫傷春無奈之悲，至此而極矣。

從這二首詩看來，杜甫對七言律體之運用，可說是已經達到了純熟完美，得心應手的地步了，所以，纔能一從所欲地表達出如此曲折深厚的一份情意，而且，寫得如此淋漓盡致，無一意不達，無一語不適，這豈不是杜甫之七言律詩的一大進步，而這種進步，也就正代表著整個七言律體的一大進步，杜甫的成就，已經使七言律詩脫離了早期的酬應寫景的浮泛內容，與束縛於格律的平板句法，而使人認識了七言律體的曲折達意、婉轉抒情的新境界與新價值，僅此一階段之成就，杜甫已經為後世寫七言律詩的人，開啟了無數境界與法門，然而這在杜甫而言，卻仍然只是他七言律詩的第二階段而已。

杜甫在收京以後的一個階段所作的七律中，還有一首極好的佳作，而本文卻並未選錄出來作為此一階段的代表作，這首詩就是杜甫為鄭虔遭貶所作的〈送鄭十八虔貶台州司戶傷其臨老陷賊之故闕為面別情見於詩〉一首，盧德水曾讚美此詩說：「萬轉千迴，清空一氣，純是淚點，都無墨痕。」這確是一首極好的詩，而我並未選取此詩為此階段之代表作的緣故，則是因為這首詩，乃是一首可遇而不可求的，在多種機緣湊泊之下所形成的特殊作品，而並不能代表此一階段之常度的成就。試想鄭虔這一位「有道出羲皇」、「有才過屈宋」的「老畫師」是何等人物；而與杜甫之間的「但覺高歌有鬼神，焉知餓死填溝壑」的「忘形到爾汝」的友情，又是何等交誼；而「垂老陷賊」、「萬里嚴譴」的遭遇，更是何等慘事；以如此之人物，如此之交誼，而遇如此之慘事，乃杜甫竟爾邂逅無端闕為一面之別，則更該是如何可憾恨之情意，像這種盡人間之極的作品，又何可以常度來衡量，這就是我未選取此詩為此一階段之代表作的緣故。

第三個階段，該是杜甫在成都定居草堂的一個時期的作品。如果我們說第二個階段，是杜甫從嘗試模倣，進步到純熟完美的一個階段，那麼，這第三個階段，則該是從純熟完美轉變到老健疏放的一個階段。寫到這裡，我想到一件值得一提的事，那就是杜甫所作七律較多的時期，都是在他生活上較為安定的時期。而在離亂奔亡中則很少寫七言律詩，像祿山亂起以後，杜甫陷長安奔行在的一個時期，雖然也曾留下許多首不朽的詩篇，如〈哀江頭〉、〈哀王孫〉、〈喜達行在所〉、〈述懷〉、〈北征〉等，然而卻沒有一首是七言律詩。其後杜甫由華州棄官，而秦州，而同谷，而間關入蜀的一段時期，杜甫在輾轉旅途饑寒交迫之中，雖然也曾寫了許多首好詩，如前後二十四首紀行詩，以及〈同谷七歌〉等，然而也沒有一首是七言律詩，我以為這是頗可注意的一件事，這說明了七律一體在各種詩體中，是更富於藝術性的一種詩體，而寫作七言律詩，也需要更多藝術上的餘裕，這所謂餘裕乃包括現實與精神兩方面的從容與安定而言，即使所寫的內容是沉痛哀傷，但在創作的階段中，七律一體卻始終需要更多安排反省的餘裕，那就是因為七律是所有各種詩體中最精美的一種詩體，因此所需要的藝術技巧也更多，它不像五七言古詩之不受拘執，可以隨物賦形，作自由的抒寫。至於以七律與五律相較，則五律雖也有平仄對偶的限制，但五律畢竟少了兩個字，對於工整與精美的要求，便也相對地減少了許多，所以五言律詩的寫作，可以不需要較多的餘裕。而況五律之體，前人之作品已多，蹊徑已熟，對一位才情兼勝，而更復以工力見長的像杜甫這樣的詩人而言，寫五言律詩該是費力最少而最易成功的一種詩體了，所以在杜甫所留下的一千四百多首詩中，五律一體竟然有六百三十首之多，幾乎將近所有各種詩體總和的半數，這在杜甫正是極自然的一件事。至於七言律詩，一則因此種體式在杜甫以前尚未成熟，二則因此種體式需要更多藝術上的餘裕，既有此二條件，所以杜甫在天寶亂前第一階段中，生活雖多餘裕，而卻因為對運用此種體式之技巧，尚未臻於圓熟自然之境，因此，此一階段中，杜甫七律之作的數量並不多，到了收京之後的第二階段，則生活一安定下來，杜甫的七律之作的數量與技巧，便已同時都有了顯著的增加和進步。既然有了第二個階段的成功，所以到了第三個階段，杜甫在成都草堂定居以後，生活與心情一有了餘裕，七律的作品，立時就增加了更多的數量，而其表現的技巧與境界，也同時有了另一度的轉變。這正是一個偉大的天才之可貴的地方，因為一個真正的天才，其創作精神必然是生生不已的，杜甫既然在第二階段已經達到了對七律之體式運用純熟之境地，所以在進入第三階段中，杜甫就開始步上了另一新境地，這種新境地，乃是變工麗為脫略，雖然仍舊遵守格律，然而卻解除了格律所形成的一種束縛壓迫之感，而表現出一種疏放脫略之致，可是，又並非拗折之變體，這是杜甫的七律之又一轉變。當然，這一切轉變，實在都只是一個天才演進發展的自然現象，並非如我所說的這樣有心著跡，杜甫之自純熟轉入於脫略，也正是一種極自然的現象。而且另一方面，杜甫這時年已漸老，所經歷過的生活，更可以說是歷盡艱險，辛苦備嘗，當年的豪氣志意，既已逐漸消磨沮喪，心情也自然轉入疏放頹唐，這種疏放的心情，與脫略的表現，形成了杜甫第三階段的七律的風格，現在我們舉兩首作品為例來看一看：

為人性僻耽佳句，語不驚人死不休，老去詩篇渾漫與，春來花鳥莫深愁，新添水檻供垂釣，故著浮槎替入舟，焉得思如陶謝手，令渠述作與同遊。（〈江上值水如海勢聊短述〉）

幽棲地僻經過少，老病人扶再拜難，豈有文章驚海內，漫勞車馬駐江干，竟日淹

留佳客坐，百年粗糲腐儒餐，不嫌野外無供給，乘興還來看藥欄。（〈賓至〉）

第一首〈江上值水如海勢聊短述〉一篇，在杜甫的七律之作中，並不能算是很好的作品，只是我以為這一首詩頗有特色，足以代表杜甫此一階段的心情與風格，所以選錄了這一首詩。此詩從詩題開始，就已表現了杜甫的一種脫略疏放的意致，試想江上值水如海勢，乃是何等可觀之事，像這種可觀之事，如果在當年杜甫意氣方盛之時，該如何用長篇偉製以渲染描繪之，而杜甫此題卻於「江上值水如海勢」之下，輕輕只用了「聊短述」三字，便爾遽然截住，這真是絕妙的一個詩題，吳見思《杜詩論文》評此詩云：「江上值水勢如海，公見此奇景，偶無奇句，故不能長吟聊為短述耳。」仇注更云：「此一時拙於詩思而作。」這些話，我以為實在是淺之乎視杜甫，「拙於詩思」、「偶無奇句」等語，都說得過於淺狹落實，不能深得此一首詩的疏放脫略的情致之妙。以杜甫之高才健筆，豈真不能描述此一如海勢之江水乎，不過杜甫當時已非復當年之豪氣，一時不欲更逞才刻意於詩篇，故而乃有此作耳，觀其題與詩之妙，此種情致實堪玩味。開端二句「為人性僻耽佳句，語不驚人死不休」乃寫前時平生之為人，正為次聯之反襯，當年性耽佳句，必求出語之驚人，此正一種少年盛氣光景，而今則年已老去，意興蕭疏，乃覺平生種種爭奇好勝之心俱屬無謂，故繼之乃有次聯之「老去詩篇渾漫與，春來花鳥莫深愁」之言也，「渾漫與」一作「渾漫興」，「漫興」二字似較為習見易解，然而實不若作「漫與」之佳，「與」者給與交出之意，「渾漫與」者，謂隨意寫出全不用心著力之意也，故繼云「春來花鳥莫深愁」，對作詩既已非復當年之性耽佳句語必驚人，對花鳥亦已非復當年之傷心濺淚，而致慨於其一片花飛風飄萬點，因之乃一任今日江上水勢之如海，我亦復何所動心，更亦復何勞筆墨，因乃聊為短述而已，此一聯將杜甫老來一片疏放之情完全寫出，而遙遙與詩題之「聊短述」三字相映照，極為有致。至於頸聯「新添水檻供垂釣，故著浮槎替入舟」兩句，則是呼應詩題之「江上水如海勢」，卻全不用正寫，而僅只用側筆作淡淡之點染，故意於其如海勢之種種壯觀奇景，皆略去不寫，而只寫一水檻，寫一浮槎，而此水檻與浮槎，亦不過僅只聊以供垂釣替入舟而已，看此二句杜甫將一片如海勢之水只寫入如此之微物微事，真是閒淡之極，疏放之極，此正為此一詩情致佳妙之處，所以有心深求的人，反而不能領略這一首詩的好處了；至於尾聯：「焉得思如陶謝手，令渠述作與同遊」二句，杜甫之設想，真乃如此詼諧入妙，其意蓋云，我今既已老去，而又疏放如此，不復雕琢佳句以求驚人，則安得有一思如陶謝而有如此手段之詩人，則令渠述為驚人佳句，而我但得與之同遊，便可不用思索雕琢之苦，而得有欣賞驚人佳句之樂，此種妙想，千載以下之今日讀之，仍然可以使人對杜甫當日一份疏狂幽默的風趣發會心之微笑。而同時此一詩在格律句法方面，也同樣表現了一種脫略之致，首聯，一起便不入韻，而且兩句之句法，復極為疏散質拙，乍觀之，幾乎全然不似律詩之起句，然細味之，則平仄又全然無所不合，是脫略，而卻並非拗體（杜甫亦有拗律佳作，俟下節論之），此正為杜甫此一階段獨到之境界。次聯「渾漫與」、「莫深愁」之對句，亦極脫略，而平仄及詞性又能不失其平衡對稱，正唯熟於律者，方能有如此妙用；至於頸聯「水檻」、「浮槎」之對頗為工整，而卻又出之以閒淡，此乃脫略之又一種表現；結尾一聯之句法，與首聯同其疏散，這一首詩，可以說充分表現了杜甫此一階段的內容與格律兩方面的疏放脫略的境界。

第二首，起二句：「幽棲地僻經過少，老病人扶再拜難。」與前一首相同，也是起首不入韻，而與前一首相異的，則是此二句乃是對起，而且不僅字面相對，內容方面亦是賓主相對，首句「經過少」是就賓而言，次句「再拜難」則是就主而言，而且自此以下通篇皆以賓主互相對，三句「文章驚海內」是主，四句「車馬駐江干」是賓，五句「佳客坐」是賓，六句「腐儒餐」是主，七句「無供給」是主，八句「看藥欄」是賓。高步瀛先生《唐宋詩舉要》評此詩云：「開合變化，極變化之能事。」通觀全篇，謹嚴之中有脫略，疏放之中有整齊，這正是熟於格律而能脫去束縛壓迫之感的代表作品。至於就內容而言，則首句「幽棲地僻」既本無意於賓之訪，次句「老病人扶」自亦無怪其禮之疏，而於此疏懶之致中，卻偏偏用了「經過」、「再拜」等謹嚴的客套字樣，寫得狂而不率，情致極佳；次聯：「豈有文章驚海內，漫勞車馬駐江干」二句，「文章」與「車馬」及「海內」與「江干」之對句，用字頗端謹，而「豈有」與「漫勞」二字之口吻，則又極為疏放自然，「文章」一句，似謙退之語，而隱然亦可見文章之有聲價，「車馬」一句似推敬之言，而隱然亦見車馬之無足羨；至於頸聯：「竟日淹留佳客坐，百年粗糲腐儒餐」，以「淹留」對「粗糲」，字面便極脫略，佳客自無妨為竟日之留，而腐儒則唯有粗糲之供，一片疏放真率之情，寫得極自然可喜；至尾聯之「不嫌野外無供給，乘興還來看藥欄」二句，「不嫌」一本作「莫嫌」，我以為「不嫌」之口氣是就客說，客自不嫌耳，若作「莫嫌」，則似有主人願客莫嫌之意，以杜甫此詩所表現之疏放之情來看，似以作「不嫌」為佳；「藥欄」則花藥之欄也，野外原無供給之物，亦不欲故求供給之物，惟「藥欄」或者尚可一看，至於客之是否「不嫌」，是否「還來」，則一任之耳，不嫌固佳，嫌亦何妨，來固佳，不來亦何傷，此二句原不必深求，但寫杜甫當時一份疏放之情而已，必如金聖歎所云：「因不能款他，要他速去。」則未免失之淺狹矣。

綜觀此二詩，以內容情意而言，既然都表現了杜甫久經艱苦幸得安居後的一份疏放的情致，以格律技巧言，則又都表現了臻於純熟以後的，或散或整或工或率的一種脫略的境界，這是杜甫七言律詩的第三個階段，在此一階段的作品如〈卜居〉、〈狂夫〉、〈客至〉、〈江村〉、〈野老〉、〈南鄰〉等，都表現了相近似的境界，這是對人生的體驗與對格律的運用，都已經過長久的歷練，而逐漸擺脫其壓迫與束縛的一種境界，這是杜甫七律的又一進展，也是七言律詩一體，在格律之束縛中，自拘謹化為脫略的又一進境。

第四個階段，我以為該是杜甫去蜀入夔以後一個時期的作品。這一時期，杜甫的七律可以分作正變兩方面來看，像〈諸將〉五首、〈秋興〉八首、〈詠懷古跡〉五首等，這當然是屬於正格方面的代表作，而像〈白帝城最高樓〉、〈黃草〉、〈愁〉、〈暮春〉等詩，則是屬於變體的拗律，初看起來，正格與變體，似乎是迥然相異的二種風格，而其實這卻正是一種成就之兩面表現。杜甫此一階段之七律，對格律之運用，已經達到完全從心所欲的化境的地步，不過，一種從心所欲是表現於格律之內的騰擲跳躍，另一種從心所欲則是表現於格律之外的橫放傑出而已。

現在我們先舉一首橫放傑出於格律之外的變體的拗律來看一看：

城尖徑仄旌旆愁，獨立縹緲之飛樓，峽坼雲霾龍虎臥，江清日抱黿鼉遊，扶桑西枝對斷石，弱水東影隨長流，杖藜歎世者誰子，泣血迸空回白頭。（〈白帝城最高樓〉）

杜甫的拗體七律，早在其第一階段與第二階段，就已經出現過，如〈鄭駙馬宅宴洞中〉、〈題省中壁〉、〈早秋苦熱堆案相仍〉等，其平仄音律便都有拗折之處，此種作品，但為杜甫多方面繼承接納之一種嘗試，蓋在七律一體尚未完全奠立之先，如庾信〈烏夜啼〉等作，其音律多往往有拗折之處，此原為一種不成熟之現象，杜甫早期拗律，亦僅為一種嘗試而已，而到了去蜀入夔以後，杜甫的拗律，卻由嘗試而真正達到了一種成熟的境地，以拗折之筆，寫拗澀之情，敻然有獨往之致，造成了杜甫在七律一體的另一成就，而〈白帝城最高樓〉一首，就正可為杜甫成熟之拗律的代表作品。此詩開端「城尖徑仄旌旆愁」一句，「仄」字「旆」字都是仄聲，從一開始就是拗起，寫出一片險仄苦愁情景。次句「獨立縹緲之飛樓」，「立」字與「緲」字又是兩仄聲字，聲律既已拗折，而復於句中用一「之」字，變律詩之句法而為歌行之句法，且連用三平聲，奇險中又別有瀟灑飛揚之致，而獨立蒼茫之悲慨亦在言外。三四兩句：「峽坼雲霾龍虎臥，江清日抱黿鼉遊」，對偶聲律都頗為工整，以格律言，此二句固正是律詩之重點所在，此一聯之工整，正是此詩雖為拗體，而仍不失為律詩的重要關節，然而「黿鼉遊」卻又連用了三個平聲字，工整中仍有拗澀之致，至於以內容言則此二句乃寫高樓所見之景，仇注引韓廷延云：「雲霾坼峽，山水盤拏，有似龍虎之臥；日抱清江，灘石波蕩，恍如黿鼉之遊。」這兩句所形容刻劃之景物實極為真切，而卻偏偏出之以險怪之辭，疑似之筆，於工整中力避平俗，這正是杜甫變中有正、正中有變的一種妙用。至於頸聯「扶桑西枝對斷石，弱水東影隨長流」則寫峽石之高與水流之遠，扶桑為日出之地，在碧海中，有樹長數千丈，見《山海經》及《十洲記》，弱水則〈禹貢〉、《山海經》、《淮南子》、《史記・大宛列傳》、《漢書・地理志》及《後漢書・東夷傳》皆有所載，要之弱水之為水發源極遠，而自西東流，此二句蓋言峽之斷石極高，遙遙與東方扶桑之西枝相對，江之水流極遠，遙遙與西方弱水之水影相接，其意不過寫峽高水遠，而用字遣辭乃有橫絕一世之概。至於此一聯之聲律，則上句「桑」字與「枝」字兩字皆平，下句「水」字與「影」字兩字皆仄，上句「對斷石」連用三仄，下句「隨長流」連用三平，拗折中亦有法度，且聲律雖拗，對偶則工，此仍是杜甫正變相參之妙用。第七句「杖藜歎世者誰子」，句中用一「者」字，大似散文之句法，較之次句效歌行體用「之」字，尤為奇崛，後之韓愈有意學杜之奇險，亦往往以文句入詩，如其〈薦士〉一詩「有窮者孟郊」一句，豈非與杜甫此句之句法頗為相近，然而韓愈之奇險，乃在惟以字句爭奇，而不能於感情意境上取勝，其奇險乃落空而無足取，至如杜甫此句，則不僅句法之奇崛而已，而其尤可貴者，乃在以此拗澀之句，寫出其一種中心多忤的歎世之情，「杖藜」寫人之形貌，則既衰病而艱於行矣，「歎世」寫人之心境，則滿懷悲慨徒託之歎息矣，然後用「者」字作一收束，頓挫極為有力，再以「誰子」二字接轉，則此杖藜而歎世者，果何人哉，乃竟形貌如此之衰，心情如此之痛乎，此句悲慨極深，乃全在用「者」字之音節拗澀停頓中表現出來，這又豈是僅知於字面學杜甫之奇險的人之所能企及。至於末一句，「泣血迸空回白頭」，乃承上句而來，寫其歎世之悲，有至於如此者。杜甫往往以「泣血」寫其深沉之悲苦，如其〈得舍弟消息〉一詩之「啼垂舊血痕」，〈遣興〉一詩之「拭淚霑襟血」，讀之皆使人深為其悲苦所感動，以為杜甫所泣者，固當真是血痕而非淚點也，唯是前所舉二句之泣血，尚復有垂痕可見，有衣襟可霑，今日在此高樓之上，滿懷歎世之情，乃竟至泣血迸空，更無可供霑灑之地，既寫出樓之高，更寫出情之苦。而「回白頭」三字，則使人讀之尤覺可哀，何則，滿頭白髮而望空回首，此中固有多少抑鬱無奈之情在也，或以為「泣血迸空」斯可矣，又何必「回白頭」乎，則杜甫〈秦州雜詩〉之五，固曾有「哀鳴思戰鬥，迴立向蒼蒼」之句矣，彼驌驦老馬，何不「直立向蒼蒼」乎，蓋直立便無此鬱勃之氣也，讀者當於此深加體味，則知其一片違拗艱苦之情，皆在此一回首之中矣。通觀此詩，以拗折艱澀之語，寫拂鬱艱苦之情，既得聲情相合之妙，而復能於拗折中把握一份法度。首聯，以拗句起，以拗句救；頷聯把握律詩之重點，而卻於工整中見奇險之致；頸聯復以下句之拗救上句之拗，而又於聲律之拗折中，把握了對偶之工整；尾聯於第七句用一「者」字，以散文之句法入詩，復接以「誰子」二字，作疑問之口氣喚起末句，極得頓挫振起之妙。像這樣的詩，其所把握的，乃是形式與內容相結合的一種原理與原則，雖然不遵守格律的拘板形式，卻掌握了格律的精神與重點。毛奇齡曾評杜甫拗律云：「杜甫拗體，較他人獨合聲律，即諸詩皆然，始知通人必知音也。」（見〈暮歸〉詩仇注）所以，杜甫此種變體之拗律，雖是橫放傑出於聲律之外，然而卻實在是深入於聲律的三昧之中了。因此，我以為此種變體之拗律，與另一種謹守格律，而於格律之拘限中作騰擲跳躍的正格律詩，實在乃是同一種成就的兩種表現。這兩種表現，都說明了杜甫已經深得律詩之三昧，達到了出入變化運用自如的地步。如果單純以欣賞而言，則無論其為正格為變體，杜甫此一階段的七言律詩，都自有其值得賞愛之處，但如果以七言律詩之演進而言，則自然仍當以正格之作為主。至於拗律雖然易見飛躍騰拏之勢，而如果以詩體演進之理論言，則拗律畢竟只是側生旁枝，即如宋代之黃山谷，有心專致力於拗體之嘗試，後人甚至為之定立了單拗、雙拗、吳體，種種名目，其於拗律之寫作，可以說頗有成就了。而觀其所作，實在只是求奇取勝，因為正格的謹守格律的七律，如果沒有高才深情，便容易流於庸弱，山谷蓋深明此理，所以乃以拗折為古峻，這在形貌與音律方面確實有化腐朽為神奇之用，但此與杜甫之以拗折之筆寫拗折之情，把一片沉哀深痛都自然而然地表現於拗律之中的作品，當然不可同日而語。不過杜甫的拗律，確曾為後人開了一條門徑，使後人得了一個避免流於平弱庸俗的寫七律的法門。這一點就杜甫之七律對後世之影響而言，已是極可注意的一件事，不過，以拗折避平弱，畢竟只是別徑，謹守格律而能不流於平弱的作品，才是正格的更可注意的成就。

說到杜甫此一階段的正格的七言律詩，自然當推其〈諸將〉、〈秋興〉、〈詠懷古跡〉等詩為代表作，而其中尤以〈秋興〉八首之成就為最可注意，現在我們就把這八首詩抄出來看一看：

其一

玉露凋傷楓樹林，巫山巫峽氣蕭森，江間波浪兼天湧，塞上風雲接地陰，叢菊兩開他日淚，孤舟一繫故園心，寒衣處處催刀尺，白帝城高急暮砧。

其二

夔府孤城落日斜，每依北斗望京華，聽猿實下三聲淚，奉使虛隨八月槎，畫省香爐違伏枕，山樓粉堞隱悲笳，請看石上藤蘿月，已映洲前蘆荻花。

其三

千家山郭靜朝暉，日日江樓坐翠微，信宿漁人還汎汎，清秋燕子故飛飛，匡衡抗疏功名薄，劉向傳經心事違，同學少年多不賤，五陵衣馬自輕肥。

其四

聞道長安似弈棋，百年世事不勝悲，王侯第宅皆新主，文武衣冠異昔時，直北關山金鼓震，征西車馬羽書遲，魚龍寂寞秋江冷，故國平居有所思。

其五

蓬萊宮闕對南山，承露金莖霄漢間，西望瑤池降王母，東來紫氣滿函關，雲移雉尾開宮扇，日繞龍鱗識聖顏，一臥滄江驚歲晚，幾回青瑣點朝班。

其六

瞿唐峽口曲江頭，萬里烽烟接素秋，花萼夾城通御氣，芙蓉小苑入邊愁，珠簾繡柱圍黃鵠，錦纜牙檣起白鷗，回首可憐歌舞地，秦中自古帝王州。

其七

昆明池水漢時功，武帝旌旗在眼中，織女機絲虛夜月，石鯨鱗甲動秋風，波漂菰米沉雲黑，露冷蓮房墜粉紅，關塞極天唯鳥道，江湖滿地一漁翁。

其八

昆吾御宿自逶迤，紫閣峰陰入渼陂，香稻啄餘鸚鵡粒，碧梧棲老鳳凰枝，佳人拾翠春相問，仙侶同舟晚更移，綵筆昔曾干氣象，白頭今望苦低垂。

在這八首詩中，無論以內容言、以技巧言，都顯示出來，杜甫的七律，已經進入了一種更為精醇的藝術境界。先就內容來看，杜甫在這些詩中所表現的情意，已經不是一種單純的現實之情意，而是一種經過藝術化了的情意，譬如蜂之採百花，而釀成為蜜，這中間曾經過了多少飛翔採食，含茹醞釀之苦，其原料雖得之於百花，而當其釀成之後，卻已經不屬於任何一種花朵了，杜甫在這些詩中所表現的情意，亦復如此。杜甫入夔，在大曆元年，那是杜甫死前的四年，當時杜甫已經有五十五歲，既已閱盡世間一切盛衰之變，也已歷盡人生一切艱苦之情，而且其所經歷的種種世變與人情，又都已在內心中，經過了長時期的涵容醞釀，在這些詩中，杜甫所表現的，已不再是像從前的「窮年憂黎元，歎息腸內熱」的質拙真率的呼號，也不再是「朱門酒肉臭，路有凍死骨」的毫無假借的暴露，杜甫在這些詩中所表現的，乃是把一切事物都加以綜合醞釀後的一種藝術化了的情意，這種情意，已經不再被現實的一事一物所拘限，正如同蜂之釀蜜，雖然確實自百花採得，卻已經不受百花中任何一種花朵的拘限了。如果我可以妄擬兩個名稱加以區分的話，我以為拘於一事一物的感情，可以稱之為「現實的感情」；而經過綜合醞釀以後的一種感情之境界，則可以稱之為「意象化之感情」，杜甫在這些詩中所表現的，就已經不再是「現實的感情」，而是一種經過醞釀的「意象化之感情」了。

再就技巧來看，杜甫在這些詩中所表現的成就，有兩點可注意之處：其一是句法的突破傳統，其二是意象的超越現實，有了這兩種運用的技巧，纔真正掙脫了格律的壓束，使格律完全成為被驅使的工具，而無須以破壞格律的形式，來求得變化與解脫了。因此七言律詩纔得以真正發展臻於極致，此種詩體纔真正在詩壇上奠定了其地位與價值。杜甫所嘗試的這兩種表現的方法，對中國舊詩的傳統而言，原是一種開拓與革新，然而杜甫在這種開新的嘗試中，卻完全得到了成功，那就是因為杜甫所闢的途徑，乃是完全適合於七律一體的正確可行的途徑。看到這種成就，我們不得不震驚於杜甫的天才，其所稟賦的感性與知性是如此的均衡並美，因之，乃能對於詩體的特色，辭句的組織，前人已有之成就，未來必然之途徑，都自然而然有一種綜合的修養與認識，而復能加以正確地開拓和運用。

就七言律詩之體式而言，其長處乃在於形式之精美，而其缺點則在於束縛之嚴格。杜甫以前的一些作者，如沈、宋、高、岑、摩詰、太白諸人，都未能善於把握其特色來用長捨短，所以謹守格律者，則不免流於氣格卑弱，而氣格高遠者，則又往往破壞格律而不顧。蓋七律之平仄對偶，乃是一種極為拘狹，極為現實之束縛，如果完全受此格律之束縛，而且作拘狹現實之敘寫，如宋之問的「金鞍白馬」與「玉面紅妝」，高達夫的「青楓江上」與「白帝城邊」，甚至如王摩詰之「山中習靜」與「松下清齋」，都不免有拘狹平弱之感，這是在此嚴格之束縛中的一種必然的現象，杜甫在其第一階段的七律之作，便亦正復如此。到了第二階段，則杜甫對於此拘狹現實之格律，已經達到了運轉自如之地步，所以，已能將較深微曲折之情意納入其中，而就格式言，則杜甫卻仍然停留在工整平順的一般性之束縛中。到了第三階段，杜甫便表示了對格律之壓迫感的一種掙脫之嘗試，只是這種掙脫之嘗試，僅表現於消極地以脫略代工整而已，而並未曾作積極地破壞或建樹。到了第四階段，杜甫纔真正地完全脫出於此種拘狹於現實的束縛之外，而於破壞與建樹兩方面，都做到了淋漓酣暢、盡致極工的地步，屬於破壞性的拗律，我在前面已曾詳細論及，杜甫之破壞，並非盲目的破壞，他所破壞的，只是外表的現實拘狹的形式，而卻把握了更重要的一種聲律與情意結合的重點，這正是深入於聲律之中，又能擺脫於聲律之外的一種可貴的成就，不過這種成就，雖然避免了七律之缺點，做到了完全脫出於嚴格的束縛之外的地步，但另一方面卻也失去了七律之長處，而未能保持其形式之精美，因此杜甫在拗律一方面之成就，終不及其在正格的七律一方面之成就的更可重視，而使杜甫在正格之七律中，能做到既保持形式之精美，又脫出嚴格之束縛的，兩點最可注意的成就，那便是前面所提到過的——句法的突破傳統與意象的超越現實。

先就句法的突破傳統來看，中國古詩的句法，一向是以承轉通順近於散文的句法為主，如「行行重行行，與君生別離。」（〈古詩十九首〉）「步登此芒坂，遙望洛陽山。」（曹植〈送應氏詩〉）「西京亂無象，豺虎方遘患。」（王粲〈七哀詩〉）諸語皆屬平順直敘之句法；其後隨聲律之說的興起，詩的句法也因拘牽於聲律而又力求精美之故，而漸趨於濃縮與錯綜，如「魚戲新荷動，鳥散餘花落。」（謝朓〈遊東田〉）「網蟲隨戶織，夕鳥傍櫩飛。」（沈約〈直學省愁臥〉）諸語，便已迥異於前所舉諸詩句之舒展自然；迄於初唐以後，隨律詩體式之奠定，詩句亦更趨於緊縮凝鍊，如「露重飛難進，風多響易沉。」（駱賓王〈在獄詠蟬〉）「雲霞出海曙，梅柳渡江春。」（杜審言〈早春遊望〉）諸語，或省略主詞，如「露重」二句；或以短語做形容詞之用，如「雲霞」二句，然而要之，其因果層次，則仍極為通順明白，如前二句「露重」是因，「飛難進」是果，「風多」是因，「響易沉」是果，後二句「雲霞出海」是寫「曙」之美，「梅柳渡江」是寫「春」之來，若此等詩句，雖已化傳統之平散為濃鍊，然而一則其變化乃全出於詩體音律所形成的自然之趨勢，而並非出於作者有意之改革或開創，再則其變化僅為自平緩舒散之化為緊鍊濃縮，而並非因果與文法之顛倒或破壞，所以，此種句法與傳統之句法，並不甚相遠。而七言律詩之體，初起之時，實在連此種五言律精鍊濃縮的階段亦尚未做到，而僅能以散緩的句法，寫平順的對句，但我們從五律的演進，就可以推知，七律的對句之必將自散緩平順，轉為精鍊濃縮，乃是一種極為自然的趨勢，在這種趨勢下，杜甫不但自然地做到了精鍊濃縮，而且，以其過人之感性與知性，帶領著七言律詩的句法，進入了另一完全突破傳統的新境界，那就是因果與文法之顛倒與破壞，這種顛倒與破壞對杜甫而言，是含有著一種反省與自覺的意味的，而並非全出於無意之偶然，這種含有反省與自覺意味的革新，不但在當時是一種前無古人的開創，即使在五四新文學革命以後的近代，也還有些人對之不能完全承認或接受，如陸侃如與馮沅君合編之《中國詩史》，便曾譏詆〈秋興〉及〈詠懷古跡〉的一些詩句為「直墮魔道」、「簡直不通」，胡適之的《白話文學史》，在評述杜甫的七言律詩時，也曾說：「〈秋興〉八首，傳誦後世，其實都是一些難懂的詩謎，這種詩全無文學的價值，只是一些失敗的詩玩意兒而已」，胡先生的為人與治學的精神，我一向極為尊敬，只是對杜甫〈秋興〉八首的評語，我卻不敢苟同。我們試舉〈秋興〉八首中，最為人所譏議的「香稻啄餘鸚鵡粒，碧梧棲老鳳凰枝」兩句來看，就邏輯與文法而論，此二句實有鄰於不通之嫌，蓋如將首二字視為主詞，將第三字視為動詞，則香稻固無喙，如何能啄，碧梧亦無足，如何能棲，此所以很多人譏評此二句為不通，或者又以為此二句乃是倒句，但假如竟把此二句倒轉過來，成為「鸚鵡啄餘香稻粒，鳳凰棲老碧梧枝」，則此二句乃成為正寫鸚鵡啄稻與鳳凰棲梧之兩件極現實之情事。姑不論「鳳鳥」之久矣不至，在現實中本不可能為實有之物，即使果有鳳凰棲梧之事，如此平鋪直敘地寫下來，也成為極淺薄現實的一件情事了。所以杜甫此二句，其主旨原不在於寫鸚鵡啄稻與鳳凰棲梧二事，杜甫之意乃在寫回憶中的渼陂風物之美，「香稻」、「碧梧」都只是回憶中一份烘托的影像，而更以「啄餘鸚鵡粒」與「棲老鳳凰枝」，來當做形容短語，以狀香稻之豐，有鸚鵡啄餘之粒，碧梧之美，有鳳凰棲老之枝，以渲染出香稻碧梧一份豐美安適的意象，如此，則不僅有一片懷鄉憶戀之情，瀲蕩於此二句之中，而昔日時世之安樂治平亦復隱然可想，這是一種極為高妙的表現手法。故讀此二句時，不當以香稻碧梧二詞，與下一啄字及棲字連讀，而當稍做一停頓，如此便能將下五字分別為形容短語，而不致有文法不通之言矣。所以，《而菴詩話》即曾云：「論詩者以為杜詩不成句者多，乃知子美之法失久矣，子美詩有句有讀，一句中有二三讀者，其不成句處，正是其極得意處也。」我以為正是這種新穎的句法，才使這二句超脫於一般以平鋪直敘來寫拘狹現實之情事的範疇，而進入於一種引人聯想觸發的感情的境界，這種句法，其安排組織全以感受之重點為主，而並不以文法之通順為主，因此，其所予人者乃全屬意象之感受，而並非理性之說明。所以，杜甫的句法，雖然對傳統而言，乃是一種破壞，而其實卻是一種新的創建，這種創建可把握感受之重點，寫為精鍊之對偶，而全然無須受文法之拘執，一方面既合於律詩之變平散為精鍊之自然的趨勢，一方面又為律詩開拓了一種超乎於寫實的新境界，如此，七言律詩才真做到了，既保持了形式之精美，又脫出了嚴格之束縛的地步，才真的完全發揮了七律的長處與特色，而避免了七律的缺點。這是杜甫第一點可注意之成就。

其次，再就意象之超越現實來看，在傳統的觀點中，杜甫原被人目為寫實派的詩人，如其〈赴奉先縣詠懷〉、〈北征〉、〈羌村〉、三吏、三別等一些名作，當然都是屬於寫實的作品，其成就之堅實卓偉，固早已為眾所周知，而我以為杜甫在晚年的七律之作品中，所表現的寫現實而超越現實的作品，才是更可注意的成就。因為，中國的詩歌，自三百篇以來，可以說大多數是偏於寫實之作，如〈關雎〉、〈桃夭〉與夫〈苕之華〉、〈何草不黃〉諸詩，無論其所寫者之為歡樂，為愁苦，要之皆不外以現實之事物，寫現實之情意，即使有比興之喻託，而其所借喻與被喻者，仍然皆屬於現實之範疇。這種比興喻託之作，一直到了唐代的初期，仍然被現實的圈子拘限著，如駱賓王之〈在獄詠蟬〉的「露重飛難進，風多響易沉」；陳子昂之〈感遇〉的「微月生西海，幽陽始代升」，或者以「露重風多喻世道之艱險」、「難進易沉慨己冤之不伸」（唐汝詢說），或者以「陰月喻黃裳之坤儀」、「陽光喻九五之乾位」（陳沆說），這種作品，其所喻託之拘牽，自屬顯然可見。而杜甫〈秋興〉八章，所表現的一些意境，則既非平敘之寫實，又非拘牽之託喻，而乃是以一些事物的意象表現一種感情的境界，完全不可拘執字面為落實的解說，這在中國詩的意境中，尤其在七言律詩的意境中，是一種極為可貴的開創。杜甫之所以能達致此種成就，其因素約有下列數端：其一，杜甫此八詩所表現之內容，如前所言，乃是一種「意象化之感情」，而非「現實之感情」，故其所寫之情意，乃不復為一事一物所拘限，這是其所以能超越現實之一因；其二，杜甫所用以表現之句法，如前所言，乃全以感受之重點為主，而並不以文法之通順為主，因此其表現之方式，不為說明而為觸發，這是其不為現實所拘之又一因；其三，如果以杜甫與李賀義山輩的幽微渺茫之意境相較，杜甫詩中所表現的情意，仍是屬於近乎現實之情意，然而其竟能突破現實之拘限的緣故，則在其感情本身之質量的深厚與博大。《莊子・逍遙遊》說：「水之積也不厚，則其負大舟也無力。」韓愈〈答李翊書〉說：「水大則物之浮者大小畢浮。」感情之質量亦復如此。所以，以孟郊賈島氣局之狹隘，則縱使極力雕琢也依然無補於其枯窘寒瘦，令人有置杯則膠之感，若杜甫之襟懷感情，如果以水為喻，則其度量固屬汪洋浩瀚，難以際其端涯，以浮物言亦復大小畢浮，難以一一遍舉，故陳繼儒評〈秋興〉八首，乃有「雲霞滿空回翔萬狀」之言，所以，其意境既難於作具體之說明，亦難於為現實之界劃，大有背負青天而莫之夭閼之勢，這是杜甫之所以雖寫現實，而卻超越於現實之外的又一因。

杜甫的這種成就與表現，在前面論句法一節，舉「香稻」、「碧梧」二句為例時，我已曾言及此二句原只是回憶中一份影像的烘托，而藉以表現懷鄉戀闕之種種情懷與夫盛衰今昔之種種悲慨。今再舉一例，如其七「昆明池水」一首，「織女機絲虛夜月，石鯨鱗甲動秋風」二句，也是以一些事物來渲染出一種意象，藉以表現一種感情之境界，而並非拘狹之寫實，雖然織女與石鯨之石刻，也確為長安昆明池所實有之物（詳見《七章集解》），然而杜甫此二句，則不僅寫其對昆明池畔之織女像，以及水中之石鯨魚的一份懷念而已，其所要寫的，乃是藉織女石鯨，所表現出的一種「機絲虛夜月」與夫「鱗甲動秋風」的空幻蒼茫飄搖動蕩的意象，此種意象，原難於作現實之說明與勾劃，而讀者卻又極容易自其中引起觸發與聯想，所以，前之注杜詩者，對於此種詩句，乃往往有極紛紜歧異的多種解說與猜測。即以此二句而言，「織女」句，有以為喻言「防微杜漸之思不可不密」者，有以為寫「杼柚之已空」者，有以為「比相臣失其經綸」者；至於石鯨句，則多以為乃寫「強梁之蠢蠢欲動」，或者更以為有「萬一東南江湖之間變起不測」之意（以上諸說皆詳《七章集解》）。凡此諸說，皆受中國傳統的比興喻託之說的拘執，所言皆不免過於拘狹落實，而不能純自其意象去體會其中的一份懷戀之情，今昔之感，空幻之悲，與夫動亂之慨，譬如酌蠡於海，又安能窮其端涯，盡其浮物也哉。故讀杜甫〈秋興〉諸詩，必須先有一份深刻而通達的感受能力，而不可拘執字義與句法，作過於現實之解說與評論，《一瓢詩話》即曾云：「杜少陵詩止可讀不可解，何也，公詩如溟渤無流不納，如日月無幽不燭，如大圓鏡無物不現，如何可解。」若欲勉強拘牽現實以立說，則真不免貽摸象揣籥之譏了。所以我說杜甫第二點可注意之成就，乃是意象之超越現實，那是因為杜甫所寫的，雖也是現實的景物情意，如織女石鯨之確為現實之物，憂時念亂之本為現實之情，可是杜甫卻完全能不為現實所拘，而只是以意象渲染出一種境界，於是織女石鯨乃不復為實物，而化成為一種感情之意象了，這在中國舊詩的傳統中，乃是一種極可貴的開拓。

四、尾言

從以上所舉的四個階段來看，杜甫的七言律詩一體，其因襲成長，以及蛻變與革建的種種過程已可概見，由此可以推知杜甫在〈秋興〉八章中所表現的——句法之突破傳統與意象之超越現實——的兩點成就，並不是無意的偶然，而乃是透過其深厚的體驗及工力，與其均衡的感性及知性以後的產物。在這種演進的過程中，帶有濃重的反省意味，他所指示給我們的，乃是中國舊詩欲求新發展的一條極可開拓的新途徑，因為，就文學藝術的發展而言，自平直地摹寫現實，到錯綜地表現意象，由訴諸理性的知解，到喚起感性的觸發，原該是一種演進的必然之趨勢，這在文學藝術界都瀰漫著超現實與反傳統的現代風的今日，就越發可看出此種演進趨勢之必然與不可遏止的力量了，而杜甫〈秋興〉八詩所表現的突破傳統與超越現實的兩點成就，也就越發值得我們重新加以研判和注意了。然而可貴亦復可惜的，則是杜甫的成就，乃全出於天才自然之發展，雖然其間也有著一種，屬於感性與知性均衡之天才所特有的反省之意味，但卻並未嘗形諸於顯意識的，有意之標舉或倡導。所以，雖早在一千二百多年前的唐代，杜甫就曾以其天才及工力之凝聚，在他的作品中顯示了現代風的反傳統與意象化的端倪，然而真正能繼承此一方向，而步上向未知延展的意象之境界的作者，卻並不多見。其所以未能就此一方向立即發展下去的緣故，我以為乃由於以下的幾點因素：其一，就文學藝術一般之發展而言，意象化的表現，雖有其必然之趨勢，然而卻一定要等到寫實之途徑既窮，然後方能為一般人所嘗試和接受，正如前所論七言詩之形成，雖有其必然之勢，然而卻一定要等到五言之變既窮，然後方纔能普遍盛行一樣，在時機尚未成熟時，一般人並無奔越及於未然的能力，所以，杜甫雖然以其博大傑出的天才與工力，成為了一個意象化的先知先覺的信息的透露者，然而繼起的足跡，卻是寂寥而荒漠的；其二，就中國韻文之發展而言，中國的詩歌，一向都與音樂歌唱結有不解之緣，訴之於耳的作品，自然以直接現實之情事，更易於為一般人所了解和接受，因此，由詩而詞而曲，中國韻文中所表現的感情意境，也就始終都是偏於現實具體的敘寫，而遲遲的未能步向於觸引深思默想的意象化的途徑上去；其三，則因為儒家思想影響之深遠，一般中國詩人所寫的志意懷抱，乃往往都僅拘限於出處仕隱窮通家國等種種現實之情意，而鮮能脫出此種士大夫觀念之約束，然而，如我在前一節所言，杜甫的情意雖然也依然屬於此傳統現實之情意，而杜甫卻獨能以其感情之深厚無涯際，而溢出了現實事物的拘限之外，他人的忠愛之心與用世之念，乃出於理性之有意，而杜甫之忠愛，則出於天性之自然，所以，一淺一深，一則可以為理性之區劃，一則不可為理性之區劃。譬如方池與大海，即使自一般人看來同樣是水，而一者之輪廓淺狹可見，一者之廣袤渺遠無邊，其質量之懸殊，實迥然相異，杜甫情感之深厚博大，既迥非常人所可及，所以，杜甫寫現實而溢出於現實事物之外的成就，也就不是常人所可輕易舉步的了。因為以上的三種原因，所以，杜甫七律的影響雖大，沾溉雖廣，得其一體的作者雖多，然而真正能自其意象化的境界悟入，而能深造有得的作者，卻並不多見，有之，則唯一值得稱述的，便該推晚唐時的李義山了，《一瓢詩話》即曾云：「有唐一代詩人，唯李玉溪直入浣花之室。」《詩鏡總論》亦云：「李商隱七言律，氣韻香甘，唐季得此，所謂枇杷晚翠。」《峴傭說詩》亦云：「義山七律，得於少陵者深，故濃麗之中時帶沉鬱，如〈重有感〉，〈籌筆驛〉等篇，氣足神完，直登其堂入其室矣。」諸家之說，自屬有見之言，只是我國舊日詩話之評說，往往過於含混，但能以直覺感受其然，而未能以理性分析其所以然，自今日觀之，則義山七律之所以能獨入浣花之室者，其最重要的一點，實即在於其深有得於杜甫的意象化之境界，所以，胡適之在他的《白話文學史》中，即曾經把杜甫的〈秋興〉八首，指為「難懂的詩謎」，而玉谿詩謎之難懂，則尤有過之，元遺山《論詩絕句》，就曾經有過「只恨無人作鄭箋」的歎息，王漁洋《論詩絕句》也曾經說過「一篇〈錦瑟〉解人難」的話，而杜之〈秋興〉李之〈錦瑟〉，卻並不曾以其難懂而貶損其價值，因為，一般所謂難懂，實在並非不可懂，只是難於以言語作拘限之說明，而就讀者之感受而言，則此種意象化之表現，實在較之現實的敘寫更容易引起人的聯想，更能予人以豐富的觸發。杜甫與義山之所以能進入此一境界，我以為他們二人有一個共同的特色，那就是感情的過人，雖然二者的感情之性質並不盡同，杜甫是以其博大溢出於事物之外，義山則是以其深銳透入於事物之中，杜甫之情得之於生活體驗者多，義山之情則得之於心靈之銳感者多。而至於其以過人的感情的浸沒，泯滅了事物外表之拘限的一點，則二人卻是相同的。這是義山之所以能步入杜甫的意象化之境界的一個主要原因。其次另一個共同的特色，就是他們二人皆長於以律句之精工富麗，來標舉名物，為意象之綜合，然而二者所用以表現意象之名物，則又微有不同，杜甫所藉以表現其意象者，多屬現實本有之事物，如渼陂附近之香稻碧梧，昆明池畔之織女石鯨，皆為實有之景物；而義山所藉以表現其意象者，則多屬現實本無之事物，如莊生之曉夢，望帝之春心，明珠之有淚，暖玉之生煙，乃皆為假想之事物。自文學之演進來看，二者雖同為意象化之表現，而義山之以假想之事物，表現心靈之銳感的境界，較之杜甫之以現實之事物，表現生活中現實之情意的境界，實當為更精微更進步之表現，關於這一點，我以為義山除得之於杜甫的一部分承襲，另外還有得之於李賀的一部分承襲，無疑的，李賀在中國詩史上，乃是一個極可注意的特殊天才，因為，在中國傳統的詩歌中，一般的內容都著重於現實情意的敘寫，而李賀獨能以其天才之銳感，而有探觸及於宇宙之渺茫神奇的一種深幽窈眇之感受，這一點特色，是極為難得而可貴的。只是就李賀而言，其成就乃全出於天生過人之銳感，且兼有些許之病態，而欠缺知與情的反省及醞釀，雖然苦吟，而工力也仍嫌不夠深厚，故其所成就者，乃僅能刺激人之感覺，而並不能饜足人之心靈，至於義山，其感覺之窈眇，用字之瑰奇，自是頗受李賀之影響，然其感情與工力之深厚，則實在更近於杜甫，尤其義山之成就，特別以七律一體見長，而七律一體，則捨杜甫而外，可說是無一可資為宗法之人，如果無盛唐杜甫之七律，則必無晚唐義山之七律，這是我所可斷言的。

如果中國的舊詩，能從杜甫與義山的七律所開拓出的途徑，就此發展下去的話，那麼中國的詩歌，必當早已有了另一種近於現代意象化的成就，而無待於今日之斤斤以「反傳統」、「意象化」相標榜了。然而自宋以來，中國的舊詩，卻並未曾於此一途徑上，更有所拓進，其主要的原因，即在於杜甫與義山之成就，乃同在於以感性之觸發取勝，而宋人所致力者，則偏重於理性之思致，即此一端，著眼立足之點，便已迥然相異，而況杜甫與義山之得此一意象化之境界，又全出於其天賦之自然，而未曾加以有心有力之提倡，所以，宋人之得於杜甫者雖多，而卻獨未能於其意象化之一點上致力，即如北宋之半山、山谷、後山、簡齋諸人，以及南宋之放翁、誠齋一輩，甚而至於金元之際的北國詩人元好問，可以說都是學杜有得的作者，尤其他們的七言律詩，更可以從其中看出自杜甫深相汲取的痕跡。或者取其正體之精嚴，或者取其拗體之艱澀，或者得其疏放，或者得其圓熟，然後復參以各家所特具之才氣性情，無論寫景、言情、指事、發論，可以說都能有戛戛獨造的境界，只是其中卻沒有一個作者，曾繼承杜甫與義山所發展下來的意象化之途徑更有開拓。所以，在中國詩史中，杜甫晚年〈秋興〉諸作，與義山〈錦瑟〉諸篇，乃獨令人有詩謎之目，那是因為中國傳統的舊詩，對此如謎之意象化的境界，並未能普遍承認與發展的緣故。至於明代的詩歌，如前後七子，惟知以擬古為事，其七言律詩，雖一意學盛唐的杜甫，但只能襲其形貌，一如宋初西崑體之學義山，貌人衣冠，根本沒有自我境界之創造，更遑論意象化的拓展。晚明公安竟陵兩派的作者，則一反擬古之風，頗有革舊開新之意，然其所重者，乃在浪漫自然之敘寫，雖然公安之清真與竟陵之幽峭微有不同，而其未曾措意於意象化之表現則一，且其成就多在散文，而不在詩歌，以散文而論，竟陵一派之用字造句，頗有脫棄傳統之意，然而於詩歌意象化之亦復無可稱述。至於清代的詩歌，大別之可分為尊唐與宗宋二派拓展，則尊唐者倡神韻，尚宗法，言格調，主肌理；宗宋者主新奇，反流俗，去浮濫，用僻險，宗派雖多，作者雖眾，其成就亦復斐然可觀，但一般說來，則也都未曾於境界之意象化一方面致力。晚清以來，海運大開，與西洋之接觸日繁，新思想新名詞之輸入日眾，時勢所迫，舊詩已有必須開拓革新之趨勢，於是新思想與新名詞，乃亦紛紛為一些舊詩人所採用，其間如黃公度與王國維便都曾做過此種嘗試與努力。黃氏所致力者為新名詞之運用，如其〈今別離〉詩之「所願君歸時，快乘輕氣球」；〈倫敦大霧行〉之「吾聞地球繞日日繞球，今之英屬徧五洲」；〈海行雜感〉詩之「倘亦乘槎中有客，回頭望我地球圓」諸句，皆可見其用新名詞於古近各體詩中之能力。惟是如以意境而論，則黃氏所寫之情意，實在仍不脫中國舊傳統現實之情意。至於王氏則頗能以西方哲學之思想，納入於中國舊詩之中，如其〈雜感〉、〈書古書中故紙〉、〈端居〉、〈宿峽石〉、〈偶成〉、〈蠶〉、〈平生〉、〈來日〉，從這些詩中，皆可見其所受德國叔本華悲觀哲學之影響，而深慨於人生沉溺於大欲之痛苦，然其內容雖得之於西方之哲理，而其所用之辭字，則仍為舊詩傳統習用之辭字，如窮途、歧路、樂土、塵寰、寂寥、蕭瑟諸辭，皆為舊詩所習見，而經王氏之運用，其意境乃幡然一新，脫去現實之情意，而別有一種哲理之境界（此在其詞作中表現尤為明顯）。如果，以前人論詩之以瓶與酒為喻，則黃氏乃是以新瓶入舊酒，王氏則是以舊瓶入新酒，而另一方面，陳弢菴的〈秋草〉、〈落花〉諸詩，於撫時感事，寄託深至之餘，也頗有著意象化的表現，此外如陳散原，於出入六朝唐宋，表現為精瑩奧衍之餘，竟然也頗用一些新思想與新辭彙，如其讀侯官嚴氏所譯《社會通詮》，及其讀侯官嚴氏所譯《群己權界論》等詩，自詩題便已可見其對新學接受之一斑。由這種種跡象看來，中國舊詩自晚清以來，實在已有了窮極則變的一種開新的自然的要求，如果中國舊詩就此發展下去的話，也許頗有形成為一種新局面的可能。而五四的白話文運動，卻給這相沿了二千年左右的詩體，帶來了一種前所未有的劇變，當然，這對中國舊詩的發展而言，似未免稍覺可憾，而就中國整個文學的發展演進而言，則白話的興起，確實為中國文學開拓了一個更為博大的新領域，因為白話自有其委曲達意融貫變化的種種長處，較之文言似更便於納西方現代之種種形式與內容，也更適於現代人表情達意的需要，因之，白話詩的成就，原該是可以預期的，但自白話詩被倡立以來，卻先後產生了兩點相反的阻力，始則失之於過於求白，再則失之於過於求晦，其實，文學作品之美惡，價值之高低，原不在於其淺白或深晦，而在於其所欲表達之內容，與其所用以表達之文字，是否能配合得完美而適當。即以杜甫而言，有被胡適先生譏為「難懂的詩謎」的〈秋興〉諸詩，也有被胡先生譽為「走上白話文學大路」的〈遭田父泥飲〉諸作（見《白話文學史》），而陶淵明之真淳自然，亦復與謝靈運之繁重深晦，千古並稱，可見作者既不該以白與晦為自我之拘限，評者亦不當以白與晦為標準之高低。然而不幸的是我國的白話詩，始則既自陷於不成熟的白，繼則又自囿於不健全的晦，如此，白與晦乃真成為白話詩發展的兩大爭端與兩大阻力了。早期的白話詩正當五四文學激變之後，當時雖有對白話的提倡，但是對白話的運用，則實在仍在極浮淺的幼稚階段，而並未能發揮其融貫變化之妙，所以一般作者乃僅知一味以求白為事，而一味求白的結果，作為散文而言，雖尚頗有淺明達意之效果，而作為詩歌而言，有時就不免意盡於言略無餘味了，這與淵明之「豪華落盡見真淳」的妙造自得之境界，以及杜甫從「語不驚人死不休」所轉入的「老去詩篇渾漫與」的質拙真率的境界，當然不可同日而語了。而文字運用能力的幼稚，也就妨礙了意境的開新，因之有些早期的白話詩，乃不免使人讀之有新瓶舊酒之感，而文字之淺白單調，有時且使人覺得滋味遠不及舊瓶舊酒之芳醇，這是早期白話詩的一大缺憾。而物極則反的結果，於是今日之現代詩，乃轉而走向了求晦的一條路，求晦，原是白話詩一條可行的路，因為白話之為物，其缺點原在過於淺白，而對詩歌言，則此種缺點尤為明顯（此正為早期白話詩失敗之主因），如果今日之現代詩，能善為運用白話的融貫變化之長，在句法及辭彙上，以適當的中西古今之雜揉，來求取變化，甚至於以顛倒和拗澀來增加其含蘊曲折之美，這原都是大為可行的，何況在今日之現代，空間與時間之激變日甚，矛盾與零亂之感覺日增，理念約束之慣力日減，而西方的反傳統反具象的現代風，乃如狂飆之吹起，使全世界都落入於其捲掃之中，則中國的現代詩之走上求晦的途徑，正亦自有其時代之背景在。如此說來，則現代詩之求晦，乃不但大可諒解，更且大有可為了，然而不幸的是，中國的現代詩，卻陷入了一個拘狹偏差的迷途，形成了極不健全的現象，其原因大別之約有以下兩端：第一是對傳統妄加鄙薄的幼稚無知，第二是以晦澀病態為唯一的形式與內容的偏狹差誤。對傳統之妄加鄙薄，是因為早期的白話詩，既未能獲致理想的成功，而一些保守的舊詩人之作，則又與現代之思想日益脫節，其內容乃陳陳相因，了無進益，於是一些急於求新求進的年輕人，乃憤然將舊日所用之瓶與酒，一併一腳踢開，而熱衷於向異鄉去採擷果實，另謀釀造之方了，於是在目迷乎異鄉之奇文異彩之餘，乃欲於匆促間，割取其一片截面而加以移植，殊不知任何酒的釀造，都非可一蹴而幾，而各需有其不可少的原料之儲備與時間之醞釀。即以被現代詩人所崇仰的，西方之現代大師艾略特 (T. S. Eliot) 而言，亦自有其極深遠的傳統方面的修養和繼承，這一點實在是不容忽視的，因為，唯有自傳統得到養料的植物，其根基才是深厚的，如果我們要自西方擷取，我們該先了解西方流變的傳統，這才是連根的移植，而非片面的截割，如果我們要在自己的土地上栽植，用自己的語文來寫作，就該先從我國傳統中，認取我國文字的特色，養成組織運用的能力，進而與西方相融合，然後此種新的栽植，才能深入土中，新的根株才能與舊的土壤深相結合，而從地下深處去吸取其培育的養料，如此方能望其有碩茂成蔭之一日，如果只是片面截割，信手插植，則自不免於有「零落同草莽」的悲哀了。至於誤以晦澀病態為唯一的形式與內容，則由於觀念之偏狹差誤，我在前面論淺白與深晦時已曾談到，作品之美惡，原不在於其為淺白或深晦，而在於內容與形式之配合得當，而今日之現代詩人，乃有一部分人對晦澀有過分之執迷，不復顧及形式與內容之配合，及句法之組織變化是否完美適當，而不惜以淺薄之生硬荒謬製造晦澀，甚至以荒謬之晦澀來自我掩飾其內容之淺陋與空乏；而另一方面，則又由於此激變之時代，形成了一部分人心理上的虛無病態，時代既有如此之現象，則文學自可作如此之反映，正如西子既有病心之疾，自無妨作捧心之態，而今日一般現代詩人所犯之錯誤，則是以健康為可恥，而欲使天下之人，無論其是否有西子之美與西子之病，都要競作西子捧心之態，而往往欲作此效顰之態的，偏偏又常是醜而無病的東施，由此種種觀念之偏差，於是現代詩乃自囿於不健全的晦澀之中，而造成了自白話詩倡立以來，繼早期之不成熟的淺白以後之又一阻力，這是極可遺憾的一件事。因此，我願舉出杜甫七律一體之繼承、演進、突破與革建的種種經過，為現代詩人作一參考之借鏡，而尤其是〈秋興〉八首所表現的，反傳統與意象化的成就，我以為更值得現代詩之反對者與倡導者雙方面的注意。保守的反對者，可藉此窺知現代之「反傳統」與「意象化」的作風，原來也並非全然荒謬無本，而是早在一千二百多年前，我國的集大成之詩壇的聖者，就已經在其作品中，昭示了這種趨向的端倪；而激進的倡導者，也可藉此窺知，要想違反傳統、破壞傳統，卻要先從傳統中去汲取創作的原理與原則，正如任何新異的建築物，無論其形式如何標新立異，然而卻都必須合乎建築學與美學的原理一樣，如此才不致自暴其醜拙生硬而飄搖於風雨之中。而意象化之境界，亦並非僅以晦澀荒謬自炫神奇，而也同樣可以表現博大、正常、健全之一份情意，因此，我乃不惜小題大作勞而少功地，搜集了四十九種杜詩不同的本子，為〈秋興〉八首詳細校訂文字之異同，並依年代之先後，列舉各家不同之注釋評說，分別加以按斷，寫了二十餘萬字的《杜甫秋興八首集說》。其初，我亦未曾料及，區區八首律詩，竟能生出如許多之議論，引發如許多之聯想，而如能藉此紛紜歧異之諸說，看到杜甫的繼承之深，功力之厚，含蘊之廣，變化之多，開拓之正，及其意象之可確感而不可確解，以及欲以理念拘限此意象為之立說的偏頗狹隘，使保守者，能自此窺見現代之曙光，使激進者，能自此窺知傳統之深奧，則亦或者尚非全屬無益之徒勞，昔禪家有偈云：「到處尋春不見春，芒鞋踏遍嶺頭雲，歸來笑拈梅花嗅，春在枝頭已十分。」讀者或亦將自杜甫之〈秋興〉八首中，窺見冰雪中之一絲春意乎，是為《杜甫秋興八首集說・序》。

說杜甫〈贈李白〉詩一首

——談李杜之交誼與天才之寂寞

杜甫不僅淋漓盡致地寫出了太白的一份不羈的絕世天才，更如此親摯地寫出了對此一天才所懷有的滿心傾倒賞愛與深相惋惜的一份知己的情誼。

李白與杜甫，是我國千古並稱的兩大詩人，我最近曾在《大陸雜誌》，發表了一篇談杜甫七律的文章，如果以律體之成就來看，太白較之杜甫，自然有所不及，然而這種衡量，對太白而言，實在是不公平的，因為以太白之不羈的天才，原來就不在此種格律與工力之尺度的衡量之內，所以如就尺度之內而言，則吾人自不得不推崇杜甫承先啟後的集大成之成就，因此我曾把杜甫比做一株聳拔蔭蔽的大樹，然而如果脫出此種尺度之衡量，而單就欣賞之觀點來看，則太白與杜甫，實在是唐代之詩苑中並開爭茂的兩朵奇葩，雖然他們的花式、色澤，與夫姿態、香氣，都迥然相異，然而其有充沛之生命同，其有耀目之光彩同，世人但從其相異之點而比較，於是乃發為李杜優劣之論（元稹〈杜甫墓誌銘〉、白居易〈與元九書〉），世人又妄從其相異之點為測度，於是又造為李杜相輕之說（唐《本事詩》、《摭言》），這種蚍蜉撼樹寒鴟嚇雛的議論，固不免淺薄偏狹之譏，於是乃又有一種折衷之說，以為「李杜二公，正不當優劣，太白有一二妙處，子美不能道；子美有一二妙處，太白不能作」，又云：「子美不能為太白之飄逸，太白不能為子美之沉鬱。」（《滄浪詩話》）這種評論，可以說頗為近情了，然而這仍只是就其外表之相異者立論而已，我以為李杜二家之足以並稱千古者，其真正的意義與價值之所在，原來乃正在其充沛之生命與耀目之光彩的一線相同之處，因此李杜二公，遂不僅成為了千古並稱的兩大詩人，而且更成為了同時並世的一雙知己。如果我們將李杜二家的詩集仔細讀過，就會發現李杜二公之交誼，是有著何等親摯深切的一份知己之情，那正因為惟有自己有充沛之生命的人，才能體察到洋溢於其他對象中的生命，惟有自己能自內心深處煥發出光彩來的人，才能欣賞到其他心靈中的光彩。即使二者並不相同，而這一份生命的共鳴，與光彩的相照，便已具有極強的相互吸引之力了，所以即使是飛揚不羈的太白，當其詩中寫到杜甫時，也表現出一份深沉的懷念。如其〈魯郡東石門送杜二甫〉的「秋波落泗水，海色明徂徠，飛蓬各自遠，且盡手中盃」的一片悵惘，〈沙丘城下寄杜甫〉的「魯酒不可醉，齊歌空復情，思君若汶水，浩蕩寄南征」的萬種離懷，固已使人深感李杜二公交誼之非淺，而性情深摯的杜甫，當其詩中寫到太白時，那一份傾倒賞愛的知己之情，就更加使人感動了。而且我以為千古以來，必當推杜甫為太白惟一之知己，因為太白詩的真正佳處所在，實在並不易為人所知，世之不能賞愛太白的人，固不免目太白之恣縱不羈為浮誇率意，而即使賞愛太白的人，也往往但能賞其飄逸，而不能賞其沉至。其實太白雖然常以其不羈之天才，表現為飛揚高舉之一面的飄忽狂想，而在另一方面，太白卻也有著不羈之天才所感受到的一份挫傷折辱的寂寞深悲，杜甫就是對太白此兩方面都有著深知與深愛的一位知己的友人。因此我願舉出杜甫賦太白的一首小詩略加解說，一則以此證明李杜相輕之說的決不可信，再則藉此以窺見李杜二人於外表的相異之下所蘊含的一份生命與心靈上的相通，三則藉杜甫對太白的深知與深愛或者也可使我們對這位天才詩人有較深的了解。但我所要說的，乃是杜甫贈太白詩中最短的一首。現在先把這一首詩鈔錄出來：

秋來相顧尚飄蓬，未就丹砂愧葛洪，痛飲狂歌空度日，飛揚拔扈為誰雄。（〈贈李白〉）

除了這一首七言絕句的小詩外，杜甫為太白而寫的詩篇尚有〈贈李白〉「二年客東都」五古一首，〈與李十二白同尋范十隱居〉「李侯有佳句」五排一首，〈夢李白〉「死別已吞聲」及「浮雲終日行」五古二首，〈天末懷李白〉「涼風起天末」五律一首，〈寄李十二白〉「昔年有狂客」五排一首，〈不見〉「不見李生久」五律一首，此外在其他詩中提到太白的句子，還有〈飲中八仙歌〉的「李白一斗詩百篇，長安市上酒家眠」之句，〈蘇端薛復筵簡薛華醉歌〉的「近來海內為長句，汝與山東李白好」之句，〈昔遊〉的「昔者與高李，晚登單父臺」之句，〈遣懷〉的「憶與高李輩，論交入酒壚」之句，在如此眾多的詩篇與詩句之中，以杜甫天才工力之深，及其與太白相知交誼之厚，自然有著不少流傳眾口的佳句與名篇，而我乃獨選取其中最短的一首七絕而說之的緣故，是因為這一首短短的小詩，固正如《杜詩鏡銓》引蔣弱六之所評：「是白一生小像，公贈白詩最多，此首最簡，而足以盡之。」以太白的天才之恣縱，生活之多彩，要想以寥寥幾筆，為之勾勒出一幅速寫的小像，其形像之捕捉與素材之選取，當然並不是一件簡單容易的事，而杜甫卻獨能以其另一天才之心靈，輕而易舉的只用了短短二十八個字，便做到了這件事。在這首詩中，杜甫不僅淋漓盡致地寫出了太白的一份不羈的絕世天才，以及屬於此天才詩人所有的一種寂寥落拓的沉哀，更如此親摯地寫出了杜甫對此一天才所懷有的滿心傾倒賞愛與深相惋惜的一份知己的情誼。姑不論李杜之交往及其相互之影響，在歷史方面與學術方面的意義與價值如何，即以此屬於兩大天才之心靈的一段遇合而言，其心弦之相撼撥相觸擊所發出的音響與光亮，便已足為此荒涼落寞之人世，破除千古之寂寥與千古之黑暗了。

這一首小詩之所以寫得如此成功的緣故，我以為第一點乃是由於其寫作時間的恰到好處，我所謂寫作的時間，並非指寫作時所用之時間，或寫作時所處之時季，而乃是指寫此詩時，李杜二人交誼進展之階段而言。我常想：一位詩人對於他所欲敘寫的主題，自其意念之獲得，到其意念之表達，中間所經過的一段醞釀的時間，是極為重要的。其醞釀之時間有所不足者，當然對其所欲寫之主題，尚未能有完整深刻之體認，而其情緒之培養，亦尚未臻於成熟之境地，如此所寫出來的作品，往往會不免有浮淺與生澀之病；而其醞釀之時間已過者，則對其所欲寫之主題，已失去一份新鮮刺激之感受，而其情緒之培養，亦已因過於成熟，而步入了衰老僵化之階段。如此所寫出來的作品，則往往會因感情之凝固定型已久，而失去了一份作品所應有的生長觸發的生命力。此種情形，不僅於寫作為然，即以交友而論，亦自有其最為成熟飽和之一階段，前乎此者，相知未深，彼此自尚不免於生疏與客氣；後乎此者，則縱使有一份「落日故人情」的依依溫暖之感，卻也絕不能與由「新相知」而進至互相傾倒的一種「樂莫樂兮」的互相衝擊震撼的狂熱來相提並論了。那便是因為兩個生命，剛由相識而步入相知的一階段更能予人以一種心靈之震撼與生命之觸發之感的緣故。杜甫與太白相識於天寶三載，正當太白自翰林放歸之時，他們之相交往，前後不過僅僅兩年的時間，其後太白便離別了杜甫而遠遊江東，未幾，天寶亂起，太白以永王璘之事獲罪，幾乎被流放到夜郎去，雖幸而遇赦，於中途釋還，而此後太白便一直過著漫遊落拓的生活，竟至窮老無歸，依當塗令李陽冰以終；而杜甫則於天寶亂後，歷經陷長安，奔行在，出華州，度隴山，客秦州，遷同谷，寓成都，下夔峽的種種流離艱苦，而死於荊楚的旅途之間。於是李杜二人當年匆促的一別，便成了千古的永訣，而終生未能再謀一面。而杜甫這一首七絕小詩，便是寫在二人相識之後，相別之前，交往有日，相知已深的一段時期的作品，這正是杜甫深深為這一位天才的友人所吸引震撼，而滿懷著傾倒賞愛之情的時候。前乎此時的作品，如《杜甫詩集》中所收的第一首〈贈李白〉的「二年客東都」一篇五古，其「李侯金閨彥」諸句，便使人覺得其中隱隱有著一份初識的客氣之感；而離別以後的作品，則雖然寫得惋惜懷念，無限深情，卻大多僅為對過去一段生活之回憶，以及對此回憶中之天才的歎惋，而無復如此詩之由相識而相知的一種深深為此天才所震撼著的激盪之情了。即使杜甫在懷念太白的詩篇中，一直不乏深情感人的佳句，也仍是此一時期的激盪之情的餘波與再現，而並非是另一高潮的新生的湧起。所以我說，這一首詩之寫得如此成功的緣故，第一點乃是由於寫作時間的恰到好處。

此外，我以為這首小詩之所以能以短短二十八個字，勾勒出一幅天才之小像的緣故，乃是由於杜甫此一詩篇對李白此一天才之捕捉，完全做到了遺貌取神的結果。在這首詩中，杜甫完全以心靈與感情來捕捉抒寫，而未嘗瑣瑣為來往之事跡的敘述。所以這一首詩雖是僅寫在二人短短二年的交往中尚未分手之前的日子，但此詩卻並不為此一短暫之交往的時間所限，而乃足以概括太白整個一生的天才之不羈與生涯之落拓於其中，這也就是蔣弱六之所以說此詩是白「一生小像」的緣故。杜甫與太白的一段交往，實在是會少離多的，所以杜甫為太白所寫的詩篇，仔細算起來，多半乃是屬於離別以後的懷念回憶之作，真正寫在二人相交往之時的作品，不過僅有三首而已，除去本文所說的一首七絕而外，其一便是我前面所曾提到過的，稱李白為「金閨彥」的一首未能免除客套之感的五古，另一首則是〈與李十二白同尋范十隱居〉的五排。我們看此一首五排中所寫的：「余亦東蒙客，憐君如弟兄，醉眠秋共被，攜手日同行。」之句，其共眠攜手的友情，豈不亦極為親摯，然而震撼人心的力量，卻遠不及本文所要說的這首七絕的深切有力，那便因為那一首五排乃是全由形跡上著筆的緣故，因之其所感人者，亦僅限於常人形跡之親的感情而已，而此一首七絕則是挾持其天才之心靈的強大震撼之力而隨筆墨以俱下的，所以我說此一首小詩之所以寫得如此成功的因素，乃是因其全由心靈與感情著筆，而完全做到了遺貌取神的結果。

現在讓我們來看一看這首小詩，第一句「秋來相顧尚飄蓬」，僅開端「秋來」兩字，便寫出了多少蕭颯之氣與落拓之悲，宋玉有句云「悲哉！秋之為氣」，杜甫〈詠懷古跡〉詩亦有句云：「搖落深知宋玉悲。」夫杜甫之所深知，宋玉之所深悲者，正惟同此一搖落的生命落空之慼，而杜甫此詩開端二字便把握了此一搖落之慼。杜甫與太白相識於天寶三載，正當太白自翰林放歸之時，在現實生活中，太白已經有過玉堂金馬的際遇，如我在前面所舉杜甫在第一首〈贈李白〉的詩中便曾以「李侯金閨彥」相稱，可是杜甫在經過一段與太白的交往之後，卻發現了這一位被稱為「金閨彥」的李侯，在其心靈生活的一面，卻原來乃是飄泊於九秋之寒風中的，一朵落拓無依的蓬草。

說到這裡，我們不得不談一談李白的為人了，從其「想落天外局自變生」（沈德潛《說詩晬語》）的恣縱的詩篇，到他「脫屣軒冕釋羈韁鎖」（范傳正〈李公新墓碑〉）的恣縱的生活，我以為只有用「不羈」二字，可以寫出太白一生的才氣、性情、志意、作品，甚至於太白一生的悲哀。法國詩人波特來爾曾有詩云「我愛雲，那飄逝的雲」，太白就像是天上的一朵雲，這種飛揚在天從風飄逸的天才，原非塵世間的一切事物所可拘繫得住的，而太白畢竟誕降生活於此塵世之間了。杜甫在〈寄李十二白〉一詩中，開端即說：「昔年有狂客，號爾謫仙人。」四明狂客賀知章為太白所加的「謫仙人」三字的稱號，就世人的一份讚歎愛慕之情來看，確實是太白千古的榮譽，而如果反過來站在太白的心靈處境一想，我們就會恍然感悟到這實在也正是太白千古的悲哀。假如我們只看到太白由「不羈」之天才所表現的恣縱自由之可喜，而不能體會到太白由「不羈」之天才所產生的無所歸依的可悲，我們就未曾對這一位詩人有過真正的了解，一個天才的詩人，誕生於此蠕蠕蠢蠢的人世間，原來就註定了他寥落無歸的命運，陶淵明〈詠貧士〉詩曾經說：「萬族皆有託，孤雲獨無依。」蘇東坡〈次韻郭功甫〉一詩也曾經說：「九萬里風安稅駕，雲鵬今悔不卑飛。」其所詠歎的都同樣是這一份天才的無所皈依的寂寞哀傷。然而淵明畢竟是一位智者，他雖在寂寞悲苦中，而終能以其一己之智慧，為自己安排覓致了一片「俯仰終宇宙，不樂復何如」（〈讀山海經〉）、「縱浪大化中，不喜亦不懼」（〈形影神〉）的足以棲心立足的天地；東坡也不失為一位達士，他雖在貶謫不幸中，卻能常存著一份「雲散月明誰點綴，天容海色本澄清」（〈六月二十日夜渡海〉）、「回首向來蕭瑟處，也無風雨也無晴」（〈定風波〉）的超然曠觀的懷抱。而惟有太白所有的，乃是全然無所棲遲蔭蔽的一份赤裸裸的天才，自「明月出天山，蒼茫雲海間」（〈關山月〉）的興起，到「大鵬飛兮振八裔，中天摧兮力不濟」（〈臨終歌〉）的隕落（註：諸本太白集皆作「臨路歌」，據李華〈太白墓誌〉云：「賦〈臨終歌〉而卒」，疑「路」字乃「終」字之誤，因引作「臨終歌」。）終太白之一生，他未嘗有過絲毫如淵明、東坡所有的自我安頓和排遣的方法，除了使他暫時得到痲醉遺忘的一杯酒以外，他就更無所有了。東坡雖然亦有坡仙之稱，但如果與這一位謫仙太白比起來，則東坡之稱仙乃是人而仙者，所以他的

「人」的煩惱，反而正可憑藉著幾分飄忽的「仙」氣得到解脫，而太白則不幸卻是一位仙而人者，以太白天才之恣縱不羈，原非此庸懦鄙俗之人世所可容有，賀知章把他比做謫仙，也許原意只是就其飛揚飄逸的一面加以讚美，而卻於無意中正好說中了這一位絕世的天才入世的沉哀。太白之觸忤失意於世，原是此一天才之命定的悲劇，杜甫在「不見李生久」一詩中，就曾說過「世人皆欲殺」的話，以太白不羈之天才，就原不該受此庸俗之塵世的種種是非成敗，甚至禮法道德的羈束，然而既誕生而為人，自又無法不生活於周圍的社會人群所形成的種種桎梏之中，杜甫的「世人皆欲殺」五字，真是說盡了太白之天才與庸俗之塵網的觸忤深悲。我常想，一個人假如果然能在此一人世間，尋求到任何一件足可使人寄託心靈交付感情的事物，而值得甘願受其羈束，如韋莊〈思帝鄉〉詞所云：「妾擬將身嫁與一生休。」者，原都不失為一件幸福美好的事，只是以人間如此之世，太白如此之才，又豈能有任何事物，足可使之甘願受其羈束者，即此便已為太白生於此世之一大悲哀。而尤可哀者，則是太白以如此不為世羈之才，偏偏又不能免除其求為世用之一念，於是一誤於玄宗朝之入為翰林，再誤於永王幕之出為僚佐。我如此說，並非以為天才不當為世所用，昔晉之劉越石有云：「夫才生於世，世實須才。」（〈答盧諶詩序〉）以如此寂寥悲苦之人世，其需要天才之光照與拯拔，固正有如劉越石之所云者。只是我以為天之生才，原有二大類型，其一種為能忍世人所不能忍之羈束，而足可於現世中完成其拯拔世人之大業者；其另一種則為不能忍世人所忍之羈束，雖其本身之天才亦足以光照千古，而卻並不足以成就任何現世之功業者。以太白而論，其天才自屬於後一類型，是太白之才，原不合於為世所用，而其竟又不能免除用世之一念者，我以為其原因可分析為以下數端：其一是由於儒家用世之說的影響之深；其二是因為時世之有待拯拔的需要之切；其三則是由於天才對其過人之稟賦的一份徒然搖落的不甘。先從第一點來說，在中國古代的社會中，一般讀書的所謂士人，幾乎無不深受儒家用世之說的影響，雖然其追求之結果有得失成敗，其反應之態度有正反重輕，總之「仕」與「隱」的兩大觀念之形成為中國詩之主要內容，是無可否認的事實，所以太白雖然在其〈廬山謠〉的放歌中有過「我本楚狂人，狂歌笑孔丘」的狂語，而其實在他的意識中，卻曾經深受過這一位他所狂歌而笑之的「孔丘」的影響，我們試從他的詩作中來看，如其〈古風〉五十九首，於開端一篇即說：「大雅久不作，吾衰竟誰陳。」又說：「希聖如有立，絕筆於獲麟。」又於其〈書懷贈南陵常贊府〉一詩中說：「問我心中事，為君前致辭，君看我才能，何如魯仲尼。」又於其〈古風〉五十九首之廿九說：「仲尼欲浮海」、「聖賢共淪沒」，又於〈臨終歌〉一詩中說：「仲尼亡兮誰為出涕。」觀其所言「吾衰」、「絕筆」、「希聖」、「獲麟」、「仲尼」、「浮海」諸語，則其中心所企慕自比者，非孔子而誰。雖然太白之恣縱不羈，固迥然不同於孔子之克己復禮，而且其所表現的也不盡然是正面的求仕，有時也表現為反面的求隱，然而其意識中之曾深受儒家學說之影響，而追求著「不朽」與「致用」，則是可以斷言的，我以為這正是太白未能免除用世之念的第一點原因。其次，再談到前面所說的第二點原因，我們仍從太白的詩篇來看，太白在其〈讀諸葛武侯傳書懷〉一詩中曾說：「余亦草間人，頗懷拯物情。」又在其〈送裴十八圖南歸嵩山〉一詩中說：「謝公終一起，相與濟蒼生。」又於其〈鄴中贈王大勸入高鳳石門山幽居〉一詩中說：「欲獻濟時策，此心誰見明。」可見太白之生活雖然放恣，而其中心則未嘗不深懷有拯物濟時之情在也，而況太白當時所見的時世，原來也確實有待於拯拔的援手，我們只從其〈古風〉五十九首所寫的內容來看，如其第二首云：「蟾蜍入紫微，大明夷朝暉，浮雲隔兩曜，萬象皆陰霏。」其第四十八首云：「徵卒空九寓，作橋傷萬人，但求蓬島藥，豈思農鳸春。」其第五十一首云：「殷后亂天紀，楚懷亦已昏，夷羊滿中野，菉葹盈高門。」其第五十三首云：「趙倚兩虎鬥，晉為六卿分，姦臣欲竊位，樹黨自相群。」諸詩中所表現的時世之艱危，百姓之疾苦，朝廷之失敗，邊將之不法，豪貴之弄權，種種現象，豈不皆顯示出當時的時代之有待拯拔的需要之亟，以太白所蓄的濟世之情，而又生當此待濟之世，我以為這是使太白不能免除用世之念的又一因。最後，我們再來看前面所說的第三點原因，美人遲暮，脩名不立，歲華搖落，芳意無成，生命之徒然落空，此原為千古才人志士之所同悲與同懼，而此悲與懼之情，又往往隨其天才之稟賦以俱深，「豔色天下重，西施寧久微」（王維〈西施詠〉）、「鉛刀貴一割，夢想騁良圖」（左思〈詠史〉），摩詰與太沖的這兩句話，正可以為千古不甘於生命徒然落空的天才之寫照。太白天才之過人，自不待言，其不甘於生命之落空，亦不待言，我們仍從他的作品中來看，如其〈與韓荊州書〉云：「十五好劍術，徧干諸侯，三十成文章，歷抵卿相，雖長不滿七尺，而心雄萬夫，……必若接之以高宴，縱之以清談，請日試萬言，倚馬可待。」〈上裴長史書〉云：「五歲誦六甲，十歲觀百家，軒轅以來，頗得聞矣，……以為士生則桑弧蓬矢，射乎四方，故知大丈夫必有四方之志。」〈上李邕〉詩云：「大鵬一日同風起，扶搖直上九萬里，假令風歇時下來，猶能簸卻滄溟水。」〈贈崔諮議〉詩云：「騄驥本天馬，素非伏櫪駒，長嘶向清風，倏忽凌九區。」〈將進酒〉云：「天生我才必有用。」〈梁甫吟〉云：「逢時吐氣思經綸。」在這些文句與詩句中，太白所表現的對其自己之天才的一份自信與自負，真使人千古以下讀之，猶覺其躍然紙上。夫以太白之才，固當有此不甘於生命之徒然落空的一份豪情與偉願，我以為這正是太白之所以不能免除用世之念的又一原因。然而太白之天才，畢竟是屬於不羈的一型，所以太白雖有用世之念，而其所追求的卻並非如常人之碌碌於科舉仕進，他輕視世間的榮祿，也看不起一些硜硜瑣瑣的拘守常法的小儒，以為「撥亂屬豪聖，俗儒安可通」（〈登廣武戰場懷古〉），而嚮往著「我以一箭書，能取聊城功，終然不受賞，羞與時人同」（〈五月東魯答汶上翁〉）的魯連，與「入門開說騁雄辯，兩女輟洗來趨風，東下齊城七十二，指揮楚漢如旋蓬」（〈梁甫吟〉）的酈生，他盼望著能夠和這一輩遊俠縱橫的狂士一樣，有一日風雲際會，便爾能卓然立不世之功，然後拂衣而去，飄然歸隱，如他在〈贈韋祕書子春〉一詩中所說的：「終與安社稷，功成去五湖。」此在太白而言，以其不羈之天才，固正當有此浪漫之狂想，然而此種浪漫之狂想，畢竟是不合於現實之世的，因此太白懷抱此狂想而求為世用的結果，乃前後遭遇到了兩度的幻滅與失敗。就世人之浮淺的眼光來看，方其入為翰林之時，玄宗對太白固不可謂之不厚，如李陽冰〈李白詩序〉所記的：「七寶牀賜食，御手調羹。」的寵遇，此在但求榮祿的常人得之，固足可為不世之榮，然而就太白之天才與太白之志意言之，則玄宗之遇太白，不僅不足以之為榮，甚且更可謂之為太白之辱，何則？我們試看范傳正〈李公新墓碑〉、樂史〈李白別集序〉，及《本事詩》與《摭言》諸書所記載的，如玄宗遊宴白蓮池之召太白為〈白蓮池序〉，於宮中行樂時之召太白為〈宮中行樂詞〉，於賞名花對妃子時之召太白為〈清平調〉，則玄宗之遇太白，實在不過是倡優畜之，欲豢養之以為宮中歌舞行樂之際，與梨園子弟同為宮廷中之一裝飾點綴而已，此種情勢之形成，一則固然因為當時之玄宗，早已倦於旰食宵衣的勵精圖治，一則我以為太白之放浪不羈的表現，或者也使玄宗不欲與之作莊語，更何況太白更復有著「安能摧眉折腰事權貴」（〈夢遊天姥吟留別〉）的一份傲岸的狂氣，於是玄宗與太白的一段遇合，終於落得「白玉栖青蠅，君臣忽行路」（〈贈歷陽宗少府涉〉）的不幸的下場，於是太白乃辭別了金馬門而懇求放還歸山了，這是太白以不羈之才而懷用世之念，第一度遭遇到的幻滅和挫傷。如果天寶之亂沒有發生得這樣快，而太白就此優遊江湖以終其身的話，則太白雖落拓失意於時，也許會較易得到諒解與同情於世，然而不幸的是，這一位不羈之天才，竟又於天寶亂起之後，以其天真浪漫的狂想，作了第二度失敗的選擇和嘗試，關於這一次太白之依附永王璘的事件，歷來對之指責，或為之解說的論辯已多，我現在不想再從世俗的忠奸正逆的道德觀念來作任何判斷和衡量，我以為我們但當為太白不羈之天才與其用世之志意的慘遭挫辱與失敗而同聲一哭，我們看太白於天寶亂後轉側道途間所寫的一些詩篇，如其〈贈張相鎬〉詩中所寫的「撫劍夜吟嘯，雄心日千里，誓欲斬鯨鯢，澄清洛陽水」，及其〈南奔書懷〉詩中所寫的「過江誓流水，志在清中原，拔劍擊前柱，悲歌難重論」，從這些詩句我們都可看到這一位天才於世變之際所表現的冀得一用的慷慨激昂的志意，因之對太白之入永王幕一事，雖然太白於〈經亂離後天恩流夜郎憶舊遊書懷贈江夏韋太守良宰〉一詩中曾有「半夜水軍來，潯陽滿旌旃，空名適自誤，迫脅上樓船」之語，自敘其加入永王之軍隊全非得已，然而我們試看太白在〈永王東巡歌〉中所寫的「三川北虜亂如麻，四海南奔似永嘉，但用東山謝安石，為君談笑靜胡沙」，及在〈水軍宴贈幕府諸侍御〉一詩中所寫的「卷身編蓬下，冥機四十年，寧知草間人，腰下有龍泉，……所冀旄頭滅，功成追魯連」的一些詩句，我們都可看出，太白之入永王軍，即使並非出於自動，然而當其被徵辟而入幕府時，即實在曾懷著極為天真的一份浪漫之狂想。太白一生都嚮往著能有「風雲感會起屠釣」（〈梁甫吟〉）之一日，方祿山之亂，太白年已五十六歲，既感老之將至，復歎脩名不立，況值世變如斯，於是永王之徵辟，乃重又點燃起這一位詩人的浪漫的希望之火，而想望著能藉此有滅虜建功的際會，然後敝屣榮名拂衣歸去，這種不顧現實的狂想，造成了太白再一次嘗試的失敗，而且為世之好議論者，留下了千古指責的話柄。我們憐其才，矜其志，哀其欲以此不世之才與志，突破世網以立不世之功，而終於折辱於現世的種種乖違與限制之下，太白真是一位屬於不羈之天才的典型之悲劇人物。以太白之天才，他原該是一位「手把芙蓉朝玉京」的仙人，然而謫降於世，卻落得只成了一朵在九秋之寒風中飄泊無依的蓬草，雖然當杜甫寫這首詩時，不過纔在太白遭遇到「北闕青雲不可期，東山白首還歸去」（〈憶舊遊寄譙郡元參軍〉）的第一次的幻滅失意之後，而尚未曾發生「天地再新法令寬，夜郎遷客帶霜寒」（〈江夏贈韋南陵冰〉）的第二次的挫辱和玷污，但太白在人事方面之廓落無成的命運，卻是早就與他生而俱來的性格同時注定了的。所以杜甫此詩，僅開端一句便以其深情健筆道盡了太白這一位天才詩人之所有的一片飄零落拓的沉哀，此種探驪得珠之筆，正是使此一首小詩足以籠罩太白一生而不為時間所拘限的緣故。何況杜甫更於「飄蓬」二字之上加了一個「尚」字，則其飄零落拓乃更顯得如此長久而無望，而又於首二字「秋來」的搖落遲暮之感，與此三字「尚飄蓬」的飄零落拓之悲中，杜甫更如此親摯地用了「相顧」二字，這一份知己共鳴相憐同病的情誼，千古以下讀之，仍使人覺得深情瀰漫，如此可感動而且可哀傷。

第二句「未就丹砂愧葛洪」，此句如果輕易讀過，大似浮泛之筆，即使有些對此句加以讚賞的人，亦不過如金聖歎之讚美其用語恰當，以為「李侯詩每好用神仙字，先生亦即以神仙字成詩」而已（見金批杜詩〈贈李白〉「二年客東都」一首）。殊不知杜甫此一句所表現之沉哀深痛，實在正復與第一句相承而下，如果說第一句所寫的，乃是太白此一天才對現世追求所得的幻滅與失望，則此一句所寫的，正是此一天才對現世以外的另一追求之幻滅與失望。關於太白之學道與求仙，吾人對之不但不可目為迷信而妄加譏哂，而且正當藉此一份對神仙之嚮往，而對此一天才作更深入一層的了解和體認，我以為太白之嚮往於神仙，其一乃是出於一種天才的浪漫之狂想，此一求仙之狂想與其求為世用之心意，實為相反而相成的一體之兩面表現，正如我在前面所說，太白的天才是不羈的，因此他雖有求為世用之心，而卻並不屑於受仕祿名位的羈縻，和虛偽鄙俗的玷辱，太白所嚮往的乃是卻秦軍而後長揖辭爵賞的「魯連」，立太子而後拂衣還南山的「綺皓」，關於其讚美魯連的詩篇，我在前面已曾舉過一些例證，至於讚美綺皓的詩篇，則如其〈商山四皓〉、〈過四皓墓〉及〈山人勸酒〉諸詩，都是通篇詠四皓的作品，在這些詩篇中，太白一方面既稱述其「一行佐明聖，倏起生羽翼」的事功，一方面又讚美其「功成身不居，舒卷在胸臆」的引退，而且在太白的心目中，這些敝屣塵世潔身而退的高士，本身就頗有著一些神仙的意味，所以太白在〈過四皓墓〉一詩中，就曾說過：「我行至商洛，幽獨訪神仙。」的話，這在太白只是出於一份不羈之天才的嚮往，他並不迷信於神仙之必有，即如他在這首詩後面就曾經寫出：「荒涼千古迹，蕪沒四墳連。」的事實，可是太白這一位天才，卻往往不以理性的明辨來從事衡量和計較，他只是全憑其一廂情願的一份自我的感情與幻想而生活，因此在他的狂想中，他既為了不甘於生命之落空而嚮往於致用求仕，又為了不甘於世俗之羈縻而嚮往於隱居求仙，他深慨於人世之短暫無常，因此乃以其不羈之天才，不計真偽成敗地追求著不朽和永恆，這一份天真爛漫的狂想，使人真覺得可愛亦復可傷，所以我們對太白之學道求仙，如果不從這一位天才的感情與幻想來體認，而只從理性上去判斷和衡量，那對認識這一位詩人而言，就未免南轅而北轍了。所以我說太白之學道求仙的第一點因素，乃是出於一份天才之狂想。其次，我們對唐代之道教盛行的時代背景，也該有一份相當的認識，唐代之君主為李姓，而道教所尊奉之教主老子亦為李姓，因之道教在唐代乃特別受到國家的重視和提倡，如高宗曾上尊號稱老子為太上玄元皇帝，玄宗更於兩京及諸州遍置老君廟，又令士庶人家各備《老子》一書，科考亦加入《老子》一策（以上見兩《唐書》〈高宗〉、〈玄宗本紀〉，及《唐書・選舉志》），而玄宗更曾於宮中築壇煉藥（見《通鑑・玄宗紀》），故唐人之學道求仙，真可以說是自上好之，一個人生於某一時代，原來就不可避免的要受其所生之時代的影響，而況太白又與尊崇道教之唐室同為老子之同姓，更加之以太白性格所原有的一份浪漫之狂想，則其學道與求仙，毋寧說是時代與性格所結合形成的一種必然之現象，這在千百年後之今日來看，也許會目之為迷信，而如果太白果然生於千百年後之今日，則其不羈之天才與浪漫之狂想，必將會凝聚為另一種之表現，而不復嚮往於學道與求仙了，所以我說太白之學道求仙的第二點因素乃是時代之影響。其三，如果我們更深入一層去探究，就會發現太白之學道求仙，除了第一點所說的天才之狂想，與第二點所說的時代之影響以外，還有著一個更為幽隱可悲的因素，那便是太白失望於現世以後所欲尋求的一種安慰和逃避，古人所謂「有託而逃」，這自魏晉以來遊仙詩之表現為「坎壈詠懷」

《詩品》評郭璞〈遊仙詩〉，詩人們便早已把神仙之言視為失望於世以後的慰心寄意的另一天地了，我們看太白在〈古風〉之十九所寫的「素手把芙蓉，虛步躡太清，霓裳曳廣帶，飄拂昇天行」數句，固是飄飄然大有神仙之意，然而接下去太白所寫的卻是「俯視洛陽川，茫茫走胡兵，流血塗野草，豺狼盡冠纓」的時代之危亂，又如其〈來日大難〉一首，雖有「仙人相存，誘我遠學，海淩三山，陸憩五嶽」的逍遙放曠之語，然而前面所寫的卻是「來日一身，攜糧負薪，長鳴食盡，苦口焦唇」的人生之艱苦，即使如其〈廬山謠〉之「早服還丹無世情，琴心三疊道初成，遙見仙人綵雲裡，手把芙蓉朝玉京，先期汗漫九垓上，願接盧敖遊太清」的一首狂歌，其放浪之中亦自有致力於騰越以求掙脫的一份深意，從這些詩句中，我們已可體會出，太白之歌詠神仙，原來不僅並非迷信，而且也並不如我前面所寫的，僅出於一份單純的天才之狂想，或後天的時代之影響而已，他之嚮往於神仙，固自有其透過人生之艱苦與時代之危亂，努力掙扎以求解脫的一種深沉的哀痛在，而尤可悲者，則是太白又深知此種對神仙之嚮往，較之令其失望之對現世的追求為尤不可恃，我們看太白在〈古風〉之三所寫的「刑徒七十萬，起土驪山隈，尚採不死藥，茫然使心哀，……徐市載秦女，樓艫幾時迴，但見三泉下，金棺葬寒灰」，及〈古風〉之四十三所寫的「瑤水聞遺歌，玉杯竟空言，靈迹成蔓草，徒悲千載魂」諸語，從這些詩句中都可看出，太白於欲尋求現世以外之憩息解脫之際，所面對的乃是另一更大的幻滅與失望，而況太白也並非是一個果真能夠冥心學道的人，我們看他在〈寄遠〉十二首之九所寫的「卷葹心獨苦，抽卻死還生」，及其在〈代寄情楚詞體〉一詩所寫的「願為連根同死之秋草，不作飛空之落花」的一些用情至深的話，以及他到了六十一歲臨死的前一年，還曾經想要請纓從軍，參加李光弼的軍隊，在其〈聞李太尉大舉秦中兵百萬出征東南儒士請纓冀申一割之用半道病還〉一詩中，其所表現的老驥伏櫪暮年未已之雄心偉願，我們都可看出，太白實在並不是一個果真能做到棄世忘情的解脫人物，太白乃是一個以其不羈之狂想，終身騰越掙扎於種種失望與悲苦之中的天才，他既失望於世，而又不能棄世，既不能棄世，而又懷有神仙之嚮往，既懷有神仙之嚮往，而又明知其不可信與不可恃，如此幽微曲折之深恨，如此騰越掙扎之努力，又豈是一些妄指其迷信，或但賞其飄逸的一些人士所可領會的，而惟有杜甫之高才深情，方足以知太白之深悲隱痛，於是乃緊承第一句之「秋來相顧尚飄蓬」之對現世的失敗與失望之後，再以此句之「未就丹砂愧葛洪」，寫出太白對現世以外所作的另一追尋掙扎所得的更大的失敗與失望。

第三句「痛飲狂歌空度日」，承接著首二句的兩重幻滅與失望之後，此句乃正寫其生涯之落拓堪悲，夫人世既無可為，神仙又不可信，則人間天上，此一不羈之天才乃並無一可資為棲託蔭蔽之所，於是乃不得不逃之於飲酒狂歌，以求得暫時之痲醉與抒洩，我們看杜甫於「飲」字上著一「痛」字，「歌」字上著一「狂」字，真乃把太白之千古沉哀，寫得躍然紙上。夫杜甫與太白之性格，固並不屬於同一類型，然而其為天才同，其為落拓同，其深情偉願正爾亦復相似，只是太白恣縱，杜甫堅實；太白如同天上的一朵雲，杜甫如同地面的一座山，山與雲自不屬於同一之類型，然而假令白雲青山而有知，則吾知其亦必將結為千載之知己。杜甫之於太白，是從一相識就為其天才所吸引和震撼著的，我們看杜甫回憶他們彼此相識之情所寫的詩：「乞歸優詔許，遇我夙心親。」（〈寄李十二白〉）「乞歸」一句，杜甫把玄宗與太白之間，一段君臣的遇合與乖違，寫得如其蘊藉，如其溫婉，而太白之品格與身分，太白之得意與失意，乃盡於此短短五字中全部寫出，杜甫對太白的相知之深已隱然可見，而復承以「遇我」一句，其「夙心親」三字，更如此真切誠摯地寫出了彼此互相傾倒吸引的一份源自感情與心靈的強大的力量，我嘗以為人與人之間的情誼，約可分為以下數種，其一是出於理性的責任，其二是出於情感的感動，其三則是出於心靈的吸引。第一種必有其倫理之依據，第二種必有其交互之條件，而第三種則是泯沒了一切外表的拘束和限制，無恃於任何的依據和條件，而全出於心靈的某種呼召應求的本然之能力，此種吸引之力，完全不受尊卑、貴賤、貧富、長幼，甚至男女的種種區別和限制。杜甫與太白相識時，太白已經是曾經出入金閨，名重一時的翰林學士，而杜甫則還是未曾博得一第的布衣野老，而且太白比杜甫的年歲大了有十一歲之多，但這一切都不足以為兩大天才之心靈間的任何限制，杜甫對這一位天才友人的不羈，有著如此強烈的一份激賞，杜甫對這一位天才友人的落拓，也有著如此深沉的一份痛惜，從他們彼此相識之後，杜甫曾與太白一同度過一段千古以下猶使人豔羨不已的相知相得的日子，他們曾經一同賦詩飲酒，一同高談闊論，一同起舞狂歌，一同登臨懷古，我們看杜甫在〈遣懷〉及〈昔遊〉諸詩中所寫的「論交入酒壚」、「懷古視平蕪」、「晚登單父臺」、「清霜大澤凍」的一段生活，以及在〈寄李十二白〉一詩所寫的：「醉舞梁園夜，行歌泗水春，劇談憐野逸，嗜酒見天真。」的一份傾倒，我們知道杜甫必曾經在二人交往之際，於目睹太白之痛飲狂歌之餘，深深體會出這一位天才的不羈之可賞，與落拓之可傷，所以即使在他們長久分別之後，杜甫在〈不見〉一詩中，於懷念太白之時，還寫出了「敏捷詩千首，飄零酒一杯」、「世人皆欲殺，吾意獨憐才」的詩句，而對其千首狂歌，一杯痛飲，深致其懷思痛惜之意。以上是從杜甫詩中，看他對太白的痛飲狂歌的一份賞愛與描寫。然後我們再看一看太白自己在詩篇中所表現的痛飲狂歌之生活，太白詩中寫飲酒的作品極多，歸納起來，我以為其中有兩點值得注意之處：其一是太白之飲酒，迥然不同於陶令之「清琴橫床，濁酒半壺」、「靜寄東軒，春醪獨撫」的從容閒逸，太白之飲酒，乃是「會須一飲三百杯」、「但願長醉不願醒」（〈將進酒〉），而抱著「舒州杓，力士鐺，李白與爾同死生」（〈襄陽歌〉）的寧願一醉至死的心情，從表面看來，淵明似乎尚不失為一位閒情高致的酒人，而太白乃竟然像一個爛醉沉迷的酒鬼，殊不知太白之所以不為小酌而為痛飲的緣故，固正因其赤裸之天才的一份無所蔭蔽的悲苦，正如我在前文所說，淵明是一位智者，他曾以一己的智慧，為自己覓致得一片棲心立足的天地，所以淵明有時雖然在詩歌中，也表現得有「一觴雖獨進」、「揮杯勸孤影」的一份寂寞，然而淵明在「采菊東籬下，悠然見南山」、「既耕亦已種，時還讀我書」之際，他畢竟對生活已經有一份適當的安排，對人生也已體會到一份自得的真意，所以淵明的寂寞悲苦，即使不借飲酒的沉醉，也能以其自力得到一份支持和解脫，而太白則是自己全然無所安排無所依恃的，因此他乃不得不求解脫於痛飲，求遺忘於麻醉，就這一點而言，則太白飲酒時，其天才之無所棲遲蔭蔽的悲苦，較之淵明，實當尤有過之，因此我們就自然注意到太白寫飲酒之詩篇中的第二點特色了，那就是每當太白寫「酒」之時亦必往往寫「愁」，如其「滌蕩千古愁，留連百壺飲」（〈友人會宿〉）、「愁來飲酒二千石」（〈江夏贈韋南陵冰〉）、「抽刀斷水水更流，舉杯消愁愁更愁」（〈宣州謝朓樓餞別校書叔雲〉）、「呼兒將出換美酒，與爾同銷萬古愁」（〈將進酒〉），這些詩句，都明顯地寫出了，他之所以不辭「百年三萬六千日，一日須傾三百杯」（〈襄陽歌〉）的痛飲，正因為他除了麻醉，無法解脫的一份深沉的悲哀，所以在「舉杯消愁愁更愁」的一句詩之前，太白還曾寫了「棄我去者昨日之日不可留，亂我心者今日之日多煩憂」的兩句話，這一種對人生之無常與無望的感慨哀傷，就時常在他寫飲酒的詩篇中，或明或暗地隱現著，這正是太白之所以不得不飲酒，而且不得不痛飲的緣故。其次我們再來看太白的狂歌，太白之詩篇的恣縱放浪，固早為世人之所共知，早在唐朝李陽冰的〈草堂集序〉中，即嘗稱「其言多似天仙之辭」，清朝的方東樹，也嘗稱其「如列子御風而行，如龍跳天門，虎臥鳳闕，有非地上凡民所能夢想及者」，像太白這樣的詩篇，才真稱得上是狂歌，如其〈蜀道難〉、〈遠別離〉、〈鳴皋歌〉、〈天姥吟〉諸作，其「霓為衣兮風為馬」、「虎鼓瑟兮鸞回車」的神奇的想像，「咆柯振石，駭膽慄魄」的奇險的描寫，「盤白石兮坐素月，琴松風兮寂萬里」的高逸的情懷，「蒼梧山崩湘水絕，竹上之淚乃可滅」的綿遠的悲恨，其言辭之閃幻變化，情意之發揚騰越，真所謂「如風飛蠖動，起雷霆於指顧之間」（沈德潛《說詩晬語》），無論就其謀篇遣詞而言，無論就其發心立意而言，太白的詩歌都迥非常人之所能寫與所能有。那便因為太白之詩，也正一如太白之人，完全只是一份赤裸之天才的騰越掙脫之表現，以太白絕世的不羈之才，與其入世的無窮之恨，又何暇如元白之庸庸瑣瑣必求老嫗之解，而去寫那些喔咿嚅唲的塵俗之語，而其不欲以理性求安排的任縱之性格，且使之不肯如杜甫之斤斤於求格律之工細，太白之詩，只是如雲飛水逝的一片神行，其不羈之天才，固完全不在為李杜優劣之論者的衡量之內，而以集大成著稱的工力深厚之杜甫，卻獨能以其博大之襟懷，與過人之才性，對此另一類型之天才，有過人獨到的賞愛，我們看杜甫所寫的讚美太白之詩篇，如其「白也詩無敵，飄然思不群」（〈春日懷李白〉）、「筆落驚風雨，詩成泣鬼神」（〈寄李十二白〉）諸句，都可見杜甫對太白之飄然落筆之狂歌的一份深相傾倒的愛賞之意，而且杜甫就在太白的痛飲狂歌之中，體認出來了這一位友人的不羈之天才與落拓之悲苦，正如我在前面所言，太白在既失望於人世，復幻滅於神仙之後，所藉以略得麻醉或排遣的遺忘與抒洩之方，原來就只剩下狂歌和痛飲了，而杜甫卻更於此一句的「痛飲狂歌」四字之後，更復極沉痛地寫下了「空度日」三個字，此正如杜甫〈送鄭十八虔〉一詩之直寫到「九重泉路」，杜甫每於知交摯友之間，常任其深情健筆之所之，而寫得絲毫不留餘地，金聖歎批杜詩，嘗稱此詩首句「相顧」二字為「捨身陪人」，其實杜甫寫作之際，往往一意徇詩，無論於人於己，皆寫得無所顧惜，正如盧德水評其〈送鄭十八虔〉一詩之所云：「詩到真處，不嫌其直，不妨於盡也。」此固正為杜甫性情深摯之表現，即如此句所寫，太白於「痛飲狂歌」之外，原已一無所有，而杜甫更復以「空度日」三字，將「痛飲狂歌」也一併抹煞，那正因為杜甫深知以太白之天才與志意，他的痛飲狂歌，原來並不能真正自其中得到滿足與安慰，而只是欲求在沉重的失望之悲苦下得到一種暫時的發洩和逃避而已，然則如此說來，則太白之「痛飲狂歌」其非「空度日」而何，著此三字然後太白的狂歌之才與痛飲之悲，乃更覺彌復可傷。而杜甫對太白愛之彌深，痛之彌甚的一份深摯的知己之情，也就從這一句詩中，淋漓充溢的表現出來了。

第四句「飛揚跋扈為誰雄」七字，則繼上三句的失望幻滅的悲苦，與落拓放浪之生活而後，總寫此一絕世之天才的絕世之寂寞。莊子說得好：「小知不及大知，小年不及大年。」若鯤鵬之「摶扶搖而上者九萬里，絕雲氣、負青天」的飛翔，當然不是一般「騰躍而上，不過數仞，而下翱翔蓬蒿之間」的斥鷃之輩之所能知，於是鯤鵬就生而注定了其寂寞之命運。杜甫寫太白之寂寞，而卻用了「飛揚跋扈」四個字，「飛揚」固足以使人想到鵬鳥之飛，而「跋扈」也足以使人憶及鯤魚之躍，《鏡銓》注此詩，就曾引《說文》云：「扈，尾也。跋扈，猶大魚之跳，跋其尾也。」以太白之天才的恣縱不羈迥出流俗而言，亦復正大似莊子所寫的「翼若垂天之雲」的鯤化而飛的鵬鳥，而太白一生亦往往以鵬鳥自比，我們在前面已曾引過他在〈上李邕〉詩中的「大鵬一日同風起」的自比，現在再來看一看他在〈大鵬賦〉中所寫的「脫鬐鬣於海島，張羽毛於天門，刷渤海之春流，晞扶桑之朝暾，燀赫乎宇宙，憑陵乎崑崙，一鼓一舞，烟濛沙昏……怒無所搏，雄無所爭，固可想像其勢，髣髴其形，……豈夫蓬萊之黃鵠，誇金衣與菊裳，耻蒼梧之玄鳳，耀綵質與錦章，……俄而希有鳥見謂之曰：偉哉鵬乎，此之樂也，吾右翼掩乎西極，左翼蔽乎東荒，跨躡地絡，周旋天綱，以恍惚為巢，以虛無為場，我呼爾遊，爾呼我翔，于是乎大鵬許之，欣然相隨，此二禽已登於寥廓，而斥鷃之輩，空見笑於藩籬」，在這一篇賦中，太白之以鵬鳥自比，是顯然可見的。而這一篇賦，應該還是太白早期的作品，所以他對於鵬鳥之振翼高飛，仍有著極為天真浪漫的一份狂想，雖然其間「怒無所搏，雄無所爭」二句，亦頗有寂寞之感，然而卻畢竟仍不失其「怒」與「雄」的一份豪情與勇氣，而且太白更假設了一隻希有之鳥，以表示出他對於尋求一個可以同飛共舉之伴侶的期待與嚮往，更有著對於誇世俗之榮耀的黃鵠玄鳳，與棲息於藩籬的平凡之斥鷃一輩的一份鄙夷，然而太白這一隻鵬鳥，卻終於在一生的騰越掙扎之後，折翼挫傷了，所以太白在〈臨終歌〉中，便發出了「大鵬飛兮振八裔，中天摧兮力不濟」的悲吟，而范傳正在〈李公新墓碑〉一文中，更明白地以折翅的大鵬來比太白，說：「大鵬羽翼張，勢欲摩穹昊，天風不來，海波不起，塌翅別島，空留大名」，又說：「常欲一鳴驚人，一飛沖天，彼漸陸遷喬，皆不能也。」塵世上沒有大鵬所期待的天風海波，也沒有可以相伴而飛的希有之鳥，塵世間所有的，只是無知竊笑的斥鷃，與徒爭腐鼠的鴟鴞，於是太白一生，都生活在寂寞中，寂寞地騰越，寂寞地掙扎，寂寞地摧傷，而終於寂寞地殞落，這真是一幕絕頂的天才之悲劇。負不羈之才如太白者，原來就不屬於如此之塵世，所以太白之不為此世所知，不為此世所用，原來就是太白命定的下場，所可痛者，則是天才之欲求知與求用之情，偏偏又尤有過於常人者，孔子有云：「沽之哉，沽之哉，我待價者也。」宋晏殊亦有詞云：「若有知音見採，不辭徧唱〈陽春〉」，而太白之飛揚跋扈，乃竟為誰雄乎。讀杜甫此句「飛揚跋扈為誰雄」七字，真使人為太白此一絕世之天才的寂寞之殞落而感傷無已，而更可哀傷的，則是千古以下的一些讀者，依然以塵世的一些尺度來衡量太白，則太白之不為人知，乃真將「千秋萬歲」、「寂寞身後」了。昔莊子有瓠瓢樗木之喻，世之有才如此者，固當不免於廓落無容不得一顧之悲，則安得有一人焉，而「慮」此巨瓠「以為大樽而浮於江湖」，「樹」此大樗「於無何有之鄉廣莫之野」，而「彷徨乎無為其側，逍遙乎寢臥其下」者乎。吾固知其世不僅無如此相知相賞之人，抑且無如此之江湖與如此之鄉野也。

從義山〈嫦娥〉詩談起

一個真正的詩人，都有著一種極深的寂寞感，而義山這首〈嫦娥〉詩，便是將這種寂寞感寫得極真切極深刻的一首好詩。

李義山的詩，具有一種特別炫人的異采。從內在的意蘊方面而言：義山詩思致的深曲，感情的沉厚，感覺的銳敏，觀察的細微，既都足以使人情移而心折；而從外在的辭藻方面而言：義山詩用字的瑰麗，筆法的沉鬱，色澤的淒豔，情調的迷離，更足以使人魂迷而目炫。雖然也有些人對義山的一些「尖新塗澤」、「晦澀隱僻」之作，頗加詆毀，然而對義山詩有所偏愛的讀者畢竟很多。但我這篇小文，則既不想將義山詩作完整具體的介紹，也不想對義山詩作優劣軒輊的批評。我所要寫的，只是我個人因讀義山〈嫦娥〉一首小詩觸發引起的一些感想而已。現在先把這首詩抄在後面：

雲母屏風燭影深，長河漸落曉星沉，嫦娥應悔偷靈藥，碧海青天夜夜心。（李商隱〈嫦娥〉）

這首詩在義山詩集中，原算不得什麼了不起的好詩，然而這首小詩給予我的印象卻極深。我常想，我們讀者對作品的欣賞，雖說是「口之於味有同嗜也」，不至於「若犬馬之不同類」，然而酸鹹之嗜畢竟不能盡同。在客觀的批評一方面，我們固然該力求對眾人之同嗜，有廣泛的理解；而在主觀的感受一方面，卻無妨各從其所嗜而自得酸鹹之樂。

而且這種酸鹹之樂的獲得，不但因人而異，更似乎還頗有一些「莫之致而至」的機緣存乎其間。我之對於義山這首〈嫦娥〉詩能有較深的印象，該也是一件極偶然的事。

我學習讀舊詩的年齡頗早，對這件事，我覺得利弊各半。先說弊的一方面，我當時年紀尚小，對舊詩全無欣賞能力，我之愛讀舊詩，似只因其讀起來頗為悅耳，背起來頗易上口，如此而已。我想我當年讀舊詩的心情，恐怕和現在我的上幼稚園的小女兒唱「兩隻哈巴狗，坐在大門口」的兒歌的心情是頗為相似的。其後，我年歲漸長，欣賞感受的能力也逐漸養成，對古人之作也頗能有所「會意」了。但是說來可笑亦復可憐，我竟對以前幼時讀得極熟的作品，反而麻木無所感受了。因之我想人的心靈大概也和肉體一樣，是可以因摩擦日久而生胝起繭的。第一次摩擦接觸的感覺，該是最鮮明生動而富有刺激性的，但是可惜我第一次讀這些作品時，竟幼稚得沒有感受的能力。等到我有了感受的能力，我的心靈對這些作品卻已因摩擦日久而生繭了。直到現在，我對於幼年時讀過的一些作品，仍不能有如年長以後讀其他作品所有的同樣鮮明的感受。對這件事，我一直是覺得非常痛心的，這可以說是弊的一方面。現在再說利的一方面，人在幼年時記憶力較強，所以早年讀過的一些作品，常常不加思索便可琅琅上口，即使將它們已經冷落多年，而偶然機緣湊泊，它們也仍然會自然而然地便湧現腦中，不速而來不邀而至的。如果把它們冷落到某一個恰到好處的程度——即已因冷落而使舊日所生之繭逐漸淡薄，而又未至完全遺忘的地步，那麼，偶然為一些機緣所觸發，於是而對舊讀的作品，恍然若有新的會意，這時之所得常是極親切深刻，而且有著一種莫名的快感，如《聖經》「浪子回頭」一篇故事所云，因為這是「死而復活，失而又得」的，這種感受，較之新讀所得的感受更可貴，這可以說是利的一方面。而義山這首〈嫦娥〉詩，我個人對它的感覺便是「死而復活，失而又得」的，所以我對於從這首詩所得的一點觸發體會，也有著過分偏愛的珍視。

我初讀義山這首〈嫦娥〉詩時，年歲不過只有七八歲，當時家人正教我讀《唐詩三百首》，而《唐詩三百首》是按詩的體裁編的，開首便是五言古詩，當時我對「美服患人指，高明逼神惡」，及「欣欣此生意，自爾為佳節」等哲理，既不能體會，而古體詩的音節韻律，似乎也不及近體詩的諧和優美，因此我對家人所教的並不感到滿足。我常於無事時，拿著這本《唐詩三百首》前後翻尋，覓取我自己所喜愛的作品——就是沒有生字難辭，而且讀起來頗為順口的——自選自讀。而義山這首〈嫦娥〉詩便是這樣經我自己選讀而背下來的。這首詩，我後來纔知道實在並不容易懂，但當時以我幼稚的眼光來看，則「屏風」、「燭影」、「長河」、「曉星」，既都是我所認識的事物，「嫦娥偷靈藥」而奔月宮，也是我所熟悉的故事。於是我自以為懂了這首詩。但當時我所喜愛的，只限於首二句，因為首二句境界之靜美我尚頗可領會。至於後二句，則我以為李義山實在是對嫦娥自作多情，強為解人，未免好事。既已先有此成見，因之當我年長以後讀義山專集時，便將這一首詩輕易地忽略了過去，而未嘗一作深思。其後，我離開了故鄉，十年來進無師友之助，退有生事之累，既無暇於「溫故」，更不足以「知新」，義山這首〈嫦娥〉詩，在我腦中亦復早已淡然若忘。而三年前的某一日，我偶然為學生們講《資治通鑑》的淝水之戰，至「獲秦王堅所乘雲母車」一句，忽爾一時因「雲母」二字之觸發，而憶起多年前所讀的「雲母屏風燭影深」一首〈嫦娥〉詩。課後返家途中，這首詩便一直在我心中徘徊不能去。驀然間，我覺得這首詩我懂了，因為此時我忽然體味出這首詩後二句的好處所在，而且有了頗真切的感受。而這時距離我初讀此詩時已經有二十餘年之久了。

關於這首詩，前人也頗有解說。有人以為是「自比有才反致流落不遇」（何義門說）；有人以為是「為入道而不耐孤孑者致誚」（馮浩說）。這二種說法，我也都可以「懂」，但都異於我前面所說的「真懂」。因為我以為對詩歌的欣賞，不該只是知識與理智的了解，同時該是感覺與感情的感受。我現在無意考辯這二種說法之有否得義山寫作動機之真，只是我個人對這二種說法都不能引起共鳴。因為我覺得前一說將義山這首詩解釋得過於淺狹，後一說將義山這首詩解釋得過於尖刻，都為我所不取。我所說的「真懂」，是那天當我在路上默誦義山這首詩時，我忽然極為這首詩中所含蘊的一份詩人的悲哀寂寞的心情所感動。我們不得不承認，天之生才確實不同，其思想感情感覺之深淺、厚薄、利鈍，真乃千差萬別不能強同。一個真正的詩人，其所思、所感必有常人所不能盡得者，而詩人之理想又極高遠，一方面既對彼高遠之理想境界常懷有熱切追求之渴望，一方面又對此醜陋、罪惡，而且無常之現實常懷有空虛不滿之悲哀，而此渴望與不得滿足之心，更復不為一般常人所理解，所以真正的詩人，都有著一種極深的寂寞感，而義山這首〈嫦娥〉詩，便是將這種寂寞感寫得極真切極深刻的一首好詩。

此詩首二句「雲母屏風燭影深，長河漸落曉星沉」寫現實生活的「身」的寂寞，後二句「嫦娥應悔偷靈藥，碧海青天夜夜心」寫超現實生活的「心」的寂寞。而此四句又互為因果，互為襯托，融為完整之一體而不可或分。首句「雲母屏風燭影深」寫詩人所居處的室內之情景，次句「長河漸落曉星沉」寫詩人所望見的天空之情景。「屏風」而飾之以「雲母」❶，可以見其精美，燭影而掩映於「屏風」之中，可以見其幽深，而在此精美幽深之境界中的詩人，所望見者則為「長河漸落曉星沉」之景象。二句合參，自「燭

❶ 雲母為一種礦石，頗珍貴，為透明之晶體，可用作屏扉等之裝飾品。

影」及「長河漸落」六字觀之，則此詩人必已是長夜無眠之人，更自其對所處之境界，所見之景象，有如此精微銳敏之觀察感受而言，則此詩人必是孤獨寂寞之人。所以知其然者，則在李義山另外兩首詩：「高閣客竟去，小園花亂飛」及「客去波平檻」可以為證。彼「客」之去原無與於「花」之「亂飛」，亦無與於「波」之「平檻」，然而必待「客去」之後，方始能見到「花」之「亂飛」與於「波」之「平檻」，就因為人在孤獨寂寞之中，纔能有這種精微銳敏的觀察和感受，所以此詩開首便有一種寂寞之感襲人而來。然此首二句尚不過只為後二句之陪襯，首句「雲母屏風燭影深」之精美幽深之境界，正以之陪襯「嫦娥偷靈藥」後所得之境界；次句「長河漸落曉星沉」之孤獨寂寞之心情，正以之陪襯「碧海青天夜夜」之心情。而此「長河」一句實為全詩之關鍵，有此一句，於是遂自「室內」寫到「室外」，由「詩人」寫到「嫦娥」，而「詩人」與「嫦娥」、「嫦娥」與「詩人」遂亦由此一句而打成一片。所以第三句之「嫦娥應悔偷靈藥」實在可視為詩人之自謂。「偷得靈藥」者，即是詩人所得之高舉遠慕之理想之境界。此一境界，倘使被世上一些「小有才未聞君子之大道」的詩人窺見，則必將沾沾自喜，既自命以為不凡，復自傷以為不遇，正如一些淺薄的女子，略具容色，便爾「搔首弄姿」、「顧影自憐」一般，這是極為可厭的一種態度。所以我對說者的「自比有才反致流落不遇」之言，亦認為淺狹不足取。而我所以相信李義山這首詩的感情不如此之淺狹的緣故，則因為這一句中的「應悔」兩個字，這兩字說得極真摯、極誠懇，絲毫沒有「自喜」、「自得」的意味。「偷靈藥」是既已得此詩人之境界，雖欲求為常人有不可得者。而詩人則固未嘗鄙視常人，不欲為常人也；更未嘗尊視詩人，而自喜得為詩人也。所以我對義山用「應悔」兩個字的一片沉痛深厚的感情，是覺得極可貴，也極可同情的。最後一句「碧海青天夜夜心」是總寫其寂寞的悲哀，寫得極沉痛，也極深刻。碧海無涯，青天罔極，夜夜徘徊於此無涯罔極之碧海青天之間，而竟無可為友，無可為侶，這真是最大的寂寞，也是最大的悲哀。李太白〈關山月〉一詩，首二句云：「明月出天山，蒼茫雲海間。」似大可拿來作義山此句「碧海青天」之注腳，不過太白的兩句詩頗有超脫飛揚之氣，把明月的孤獨寂寞之悲哀沖淡了；而義山的「碧海青天夜夜心」一句，則情深意苦，往而不返。然則此「碧海青天」之孤獨寂寞既已令人深悲沉恨，而復益之以「夜夜」，則一夜復一夜，一年復一年，此深悲沉恨乃竟將長此而終古。結尾著一「心」字，元遺山《論詩絕句》有云：「朱絃一拂遺音在，卻是當年寂寞心。」義山這首詩的「碧海青天夜夜」之「心」，便真是寂寞心。

而由此「寂寞心」之一念，我又生出了一些其他的聯想，從前我在輔仁大學讀書時，曾見到沈兼士院長的兩句詩「輪囷膽氣唯宜酒，寂寞心情好著書」。人惟有在寂寞中才能觀察，才能感受，才能讀書，才能寫作。譬之於水，必是其本身先自晶瑩澄澈，然後方能將天光雲影綠樹青山，畢映全呈，纖毫無隱；必是其本身先自寧謐平靜，然後方能因蘋末微風，投石小擊，而一池春皺，萬頃漣漪。作為一個詩人，尤其更需要有纖細的觀察，和銳敏的感覺，所以詩人多是具有寂寞心的，這該是古今中外之所同然。然而人心不同有如其面，同為詩人，其寂寞心雖同，而其所以為寂寞心之因，與其由寂寞心所生之果，則不能盡同。以古今詩人之眾，其寂寞心之差別之精微繁複，當然不是淺拙如我者所能述說得盡的，但我現在願將我一時聯想所及的兩個人的作品，拿來與義山這首詩所表現的寂寞心作一極概略的比較。我之所以想起這兩個人，當然也是頗有一段因緣的。其一是王靜安先生，我暑假中曾寫過一篇〈說靜安詞〉的小文，所以我現在所想起的便是我所說過的一首〈浣溪沙〉詞。現在先把這首詞抄在後面：

山寺微茫背夕曛，鳥飛不到半山昏，上方孤磬定行雲。試上高峰窺皓月，偶開天眼覷紅塵，可憐身是眼中人。（王國維〈浣溪沙〉）

另外我所想起的一個人便是王摩詰居士，我近來方為學生們講了幾首摩詰詩，所以一時便也聯想到了摩詰居士的一首詩。現在把這首詩也抄在後面：

獨坐幽篁裡，彈琴復長嘯，深林人不知，明月來相照。（王維〈竹裡館〉）

如果將所舉靜安先生的詞、摩詰居士的詩，與義山這首〈嫦娥〉詩相較，則其為寂寞心雖同，而其所以為寂寞心之因，與其由寂寞心所生之果，則不盡同。靜安先生所有的是哲人的悲憫，摩詰居士所有的是修道者的自得，而義山所有的則是純詩人的哀感。現在分別說明於後。

靜安先生的感情極厚，而理智復極強。理智促使他研究哲學，希望於哲學中求得了悟與解脫；而感情則使得他陷溺於人生之厭倦與苦痛中而終不克自拔。靜安先生有一首〈端居〉詩，詩云：

陽春煦萬物，嘉樹自敷榮，枳棘生其旁，既鋤還復生。我生三十載，役役苦不平。
如何萬物長，自作犧與牲。安得吾喪我，表裡洞澄瑩。纖雲歸大壑，皓月行太清。

不然蒼蒼者，褫我聰與明。冥然遂嗜欲，如蛾赴寒檠。何為方寸地，矛戟森縱橫。聞道既未得，逐物又未能。袞袞百年內，持此欲何成。（王國維〈端居〉詩三首之一）

這真是寫得極悲哀的一首詩。我常以為，人如果能在世法與出世法之中，任擇其一而固執之，都不失為一種可羨的幸福。如不可能，次焉者雖徘徊於入世與出世的歧途之上，時而入世，時而出世；此一件事入世，彼一件事出世，而卻不但沒有矛盾牴牾之苦，反有因緣際會之樂，這也不失為獲得幸福之一道。再次焉者，則徘徊於入世與出世的歧途之上，想要入世，而偏懷著出世的高超的嚮往；想要出世，而偏懷著入世的深厚的感情，這已經無異於自討苦吃了。而更次焉者，則懷著出世的嚮往，又深知此一境界之終不可得；抱有入世的深情，而又對此芸芸碌碌之人生深懷厭倦，不但自哀，更復哀人，這一種人該是最不幸的一種人了。而不幸靜安先生就正是此一種不幸的人，而也就正是此種不幸的性格，造成了靜安先生詩詞中一種特有獨到的境界。這種境界，並非人人皆可具有，亦非人人皆可了悟，所以具有此種境界的靜安先生的心情是寂寞的，這是靜安先生的寂寞心之因。我們從前面所抄的一首〈浣溪沙〉詞來看，前半闋三句：「山寺微茫背夕曛，鳥飛不到半山昏，上方孤磬定行雲。」是寫對一種出世的高超的哲理境界之嚮往；後半闋首句「試上高峰窺皓月」寫對此境界之努力追求，次句「偶開天眼覷紅塵」寫對此塵世之不能忘情，末句「可憐身是眼中人」則是自哀哀人（關於此詞之詳細解說，可參看《迦陵談詞》中拙作〈說靜安詞〉一篇小文）。靜安先生因其有著對出世的哲理之嚮往，所以對塵世極感厭倦與苦痛，而又因其有著入世的深厚的感情，所以厭倦與苦痛之餘，所產生的並非怨恨與棄絕，而為悲哀與憐憫。因為這個緣故，所以我稱靜安先生由寂寞心所生之果為哲人的悲憫。

至於摩詰居士的寂寞，則似乎該屬於「求仁得仁，又何怨乎」的一類。據史書的記載，摩詰居士晚年是過著不衣文綵長齋奉佛的生活，常焚香獨坐，以禪誦為事。如果照我前面所說的入世與出世的幾種生活態度而言，摩詰居士該是自己選擇了出世，而且頗能擇善而固執的。不過我對摩詰居士的詩並無深愛，這當然因為我的塵緣未淨道心不足的緣故。但我自己對我之不愛摩詰居士的詩，也頗有一些解說。摩詰居士奉佛，今即以佛理說之。佛家有「透網金鱗」之喻，如以摩詰居士與靖節先生相比，則靖節先生頗似個「透網」而出的「金鱗」，故對所謂「網」者既已無所畏忌，而所謂「網」者似亦已對之無可奈何；而摩詰居士則是唯恐觸「網」，故對所謂「網」者既不免深懷畏忌，而對其未曾觸「網」亦不免深懷自喜。我們試取王摩詰居士的〈積雨輞川莊作〉之「山中習靜觀朝槿，松下清齋折露葵」及〈竹裡館〉詩之「獨坐幽篁裡，彈琴復長嘯」諸語，與陶靖節先生之「采菊東籬下，悠然見南山」及「結廬在人境，而無車馬喧」諸語相較，則王氏之「折露葵」為有意，陶氏之「采菊」為無意；王氏之「獨坐幽篁裡」為人我隔絕，陶氏之「而無車馬喧」為人我俱忘。其淺深高下豈不顯然可見。再則摩詰居士所證之果，似亦只是辟支小果，《大智度論》所云「大慈與一切眾生樂，大悲拔一切眾生苦」及《法華經》所云「利益天人，度脫一切」的大乘佛法似還大有一段距離在，然而也惟其如此，所以王氏頗有「自了」、「自救」的「自得」之樂。王氏是有心出世的，因此我說王氏寂寞心之因是「求仁得仁」，故其於寂寞中所感者亦少苦而多樂，自前所舉〈竹裡館〉詩之「獨坐幽篁裡」及「深林人不知」觀之，豈不是極寂寞的境界，而王氏偏有「彈琴復長嘯」的快樂，和「明月來相照」的欣喜。因此我說摩詰居士由寂寞心所產生之果為修道者的自得。

最後，我們再把義山〈嫦娥〉詩所表現的寂寞心，與靜安先生及摩詰居士所表現的寂寞心作一比較。義山詩所說的「偷」得「靈藥」，正象徵著他們三位所得的一種不同於吾輩凡人的高超的境界，處於這種境界中的人，該是寂寞的。然而，這種境界對摩詰居士說來，則是有心求得的，所以此一境界雖然寂寞，而摩詰居士卻頗有點甘而樂之的自喜之感。對靜安先生說來，則是有心求而無心得的。不過，靜安先生所有心求的原是哲理之了悟，可悲的是他所求者既望而未至，而卻於無心中得此一極寂寞之境界，更且深陷於此寂寞之中，雖極悲苦，而竟不復能自拔。至於義山，則是無心求而且無心得的。摩詰居士有著一份得道之心，靜安先生有著一份哲人之想，而義山所有的則只是與生俱來的一份深情銳感。所以我對靜安稱先生，表示我的一份尊敬之意，對摩詰稱居士表示我的一份疏遠之感，而獨於義山不加稱謂，就因為義山給我們的感覺最為親切。義山沒有得道之心，也沒有哲人之想，義山的寂寞心，只是因為他的感情較我們更為深厚，他的感覺較我們更為銳敏，因此而造成一份純粹詩人氣質的寂寞。我們從義山詩中，處處可以看出他的多情善感，不但對人多情，對一切生物莫不多情，不但對一切生物多情，對一切無生之物亦莫不多情。我們看他的詩，如同「荷葉生時春恨生，荷葉枯時秋恨成，深知身在情長在，悵望江頭江水聲」（〈暮秋獨遊曲江〉），及「悵望西溪水，潺湲奈爾何」（〈西溪〉）諸語，真是靈心銳感，一往情深。夫如是，如何能夠不寂寞，而義山之所以能得此超乎凡人的寂寞之境界，則真是「莫之為而為者，天也」。所以義山不但未曾因得此境界而沾沾自喜，反而因得此境界而生出無限哀感。因此義山〈嫦娥〉詩乃有「嫦娥應悔偷靈藥，碧海青天夜夜心」之言。義山詩中的「碧海青天」之境界，就相當於靜安詞中的「高峰窺皓月」之境界，摩詰詩中的「獨坐幽篁裡」之境界。這種境界，都是超乎凡人的境界，在此境界中的心情，也該都是寂寞的心情。然而摩詰能夠去而不顧，所以有「彈琴長嘯」之樂；靜安則方窺皓月，復覷紅塵，既嚮往解脫，而又深懷悲憫，哀人自哀，故有「可憐身是眼中人」之言；至於義山，則天生銳感，自稟深情，如同「結夜霜」之「丁寧青女」，「送朝陽」之「辛苦羲和」❷真是欲罷不能，誰能遣此，所以有「碧海青天夜夜心」之言。因此我說義山由寂寞心所生之果是詩人的哀感。

在我以上所舉的三位詩人之中，我所不能深愛的是摩詰，關於這一點，我對自己之不能修道有得非常覺得自愧。我所喜愛的是義山和靜安，而義山及靜安予我的感覺則又有不同：我喜愛義山，而且極為其哀感所感動，但感動之餘，尚能保有欣賞的餘裕；至於靜安，則我深為其悲苦所襲擊，常不免有棄甲曳兵之虞。而且義山的哀感中有著一種詩意的滋潤之感，靜安的悲苦則有時不免斬盡殺絕，絲毫不為人為己略留餘地。所以我以為在這三位作者之中，似當推義山為純乎純者的詩人。不過，我這種解說比較，都只

❷ 李義山〈丹印〉詩云：「青女丁寧結夜霜，羲和辛苦送朝陽，丹印萬里無消息，幾對梧桐憶鳳凰。」

憑一己之私見，或者不無缺允失當之處。但我原無意於評詩說詩，我只是寫我個人讀詩的一點感受而已。

再者，我這篇小文只是信筆寫來，初意樹大可以自直，誰想到行文之際不覺藤生蔓引，竟爾形成了錯節虬枝，因之命題之時，頗費斟酌，雖然古有「削足適履」之說，然而足已生成，復欲削之，則既勞斧削，又傷自然，最後想了個辦法——就是做雙寬大的鞋子，但求遮掩保全，不復計及樣式，因命題曰：「從義山〈嫦娥〉詩談起」。

舊詩新演：李義山〈燕臺〉四首

對〈燕臺〉四首作一種象喻性的深入的體認，而不必字比句附的強加穿鑿，也許反而不失為一條可以探尋個中真意的新途徑。

前言

莊子的「得魚忘筌，得意忘言」，淵明的「好讀書不求甚解，每有會意，便欣然忘食」，這二位古人對言語文字所取的態度，乃是我這天性疏懶而又頗耽於自得其樂的人所最為欣賞的。雖然有時為了求得魚，也不得不用到筌。但結網製筌畢竟只是一種手段而已，得魚才是最大的欣喜和最終的目的。何況有些時候，我們所覓取的材料確乎不夠結成一面完整的網或製出一具完整的筌來，而山輝川媚之閃耀的光彩中，則似乎又確可必信某一條溪流中之蘊有無數錦鯉珍鮪，於是乎當臨川羨魚而又結網無方之際，我這懶於結網而又急於得魚之人，乃頗想把製不成的筌或網一手拋開，而親自躍入水中去做一番摸索探尋的嘗試了。雖然這種嘗試可能頗為大雅君子所不取，而且這種探尋也並不見得有必然得魚的把握。但即使不能捕得一條魚，而只要我們確實能在水中撫觸到活潑的魚之生命自我們手指間滑過的一種感覺，也就應該是足可使人欣喜的了。

我國舊詩的遺產中，就一直存留著有一部分徒然令人對之興臨川之歎，而又苦於無結網之方的作品，於是在無可奈何之餘，似乎便只有親自躍入水中去試作摸索探尋之一法了。可是我之為人一方面雖然頗有任性大膽的狂想，而另一方面卻又頗有悖禮犯禁的顧忌，所以很想為自己這種不盡合法的嘗試找到一個可援的先例，以資為辯護之依據。因之乃想到了在我國舊小說中既早有史話演義一類的作品，在新小說中也不乏古事新編一類的嘗試。這兩種寫作的態度就不盡拘執於史實之考證，其發言敘事都有著由改寫者可以自由操縱掌握的一種推揮接演的餘地，雖然舊日的史話演義，不免有著以聽眾或讀者為對象之欲求其取悅於大眾之目的，而近代之古事新編也有著以時代現象為背景之欲以之諷刺現實之作用。而我今日之要推演某些舊詩，而給予一些新的詮釋和解說，則只是自己入水摸魚的一點撫觸的心得而已，取材和用意與前二者都迥然並不相類。但是對於不盡拘執於材料之整理和考證，而有著推演和發揮之自由的一點，則是頗為相同的。因之乃揉合了歷史演義與古事新編之兩種命名的辦法，為這種新嘗試起了一個新名字，名之曰「舊詩新演」。因略敘寫作之動機及命名之源起如右。

風光冉冉東西陌，幾日嬌魂尋不得，蜜房羽客類芳心，冶葉倡條偏相識。

暖藹輝遲桃樹西，高鬟立共桃鬟齊，雄龍雌鳳杳何許？絮亂絲繁天亦迷。

醉起微陽若初曙，映簾夢斷聞殘語，愁將鐵網罥珊瑚，海闊天寬迷處所。

衣帶無情有寬窄，春烟自碧秋霜白，研丹擘石天不知，願得天牢鎖冤魄。
夾羅委篋單綃起，香肌冷襯琤琤珮，今日東風自不勝，化作幽光入西海。

右春

前閣雨簾愁不卷，後堂芳樹陰陰見，石城景物類黃泉，夜半行郎空柘彈。
綾扇喚風閶闔天，輕帷翠幕波洄旋，蜀魂寂寞有伴未？幾夜瘴花開木棉。
桂宮流影光難取，嫣薰蘭破輕輕語，直教銀漢墮懷中，未遣星妃鎮來去。
濁水清波何異源，濟河水清黃河渾，安得薄霧起緗裙，手接雲軿呼太君。

右夏

月浪衡天天宇濕，涼蟾落盡疏星入，雲屏不動掩孤嚬，西樓一夜風箏急。
欲織相思花寄遠，終日相思卻相怨，但聞北斗聲迴環，不見長河水清淺。
金魚鎖斷紅桂春，古時塵滿鴛鴦茵，堪悲小苑作長道，玉樹未憐亡國人。
瑤琴愔愔藏楚弄，越羅冷薄金泥重，簾鉤鸚鵡夜驚霜，喚起南雲繞雲夢。

雙璫丁丁聯尺素，內記湘川相識處，歌唇一世銜雨看，可惜馨香手中故。

右秋

天東日出天西下，雌鳳孤飛女龍寡，青溪白石不相望，堂中遠甚蒼梧野。
凍壁霜華交隱起，芳根中斷香心死，浪乘畫舸憶蟾蜍，月娥未必嬋娟子。
楚管蠻絃愁一概，空城舞罷腰支在，當時歡向掌中銷，桃葉桃根雙姊妹。
破鬟倭墮凌朝寒，白玉燕釵黃金蟬，風車雨馬不持去，蠟燭啼紅怨天曙。

右冬

這四首詩真是使人讀後對之深感無可奈何的作品，其一是因為他所閃放的一種深幽而冶豔的光彩，使人對之有無窮的眩迷；其二是因為他所含育的一種無可把捉的意蘊，使人對之生無窮的想像。面對如此幽微窈眇的詩篇，我們所見的只是一片心靈之光影與彩色的閃爍，一切言筌在這種光彩中都早已成為糟粕。這種作品好像是一種在夢幻中的心靈之囈語，原來就不屬於人類理性之解說分析的範疇之內。如今我卻妄想要邁越過人類理性的拘限，而進入一位作者心魂深處的夢魘裡去探尋，則其不免於沒頂喪生而終然無獲，正該是必然的結果。但我卻仍然願意躍入這一條綿渺幽深的水中去一作探尋的嘗試，一則是因為我無法抵禦其美與不可知的雙重之誘惑；再則我在前面已經說過，我原不敢存必然得魚之望，只是想親自體驗一番摸觸追尋的欣喜而已。

關於這四首詩，前人也曾對之作過結網製筌的嘗試。在我以一己之體驗為演繹之前，我願先把有關的一些材料略作簡單的介紹。首先我們該提到的，乃是與這四首詩有關的一則悲哀的插曲，一個最早為這四首詩所眩惑了的女子柳枝的故事。據義山〈柳枝詩序〉云：「柳枝，洛中里孃也。父饒好賈，風波死湖上。其母不念他兒子，獨念柳枝。生十七年，塗粧綰髻未嘗竟，已復起去。吹葉嚼蕊，調絲擫管，作天海風濤之曲，幽憶怨斷之音。居其旁與其家接，故往來者，聞十年尚相與疑其醉眠夢物，斷不娉。余從昆讓山，比柳枝居為近。他日春，曾陰，讓山下馬柳枝南柳下，詠余〈燕臺〉詩。柳枝驚問：『誰人有此？誰人為是？』讓山謂曰：『此吾里中少年叔耳。』柳枝手斷長帶結讓山為贈叔乞詩。明日，余比馬出其巷，柳枝丫鬟畢妝，抱立扇下，風鄣一袖，指曰：『若叔是！後三日，鄰當去濺裙水上，以博山香待與郎俱過。』余諾之。會所友有偕當詣京師者，戲盜余臥裝以先，不果留。雪中，讓山至，且曰：『東諸侯取去矣！』明年讓山復東，相背於戲上，因寫詩以墨其故處云。」有不少人把這一則故事與〈燕臺〉詩比附立說，將二者混為一談，且根據〈燕臺〉四首所提及的一些地名，對柳枝為東諸侯取去以後的蹤跡大加猜測。其實，關於柳枝的事，除了這一篇序文以外，我們所知道的並不多，一切猜度都只是假想。而且據義山〈柳枝詩序〉，是義山寫〈燕臺〉四詩在前，而與柳枝相遇在後，〈燕臺〉詩中當然不該混有柳枝的事跡。我以為與其將〈柳枝〉與〈燕臺〉二詩比附立說去猜測其悲歡離合的時與地之蹤跡，倒不如透過義山筆下柳枝對〈燕臺〉四詩之賞愛，去看義山自己對〈燕臺〉詩所自許的某種境界，該更為真實可信。第一、我們先看一看義山對柳枝為人的一段描摹敘寫。義山筆下的柳枝，所過的乃是「吹葉嚼蕊，調絲擫管」的生活；所愛的乃是「天海風濤之曲，幽憶怨斷之音」的曲調，寥寥幾筆，所勾劃出的乃是何等幽美迴絕的心魂。我們再看柳枝初聞人詠義山〈燕臺〉詩時，所發出的「誰人有此？誰人為是」的重複迫促的詢問，其聲氣口吻中，所表現的乃是何等心絃被撼撥震動著的驚喜。以及未遇義山前的「塗粧綰髻未嘗竟」的無以為容的寥落的情懷，與義山約見時的「手斷長帶」、「丫鬟畢妝」、「以博山香待」的一份傾遲奉獻的心意，這是義山筆下所敘寫的柳枝。然而語云：「同聲相應，同氣相求」，我們往往可以從一個人所愛的對象中去認識一個人，這在大體上是不錯的。雖然有時也不免有失誤，如孔子之聖尚不免於有「以言取人失之宰我，以貌取人失之子羽」的可能，但有一點必然可信的，就是我們自己所塑造的愛之偶像，一定為我們自己心靈之所愛慕和嚮往則是必然的。輯本《李義山詩辨正》，張爾田曾云：「柳枝為義山第一知己，此文極力寫之，有聲有色，是最用意之作。」義山所最用意寫的，正不僅是柳枝，而實在乃是義山自以為其知己相感的某種屬於義山自我的心靈之境界。「天海風濤之曲，幽憶怨斷之音」，這豈非正是義山所為詩的風格？不得知愛的寥落，與既得知愛的奉獻，這豈非正是義山所用情的態度？所以我以為與其把這篇序文與〈燕臺〉詩比附去猜測柳枝之事跡，倒不如從這篇詩序來體認義山所嚮往之某種境界，進而去了解〈燕臺〉詩，或者反而更有助益。

除去這一則有關的故事外，關於〈燕臺〉四詩之時、地、與人，還有不少其他的猜測。以人而言，大別之約有以下數說：

一、燕臺，唐人慣以言使府，必使府後房人也。（中華書局本，《玉谿生詩箋注》，卷五，頁三七，〈燕臺詩注〉）

二、其學仙玉陽東時，有所戀於女冠歟其人先被達官取去……以篇中多引仙女事，故知女冠。（同前）

三、據序語是先作〈燕臺〉詩後遇柳枝，是兩事也。然豔情大致相同，豔詞每多錯互……終不能辨其是一是二矣。（同前，卷五，頁三九，〈柳枝詩注〉）

四、燕臺，用燕昭故事，唐人例指使幕，……〈燕臺〉詩四章，蓋皆為楊嗣復而作。（中華書局本，張爾田《玉谿生年譜會箋》，頁七一，開成五年譜）

五、義山與燕臺相見，在人家飲席，其人已先為人後房矣。（《玉谿生年譜會箋・附李義山詩辨正》，頁四六八。觀此則是竟直以燕臺為人之代名矣）

六、此四詩乃對宮嬪飛鸞輕鳳二人之哀悼，詩中桃葉桃根等句，表明盧氏等乃係姊妹。（商務本，蘇雪林《玉溪詩謎》，頁八七至九一，〈與宮嬪戀愛的關係・追悼〉章）

七、商隱詩之隱僻者，有些似為諷刺貴主，亦似為諷刺女冠，抑又似為諷刺宮妾，如……〈燕臺〉詩四首。（《新亞學報》抽印本，孫甄陶《李商隱詩探微》）

以地而言，則有以下諸說：

一、其人先被達官取去京師，又流轉湘中矣，……玉陽在東，京師在西，故曰東風西海也；玉陽在濟源縣，京師帶以洪河，故曰濁水清波也。曰石城，曰瘴花，曰南雲，曰楚弄，曰湘川，曰蒼梧，皆楚地之境，故知又流轉湘中也。（《玉谿生詩箋注》，卷五，頁三七，〈燕臺詩注〉）

二、統觀諸詩（按指〈燕臺〉、〈柳枝〉、〈謔柳〉、〈贈柳〉、〈河內〉、〈河陽〉、〈石城〉、〈莫愁〉諸作），似其豔情有二，一為柳枝而發，一為學仙玉陽時所歡而發，〈謔柳〉、〈贈柳〉、〈石城〉、〈莫愁〉皆詠柳枝之入郢中也，〈燕臺〉、〈河陽〉、〈河內〉諸篇多言湘江，又多引仙事，似昔學仙時所戀者，今在湘潭之地，而後又不知何往矣。……但郢州亦楚境，或二美墮於一地，不可細索矣。（同前，卷六，頁二一，〈河陽詩注〉）

三、開成五年楊嗣復出為湖南觀察使，冬貶潮州刺史，……「木棉」，點潮州；「瑤琴」四句「楚弄」「南雲」云云，喻嗣復自湘貶潮；四章，義山赴湘，嗣復已去之事。（《玉谿生年譜會箋》，頁七六、七七，開成五年譜）

四、〈燕臺〉詩次章第一段說現在到曲江離宮去走走，……三章第三段，言宮禁雖嚴，但外人可以從小苑進去。（《玉溪詩謎》，頁八八、八九，〈與宮嬪戀愛的關係．追悼〉章）

五、石城……蜀魂……瘴花……木棉……南雲……雲夢……湘川……青谿……楚管蠻絃，這許多可指實的地方色彩，是不妨認為詩中女主人是在南方的。假如再檢查詩中北方地方色彩如「濟河水清黃河渾」，就知道北方地名偶亦採用一二。再詩題〈燕臺〉，更是標準的北方。所以詩中忽南忽北，正是原作者故弄狡獪，無意將謎底告人。（文學雜

誌社，《詩與詩人》第一集，頁五五，勞榦，〈李商隱燕臺詩評述〉）

再以四詩春夏秋冬之章法言，則有以下諸說：

一、首篇細狀其春情怨思；次篇追敘舊時夜會；三篇彼又遠去之歎；四篇我尚羈留之恨。（《玉谿生詩箋注》，卷五，頁三六，〈燕臺詩注〉）

二、首章，記義山與楊嗣復相見，及文宗忽崩嗣復漸危之事；次章專紀楊賢妃安王溶事；三章嗣復至湘約義山赴幕之事；四章義山赴湘嗣復已去之事。（《玉谿生年譜會箋》，頁七六、七七，開成五年譜）

三、蓋其人春間與義山相見即為人取去，夏間流轉金陵，至秋又赴湘川，曾約義山赴湘，及冬間赴約，而其人又不知轉至何處矣。詩所以分四時寫之。（《玉谿生年譜會箋．附李義山詩辨正》）

以上諸說不過就手邊所有的幾種書略舉其大要而已，然其說法之紛紜雜亂已可概見一斑，甚至於同一家之說法亦不免於先後之矛盾歧出，則其所說之完全出於一己之臆度與假想可知，守著這些不可據信的材料，正如治絲益棼，不過徒增困惑而已，原來就無法編出一面完整的網來，則我們何如把它暫時拋在一邊，親自躍入水中去做一番摸索探尋的嘗試呢！

第一點我們所當探尋的當然乃是〈燕臺〉四詩中的人物究竟何指的問題。在中國舊詩中，人物之所指有幾種可能，其一是其人確為實有且確可實指的，如樂天詩中之小蠻樊素，小山詞中之蓮鴻蘋雲；其二是其人雖屬實有，然而信據不足無法確指者，如端己詞「四月十七」的「別君」，「那年花下」的「初識」，白石詞「肥水東流」的「相思」，「淮南皓月」的「感夢」；其三是其人並非實有不過詩人泛為香豔之辭者，如南朝之宮體，五代之令詞；其四是其人雖亦並非實有，然而亦並非泛為香豔之辭，乃全屬於託喻之作，如曹子建之「南國佳人」，阮嗣宗之「江濱二妃」；其五是其人亦非實有，然既非泛為香豔之辭，亦非有心託喻之作，而但為心中某種纏綿惆悵之情的一種自然之流露，如正中詞之「花前失卻遊春侶」，六一詞之「縱有遠情難寫寄」。以上五種乃是一時所想到的作品中人物之所指的幾種可能性。至於讀者對作品中人物所當取的態度，則當然最好乃是知之為知之，不知為不知。其果然有所確指者，則讀者自當細加研讀以求其究竟何指，至其本不可確指者，則讀者如果強做解人橫加附會，那就有時不免會陷於欺妄和誤謬了。義山的〈燕臺〉四首，觀其恍惚錯綜的敘寫，無一句落實之語，則其人物之屬於不可確指，乃是不容置疑的一件事，只是此四詩中之人物又究竟屬於不可確指中的哪一類呢？觀其深悲切至之語，則此四詩必非浮泛之豔辭；然而若逕謂其雖不可確指而確為實有，則此四詩又不似端己與白石諸詞之單純顯豁；若謂其但為託喻之作，則此四詩又不似子建嗣宗二詩之喻言可想；若但謂其只為心中惆悵纏綿之情的自然流露，則此四詩之章法井然，自春徂秋，也決不同於正中六一的流連光景惆悵自憐的一時抒情之作。要想解說這一類難於歸屬的作品，我以為有兩點基本觀念，乃是讀者所應當具備的，其一是承認其難於歸屬的多種可能，從而欣賞其由多種可能所暗示的豐美幽微的含蘊，而根本不必妄圖加以拘限的歸屬；其二是承認詩歌本身之價值與作品中所寫之人物對象並無必然之關係。先就其意蘊之豐美來說，此四詩有極真實深切之感受，其使人心動神迷之處，恍如出於真實體驗之情事，此其一；此四詩又有極複雜錯綜之象喻借比，完全不為任何真實情事所拘限，似全為象喻之作品，此其二；此四詩更充滿了一種惆悵哀傷之致，似全為作者心靈中低徊悱惻之情的自然流露，此其三；然而如前所言，此四詩之周密精緻，又不同於一時的抒情偶然之作，而似乎確實當有更深入的取義，此其四。我們欣賞這一類的作品，實在最好是同時承認這多種的可能，不受任何拘限的去體會作者內在最窈眇之心魂與外在最精美之藝術的一種最敏銳的結合。這種作品原來就不屬於理念的有限的解說之內，它的不可指說正是它的好處所在，如果要對這一類作品加以指實的解說，那反而將是對其豐美幽微之含蘊的一種斲喪和損害了。再就詩歌本身之價值與所寫之人物對象並無必然之關係而言，這種道理實在是極為淺顯易明的，舉個最通俗的例子來看，譬如酒之與水，其差別乃在於本身之品質是什麼，而並不在於其所傾注的容器是什麼，如果是酒則即使只盛起一杯來，也必然是酒，如果是水，則即使盛起一缸來也依然是水，如果撇開本身的品質，而單就其所傾注的對象來討論酒與水的價值，這種誤植重點的衡量，其錯誤乃是顯然可見的。義山詩的好處，原來就在於其所具含的一種窈眇幽微的迴異於人的品質，如同〈西溪〉之潺湲無奈，如同〈錦瑟〉之哀怨無端，像這種無奈無端的情意，原是與詩人之生命深相結合著的一種品質，則我們又何必將那種與全生命結合著的品質強加分割，而將之拘限於某一個並不確知的狹隘的對象之中呢。所以我以為這四首詩中所敘寫的對象，如果確實有可以指明的足夠的證據，可以使我們在理性上有更清楚的認知的滿足，不僅品味了酒的滋味還認知了酒的容器，那當然很好，否則，如果我們把酒的滋味丟開不嘗，而只在隔靴搔癢的猜測容器的形狀，那豈非是一種捨本逐末勞而少功的愚執之舉。因此我以為對於義山這四首詩，我們與其妄加猜測義山詩外之「人」，倒毋寧細加品味去體認義山詩中之「我」了。

第二點我們所當探尋的，則當是〈燕臺〉四詩中的地域問題，在這四首詩中，義山所提到的有著地域性的名物，大約有十餘處之多，而且南北雜舉，既無系統，又不一致，因此勞榦先生乃說：「詩中忽南忽北，正是原作者故弄狡獪。」關於這一點，我以為當從幾方面去看，因為地域或方位的指述，在中國詩中原可以有多種意義：第一種為寫實性的，如杜甫〈絕句〉四首之「窗含西嶺千秋雪，門泊東吳萬里船」二句，其「西嶺」與「東吳」便都是寫實性的地域和方位；第二種是用典性的，如杜甫〈奉送嚴公入朝〉一詩之「南圖迴羽翮，北極捧星辰」二句，其「南圖」與「北極」，便是用《莊子・逍遙遊》大鵬之將圖南，與《論語・為政》眾星之拱北辰的典故；第三種是象喻性的，如張衡〈四愁詩〉之「泰山」「東望」、「桂林」「南望」、「漢陽」「西望」、「雁門」「北望」，其中之諸地名與諸方位便都是象喻性的，並不實指任何一地，不過列舉四方艱險之地，以表現一種無所不至的追尋與終然不見的艱阻而已。有了這幾點基本的認識，再來看義山〈燕臺〉四詩，就會發現其中許多地名及方位，原來都只是用典或象喻，而並非實指，如其舉「濟河」與「黃河」之取其清濁之對比，舉「南雲」與「楚弄」之取其綿渺之哀思，舉「石城」與「蒼梧」之取用石城莫愁與舜死蒼梧之故實，凡此種種，如果我們不肯仔細體味原詩的取義，而妄加指實，那當然會不免於誤謬百出而迷亂自失了。

第三點我們所當探尋的乃是〈燕臺〉四詩中時節的問題，這首詩分明標舉出春夏秋冬四時，當然應當有其所以如此標舉的取義，只是如果按舊說之便據此實指為某些情事發生之時間與季節，則就又不免近於刻舟求劍的迂執了。在中國詩中的時間與季節也有寫實與象喻的兩種可能，如《詩經・豳風・七月》一篇，其一年四季十二月之敘述，當然乃全屬寫實之紀事；至於如繁欽〈定情詩〉之自日旰、日中，直寫到日夕、日暮，則就並非寫實之筆，而完全乃是一種無盡之期待的時間性之象喻了，因為時間性的推移，原來就可以在詩中造成一種久遠而循環不已的感覺，這不僅是在象喻性的詩歌中，可以感受其明顯的效果，即使在寫實性的詩歌中，如〈豳風・七月〉一篇，我們之所以能對它所敘寫的生活民俗得到如此強烈的周遍的感受，也未始不是由於它對時間的循環不已的敘述所造成的效果。至於在象喻性的詩歌中，則自屈子〈離騷〉之往往以「春」「秋」「朝」「暮」的對舉暗示時間性的永恆周遍之感，降而至於民歌俗曲之往往以四時十二月的重疊排比，來寫無盡的愛戀相思，則更是一種常見的表現方法了。義山〈燕臺〉四首之標舉四時，我以為也不可過於拘執實指，而當從其所造成之整個的永恆周遍之感來做體認，從而領會這一位「荷葉生時春恨生，荷葉枯時秋恨成」的詩人，他所表現的一種「身在情長在」的經春歷秋的整個一生的深情極怨，這似乎纔是一種更有意義的探尋的角度。

最後還有一點也是我們所當探尋的，那便是這四首詩之標題「燕臺」二字的取義何指的問題。在義山詩集中有不少無題之作，也有不少取詩歌中首句中二字為命題的雖有題而實近於無題之作。此四詩既標名〈燕臺〉，自不同於一般無題之作，而〈燕臺〉又非首句或全詩任何一句中曾經出現過的字樣，則此標題自又不同於一般取首句中二字為題的近於無題之作，然則如此說來，是此二字之標題之必當有所取義，乃是無疑的了，至於其取義為何，則馮浩注云：「燕臺，唐人慣以言使府。」這話實在是不錯的，義山在〈梓州罷吟寄同舍〉一詩中，就曾經有「長吟遠下燕臺去」之句，按義山於大中五年柳仲郢鎮東蜀之時曾被辟為節度書記，迄大中十年柳仲郢內徵為吏部侍郎府罷之時，恰為五年，義山此詩前有「五年從事霍嫖姚」之句，可以為證，是「長吟遠下燕臺去」固正指梓州府罷之事也。所以「燕臺」指「使府」該是無可疑的。只是如果因此就臆測為義山與使府後房有戀愛之事如馮浩注之所云云，那就未免想入非非了，張爾田會箋即曾嚴駁馮氏之說以為不可信，可是張爾田卻又因燕臺指使府之一念，而聯想及於楊嗣復之自湖南觀察使貶為潮州刺史之事，而謂義山此四詩乃專為楊嗣復而作，且牽附及於文宗之崩，武宗之立，以及楊賢妃欲立安王溶之種種情事，字比句附，較之馮注尤為牽強，岑仲勉〈玉谿生年譜會箋平質〉也早已辨其同樣為不可信（見中華書局，《玉谿生年譜會箋．附岑仲勉平質》，頁二二三〇）。那麼這四首詩究竟何指呢？我以為關於「燕臺」二字之命題，可以分作兩層來看：其一、蕪臺確指使府，義山終生不遇，託身幕府，歷依天平、兗海、桂管、武甯、東川諸幕，這種寄人趨走的生活，必多抑鬱辛酸之感。像杜甫在成都依故人嚴武之幕，兩代世交，而杜甫在其〈宿府〉、〈遣悶〉、〈簡院內諸公〉等作品中，尚不免有「已忍伶俜十年事，強移棲息一枝安」、「胡為來幕下，只合在舟中」及「白頭趨幕府，深覺負平生」等憤怨的話，則義山於其一生之歷依諸幕之輾轉漂泊的生活，以及依違恩怨的感情之間必當更有許多悲苦難言之情事，這是可以想見的，而義山一生仕宦之生活，則捨此棲託幕府之一片辛酸以外，又更別無較幸運之機遇，然則義山〈蕪臺〉四首豈非很可能有著對其整個之一生的自敘自慨之意，此其一；再則蕪臺原來又指蕪昭王之黃金臺，欲以延天下之賢士者，後人為詩往往用之以慨其不得知遇之悲，如李白之〈行路難〉，即曾有「昭王白骨縈蔓草，誰人更掃黃金臺，行路難，歸去來」之句，然則義山之以「蕪臺」命題除自慨其幕府生活之酸辛以外，豈非更可能有其自傷不遇的失志莫偶的悲怨之情在。何況義山幼而孤寒，對仕宦之幸蹇，自會比別人有更為重視的心理，而義山與令狐父子及其岳父王茂元之間的一段恩怨，雖然是仁是智，有著許多不同的解說和看法，然而一則為世交之誼，一則為翁婿之情，其間的猜嫌誤會必有許多難言之痛，也是可以想見的。而義山平生所遇到的不幸又不僅仕宦一途而已，義山早年喪父，中年喪偶，都是在最為需要的時候失去了最大的依傍，其心靈上當然也都曾受到極大的挫傷。此外從義山詩集中許多纏綿悱惻的寫戀愛的詩篇來看，縱使其中有一部分作品可能為別有寄意的託喻之作，然而一位多情善感的詩人如義山，他在感情方面之曾經有過一些傷心蝕骨的苦戀的經驗，更是大有可能的。凡此種種不幸的挫傷失意，都可歸之於廣義的命運之不偶，把平生命運之不偶結合於平生羈棲幕府的一世的酸辛，如果從這種角度對〈燕臺〉四首作一種象喻性的深入的體認，而不必字比句附的強加穿鑿，也許反而不失為一條可以探尋個中真意的新途徑。

其一 春

這是〈燕臺〉四首的第一首詩，以「春」為標題，從萌發著的生意，與醒覺著的追尋寫起，正象喻著一個有情之生命的誕生之開始。開端「風光冉冉東西陌」，僅只七字便已寫出春日之無限風光。而且義山筆下的春光並不像一般人所寫的只是一片萬紫千紅的堅凝而濃重的顏色而已。義山所寫的春光是流動的、嬌柔的、飄飛在人的眼前身畔，而幾乎可以隨時撫觸得到的。所以義山不曰「春光」而曰「風光」，「春光」二字較為呆滯，而「風光」二字則較為活潑輕靈。再繼之以「冉冉」二字的形容，這兩個疊字無論在聲音或意義上，都予人以一種輕柔蕩漾的感覺。「風光」而加之以「冉冉」，於是而葉底微風之輕拂，水面波光之閃爍，天邊雲影之流移，一切光與色皆於春風駘蕩中，以其新鮮之生意向人飄飛舞動而來。更承以「東西陌」三個字，於是而東阡西陌之上，遠近四方之間，無處而不有此冉冉之風光，無處而不有此飄飛之生意矣。如果以之與北宋詞人歐陽永叔的「候館梅殘，溪橋柳細，草薰風暖搖征轡」，及秦少游的「柳下桃蹊，亂分春色到人家」諸句相較，雖然同樣是寫春光的無處不在，則永叔與少游二人的形容較為具體，色澤亦較為濃重，似乎全以官能視覺的感受為主。而義山之「風光冉冉東西陌」一句，則輕柔綿渺，別有恍惚迷離之致，其感受乃不全出於官能之視覺，而隱然更有著詩人心魂深處的一種幽微窈渺的躍動在。所以繼之乃曰：「幾日嬌魂尋不得。」從上一句「冉冉風光」帶給詩人的心靈的震觸，到下一句對「嬌魂」的惘惘追尋，這正是極自然的感發和承應。因為一位多情銳感的詩人，面對此輕柔綿渺迷離恍惚之風光，其內心深處自會有一種難以言說而又無從填補的空虛悵惘之感。馮正中詞說：「河畔青蕪堤上柳，為問新愁，何事年年有。」晏同叔詞說：「細草愁烟，幽花怯露，凭闌總是銷魂處。」柳永詞說：「草色烟光殘照裡，無人會得凭闌意。」這種面對春天的青蕪、堤柳、細草、煙光，而使人惆悵魂銷的感覺，是極難加以解說和分析的。所謂「物色之動，心亦搖焉」。而尤以春日之纖美溫柔所顯示著的生命之復甦的種種跡象，最足以喚起詩人內心中某種復甦著的若有所失的惘惘追尋的情意。然而「自古皆有死，莫不飲恨而吞聲」，千古以來，竟然沒有一個詩人在這種追尋中獲得滿足過。所以說「幾日嬌魂尋不得」，「嬌魂」正不必確指，只是詩人某種追尋的象徵，「魂」字可見其窈眇，「嬌」字可見其纖柔，「幾日」者，可見其追尋已非一日而終然竟無所得，這正是有感情有理想的詩人千古之所同悲。然而「余心所善、九死未悔」，縱使追尋無獲，而無奈此情難已。所以接下去乃說：「蜜房羽客類芳心，冶葉倡條徧相識。」這兩句正寫其一片追尋的辛苦和情意。「蜜房羽客」自然是指蜜蜂而言。朱鶴齡注此句引郭璞〈蜂賦〉云：「亦託名於羽族。」所以義山乃稱蜂曰「蜜房羽客」，一方面固然有其出處來歷，一方面又予讀者以一種極新穎極鮮明的感受。從此句末三字「類芳心」來看，則義山原以之擬詩人之「芳心」。所以稱之曰「羽客」者，「客」字既可收擬人之效果，而羽化登仙的凌虛御空之聯想，則讀之更可使人感到一份上下飛翔的求索的深情，和一份悠揚飄舉的徧禮的神致。而又於其上加以「蜜房」二字，不僅切合蜜蜂之取喻，而「蜜」字之甘美芳醇，「房」字之閉藏深隱，也都可使人想到詩人「芳心」之蜜愛深情。義山另一首〈二月二日〉詩有句云：「花鬚柳眼各無賴，紫蝶黃蜂俱有情。」人非太上，孰能忘情，情之所鍾，正在我輩，像眼前的紫蝶黃蜂一樣，隨冉冉之風光而飄飛起舞，以全生命的本能追求尋索著的，正是詩人的一片多情繾綣的「芳心」。至於下一句「冶葉倡條偏相識」，這一句如果只從字面以傳統的道德眼光來看，不免竟會覺得義山用字過於浮豔輕薄。因為從《易經．繫辭》的「冶容誨淫」，以及「倡」字之多與「倡伎」、「倡優」等字連用，一般人對「冶」字和「倡」字，早就先存了一個偏頗的成見，而「偏相識」三個字似乎也容易使人想到用情之浪漫不專。其實這七個字才正是義山極嚴肅極沉重地道出其追尋之殷勤辛苦的一句詩。「冶」字「倡」字如果擺脫掉陳腐的成見來看，是何等色澤鮮明精力飽滿的字樣。「冶」字之美，「倡」字之盛，萬紫千紅之繽紛多彩，長條密葉之披拂多姿，豈不皆可從這兩個字中想像得之？至於「偏相識」三個字，則更是全心奉獻和追尋的表現。「余既滋蘭之九畹兮，又樹蕙之百畝。畦留夷與揭車兮，雜杜衡與芳芷。」早自屈子就曾經對百卉群芳有過如此深情遍愛的願望。其實屈原和義山所寫的原來就都並不真指客觀之實物，而只是他們自己內心中，一種對完整周遍而無終極的愛之嚮往。每一片在春風中舒展著的嬌美的花葉，每一根在春風中款舞著的嫋娜的枝條，都曾引起詩人深切的憐愛，都曾喚起詩人悵惘地追尋。然而「眾裡尋他千百度」，何處才是詩人所縈心繫夢以尋求的那一縷「嬌魂」呢？

於是在深情苦想之中，詩人也彷彿果真曾經若有所見，所以乃有「暖藹輝遲桃樹西，高鬟立共桃鬟齊」之句。「暖藹」七個字，義山真是把春光的一片迷惘嬌慵之感寫得恰到好處，所以不曰「暖日」，不曰「和風」，不曰「淑氣」，而曰「暖藹」，前面三個辭語都過於現實，過於拘狹，而「暖藹」一辭則不但兼有了前三者的意義，而且「藹」字更別有煙藹迷濛之致，這是最能表現春光之特色的。所以中國的詩人寫到春天的景物，往往加一「煙」字，如「煙光」、「煙柳」、「煙花」，這真是極好的形容。「藹」字有煙字之意，而更富於和柔溫暖之感。「暖藹」二字自可令人聯想到和風淡宕暖日生煙之種種景象。至於「輝遲」二字則寫日光之光影遲遲。昔杜審言〈早春遊望〉詩有句云：「淑氣催黃鳥，晴光轉綠蘋。」杜甫〈江畔獨步尋花〉亦有句云：「春光懶困倚微風」，又曰：「桃花一樹開無主，可愛深紅愛淺紅。」今如將義山之「暖藹輝遲」四字，與下面「桃樹西」三字合著，則淑氣微風之中，日影晴光乃正在深淺桃紅之上慢轉輕移。這真是何等令人癡迷的景色。在此癡迷之中，乃恍惚見有人焉立於桃樹之下，而更不形容此人之容飾衣裝，乃但著以「高鬟」二字，一則此人原在迷離恍惚之中，故不得詳為敘寫。再則「高鬟」雖僅二字，然髮型之樣式實在最足以代表一個女子的身分、地位和個性。如果以此句之

「高鬟」與前所引〈柳枝詩序〉之「丫鬟畢妝」相較，則「丫鬟」之髮式更富於青春活潑之感，而「高鬟」之髮式則更富於端麗成熟之美，且別有高貴矜持之意態，至於以「高鬟」與「桃鬟」相比，則是詩人故弄恍惚之筆，夫彼桃樹既無毛髮何得有鬟？而曰「桃鬟」者，方其恍惚癡念之中，人既如花，花亦似人，於是而高枝之上之萬朵繁花，乃竟真如美人頭上之簪花高髻矣。中間著以「立共」二字，就文法言之，曰「共」，分明該是二物；而就感覺言之，則「立共」二字之密切親近，乃竟使人有二者合一之感。義山此句運筆極妙，曰「高鬟立共桃鬟齊」，恍兮惚兮，如幻如真，方見是花而又疑為是人，於是在暖藹輝遲之中，在桃樹繁花之下，乃彷彿真如有一位高鬟擁髻的佳人，且頗可想見其含睇宜笑的風致矣。而緊接著這一份乍睹還疑的驚喜，義山卻忽然筆鋒一轉，寫下了「雄龍雌鳳杳何許？絮亂絲繁天亦迷」，這真是使人心傷望絕極盡淒迷慘切的兩句話。「雄龍雌鳳」四字，「雄」與「雌」是一層對舉，「龍」與「鳳」是又一層對舉。早自屈子〈離騷〉就曾經有過「兩美其必合兮」的祝願，太白〈梁甫吟〉也曾經有過「張公兩龍劍，神物合有時」的信心。因為唯有當「雄龍」與「雌鳳」能相遇相合的世界，才是圓滿無憾的。然而義山在這二句詩中所發出的卻是「杳何許」的茫無所見的苦覓悲呼。沒有鳴高桐的彩鳳，也沒有翔九天的神龍，更遑論彩鳳與神龍的結合相遇，人世間所有的只是黯淡絕望中的一片殘缺的憾恨。而況冉冉之風光欲老，羽客之芳心雖在，而高鬟之花蕊將殘，茫茫天地之間，到處是濛濛的飛絮，到處是惘惘的遊絲。所以義山接下去便說了「絮亂絲繁天亦迷」的話。如此不得相遇的深悲，如此莫能補贖的長恨，天若有情，固亦早已為之意惘情迷。云誰不信，則此亂絮繁絲便可為天人之同證。

寫情至此，原已更無餘地，然而義山最善於以其纏綿宛轉之筆寫纏綿宛轉之情，於是遂又有「醉起微陽若初曙，映簾夢斷聞殘語」之言。像再世的宿緣，像前生的夢魘，永遠無法忘懷，也永遠無法解脫的。清醒時固然是絮亂絲繁的迷惘，而即使在醉裡在夢裡也一樣在心魂之中盤旋縈繞著，這是何等纏綿深切，何等淒迷哀怨的一份感情。首句「微陽」，朱鶴齡注云：「夕陽也。」此二字蓋遙遙與後之「初曙」相對，「微陽」是真，「初曙」是幻；次句則以「夢斷」與「殘語」相對，「夢斷」是真，「殘語」是幻。已是微陽欲入，而猶疑為初曙方生；已是夢斷難留，而恍聞其叮嚀細語。這二句之中有多少對所追懷思念者的癡迷苦想，有多少對已殘破消逝者的震悼哀傷。而其寫醉起夢醒時的恍惚之感又復何等真切傳神。至於「映簾」二字則為兩句相結合之關鍵所在，映於簾上者，正為首句所寫之微陽，而見此映簾之微陽者，則是次句猶聞殘語之夢斷之人。昔杜甫〈夢李白〉詩有句云：「落月滿屋梁，猶疑照顏色。」思之而至於入夢，入夢而至於夢醒之時於簾際微陽梁間落月之中，猶彷彿如聞其細語如見其顏色，則懷念之深自可想見。只是杜甫所寫乃是實境實情，義山所寫則似不必實指，而只是其內心中一直纏綿悱惻著的某種情意。深情如許，所以繼之乃曰：「愁將鐵網罥珊瑚，海闊天寬迷處所。」上一句接寫其永無休止的尋覓與追求之辛苦，下一句又依然落於永難償獲的失望與落空的悲哀。姚培謙箋注引本章云：「珊瑚生海底盤石上，海人先作鐵網沉水底，貫中而生，絞網出之。」曰「鐵網」，曰「沉水」，曰「貫中」，曰「絞網」，其用心之深切，致力之勤勞，立意之堅毅，與夫珊瑚之珍貴與難得，皆可想見。然而珊瑚縱使難得，而海人終以其深切勤勞與堅毅畢竟得之。我今日雖有一如海人之殷切勤毅之心力，然而面對此茫茫大海渺渺長空，何處有我所欲覓求之鮮紅似血之珊瑚？何處是我可以把自己千絲情縷所織成的鐵網拋下的所在？「將」者，以手將持之意，空持此千絲之鐵網，而四顧蒼茫，除寂寥空漠之外，更無所有。昔孟浩然詩有句云：「迷津欲有問，平海夕漫漫。」這種失望落空之後的悵惘迷失，其苦痛真是不可言喻的。所以於上一句開端著一「愁」字，詩人所愁的正就是下句「迷處所」的痛苦的迷失。而中間更加上了「持鐵網」的辛勤，「罥珊瑚」的希望，「海闊天寬」的茫茫的追尋，如此一氣貫下，纔更使人覺得「迷處所」的堪為愁恨。（「天寬」之「寬」字一作「翻」，二者相較，作「寬」字可與海闊之

「闊」字相呼應，似更可以加深其寂寥落空之感；而作「翻」字則可使人想見廣海之上海天相接之處的一片洶湧翻騰，似亦大可加深其迷惘不安之苦。朱鶴齡注本作「翻」，馮浩注本作「寬」，二者難斷其優劣，今茲所說暫從馮本。）

以下接云：「衣帶無情有寬窄，春烟自碧秋霜白。」則全寫傷心絕望之後的悲苦無奈。古詩云：「相去日已遠，衣帶日已緩。」在睽隔失望之中，不知別愁之多少，但覺衣帶之漸寬，生命有盡，而相思無盡，當帶孔頻移，其寬窄有如此明顯之變化時，又安能不令人自覺心驚不已。以一個多情的生命，面對著如此無情地日日向人訴說著生命將終的漸寬之衣帶，這是宇宙間何等無可挽贖的極恨深悲。然則此宇宙間更復何有乎？則春煙自碧，秋霜自白。無論其為三春之暖日生煙，無論其為九秋之冷露凝霜，春煙之碧自是迷濛無奈，而秋霜之白則更復冷漠無情。著一「碧」字，一「白」字，顏色何等分明，感受何等真切。又著一「自」字，有一任彼自碧自白之意，口吻亦何等無奈。如此而從春到秋，詩人之生命乃盡消蝕於煙之迷濛與霜之冷漠之中。這種消蝕，其痛苦乃一如遭遇到研磨擘裂一樣，所以接下去乃說：「研丹擘石天不知，願得天牢鎖冤魄。」馮浩注引《呂氏春秋》曰：「石可破也，而不可奪堅；丹可磨也，而不可奪赤。」這是何等貞毅的一種情操。然而如果反過來看，則縱使有石之堅，而無奈已遭擘裂；縱使有丹之赤，也無奈已遭研損。這對石之堅與丹之赤來說，是何等深重的折辱和傷毀。然則誰實為之？孰令致之？倘所謂天道，是耶非耶？困惑哀怨之極，所以乃說「天不知」也。至於下句「天牢」云云，朱鶴齡注引《漢書》曰：「戴筐六星，六曰司災，在魁中，貴人之牢。」又引孟康曰：「貴人牢曰天理，即天牢也。」馮浩注則引《晉書・志》云：「天牢六星，在北斗魁下，貴人之牢也。」又曰：「貫索九星，賤人之牢也，一曰天牢。」是天上星宿之間原有「天牢」之名稱，而世傳之天牢有二：一為戴筐六星在北斗魁下，為貴人之牢；一為貫索九星，為賤人之牢（詳見《史記・天官書》、《漢書》及《晉書・天文志》）。至於義山之用天牢一辭，則當但取其人間天上永遠被羈鎖的一種象喻，原不必有貴賤之區分。至於所羈鎖者為何，則含情莫展、屈抑難伸之冤魄也。觀義山之用字，真所謂情深意苦，所以冤而曰冤魄，則其悲憾冤恨之深，固已是至死難消，牢而曰天牢，則此恨不僅長留於人世，更將且長羈於天上矣，又復於此句開端加以「願得」二字，義山之長留此恨乃竟直欲誓以永矢弗諼，深情苦恨，至此而極矣。

繼之以「夾羅委篋單綃起」，則山窮水盡之時，忽作柳暗花明之筆。春光既老，朱夏將臨，義山乃將此一份春去夏來之感，全從衣飾與肌膚之感覺寫出，因為唯有身體之感受纔是最真實最親切的感受，所以人們說到對某一件事的認識與了解時，往往用「體」

會、「體」驗等字樣。而季節寒暖之變，當然更以身體之感受最為敏銳。《論語》中記載有一次孔子的弟子曾晳說到春天，第一句說的就是「暮春者，春服既成」，把厚重而黯淡的冬衣脫卸下來，換上夾羅的春袍，閃著使芳草都生妒的春天的顏色，這是何等輕快鮮明的一種感受。至於春去夏來之際，則把夾羅的春袍又脫卸下來而換上了單綃的夏服，衣袂飄然，微風輕拂，這又是另一種褊襬輕舉的情調。以善於鋪敘著稱的北宋後期的大詞人周邦彥在寫到夏天來臨的時候，就往往先從衣服之感受寫起。如其〈瑣窗寒〉的「單衣竚立」，〈六醜〉的「單衣試酒」，都可為證。而這種感受如果從女性寫起，當然就會顯得更纖細而柔美。所以義山接下去就說：「香肌冷襯琤琤珮。」「香肌」自當指女性而言，其下著一「冷」字，蘇東坡〈洞仙歌〉詞有句云：「冰肌玉骨，自清涼無汗。」這是在炎夏中，一種專屬於女性所特有的靜美豐柔中的清涼的感覺。而義山更於其下加了「琤琤珮」三個字。辛稼軒〈江神子〉詞寫一個「寶釵飛鳳鬢驚鸞」的女子，也曾更飾之以「珮聲閒，玉垂環」的描寫。因為如此纔能使這個女子更有風姿和情致。義山所云「琤琤」者，正此閒閒之珮聲也。如果我們向更遠一步去推想，則姜白石〈念奴嬌〉「詠荷花」詞，曾有句云：「三十六陂人未到，水佩風裳無數。」然則義山筆下的如花之人，於其琤琤之珮聲間，豈不亦似更有無邊之寂寞在。於此而再回顧前一「冷」字，則知此一字所寫者，亦當不僅但為冰肌玉骨之清涼而已，更當有於琤琤之珮聲間，所映襯之一份心魂寂寞的淒寒在。如果有人在此驀然作攔截式的詰質，問我此女子為作者之自喻，抑為作者所懷思嚮往之人？則我將應之曰觀此處之口氣似以近於自喻為是。若再詰之曰既自喻為女子，則前此高鬟立於桃樹下之女子豈不曾釋為所思之象喻乎？則我又將應之曰然，蓋以詩人往往在一篇作品中既以某一徵象為自喻，又以之為他喻。此亦不乏例證，洪興祖《楚辭補註》於〈離騷〉「恐美人之遲暮」一句，即曾注曰：「屈原有以美人喻君者『恐美人之遲暮』是也；有喻善人者『滿堂兮美人』是也；有自喻者『送美人兮南浦』是也。」《史記．屈原列傳》說：「其志潔，故其稱物芳。」無論是以之喻稱自己，或喻稱所愛之對象，皆同此理。讀者也大可不必對義山詩中所引喻之美人過事苛求確指。至於末二句「今日東風自不勝，化作幽光入西海」，則為全篇深悲極怨之總結。標題曰「春」，而春去難留，逝者如斯，到「東風無力百花殘」的時候，一切誓願，都成虛語；一切追尋，都歸枉然。所以說「今日東風自不勝」，謂時至今日，東風自無力稍作留春之計，則唯有含恨從此長逝而已。昔李後主有詞云：「林花謝了春紅，太匆匆，無奈朝來寒雨晚來風。胭脂淚，留人醉，幾時重？自是人生長恨水長東。」義山之「化作幽光入西海」，亦是長恨東流到海之意，只是義山更工於窈渺幽微之想像，故其出語亦較之後主更為奇詭淒迷。自篇首之冉冉風光，經篇中無數深情苦恨之悵惘追尋，乃今日東風無力，風光將老，則此長逝之春，究竟何所歸往乎？此一問，可分三點作答：一則其逝也既如光影之迅疾而絲毫不可挽留掌握，故曰「光」；再則其逝也又更含有如許難以言說之苦恨深情，使其果然而化為光影，則此滿懷長恨而永逝之光，其必為「幽光」無疑；三則此綿綿長恨之所匯聚，唯海之遼闊深邃可以象之，此所以此幽光之必入於「海」也，而春日之風則東風也，隨春光之永逝，為東風所吹送，而攜長恨以俱往者，其非「西海」而何？故曰：「化作幽光入西海」也。古今多少寫春歸的詩人詞客，如後主的「流水落花春去也，天上人間」；山谷的「春歸何處？寂寞無行路」；清真的「春歸如過翼，一去無迹」；稼軒的「是他春帶愁來，春歸何處？卻不解帶將愁去」，雖然這些詞句也各有各的佳處所在，然而唯義山此二語最為悱惻淒迷。朱鶴齡注本評此句云：「所謂幽憶怨斷之音也。」讀之唯令人徒喚奈何而已。

其二 夏

此章標題為「夏」。說到夏，一般人所想到的多半是炎夏、盛夏、盛暑、驕陽等一類字樣，因為在人們的印象中，夏日一直是炎熱的、強烈的、喧囂的。而義山這一章詩所寫的夏日，卻與此迴然相反。義山所寫的夏乃是陰暗的、淒清的、寂寞的。在前言中我曾經說過，一篇作品中最重要的並不在作者感情的對象是什麼，而乃在於作者感情的本質是什麼。現在我們更得一例證，就是一篇作品最重要的並不在其所寫的主題是什麼，而乃在於作者對此主題所得的感受是什麼。杜甫寫夏的詩，如其在華州所寫的〈夏日歎〉、〈夏夜歎〉，在夔州所寫的〈火〉、〈熱〉、〈毒熱〉諸作，他筆下的夏乃是：「朱光徹厚地」、「峽中都似火」的極酷烈的夏日，這一方面固然因為杜甫所寫的夏日乃是特別炎熱的夏日，而另一方面也因為杜甫的天性原來就屬於陽剛的明朗而強烈的一型，所以喜歡從強烈鮮明的一面著筆的緣故。因此甚至當他自己寫到自己的感情時也往往用「熱」字來形容，如其〈赴奉先縣詠懷〉的「歎息腸內熱」，〈鐵堂峽〉的「回首肝肺熱」皆可為證。而義山寫到自己的感情時，他所用的則是「春蠶到死」、「蠟炬成灰」等一類字樣。因為義山的性格一直就屬於纖柔而抑鬱的一型，一直就缺乏著健康和明朗的色澤，而佈滿著殘缺悵惘的憾恨。所以本章雖標題是夏，而義山卻完全不從夏日之炎熱繁盛的一面著筆。開端：「前閣雨簾愁不卷，後堂芳樹陰陰見。」一起便予人以一種陰沉晦暗的感覺。「簾」而「不卷」，已使人有「庭院深深深幾許，雲窗霧閣常扃」的一種深杳淒迷的感受。而「簾」字上更加一「雨」字，義山另一首〈重過聖女祠〉詩有句云：「一春夢雨常飄瓦。」則在此垂簾之外，於簷前瓦際的雨絲飄飛雨聲淅瀝之中，簾內之人的夢魂之隨淅瀝之雨聲以共其飄飛縈想，殆可想見。所以乃更於「不卷」二字之上加一「愁」字，長垂不卷的簾，與長存不解的愁，正復互為因果。簾因人之愁而不卷，人因簾之垂而益愁，在雨中閉鎖的重簾，也就正象喻著在雨中閉鎖的深愁。而此句首二字之「前閣」則更與下一句之「後堂」相映照，二句相呼應，有其相反的一面，也有其相成的一面。自其相成的一面來看，則後堂之「陰陰」更加深了前一句「雨簾」、「不卷」的陰沉晦暗的感覺。是其時雖為朱明的炎夏，而無論其為「前閣」，為「後堂」，乃並皆不能予人以一絲光明溫暖之感，則此閣與堂中之人的寂寞憂傷可想。而若自其相反的一面來看，則樹而曰「芳樹」，如陶淵明詩所寫的「孟夏草木長，繞屋樹扶疏」，則亦自有其欣欣然之一片生機在。而「陰陰」二字，除陰暗之感外，亦自有其濃密繁茂的另一意義在。結尾著一「見」字，是堂中之人雖無光明與溫暖可言，而隱約可見於堂外者，則芳樹垂陰、葉繁枝茂，乃正當欣欣向榮之日。彼亦一生命，此亦一生命，堂內有情之生命寂寞如斯，而堂外無情之生命則清陰若此。當此二種不同之生命相面對時，一個銳感的詩人，往往會產生一種極悲哀寂寞而內心又充滿躍動的難以述說的感情。義山這二句詩就全從生命之相反的兩面下筆，來寫這一種微妙而難以言說的感覺。寫炎夏而全從陰暗著筆，這是第一層相反；寫閣內之人著一「愁」字，寫堂外之樹卻偏偏著以一「芳」字，這是第二層相反。在這種對比中，生命黯慘不幸的一面因與生命繁盛美好的一面相映照的緣故，一方面對美好者既倍增懷思嚮往之情；一方面對自己的黯慘悲苦也更加深了憾恨不幸之感。所以下面義山就更加明切地舉出了另外兩個相反對比的象喻：「石城景物類黃泉，夜半行郎空柘彈。」叫做「石城」的所在，在中國歷史上最著名的兩處：一指金陵之石頭城而言，《文選》左思〈吳都賦〉云：「戎車盈於石城。」李善注引劉淵林曰：「建安十七年城石頭。」五臣注云：「石城，石頭隖也，在建業西，臨江。」呂延濟曰：「石頭城中置府庫軍儲，故云：『盈於石城。』」這一個石城，是因其為六朝的都城而出名；又一石城則指湖北竟陵之石城而言，為晉羊祜之所築，北周置石頭郡於此，王應麟《地理通釋》云：「三面墉基皆石造，正面絕壁，下臨漢江，石城之名本此。」這一個石城則是因一個女子而出名。《舊唐書・音樂志》云：「石城在竟陵。〈莫愁樂〉者出於〈石城樂〉。石城有女子名莫愁，善歌謠，因有此歌。」石城既有不同之二地，則義山這一章詩中的石城究竟何指呢？朱鶴齡姚培謙二家注皆引樂府〈莫愁樂〉及《唐書・音樂志》為言（見前），馮浩箋注云：「石城……楚地之境。」張爾田會箋亦云：「石城，楚地。」是諸家之說皆以為義山此詩中之石城乃指女子莫愁所在之石城也。關於這一點，我以為是可信的。因為義山還有另二首標題〈石城〉和〈莫愁〉的詩，也同樣用的是這一故實。只是義山屢屢用之又何所取義呢？馮浩以為乃指義山所戀之女子「流轉湘中」而言。張爾田則以為乃指楊嗣復之出為湖南觀察使而言。關於馮氏之說，張氏曾譏其誣義山以「萬里浪遊，窺人後房」其說為不足信；至於張氏自己的說法，則字比句附以為義山〈燕臺〉四首全指楊嗣復之遷貶而言，其說實更為牽強拘執，也一樣不足信。撇開這些徒亂人意的說法不談，就詩論詩，我以為此二句詩所給讀者的感受，似正與前二句相承而下。同樣是從相反的兩面著筆，以加深表現美好之生命與受挫傷的悲哀。而且從這種感受來看，不但可以使這首詩得到恰當完滿的解說，同時更可與〈石城〉、〈莫愁〉諸作相互為證，看出義山經常用這一故實的取義。第一我們該注意的乃是石城的女子名字叫做「莫愁」，這正是與義山所要寫的悲愁的一個明顯的對比。義山往往用莫愁的故事為無愁而美好的一種生命的象喻。古樂府〈莫愁樂〉云：「莫愁在何處，莫愁石城西，艇子打兩槳，催送莫愁來。」這首詩所表現的是何等輕捷愉快的歡欣之感。所以義山在〈莫愁〉一詩中就曾經說：「若是石城無艇子，莫愁還自有愁時。」雖然是具有美好的生命如莫愁者，而當她如果受到挫傷，不能得到與她的美好的生命相配合的事物時，她的生命就也將充滿哀愁而不復歡愉了。至於〈石城〉一詩：「石城詩窈窕，花縣更風流。」二句，則以石城窈窕之女子莫愁為女性美好之象喻；而以於河陽縣遍樹桃李花之詩人潘岳為男性美好生命之象喻，這也正是我相信此章詩中之「石城景物類黃泉」一句，是指莫愁所在之石城的緣故。因為在這一句詩之後，次句的「夜半行郎空柘彈」義山就依然又用了潘岳的典故。《晉書》載：「潘岳美姿儀，少時嘗挾彈出洛陽道，婦人遇之者皆連手縈繞，投之以果，滿車而歸。」至於義山之用「柘彈」二字，則極寫其所挾之弓彈之美。馮注引《西京雜記》云：「長安五陵人以柘木為彈，真珠為丸，以彈鳥雀。」可以為證。現在如果將這二句詩合起來看，則上一句是說：石城之景物美好，乃有「艇子打兩槳，催送莫愁來」之欣愉之生活，而今石城之景物竟然悽慘陰暗有類黃泉，則雖有美好之生命如莫愁者，又豈能乘艇子以嬉戲長度其欣愉之生活乎？其不可得，所可斷言者也。次一句則言潘郎雖美姿儀，且挾有柘木之美好之弓彈，行於洛陽道，婦女往往擲果盈車，然而如果以夜半而出行，則如《史記．項羽本紀》所說的「衣錦夜行」，誰知賞愛者乎？故曰「空柘彈」也。「空」者徒然落空之意。有美莫賞，世無知愛之人，則丰容姿致之美，臂弓腰箭之能，並屬徒然矣。「夜半」二字原只是託喻的虛寫，馮注云：「不「此四句皆夜景」已嫌過於拘實，至於三色批本義山詩集，朱彝尊氏竟評此句云：「不眠無聊，戲以自解。」則更是無聊的妄說了。此二句遙遙與首二句相承，皆從生命之美好與生命之受挫傷的不同的兩面為相對之敘寫。這正是詩人心靈深處求美滿而不得，而又不甘心自棄的一種無可消融之悲苦的流露。前人之解說者，不肯從詩人感情之基本狀況求解，而徒務於事跡之摭拾比附，遂往往自掘坑塹，陷於扞格不通之地。所以馮注就曾表示其不解，說：「石城二字，與〈石城〉、〈莫愁〉之作又相類，何歟？」其實如果從詩人感情之本質求解，則義山這幾首詩原不必盡指一人一事，只是其內心深處所蘊蓄著的某種生命被挫傷的痛苦，以及對美好與完整之嚮往追求而終不可得的悲哀，則原來又正自有其基本上的一脈相通之處，這正是這幾首詩頗為相類而又不能以相同之事跡為箋注解說的緣故。

以下接言「綾扇喚風閶闔天，輕帷翠幕波洄旋」，（朱注作「淵旋」，馮注作「洄旋」，後者較為習見易解，故從馮注作「洄旋」。）此章首四句由夏景轉入痛苦之象喻，至此再蕩開筆墨重寫夏景。「綾扇喚風」，原為夏日常見之景，「綾」字寫扇之精美，扇搖而風生，然而義山不用「搖」字而用「喚」字，一則搖扇之手，其姿態恍如有所召喚之貌；再則下面接言「閶闔天」，此處用一「喚」字，則天人之間彷彿一若有所呼喚感應之意；三則用「喚」字可收擬人之效，使讀者對扇與風之關係生更親切活潑之想像。至於「閶闔天」三字，「閶闔」者，天門也，朱鶴齡注及姚培謙注並同。此處義山用之，一則如前所言，乃取天人間一份呼求感應之意，二則寫有風之來高遠自天，昔杜甫有詩云：「天清風卷幔」，必是高風清遠，悠然而至，然後才可以飄帷蕩幕，使之波動迴旋。此所以下一句接之以「輕帷翠幕波洄旋」也。如果只是綾扇之風，則帷幕豈能為其所飄動乎？「帷」字上著一「輕」字，使人想見其質地之柔軟單薄；「幕」字上著一「翠」字，使人想見其顏色之鮮朗明麗。而「輕」與「翠」二字，又正所以喚起下面之「波」字。「輕」字使人想見「波」之動態；「翠」字使人想見「波」之顏色。至此而帷幕動搖之際，乃直如波影之迴旋矣，故曰「波洄旋」也。這兩句義山似只是寫夏日生活之一種情景，雖然在「綾扇喚風」、「帷幕洄旋」之精微細緻的描寫中，亦別有寂寞無聊之感在，然除此而外，則似並無深義可求。可是這二句卻極富於輕靈活潑之詩感。語云：「無用之為用大矣」，這種蕩開筆墨的點染，非有敏銳之詩感及欣賞之餘裕者不能為。這正是義山詩雖在極悲苦中仍能不失其可賞玩之美感與詩意的一大原因。這二句既純從夏日之情景作悠然的點染，下二句義山遂又掉轉筆鋒，對殘春作送別的回顧，重新寫其一貫的無休止的深情苦覓的悵惘追尋。於是乃又有「蜀魂寂寞有伴未？幾夜瘴花開木棉」之句。「蜀魂」自是指蜀望帝之魂魄化為子規的故事。此在義山詩中往往用之。如其〈井泥〉

一首之「蜀主有遺魄」，〈錦瑟〉一首之「望帝春心託杜鵑」，就都是用此一故事。朱鶴齡《錦瑟》詩注引《蜀王本紀》云：「望帝使鼈靈治水，與其妻通，慚愧，且以德薄不及鼈靈，乃委國授之。望帝去時，子規方鳴，故蜀人悲子規鳴而思望帝。」又引《成都記》云：「望帝死，其魂化為鳥，名曰杜鵑，亦曰子規。」然則，「蜀魂」者原來乃是一個失去了國也失去了家的，滿懷著感情上的愧疚隱痛的寂寞的魂魄。而暮春之日，鳴聲淒切動人歸思的杜鵑鳥，則相傳正為此一怨苦哀傷之魂魄所託化。於是在子規啼血送春之際，再加上此一悲劇故事的聯想，因而每一聲鵑鳥的哀啼，遂都成了這一永懷憾恨之魂魄的寂寞悲哀之呼喚。如果從其哀啼之悲苦來推想，則其欲尋得一侶伴之安慰的需求，當是何等激切。以如此摯切的需求之心，他應該獲得他所欲尋求的才是；然而如果從其哀啼之終於不止來推想，則他之悲尋苦覓又似乎終於並未曾得到報償。所以義山乃用疑想不定的口吻，寫下了「有伴未」三個字。這種不定的口吻，正表現了詩人冀其能得而又慮其終然未得的無限同情和關愛。至於「幾夜瘴花開木棉」一句，則是上一句「蜀魂寂寞」的陪襯。「木棉」，據姚培謙注引《吳錄》云：「交阯有木棉樹，高大，實如酒杯，中有棉如絮，可作布。」孫光憲〈菩薩蠻〉詞云：「木棉花映叢祠小，越禽聲裡春光曉。」鄭因百先生《詞選》注此句云：「木棉產熱帶，吾國廣東等處有之，高可十丈，其花紅色，種子亦有纖維，可供紡織。知木棉樹之高，花之紅，乃知『映』字『小』字之妙。」我們現在也可引申這一注解來說明義山這兩句詩。「知木棉樹之高、花之紅，乃知在其映襯下之『蜀魂』之益增『寂寞』。」杜甫〈登樓〉詩云：「花近高樓傷客心。」高處的花，原來予人的意象就更為鮮明，而且易於引人作高遠的嚮往，再加之以紅豔的顏色，如火之燃燒，如血之凝聚，則其所象喻著的，應該是何等深摯濃烈的一份追尋嚮往的情意。更何況木棉的產地在熱帶，提起木棉，就自然會引人發生「熱」的聯想，又加以「瘴花」的「瘴」字，更加重了鬱蒸炎熱的感覺，而「木棉」的「棉」字也會引人想到一份綿密綿遠的情意。如此說來，則上一句寂寞悲哀的蜀魂，縱使終然未能有伴，而在下一句所寫的如同在高處燃燒著的血一般紅的瘴花的映襯下，其泣血以追尋的深情苦戀乃更為可哀，也更加無法棄絕了。馮浩注云：「木棉花紅，借比炎暑。」雖然木棉的開花乃在暮春並非炎暑，只是木棉之產地及顏色則確乎能予人以一種炎熱之感，因之義山此句也就更有以之映襯此章「夏」之主題之另一作用在了。至於前云「蜀魂」，後曰「瘴花」，並不屬於同一之地域，則正為我在前言中所說的，義山這四首詩中的地名，原來就多為借喻之辭，並不需要加以牽附或確指的又一證明。

以下接云：「桂宮流影光難取，嫣薰蘭破輕輕語。」則於長期之追尋懷想之中，彷彿如有所見之意。義山在這四首詩中，有不少地方表現了這種「如見」的情境，然而卻又都是「來如春夢」、「去似秋雲」一般的難於逼視或捕捉。那麼這種情境究竟果然是屬於生活中所實有？抑或只是出於詩人心靈中之某種假想呢？我的意思以為這兩種情形都有可能。以人生實有之經歷言之，如大晏〈玉樓春〉詞即曾有過「燕鴻過後鶯歸去，細算浮生千萬緒，長於春夢幾多時，散似秋雲無覓處」的慨歎。人生多少美好的感情，當一旦情隨事遷之後，在回憶中所殘存的便只是一縷如雲煙似的逼取便逝的痕影了。這是義山之所以把這種情境寫得分明如見而卻又恍惚難尋的一個原因；再則如以詩人假想中之境界言之，此種境界既出現於詩人之想像之中，則其必為詩人理想中所確信所深愛之一種境界，可以斷言者也。是此境界既原非實有，而卻又因懷此信心與愛意者之嚮往，而時時縈迴心上如在目前。雖則渺遠難尋，而卻又分明如見。如王國維在其一首〈蝶戀花〉詞中就曾說：「憶挂孤帆東海畔，咫尺神山，海上年年見，幾度天風吹棹轉，望中樓閣陰晴變。」的話。海上神山，分明可見，而天風吹棹，幻變難尋，這是義山之所以把這一種情境寫得如此恍惚而又如此分明的又一原因。從義山的詩來看，在現實生活中義山該確曾經歷過一種苦戀的情感，這是不可諱言的事實。然而另一方面，義山天性中似乎也生來就抱有一種對理想中某一不確知之完美境界之嚮往。而其詩作中，也就往往交揉著這種現實與理想之雙重的追尋和憾恨。這也是我一直以為欣賞義山詩該從其感情之本質著眼，而不必強加區分或牽附的又一緣故。因為在義山詩中，我們經常可以見到這種交揉著理想與現實的如夢如真的追尋或憾恨之情的流露，而其情事則是並不必也不可確指的。這兩句「桂宮流影光難取，嫣薰蘭破輕輕語」，就寫得極盡分明而又恍惚之能事。「桂宮」朱鶴齡及姚培謙注皆云：「月宮也。」俗傳月中有桂樹，且為嫦娥所居之所，故曰「桂宮」。義山之所以不稱之為「月宮」而稱之為「桂宮」者，則因為如果直稱為月，則明白拘限但指天上之明月而已，而如果稱之為「桂宮」，則「盧家蘭室桂為梁」，除指天上之明月外，更可使人發人間居室美好之想，而如此也就造成了義山詩中的既恍惚又真切莫辨其為真為幻的效果。「桂宮」而曰「流影」，則曹植有詩云：「明月照高樓，流光正徘徊。」「流影」二字固當指明月流瀉之光影而言。而月之光影則雖可望見而不可把捉者也，故繼之乃云「光難取」也。流光傾瀉，映鬢投懷，而持攬無從，都歸空幻，只此一句，已經表現了多少如我前面所說的「海上神山，分明可見，而天風吹棹，幻變難尋」的境界。如果必欲對這一句加以現實明白的詮釋，則此句所寫自當為深宵月夜之景色。而次一句之「嫣薰蘭破輕輕語」，則此月色朦朧中之所聞見也。至於所聞見者為何？則從「輕輕語」三個字來看，大似其中有人呼之欲出矣。所以馮浩箋注就真以為實有其人云：「言月光流轉，難見其貌，惟微笑私語，吹氣如蘭。」喜歡從外表形跡去對義山詩作狹隘的私情一面的比附探索的人，自然會有這種淺俗的說法。然而可注意的是義山自己並未嘗作此逕直淺俗的敘寫。如果從字面來看，則此七字實極幻變之妙。一般說來，「嫣」字多用以狀容顏之姣美，而「薰」字則多指氣味之芳郁，「嫣」與「薰」二字連言，這是一種極巧妙的結合。至於其結合之方式，則如溫飛卿一首〈菩薩蠻〉詞中的「雙鬢隔香紅」一句的「香紅」二字一樣，乃是一種視覺與嗅覺的錯綜的結合。「嫣」字下用一「薰」字，則不僅香氣醉人而已，其嫣然之容色乃亦大有使人薰然如醉之意矣。若欲追問義山此二字所寫的嫣然姣美而又薰然醉人者究為何物？則此二字之下，豈不是明明說了「蘭破」兩個字嗎？「蘭破」當指初放之蘭花而言。用一「破」字把蘭花之展瓣伸蕊含苞乍破的情景，寫得極生動而真切。至於下面的「輕輕語」三個字，如果從其對於前面四個字的承應而言，則此三字仍以指初破之蘭花為是，實不必直指為「微笑私語」之真有其人也。若曰既是蘭花如何能有言語？則古人豈不有「花如解語」之言乎？「輕輕語」者，在微風輕拂中，彼初破之蘭花的嫣然而且薰然的醉人之色與香之動搖飄拂恍如有語也。此二句若謂為但指夏夜明月微風中之花影幽香固亦原無不可，然而如果從義山一向所慣寫的某種屬於心靈的雜有追尋與悵惘之情的境界來看，則亦大有可說：

前一句「桂宮流影」是恍如有見的引人追尋的境界，「光難取」則是畢竟難尋的悵惘，既是難尋，便當斷此追尋之一念，而「嫣薰」七字遂又另作一層轉折，極寫某一種使人情移心醉的欲罷不能誰能遣此的境界，既是深情難遣，因之乃有下二句「直教銀漢墮懷中，未遣星妃鎮來去」之言。相愛至深，相思至苦，此情所感，即使如天邊雲漢之遠，亦直當使之墮我懷中，這是何等堅毅誠摯的一份情意。至於下一句之「星妃」，朱鶴齡及姚培謙注皆云：「星妃，謂織女也。」承上句「雲漢」而言，則「星妃」指雲漢邊織女之說，當屬可信。「鎮來去」之「鎮」字，則有終久長然或時而常常之意，如義山〈無題〉詩：「益德冤魂終報主，阿童高義鎮橫秋」之「鎮」字有長久之意，而其〈獨居有懷〉一詩之「蠟花長遞淚，箏柱鎮移心」之「鎮」字則為常常之意，此句「鎮來去」之「鎮」字，似以作「常」字解較勝。至於上面的「遣」字則為遣使之意，二句合看，意謂我之精誠所感，既直可使天邊雲漢墮我懷中，則雲漢側之星妃織女亦當長為我有，不可使之如傳說中牛郎織女之故事，一年始得一度相逢，既來復去，使之常在離別相思之痛苦中也。這二句最使人感動的乃是「直教」與「未遣」兩句所表現的執著堅定的口吻。縱使如雲漢之遙，星妃之遠，而以我之深情苦戀之一份心意，遂終信其必有長相歸屬聚首無分之一日，這是何等堅貞誠摯的信心和愛意。

以下陡接「濁水清波何異源，濟河水清黃河渾」二句，則無情之現實，驀然將所有一切美好的想像一擊而全部歸於破滅虛空。昔曹子建有詩云：「君若清路塵，妾若濁水泥，浮沉各異勢，會合何時偕？」清濁異質，趨向難同，永無相偕之日，這是命定的悲劇，任誰也無法挽回的。馮浩注引《戰國策》曰：「齊有清濟濁河。」義山用之，蓋但取其清濁之對比而已。至於此二水之在於何地，則似並不重要，而馮浩箋注既以〈燕臺〉四詩為義山學仙玉陽東有所戀於女冠之作，乃引此二句為證云：「玉陽在濟源縣，京師帶以洪河，故曰濁水清波也。」其說似過於穿鑿附會。屈復《詩箋》就只說「水源之清濁既異，流亦不同，比其終不相合也」，所說極是。這二句詩緊接在前二句的一片期望和癡想之後，乃愈顯得現實之隔絕的殘酷無情。然而現實所能隔絕的只是物質的軀體而已，至於心靈上那一份深情苦戀的情意，卻是永遠沒有任何事物可以將之加以隔絕的，因之義山接著就又寫了「安得薄霧起緗裙，手接雲軿呼太君」的兩句呼求嚮往的話。無論經歷了多少艱阻，無論遭遇到多少挫傷，一顆追尋期待的心，則終始不易。韓冬郎有詩云：「此生終獨宿，到死誓相尋。」相思若此，則安得而有一日真能親接目睹其翩然之臨蒞乎？義山此二句就全從假想中之臨蒞著筆。「緗裙」之「緗」字，姚培謙注引《韻會》云：「緗，淺黃色」；「雲軿」二字馮浩注引《真誥》云：「駕風騁雲軿。」又曰：「輜輧，婦人車有障蔽者。」「太君」二字，馮浩注云：「指仙女。」此二句蓋將所思之對象假想為一仙女，而想像其來臨之情景。裙而曰「緗裙」，一則緗之為色可予人一種柔美之感覺；再則有此顏色之描寫，乃使人有恍如目睹之真實。而又於其上著以「薄霧」二字，一則狀裙之既輕且薄恍如雲霧之輕飄；再則可使人想見神仙之飄渺，恍如雲霧之朦朧。至於下句之「雲輧」自當指仙女所乘之車，杜甫〈送孔巢父〉詩有句云：「蓬萊織女回雲車，指點虛無引歸路。」彼仙女既然降自雲霄，所乘者自當是雲車，「霓為衣兮風為馬」、「乘回風兮載雲旗」，這在想像中當是何等飄逸的神致，而義山卻在「雲輧」二字上加了「手接」兩個字，感覺何等親切，情意何等殷勤，恍惚中乃別有真實之感。何況又在「雲輧」二字下加了個「呼」字，於是在其以手親接之際，乃更伴隨有口中的低喚。此種情景該是何等可使人欣喜安慰的境界。然而我們卻不要忘記在這二句開端，義山原來曾寫了「安得」兩個字。「安得」者，謂如何方能得致如此之境界乎？是終於未嘗得也。王靜安有詞云：「蠟淚窗前堆一寸，人間惟有相思分。」義山這二句所寫的原不是果然得見的歡愉，而只是歷經艱苦挫折而終於無法磨滅的一點刻骨的相思而已。

其三　秋

此章開端「月浪衡天天宇濕，涼蟾落盡疏星入」兩句，全從秋宵靜夜之景色寫起，淒清真切，而又不僅為一靜態之景物而已，更包括了動態的時間之移轉，而隱寓詩人長夜之無眠與夫懷思之深切。首句「衡天」一作「衝天」，「衝」字似過於強勁，與詩中所寫秋宵靜謐之感覺不合。故私意以為作「衡」字較佳。按「衡」字通「橫」，有橫佈之意。「月浪衡天」者，謂明月之流光似浪，橫佈於天也。「天宇」者，《說文》云：「宇，屋邊也。」引申有四方邊宇之意。「天宇」自當指四方之天邊而言。「天宇濕」者，謂如水之月光流佈於天，於是而四方之天際皆恍如有被此流光沾濕之感也。「月浪衡天」四字仍只是平平敘寫而已，益以「天宇濕」三字，則秋月之澄明朗澈，秋空之廣遠高寒，光波之流瀉傾佈，皆直如在人目前矣。而此句之佳處尚不僅在寫景之真切生動而已，而更在此種景色所象喻之一種高遠淒寒之境界。這是在義山詩中常可體驗到的一種境界。如其〈霜月〉一詩之「初聞征雁已無蟬，百尺樓高水接天，青女素娥俱耐冷，月中霜裡鬭嬋娟」。在此種境界中的詩人，該負荷著有多少孤寂淒寒之感。而下一句之「涼蟾落盡疏星入」，則寫在此孤寒之境界中所經歷之時間之悠久漫長。「涼蟾」自然仍指天上之明月而言，蓋月中傳有蟾蜍，秋宵之涼月，故曰「涼蟾」。「落盡」兩個字，寫月之由落到盡的一段時間之感覺，寫得極好。有此二字，天上之一丸涼月乃逐漸由中天而西斜而終至完全沉沒了。而月光也由流波之四佈而逐漸移轉消褪，而終至完全隱去了。在這一段漫長的時間之感內，詩人所承受著的無可溫慰的孤寒與無可挽回的消逝的雙重之悲感是可以想見的。而義山筆下所寫的卻只是「月浪」、「天宇」、「涼蟾」而已，並未嘗著敘寫人事之一字。直至「疏星入」三字，纔隱然有自天上轉向人間之意。馮浩注云：「月既落，則星光入戶」，星光在天上，詩人在戶內，此「疏星入」三字，不僅寫出了明月已經完全落盡以後之又一淒寒之景象，使讀者益覺時間之久長、景物之寥寂，而且此淒寒之感更直自天上逼向人間，是詩人雖欲無愁，有不可得者矣。所以下面乃全從人事著筆，寫出了「雲屏不動掩孤嚬，西樓一夜風箏急」的一個長夜無眠的人物。「雲屏」，義山詩中屢用之，其為有一首云：「為有雲屏無限嬌，鳳城寒盡怕春宵。」馮浩注引《西京雜記》云：「昭儀上趙皇后物，有雲母屏風。」義山〈嫦娥〉詩亦有句云：「雲母屏風燭影深，長河漸落曉星沉。」知義山詩中往往以「雲屏」或「雲母屏風」寫居室之精美與長夜之寂寥，以及屏內人哀怨之幽深，此句亦然。曰：「雲屏不動掩孤嚬」，「嚬」者，顰眉之意，愁怨之貌。太白〈怨情〉有句云：「美人捲珠簾，深坐顰蛾眉，但見淚痕濕，不知心恨誰。」雲屏深掩，獨坐孤顰，不著一哀怨字樣，而哀怨自深。「雲屏」而曰「不動」者，言屏風之鎮長深掩，不動不移，正以之寫愁怨之幽深之終於不解也。至於下一句之「風箏」，馮浩注云：「吹之牽之，使遠去也。」似以「風箏」為紙鳶之俗名，而姚培謙注引《杜詩注》云：「風箏，謂挂箏於風際，風至則鳴也。」則「風箏」蓋簷間鐵馬之類。當從姚注為是。「西樓一夜風箏急」七字，當與上句合看，是在雲屏深掩之中的獨坐孤嚬之人，已聽盡西樓一夜之風動箏鳴也。而其下又著一「急」字，則風聲與箏聲之淒緊哀切可知。此一句之七字，正為孤嚬之人長夜之所聞，而開端二句，自「月浪衡天」直至「涼蟾落盡」十四字，則孤嚬之人長夜之所見。上下合看，乃更覺「雲屏不動掩孤嚬」一句哀怨之深切。而其不動與深掩之中，更蘊含了多少對此孤寂淒寒之境界一意承受負荷的堅貞的心力。

在這種承受與負荷中，相思與苦怨同樣深切，所以詩人接下去就寫了「欲織相思花寄遠，終日相思卻相怨」兩句話，相思之情假如果然可化為可見之具象，則其必為色香絕豔之花朵殆無可疑，於是當相思至極而無可寄託之時，乃直欲將所有的相思之情盡化為一絲一縷以編織出象喻著相思的美豔的花朵，而投寄於以全生命懷戀著的遠人。然而音塵阻隔，縱有欲織之心而無投寄之所，清真詞有句云：「怨懷無託，嗟情人斷絕，信音遼邈。」在無情的隔絕之下，無盡的相思乃盡化為無邊的怨懷，所以說：「終日相思卻相怨」也。由相思而轉為相怨，其原因乃同出於一份無法泯滅的深沉的愛意，除非能做到無愛，纔能做到無怨，然而這是抱此愛心之人永遠無法做到的。所以用「相思」與「相怨」互為呼應，「相思」見愛之摯切，「相怨」見愛之悲苦，而其上又加以「終日」二字，於是詩人之感情乃始終輾轉於摯切而痛苦的愛戀中，永無脫解之時矣。其下「但聞北斗聲迴環，不見長河水清淺」，則所寫者乃是在此種感情之輾轉中的光陰之流逝，以及人間天上永遠無法邁越之一種隔絕的象喻。關於北斗之迴環，原來就代表著光陰之流逝。或以之紀一歲之遷替，如孟浩然〈田家元日〉詩之「昨夜斗回北，今朝歲起東」；或以之紀長夜之漸深，如古樂府〈善哉行〉之「月沒參橫，北斗闌干」。義山此詩自「月浪衡天」、「涼蟾落盡」寫起，原不過寫一夜之間的不眠相思之苦而已，而北斗之迴環，則不僅一夜之間，其方位每時而不同，一年之間其方位亦每日而不同，著此一句，於是詩人所寫的相思之苦，遂更有自一夜如此而擴及到夜夜如此之意。義山另一首〈嫦娥〉詩有句云：「碧海青天夜夜心。」這是何等孤寂哀苦，何等恆久不滅的相思。而義山更在「北斗」與「迴環」之上，分別加了一個「聞」字與一個「聲」字，是北斗之迴轉乃竟可於耳中分明聞見其聲，把光陰流逝之感覺寫得如此真實，而相思之悲苦也就因之而更加深切了。而義山卻更在此句之下緊接了一句「不見長河水清淺」，「長河」自指天上之銀漢而言，自古以來，這橫亘中天的銀漢，就一直是有情人被阻隔的象徵。魏文帝〈燕歌行〉有句云：「星漢西流夜未央，牽牛織女遙相望，爾獨何辜限河梁。」義山〈西溪〉一首亦有句云：「人間從到海，天上莫為河。」而今則不僅天上為河而已，此橫亘中天之一水，更且永不見其有清淺之時。於是這種無法邁越的阻隔就成了永恆的定命了。而此句之「不見」二字又遙遙與上一句之「但聞」二字相呼應，「但」者，徒然僅只之意，謂徒僅聞北斗迴環之聲，一任相思之悲苦若此，一任光陰之流轉如斯，而終於不見橫亘之長河有清淺之日，則人之悲苦，時之轉移，都於此永恆之睽隔無絲毫之補贖矣。這真是心斷望極哀苦的兩句話。

其下「金魚鎖斷紅桂春，古時塵滿鴛鴦茵」，則寫一切美好之事物的同歸不幸之遭遇。姚培謙注云：「金魚，魚鑰也。《芝田錄》：『門鑰必以魚，取其不瞑目，守夜之意。』」按鑰謂門戶之鍵鎖也，見《方言》。鎖鑰而取魚之狀，則長夜不瞑的看守，使被扃鎖者將永無可以遁逃之隙；魚而為金，則堅剛牢固，被扃鎖者更永無可以將之破毀之時，於是被鍵鎖者遂真將閉絕終生，無復得見天光之一日矣。至於「桂」而曰「紅」，又曰「春」，一般多以為桂樹秋日始花，其實不然，亦有春日作花者。王維〈鳥鳴澗〉詩云：「人閑桂花落，夜靜春山空。」可以為證；又一般多以為桂樹之花多為黃白二色，其實亦有紅色者，李時珍《本草綱目》云：「花有白者，名銀桂；黃者，名金桂；紅者，名丹桂。有秋花者，春花者，四季花者。」可見「桂」之可以為「紅」，亦可以為「春」，而義山之用「紅」與「春」則取此二字所象喻之顏色與時節之美好而已，初不必考其品種也。夫以如此美好之顏色，生當如此美好之時節，而金魚之鑰乃將其美好之生命一舉而鎖斷終身，於是這一樹紅桂之春遂命定要在幽暗閉鎖之中自開自落，永遠不會有看到光明，永遠不會有得到知愛的日子了，這是何等可憾恨的美好之生命的悲劇。次句「塵滿鴛鴦茵」，則義山又標舉出另一無生命的美好之事物的悲劇。朱鶴齡注：「茵，褥也。」又引《西京雜記》云：「飛燕為皇后，其女弟上遺鴛鴦茵。」鴛鴦原為美滿幸福之象，而茵褥亦令人生溫柔旖旎之想，如溫飛卿詞所寫的「暖香惹夢鴛鴦錦」，這才是鴛鴦茵所當有的情境。而今義山竟於其上用了「古時塵滿」四個字，「鴛鴦茵」而為塵土所沾蔽，已是對此美好之事物的毀廢不珍，沾「塵」而至於竟「滿」，則其毀廢之甚可知，又加以「古時」二字，則其毀廢直乃自古而然，曾未嘗一得珍愛之日，這是何等可惋惜的不幸的遭遇。於此再回顧上一句，則有生的紅桂之春，固已是終生鎖斷；無生的鴛鴦之褥乃竟亦自古沾塵，在如此充滿悲劇性的宇宙之內，人類之難逃此相類似之命運，自然也是必然的了。所以義山在下面接著就寫了兩件人世間的悲劇：「堪悲小苑作長道，玉樹未憐亡國人。」朱鶴齡注引《南史》云：「文惠太子求東田起小苑。」這句詩裡的小苑，並不必指文惠太子所起的小苑，義山只是泛指一些精美的園林宮苑而已。而一切美麗的宮苑，似乎也都注定了必然有歸於荒蕪敗落的下場。早自阮籍〈詠懷〉就曾經有過「繁華有憔悴，堂上生荊杞」的慨歎，此種盛衰興亡之變，原是自古而然的。只是唐代自安史之亂以後，這種變化更是尤其顯然可見，因此引起詩人的悲慨也就更多。如杜甫〈曲江〉詩的「江上小堂巢翡翠，苑邊高塚臥麒麟」，〈哀江頭〉的「江頭宮殿鎖千門，細柳新蒲為誰綠」，蓋皆慨舊時苑囿之敗廢荒涼者也。義山自己的一首〈曲江〉詩，也曾有「望斷平時翠輦過，空聞子夜鬼悲歌」之句，則更是寫得淒涼哀切無限深悲。蓋義山此詩原在慨文宗之重修曲江亭館而旋有甘露之變，世變驚心，原非泛泛的敘寫可比。高步瀛先生《唐宋詩舉要》注義山〈曲江〉詩曾引《舊唐書・文宗本紀》云：「太和九年冬十月，內出曲江……上好為詩，每誦杜甫〈曲江行〉（按當是〈哀江頭〉）云：『江頭宮殿鎖千門，細柳新蒲為誰綠』，乃知天寶以前曲江四岸皆有行宮、臺殿、百司、廨署，思復昇平故事，故為數殿以壯之。……十一月……中尉仇士良率兵誅宰相王涯……等十餘家，皆族誅。」又引《通鑑・唐紀》曰：「十二月甲申敕罷修曲江亭館。」又云：「安史亂後，曲江亦日就蕪廢，起二句（按指『望斷平時翠輦過』二句），言巡幸久曠，夜鬼悲歌，狀當時曲江之荒涼也。」此外如白居易〈勤政樓西柳〉之「半朽臨風樹，多情立馬人，開元一株柳，長慶二年春」，及劉禹錫〈楊柳枝〉的「花萼樓前初種時，美人樓上鬪腰支，而今拋擲長街裡，露葉如啼欲恨誰」。雖然不明詠宮苑之荒廢，但也同樣是這一份盛衰的悲慨。義山此詩之「小苑作長道」當然不必拘指為安史亂後唐代之宮苑，既不必是通夾城的花萼樓，也不必是近曲江的芙蓉苑。然義山之以宮苑之荒廢取為詩中之象喻，則未必不有其身經目睹之一份時代之陰影在也。「小苑作長道」者，謂當年之離宮禁苑，乃一旦竟成為來往之長街矣。人世間原沒有一件事物是可以恆久保持其完整美好而不變的。所以下面接下去又說「玉樹未憐亡國人」，姚培謙注引《陳書》云：「後主製新曲，有〈玉樹後庭花〉。」陳後主既為亡國之君主，〈後庭花〉更是一向被目為亡國之歌讖，玉樹亡國之人，自當是指如同陳後主一樣傾覆敗亡的人。可注意的是，義山卻於其間加了「未憐」二字，此二字須與上一句之「堪悲」二字合看，其意蓋謂可悲者乃在此小苑之竟為長道，而不在彼玉樹亡國之人也。何則？「小苑作長道」並不確指，乃是千古由盛而衰一切美好之事物皆不得保全的共同的象喻；「玉樹亡國人」則僅為一個朝代的一個君主而已，何況陳後主之敗亡，更有其由於自取的咎責在。《人間詞話》曾經說：「政治家之眼域於一人一事，詩人之眼則通古今而觀之。」「小苑作長道」是千古的興亡悲慨，「玉樹亡國人」則是一人的得失成敗。曰「堪悲」，曰「未憐」者，意謂宇宙之可悲者，乃在凡一切美好之事物之終歸於毀廢，而非僅只某一人某一事之堪為憐惜而已。如此我們方能體會得出「未憐」二字原來並非真的不憐，而是有更超過於此種哀憐的更為永恆深切的悲痛在。於此再回看前二句之鎖斷的紅桂之春，塵滿的鴛鴦之茵，乃知義山所見之世界，原來乃是整體的絕望堪悲，並不僅限於一人一事而已。

下面「瑤琴愔愔藏楚弄，越羅冷薄金泥重」，則與第二章夏之「綾扇喚風閶闔天，輕帷翠幕波洄旋」二句，有異曲同工之妙，都別具一種富於美感與詩意的筆墨蕩漾之致，只是此二句似乎更有較深之意味可求。「愔愔」姚培謙注引《左傳注》云：「愔愔，安和貌。」朱鶴齡及馮浩注引嵇康〈琴賦〉云：「愔愔琴德，不可測兮。」《文選》李善注引《韓詩》曰：「愔愔，和悅貌。」又引《聲類》曰：「和靜貌。」是「愔愔」本寫琴音之安柔和美，而義山卻於「愔愔」二字之下又寫了「藏楚弄」三個字，朱鶴齡注及姚培謙注並引《琴歷》云：「琴曲有蔡氏五弄，又有九引，九曰楚引。」按弄原為曲調之意，楚弄或楚引，蓋謂楚曲楚調之意。而自屈子之〈離騷〉以來，楚音楚調似乎就一直代表著一種憂愁幽思的音調。其後如陶淵明之詩，有標題為「怨詩楚調」者，而其詩中又有「悲歌」之語，是楚調原為悲怨之音。義山所謂「瑤琴愔愔藏楚弄」者，蓋謂聽其琴音雖外若安柔和美，而實含有憂愁幽怨之思。這種揉雜反襯的句法，寫出了多少人世間外若美好而中含苦痛的境界和心情。至於下面的「越羅」一句，則也同樣是一種揉雜反襯的象喻。姚培謙注引《唐書》云：「越州土貢，花文寶花等羅。」夫越地所產之羅，其質地原以輕軟綿薄為美。質地既薄，自多寒冷之感，故曰「冷薄」。至於「金泥」，則當為薄羅上以金屑塗飾之花紋。朱鶴齡注引《錦裙記》云：「惆悵金泥簇蝶裙。」金之色彩既予人以富麗穠豔之思，金之質地亦予人沉實凝重之感，而今輕羅之上乃著以金泥之塗飾，則金之富麗與羅之淒冷為一層對比，金之沉重與羅之輕軟為又一層對比，以彼輕羅之軟，對此金泥之沉重，有多少負荷之感，而以彼輕羅之冷，對此金泥之附著，又當有多少親切之情。義山此二句所表達出的人心中之一種極錯綜複雜的情意，原不是可以言語說明的。我之解說只是勉力說明對此種不可解說之境界的一點個人感受而已。假如像馮浩的箋注，必指此二句為「想其人之夜起彈琴」，以及「彈琴時之服飾」，則未免死於句下，大相辜負了義山一片幽微深曲的情意。至於下二句：「簾鉤鸚鵡夜驚霜，喚起南雲繞雲夢。」則一方面既與上二句相承，使此種複雜反襯之情境更得蕩漾之致，一方面則用此「霜」字回頭重點本章標題之「秋」字。先說「鸚鵡」二字，夫鸚鵡之為鳥，一則毛色美麗，能供人愉悅愛賞之玩；二則靈性慧黠，能效人語言婉轉之聲；三則多豢養於閨閣園亭之中，能令人生旖旎繁華之想，如溫飛卿〈南歌子〉詞之「手裡金鸚鵡，胸前繡鳳凰，偷眼暗形相，不如從嫁與，作鴛鴦」；晏同叔〈玉樓春〉詞之「朱簾半下香銷印，二月東風催柳信，琵琶旁畔且尋思，鸚鵡前頭休借問」，這種多情旖旎的風光，才是鸚鵡所當處的環境。然而義山卻於「簾鉤鸚鵡」四字之後下了「夜驚霜」三個字，於是前四字的旖旎溫柔遂與後三字之孤寂淒寒造成了極強烈鮮明的對比，而隱隱與前面一串表示複雜反襯之情意的句子相呼應。至於「簾鉤」二字亦不僅寫鸚鵡棲息之處所而已，更且為由鳥而轉至人，由簾外之淒寒轉至簾內之綺夢的一個過渡的橋樑。有此二字，於是詩人之筆乃可以由鸚鵡之夜驚霜而轉移至南雲之繞雲夢了。朱鶴齡注引陸機賦云：「指南雲以寄欽」，又引〈高唐賦序〉云：「昔者楚襄王與宋玉遊于雲夢之臺，望高唐之觀。」義山筆下的「南雲」，我以為乃是一種熱情懷思之夢的徵象。雲的綿柔飄渺，正如一片綿遠的懷思，或一片渺茫的夢境。至於雲而必曰「南雲」者，則因為在中國詩人一般的意念中，「北」字所引起人的聯想乃是寒冷孤絕，而「南」字所引起人的聯想則是熱烈多情。假如懷思的夢果然像一朵雲的話，那麼「南雲」所象喻的夢，當然該是更為熱情更為綺麗的一份夢境。何況下面又著以「繞雲夢」三個字，從朱鶴齡注所引宋玉的〈高唐賦〉來看，則雲夢二字原暗示有一段多情旖旎的高唐之夢的故實在。其實如果撇開這段故實不談，只從義山所用的字面來看，自其夢魂所象喻的南雲，到其夢魂所縈繞的雲夢，這種字面的呼應，便已經足以引起人無限的懷思遐想了。至於這句開端的「喚起」二字，屈復《詩箋》云：『「南雲繞雲夢」謂方在高唐夢中，乃鸜鵒驚霜而動簾鉤遂驚醒也。」昔金昌緒〈春怨〉詩有句云：「打起黃鶯兒，莫教枝上啼，啼時驚妾夢，不得到遼西。」蘇東坡〈水龍吟〉詞亦有句云：「夢隨風萬里，尋郎去處，又還被鶯呼起。」義山此句之「喚起」二字，當然亦大有可能為夢境被驚醒呼起之意。只是我個人讀這首時卻一直有著與這種解說並不相同的另一份感受，我以為「喚起」乃是「引起」之意，不僅不是把夢驚破，而且正是把夢引起。我更以為此處「南雲」所象喻的夢境，並非真實睡夢中之境界，而只是詩人心魂所縈想的一種如癡如夢的境界。我之所以作此想者，一則這一首詩從開端的「月浪衡天」、「涼蟾落盡」以及「一夜風箏」、「北斗迴環」諸句來看，則詩人所寫者，終夜之久並無成眠入夢之事。既未嘗入夢，則如何能有夢被驚醒之可能？再則如屈氏所說：「方在高唐夢中」云云，其說既不免於拘狹落實，且頗近於平淺鄙俗，與義山〈燕臺〉四詩全以象喻之筆法寫詩人心魂間一種窈眇幽微之境界的作風並不相合；三則如果依我之所解說，「喚起南雲」為引起一份如「南雲」一般綿邈的懷思夢想，則與上一句之鸚鵡驚霜乃造成了另一鮮明之對比。我們試看義山這一首詩中所寫的種種境界，無不暗含有對比之意味，如紅桂春之竟遭鎖斷，鴛鴦茵之自古沾塵，與夫小苑之變為長道，瑤琴之暗藏楚弄，都是以缺憾或悲哀來反襯美滿與幸福之不能長保。而現在這兩句則是用另一種反襯的筆法以南雲之繞雲夢的溫柔綿渺來反襯鸚鵡之夜驚霜的寂寞淒寒，以表現雖在悲淒孤寂的絕望中，卻終於無法泯滅其對幸福與美滿之追求和嚮往的一點未死的心魂。所以用「喚起」二字，其意若云正是因為眼前所有的只是淒寒，才更引起詩人對眼前所沒有的溫馨的追尋和懷想。千迴萬轉，欲罷不能。這樣體會這兩句詩，豈不較之直釋為睡夢之被鳥啼驚醒為更有深意。

下面的「雙璫丁丁聯尺素，內記湘川相識處」二句，就正是承繼著前面的一份追尋懷想之情而接寫下去的。按「璫」為耳上之珠飾，見《風俗通》；「尺素」則為書簡之意，見《文選．飲馬長城窟行》。「雙璫丁丁聯尺素」，自當指尺素之書簡內附有丁丁之一雙耳璫之意。惟是此事果為實有乎？抑或僅為對多情相知之境界之一種嚮往乎？馮浩箋云：「尺素雙璫，詩中屢見，蓋實事也。錢氏（按指錢木菴）謂女郎寄來；或謂義山寄與；未知孰是？有寄必有答，彼此同之矣。」朱鶴齡注云：「即前詩玉璫。」朱氏所云，蓋指義山另一首〈春雨〉詩之「玉璫緘札何由達，萬里雲羅一雁飛」二句而言。如果從這二句來看，大似義山欲寄與而無從之意。然而如果從這一章的「雙璫丁丁聯尺素」二句來看，則又大似女郎寄來之意。此所以馮注雖指為「實事」，而又終不能確定其事實究竟如何之故。其實寄物投贈之事只是相愛之深相思之切的一種表示而已。從《詩經》的「投我以木桃，報之以瓊瑤；投我以木李，報之以瓊玖」，其投贈之物，就已經並不完全是實指了。其後張衡〈四愁詩〉的「美人贈我金錯刀，何以報之英瓊瑤」；「美人贈我金琅玕，何以報之雙玉盤」；「美人贈我貂襜褕，何以報之明月珠」；「美人贈我錦繡緞，何以報之青玉案」，一連四章，更是全屬託喻。此外如洛水贈珠，漢皐解佩的故事，則更衍為神話之傳說。義山詩中屢見「尺素」、「雙璫」之字樣，雖然可能為實有之情事，然而義山用來所表示的卻已並非僅只外表的一件事實而已，而是象喻著某種全心交託付與的一種相思相愛的情意。所以「璫」而曰「雙璫」，更以「丁丁」之音，狀其靈巧精美，而更聯以尺素之書，則其所顯示之情意的深切可知。至於下一句之「內記湘川相識處」，承上句而言，當然該是尺素書中的言語。韋莊詞有句云：「記得那年花下，深夜，初識謝娘時。」晏幾道詞亦有句云：「記得小蘋初見，兩重心字羅衣。」可見當愛情發生之時，那初識的一段使我們全心被撼動的日子，是何等難以忘懷。所以無論睽隔多麼久遠，而當日湘川相識之情事則依然歷歷如新，而今日書中，亦仍以其深情苦想而瑣瑣憶及。至於「湘川」二字，馮浩及張爾田皆以為實指，馮氏曰：「是其人先至湘川，及義山抵湘，得一相識，而其人又他往，故屢以此事追慨」；張氏曰：「『雙璫』二句，記其人私書約我湘川相見。」雖然這種說法並無充分的證據以證其必為實指，但我們也沒有充分的反證以證其必非實指。只是我以為「湘川」二字，除了把它看成地名之實指外，在文學表現的藝術上，還可以更有其他的作用。其一，「湘川」之「湘」字，與相識之「相」字聲音相同，如此就收到了一種音樂性的重沓呼應的效果，更增加了情意之綿密深切的一份感覺。如同李白〈長相思〉一詩之「長相思，在長安」二句，就也是接連用了兩個「長」字以喚起一種相思之綿長悠遠的感覺。其二，「湘川」之地名所使人聯想到的乃是湘靈二妃娥皇女英泣竹成斑的一段哀怨的故事，以及死後化為湘水之神的一段神話的傳說，因此「湘川」二字遂同時給予了讀者以一份相思哀怨的情調，和一份不盡屬於人間的幻想的意味。如此則即使湘川二字為實有之地名，而在詩歌之表現藝術上，也早已帶上了若干象喻的色彩了。晏同叔有詞云：「聞琴解佩神仙侶，挽斷羅衣留不住。」縱使有雙璫尺素的解佩的情誼，縱使是湘川相識的神仙的侶伴，然而也終於有相離相失的一日。從義山的詩句來看，這二句就該正是寫相離失後的懷思。既然是一切美好的都終將失落，於是乃有結尾二句「歌唇一世銜雨看，可惜馨香手中故」的歎息。姚培謙注云：「銜雨看，應是淚雨。」「歌唇」自當指所思者之歌唇，李後主詞云：「一曲清歌，暫引櫻桃破。」此所謂「歌唇」也。能面對如此之歌唇，固真當可以忘憂者矣。然而乃滿眼銜如雨之淚而對之者，就前二句雙璫尺素的別後懷思來看，則此歌唇蓋當為記憶中之歌唇，並非眼前所實有。「銜雨」者，則今日含淚之相憶也。然而義山乃於此著一「看」字，於是此歌唇在記憶中遂有如見之真實。惟其在記憶中之歌唇有如見之真實，是以不能忍淚之如雨也。再則義山於此又重用對比之法，以加強一切幸福美好之事物之終必歸於憾恨不幸之結局的永恆性的悲劇之感，所以歌唇之美乃承之以雨淚之悲者也。而義山之苦恨深悲至此猶未能盡，遂又更承之以下一句之「可惜馨香手中故」。朱彝尊評曰：「末句即指尺素。」然則此馨香二字蓋當指寄書者手澤之芳香也。陸放翁〈菊枕〉詩有句云：「人間萬事銷磨盡，只有清香似舊時。」到了人世的一切都已銷磨淨盡，而只剩下當年的一縷餘香的時候，固已足以使人腸斷魂銷。而義山乃更進一步的說出了「馨香手中故」五個字，是並此一縷殘餘之香氣又豈能常相保有乎？更無奈者，則是此馨香之漸故乃即在珍惜者的手上掌中。以如此不可盡的深情，面對如此不可返的消逝，這是人世間何等可哀痛憾惜的情事。夫然後知開端所下「可惜」二字之悲痛的深切沉重。而

「馨香」二字所代表之一切美好幸福之象喻，與「手中故」三字所顯示的縱使有多少深情也無從補贖的長恨深悲，則又豈是朱彝尊評語所云「當指寄書」的實指，所可拘限得住的？義山有詩云：「姮娥擣藥無時已，玉女投壺未肯休，何日桑田俱變了，不教伊水向東流。」這種無已的深情，這種東流的長恨，何日桑田能變而伊水能西，如可贖兮，人百其身。

其四　冬

這是〈燕臺〉四首的最後一章，也是四首中寫得最為絕望的一章詩。開端「天東日出天西下，雌鳳孤飛女龍寡」，只兩句，就寫盡了萬古以來人世間的無常與缺憾的深悲。首句「天東」、「天西」是何等鮮明的對比，才曰「出」便曰「下」，是何等匆遽的無常。孟子曰：「見其生不忍見其死。」而這句詩所給予我們的感受，則是方見其生即見其死，如此強烈不稍假借地展示著俯攫向人間的無常的巨靈之掌，這是多麼使人恐懼戰怖的一種認知。李白〈擬古〉詩云：「長繩難繫日，自古共悲辛。」揮戈的魯陽，追日的夸父，寫下了千古以來在無常中作絕望之掙扎者的悲劇。義山這一句詩的「天東日出天西下」，就是把這一絕望無常的自古悲辛表現得極鮮明具體的七個字。我們看他從「天東」驀然接到「天西」的口吻之斬截；以及其用上聲馬韻的「下」為韻字，所表現的聲調之高亢，都在在表現出了對此一無常之斷然無可挽贖的戰怖和深悲。在中國詩中，寫無常之哀感的作品很多，而寫得如此簡截具體使人震撼的，則並不多見。而義山這句詩的好處，還並不僅在其予人的一份震撼而已，更在其與標題之「冬」字的一種相關聯的呼應。「天東」、「天西」、「日出」、「日下」，一日之遲暮如此，一歲之遲暮亦然，那是所有光明溫暖和生機的終結的消逝，古詩云：「浩浩陰陽移，年命如朝露。」義山這一句的七個字，強烈地使人感受到了生命無常的絕望的深悲。而次一句的「雌鳳孤飛女龍寡」，則強烈地使人感受到人生永無圓滿之日的缺憾的極恨。「雌鳳」與「女龍」，義山於此又用了另一種強調的對比手法。「雌」與「女」是性別之相同，「鳳」與「龍」是種類之相異，鳳之雌者既孤飛，龍之女者亦長寡，這種異類而同命的不幸，正顯示著世間所有不同族類的共同的憾恨。於是這種缺憾乃不復為某一特殊之不幸，而成為了千古有生命者之共同的不幸，因而下面義山就更切近地寫出了有生之物中的屬於人類的悲劇：「青溪白石不相望，堂中遠甚蒼梧野。」朱鶴齡注引《古今樂錄》云：「神絃歌十一曲，五曰白石郎，六曰青溪小姑，青溪白石正指此也。」按〈青溪小姑曲〉云：「開門白水，側近橋梁，小姑所居，獨處無郎。」又〈白石郎曲〉云：「積石如玉，列松如翠，郎豔獨絕，世無其二。」我們看青溪曲中所寫的水側橋邊表現的是何等風神；而〈白石郎曲〉中所寫的「積石如玉，列松如翠」更是何等堅貞秀美的資質。世果有如此之獨處的小姑與如此絕豔的郎君，固真當永結為同生並命之侶伴，然而義山卻在青溪白石四字之下用了「不相望」三個字，遂使原當屬於同生並命之侶伴終生睽隔永無相見之日，所以下面遂更承接了一句：「堂中遠甚蒼梧野。」姚培謙注引《禮記．檀弓》云：「舜葬於蒼梧之野，蓋二妃未之從也。」舜與娥皇女英二妃死生離別之事，在中國文學中一向都被目為最具代表性的悲劇故事。其原因約有以下數端：一則人世間之離別恨事原可分為生離與死別二種，或則萬里相思，或則終生抱慟，而舜與皇英二女之離別，則是從生離轉為死別的兼有雙重性質的悲劇，此其一；再則舜葬九疑之山，《山海經》云：「南方蒼梧之丘，蒼梧之淵，其中有九嶷山，舜之所葬。」郭璞注云：「山在今零陵營道縣南，其山九谿皆相似，故云九疑。」李白〈遠別離〉云：「九疑聯綿皆相似，重瞳孤墳竟何是。」按《史記．項羽本紀》云：「舜目蓋重瞳子。」此孤墳自當指帝舜之墳，是皇英二女與帝舜之離別乃不僅由生離轉為死別而已，更且孤墳野葬，並其埋葬之地亦復不可確知，人間憾恨，孰甚於此！此其二；三則《述異記》云：「昔舜南巡而葬於蒼梧之野，堯之二女娥皇女英追之不及，相與慟哭，淚下沾竹，竹上文為之斑斑然。」李白〈遠別離〉又有句云：「蒼梧山崩湘水絕，竹上之淚乃可滅。」然而山川不改，竹淚長存，則此死生離別的永恆的隔絕失落之慟乃真將亘古而不滅矣，此其三。是義山所用「蒼梧野」三字，原來乃深含有如許悲苦絕望之情在。然而義山又於其上著以「堂中遠甚」四字。「遠甚」者，謂其隔絕之遠尤有過之也。於是帝舜與皇英二女之隔絕的悲劇遂重見於人世之畫堂中矣。李白〈遠別離〉詩云：「海水直下萬里深，誰人不言此離苦？」而韋莊〈浣溪沙〉詞乃云：「咫尺畫堂深似海。」是尋常人世之咫尺畫堂，其隔絕之苦乃真有甚於蒼梧之遠，而其離恨亦真有過於海水之萬里者矣。

在「青溪」與「白石」不相望的隔絕中，其足以凍徹心魂的孤寂淒寒不言可知。故其下乃云：「凍壁霜華交隱起，芳根中斷香心死。」「壁」字自當是環堵四壁之意。所以張爾田《玉谿生年譜會箋》乃云：「凍壁句，點景。」其意蓋以為「凍壁霜華」乃冬日居室中之實景。而私意以為義山〈燕臺〉四首原非寫實之作，此句亦當不僅指現實之屋壁而已，而當指精神感情上一種孤寒隔絕的境界：用一「壁」字者，正取其環阻而隔絕之意，用一「凍」字者，則取其淒清寒冷之感。曰「凍壁」，則詩人遂完全處於徹骨之淒寒的環鎖之中矣。而又曰「霜華交隱起」，將此一閉鎖之淒寒更寫得如此悱惻迷離，而且真切如見。「交」者，寫霜華之濃密交雜；「隱」者，寫霜華之朦朧隱約；「起」字則寫霜華結壁之漸積漸厚。這是一種在凝靜幽美中逼人走向死亡之境界。在此境界中，乃更無有情之生命可以延續生存。所以下句乃曰：「芳根中斷香心死。」「根」字之植根何等幽邃；「心」字之衷懷何等深切；「芳」字、「香」字，何等美好芳醇。然而以如此美好的生命之根株，乃竟然中斷；以如此芳醇之衷懷的心蕊，乃竟致死亡，若使美好之事物盡皆下場如此，則天下更有什麼可以使人期待信賴的希望？故曰：「浪乘畫舸憶蟾蜍，月娥未必嬋娟子。」「浪乘」之「乘」字諸本皆同，唯馮浩注本作「秉」字，當係誤字。「蟾蜍」蓋指月而言，馮注引張衡〈靈憲〉曰：「姮娥託身於月，是為蟾蜍。」「畫舸」者，畫船之意，《方言》曰：「南楚江湘凡船大者謂之舸。」「乘畫舸」而「憶蟾蜍」，諸家皆無解說。私意以為此蓋但為詩人之一種假想，原不必有什麼出處故實。至於其引發此種假想之故，則約有二因：一則舊傳有人曾乘槎至天河見牛女而後返，載《博物志》及《荊楚歲時記》。既有人可乘槎而至天河，則安見無人可乘舟而至月宮乎？此其聯想產生之一因；再則月光如水，流波似浪，前於說第三章時，曾引義山〈霜月〉詩「百尺樓高水接天」之句，亦可作此句注腳。「水」字正指如波之月光，水既「接天」，則乘此流波豈不正可直抵月宮，此所以生此聯想之又一因。如誠然有畫舸可乘，則於明月之流波中，豈不真欲作直泛月宮之想，故曰「乘畫舸」、「憶蟾蜍」也。至於其上著一「浪」字，則虛枉落空之意，如虛語曰浪語空信曰浪信，徒作泛舟至月宮之想，而實不可得，故曰：「浪乘畫舸憶蟾蜍」也。且也，縱使直抵月宮得見月娥，又果能如我所想像期待之美好乎？則又殊未可斷言者也。故曰「月娥未必嬋娟子」也。從前我的一位老師曾寫過三句詞說：「誰信今朝花下見，不如夙昔夢中來，空花今後為誰開。」是說所追求的夢想終於在現實中完全破滅之堪悲。至於義山此二句詩，則更有雙重之悲慼在。一則此夢想原來就並無實現之可能，此其一；再則於未曾實現此夢想之前，固早已知其必歸於破滅之下場，此其二。人生而有此雙重悲慼的認知，於是此封鎖於凍壁霜華中的心魂，遂更無溫暖復甦之望矣。

繼之以「楚管蠻絃愁一概，空城舞罷腰支在」，則寫哀愁一例，妙舞終銷的悲慨。此二句中，曰「管」，曰「絃」，曰「舞」，原該是何等歌舞歡樂的場面。然而無論其為「楚管」為「蠻絃」，卻總是一概的哀愁，其所以然者，一則聽歌之人心中有愁，則無論其所聞者為管為絃乃全成為有愁之曲；再則，一彈三歎，慷慨餘哀，凡一切足以使人入耳動心的歌曲，原來就都含有可發人哀愁的因素在；三則，義山此句原來乃更象喻著有歡樂都虛惟哀愁永在的深悲，故有「愁一概」之言。至於次句的「空城舞罷」，舞而至於罷，固已是生命中一段美好活動的終結，其上又著以「空城」二字，昔鮑照〈蕪城賦〉有句云：「邊風急兮城上寒，井逕滅兮丘隴殘，千齡兮萬代，共盡兮何言。」則其可哀者乃不僅為一人之舞罷而已，乃更含有千齡萬代同歸空滅之深哀。何況就此句之「空城舞罷」四字之口吻言之，大似舞者縱然未罷之時，亦不過舞向空城而已，如此則舞罷是第一層可哀，城空是第二層可哀，未罷之前的舞向空城是第三層可哀。而義山卻於此重重的幻滅之後偏偏寫了「腰支在」三個字。昔陸放翁有〈詠梅〉詞云：「零落成泥碾作塵，只有香如故。」縱使賞愛無人，縱使生機都盡，然而惟梅花的一縷香氣，惟舞者的一段腰支，卻是抵死難銷的，雖然，縱有如此堅貞之資質，卻又終於抵不過人間冷漠與無常的磨損，此梅花之所以終於成泥作塵，舞者之所以終於空城罷舞。義山這七個字真是萬轉千迴道盡了所有有情者的極恨深悲。既然一切美好的生命都無法逃免被磨蝕毀損的不幸，於是乃有下二句之「當時歡向掌中銷，桃葉桃根雙姊妹」的歎息。歡樂之終銷，已是可哀之事，而更為使人感到無可奈何的乃是義山所用的「掌中」二字，《西廂記》寫張生對鶯鶯之癡戀，有句云「我得時節手掌兒裡奇擎，心坎兒上溫存，眼皮兒上供養」。擎向「掌中」，是何等珍愛的情意，然而歡樂之終銷卻並未嘗因此一份珍重愛惜的情意而能作稍久之延長。於此義山乃更著以一「向」字，於是歡樂乃竟向珍愛者之掌中眼見其銷亡矣。這是何等可傷痛的事。至於所銷亡之歡樂的象喻為何？則下一句之「桃葉桃根雙姊妹」也。《古今樂錄》云：「晉王獻之妾名桃葉，其妹曰桃根，獻之嘗臨渡歌以送之。」蘇雪林女士以此句為實指，所以在其《玉溪詩謎》一書中說：「桃葉桃根表明盧氏等乃係姊妹。」以為乃指宮嬪飛鸞輕鳳二姊妹而言。而顧翊群之《李商隱評論》則駁蘇氏之說以為絕不可信。（蘇氏之說詳見其所著商務出版之《玉溪詩謎》；顧氏之說則詳見其所著中華詩苑印行之《李商隱評論》。）蓋以〈燕臺〉四詩原來就不是可以事實求證的寫實之作，如果真的以猜謎式的辦法來說詩，一則既不能使讀者心悅誠服；再則似乎也未免辜負了作者的用心，過於淺之乎視義山了。所以私意以為此二句仍當以象喻說之。在中國詩詞之作品中，桃葉桃根之典，一般多用之以為離別之象喻。如辛棄疾〈祝英台近〉之「寶釵分，桃葉渡，烟柳暗南浦」，吳文英〈鶯啼序〉之「記當時短楫桃根渡，青樓彷彿，臨分敗壁題詩，淚墨慘澹塵土」。無論其所用之字面為「桃葉」抑為「桃根」，而其為寫離別之情則一也。義山繼上句「歡向掌中銷」而承以「桃葉桃根」云云者，蓋亦取其與所歡離別之意也。至於義山之並列「桃葉桃根」，且標明白「雙姊妹」，其意實並不必指現實中之果有此一雙姊妹也。然而竟故作如此之說者，一則欲以之加強其美好可珍愛之感覺，著一「雙」字，乃令人於直覺上彌覺價值之倍增；再則欲以之顯示銷亡之淨盡，縱使有一雙之多，而竟無一個可以存留，終不免於雙雙失落之痛，故曰「桃葉桃根雙姊妹」也。義山之著此一「雙」字，用筆既重，致慨亦深，而銷亡失落之恨，乃真成無可挽贖者矣。

繼之曰：「破鬟倭墮凌朝寒，白玉燕釵黃金蟬。」如承接上面的「歡向掌中銷」來看，此二句所寫，自當為記憶中所歡者之容飾。朱鶴齡、姚培謙並引《古今注》云：「墮馬髻，今無復作者，倭墮髻，一云墮馬之餘形也。」（馮浩注本作「矮墮」，「矮」字當係誤字）是「倭墮」乃婦女髻形之一種。溫飛卿〈南歌子〉詞有句云：「倭墮低梳髻」，則其髻形當有低垂欲墮的嬌慵之態，所可想見者也。而義山又於其上著以「破鬟」二字，「破」者，殘破不整之意，如詞人所謂「雲鬟亂」或「鬟雲殘」者也。至於「凌朝寒」則當為清曉凌晨之意，而著以「朝寒」二字，一則可使凌晨的感受更為鮮明；再則言外亦似有一份「羅衾不奈五更寒」和「樓頭殘夢五更鐘」的好夢難留歡會終銷的淒寒之感在。至於下面的「白玉燕釵黃金蟬」，則全從女子之飾物著筆。「白玉燕釵」四字，朱鶴齡及姚培謙並引《洞冥記》曰：「元鼎元年，起招仙閣，神女留玉釵以贈帝，至元鳳中發匣，有白燕昇天，宮人學作此釵，因名玉燕釵。」「黃金蟬」三字，朱注引韓偓詩「醉後金蟬重」曰：「黃金蟬亦首飾。」此二句自表面看來，若謂為但寫回憶中所歡者之容飾，自亦原無不可。而義山之佳處則在其恍惚之敘寫中別能引人象喻之想。其一，上一句「破鬢」之「破」字，雖為鬢雲殘亂之意，而義山不用「殘」、「亂」字樣，而用一「破」字，蓋「破」字不僅予人之感覺更為強烈鮮銳，且言外亦似更蘊有無限殘缺破滅之悲。更接以下面的「淩朝寒」三字，則以殘缺破滅之悲，當此五更淒寒之候，其意境與義山另一首〈端居〉詩的「只有空床敵素秋」句頗為相似。當一切都歸於殘缺破滅之時，而欲以此空虛孤寂的哀痛之心，面對周圍「朝寒」或「素秋」所象喻的侵襲的寒意，這是何等難以禁受的悲苦，故此句乃於「朝寒」二字上著一「淩」字，〈端居〉詩乃於「素秋」二字上著一「敵」字，則其心靈所感受到的寒意的酷烈，抵禦的悲辛，不言可知。至於下一句之「白玉燕釵黃金蟬」，除其字面所標舉的飾物之名以外，就感覺而言，「玉」字與「金」字所象喻的資質何等美好；「白」字與「黃」字所顯示的色彩何等鮮明。如果以之與上一句合起來看，則髻鬟雖破，朝寒雖苦，而金蟬玉燕之美質難消，此亦為義山詩中常見之境界，如其〈落花有感〉之「落時猶自舞，掃後更聞香」，〈詠燈〉一首的「皎潔終無倦，煎熬亦自求」，凡其所寫，蓋皆以美好之資質面對折磨破損的深哀。如果從「白玉燕釵黃金蟬」的美好，來回看「破鬢倭墮淩朝寒」的殘破與寒冷，我們當更可體會出義山此二句於表面字句所寫的髻鬟容飾之外的更深一層的意境。然而凡此種種，無論其所寫者為現實之情境，或者為非現實之情境，總之朝寒破夢，歡樂全銷，所剩下的只有淋擊在耳邊心上的一片風雨，以及以全生命燃燒垂淚的一支紅燭而已，而消逝的往昔，時空的艱阻，則是永遠無法邁越的了。故曰：「風車雨馬不持去，蠟燭啼紅怨天曙」也。如果以之做實解，則此二句蓋寫窗外之風雨淒寒，窗內之紅燭啼淚的一種破曉前之情景。而義山用字之妙，乃於「風」字下著一「車」字，「雨」字下著一「馬」字。夫風雨狂驟，其所象喻者原當為摧傷與阻隔，而義山卻以其深情苦戀之心將原本象喻著摧傷阻隔的風雨，想像為突破阻隔的車馬，這是何等使人感動的想像。而義山又於其下接以「不持去」三字，是詩人雖有如此多情之癡想，而凡一切消逝破滅者終不復返，則縱使風之疾速如車，雨之奔馳如馬，然而終不能載此相思苦戀之人持之以赴其所思之地也。從如此風雨阻隔的現實，轉入如彼車馬奔馳的癡想，又從如彼情癡的狂想，再跌入如此終於無可衝破的現實阻隔之中。而長宵欲曙，燭淚啼紅，於是詩人所有的遂只剩了一份長隔永逝的沉哀了。晏殊〈撼庭秋〉詞有句云：「念蘭堂紅燭，心長焰短，向人垂淚。」如果把一支燃燒的紅燭作為生命的象喻，則其以自己心血所煎熬出的一點光明之閃爍，不過都化成了點點泣血的紅淚，而步步走向死亡而已。而窗外的曙光，就正是蠟燭生命將終的訊號。陶淵明〈閑情賦〉就曾把蠟燭作為生命及感情之象喻，而慨歎說：「悲扶桑之舒光，奄滅景而藏明。」無論是何等美好的生命，無論有何等閃爍的心焰，當扶桑舒光，曉風送曙的時候，面對著生命將終的死亡之訊號，一切都已無可挽留補贖，其中心之深悲極怨可知，然而逝者莫返，則所餘者亦惟有泣血的哀啼而已。故曰「蠟燭啼紅怨天曙」也。義山以此一句為〈燕臺〉四詩之總結，從首章的「風光冉冉東西陌」之生意的萌發，經過多少深情苦戀的嚮往追求，纏綿往復，最後卻只落得一片啼紅的臨終的哀怨。義山這四首詩真是寫盡了宇宙間所長存的某一種長懷憾恨的心靈之境界。這種境界該是只可以相類似的心靈去感觸探尋，而並不可也不必以某一人或某一事加以拘限之解說的。

信有姮娥偏耐冷，休從宋玉覓微辭，
千年滄海遺珠淚，未許人箋錦瑟詩。

這是我從前所寫的一首小詩，原意是為自己的某些舊詩作辯解，但標題卻寫的是〈題義山詩〉，現在就錄在這裡，借用為本文的結束，以說明義山的某些詩篇之原不可以作指實的解說。以前的各家箋注既然並不足以完全採信，而我個人的推演則更屬愚妄的徒勞。

想要得魚的人，還是自己躍入水中親自作一番探尋的嘗試吧。

餘論

原來當我開始說〈燕臺〉四首之時，本打算把這四首詩解說完了就加以結束。但是就在我即將結束之際，卻忽然收到了臺北友人為我寄來的一冊第三十一期《現代文學》，這一期本來是詹姆斯・喬埃斯 (James Joyce)《都柏林人》(*Dubliners*) 研究專輯，但在這一專輯之後，卻更附有一組評介法蘭茲・卡夫卡 (Franz Kafka) 的譯文。卡夫卡原是我所最偏愛的一個近代的西方小說家，正如李義山一直是我所最偏愛的一個古典的東方詩人。只是因了時空相距之遙遠，以及生活與思想之背景的迥異，使我從來未曾把他們二人聯想在一起加以比較過。但是這次卻因了臺北友人寄書來正值我寫義山詩的時間的巧合，我驀然發現到這二位作者之間，竟然有著某一些相似之處，現在就把我偶然想到的幾點略述於後，雖標名餘論，實在只是一段曼衍的卮言而已。

第一，我以為一般出色的文學家，其成功之因素，重要者大約有以下數項：一則是以生活體驗之過人的深廣取勝；一則是以其寫作技巧之過人的工力取勝；再一者，則是以其本然所稟賦的一種迥異於常人的心靈取勝的。義山與卡夫卡之成為出色的文學家，無疑的主要乃是由於最後一項因素。梁景峰譯的一篇〈卡夫卡簡介〉（原載於德國出版的《現代文學家》，著者為 Dr. Toni Meder）文中曾引用卡夫卡自己的日記，說他自己把創作視為「我夢幻般的內在生活之表現」。又說他的小說「並不能以理性去領悟，光是個內容概要是沒有多大作用的，惟有竭盡心力去體會卡夫卡作品中之象徵性和語言造型，才能啟開其文學性而推究之」。義山的〈燕臺〉四首，也正是屬於這一類的作品，他所寫的同樣只是一種夢幻般的內在生活，讀者並不能以理性去了解，而只當以心靈去追蹤體悟其內在的象徵性，以及其外在的語言之藝術性。〈卡夫卡簡介〉一文中所提供的欣賞卡夫卡的途徑，也正是欣賞義山詩所可取的途徑，這一點他們二人是相同的。

其次，則是卡夫卡與李義山都極善於把真實生活之體驗，揉入其自己充滿夢魘的心靈之幻想中。所以他們的作品往往既非純粹的寫實，也非純然的幻想，更不是出於理性的寓言或託喻。奧斯汀·華倫（Austin Warran）在其〈法蘭茲·卡夫卡〉一文中就曾經說：「卡夫卡的世界，既不屬於一般以官能感受的人，也不屬於狂妄的夢想者，更不像司維夫特的《格列佛遊記》那樣，用蹊徑分明的方法把怪誕的事件安全地覆置於最初的假想事件之中，卡夫卡的世界，其真實與假想是被移放在更切近更易感的關係之中。」

這一點義山與卡夫卡也極為相似，義山的某些詩篇也同樣既不是但以官能的感受敘寫現實，也不是但以狂妄的夢想製造幻境，更不像一般傳統的作者之寫寓言或託喻之作有心的安排，他的作品也正如卡夫卡一樣，乃是真實生活在其夢魘之心靈中的反映。而就在這樣經過反射的變態的映像中，讀者從不同的角度可以得到許多不同的感受，而且可以賦予不同的意義。而他們的作品也就在這種多面的感受和解說中，顯示了他們所獨有的一份神祕之感，這一點他們兩個人也是相同的。

其三，就讀者對他們的態度來說，卡夫卡與李義山也有著某些相似之處。陸愛玲譯的愛德文．穆爾的《卡夫卡論》，文中說：「假如有人承認他的優點的話，他便毫無選擇餘地的要把那些優點列於首席。另一方面也有許多人覺得他無甚優點，且認為竟有如許讀者尊他為相當有天才的作家是不可思議的。」李義山在讀者群中所得到的遭遇也大致相同。一般說來，賞愛義山詩的人，就都會對之有極大的偏愛，而不能賞愛他的人，則往往對之加以輕視或詆毀。我以為這種情形乃同由於一個原因，就是他們的作品乃大半屬於心靈之感受，所以要想欣賞他們的作品，似乎就不得不先預備有一顆與他們相類似的心靈，然後纔能進入到他們的屬於心靈之夢幻的境界中，作較深入的體會和欣賞。而也就是這種心靈的契合之感，使某些讀者對他們的作品，自然而然地產生了無可選擇的偏愛。然而另一些讀者對他們的作品卻只想從理性上去認知，拿著一根固定的丈尺作刻板地衡量，不得其門而入，不見宗廟之美百官之富，當然不免會對他們加以輕視或詆毀了。這種評價的懸殊，他們二人也是大致相同的。

其四，西方與東方的批評界，似乎同樣有著一個極易陷入的相類似的窠臼。西方人之喜愛從作品中發掘宗教的意義，正如東方人之喜愛從作品中尋找仕隱窮達的託意。這一點卡夫卡與李義山所遭致的情形也是相類似的。愛德文・穆爾與維拉・穆爾合譯的卡夫卡的《城堡》(*The Castle*)，其序文中就曾建議把這本小說看作一種「現代的《天路歷程》(*Pilgrim's Progress*)」，以為《城堡》和《天路歷程》同樣是一個宗教的寓言，有些人甚至把城堡視為天國的象喻。這正如有些箋注義山詩的人，喜歡把義山的許多詩都解作為令狐氏父子而作的一樣。雖然卡夫卡的思想確有其宗教的背景，而義山的一生也確與令狐父子有很密切的關係。但是他們的作品都決不是這些狹隘的觀念可以限制得住的。奧斯汀・華倫的〈法蘭茲・卡夫卡〉一文，就曾經說：「卡夫卡沒有供給這些作品以概念上的略圖，因為他的小說都不需要這些圖表……我們不必按系統地想城堡就是天國。」又有一些人喜歡從作者的身世立論，如同卡夫卡的一些讀者，他們往往以他與他父親相對立的關係來當作解答他的《蛻變》(*Metamorphosis*)、《審判》(*The Trial*) 等一些作品的鎖鑰；而箋注義山詩的人也喜歡把他的詩與生平事跡比附立說。然而作者的生平畢竟不是作品的本身，陳綺紅譯的愛利克・海勒的《卡夫卡之世界》，文中就曾經批評這種說法的偏失，以為「那就如同說，如果有不同的父親，卡夫卡就是不同的人一樣……這種心理學對一件藝術品的解釋之貢獻，就如同鳥類解剖學對測量夜鶯的歌聲一樣」。華倫與海勒的開明通達的見解，不僅可用以作為欣賞卡夫卡的南針，也同樣可用以作為打破東方傳統之箋注義山詩的某些偏執的借鏡。

以上是略舉我個人一時聯想所及的卡夫卡與義山的某些相似之處。當然，真正說起來，他們二人的作品實在是迥然相異的，不僅他們所用以表達的形式和語文不同，他們所生的時代與環境也有著懸殊的差異。一個遠生於唐代憲宗元和七年，即西元八一二年的中國詩人李義山，如何能與一個晚到西元一八八三年才誕生於西方布拉格 (Prague) 的猶太小說家卡夫卡放在一起相並而論？就思想背景而言，卡夫卡曾經受過德國哲學家尼采，和丹麥存在主義神學家祁克果 (Kierkegaard) 的很深的影響，這是義山夢也未曾夢到過的。因此卡夫卡的作品中，自然而然流露著一種宗教與哲學的意識，而義山則純然只是一位詩人而已；卡夫卡的作品中，有著西方宗教原罪之感的沉重的負荷，而義山詩中所有的則只是一顆敏銳的心靈對人世間無常與缺憾的銳感深悲；卡夫卡作品中所表現的世界，往往是一個愛和同情和了解完全枯竭了的世界，而義山作品中則仍保留有對愛、同情和了解的期待和信賴；因此卡夫卡的意境往往使人陷入於絕望到瀕臨於瘋狂的地步，而義山的作品則始終有一種滋潤的詩意，即使面對悲苦，也仍能保有一份欣賞的餘裕。然而我們畢竟從遠在卡夫卡千餘年前古東方的一位詩人的作品中，發現了兩者之間的一些相似之處，則某一類型之心靈之可以超越時空而存在，而且可以其所獨具之映現世界表現自我之方式，突破時空的束縛與隔閡，造成一線相通之感，這種心靈的力量是多麼使人震驚和訝異的。

最後，我要說明一點，我對卡夫卡偏愛雖深，但我對於西方的文學批評理論則所知並不多。現在竟把卡夫卡與李義山強拉在一起相提並論，完全只因為如前所言的一種機會的巧合。自知不免浮淺謬誤，好在本文並非莊論，如今只是從本來為了得魚而躍入的一條水中，一時見獵心喜，又游向一段短短的支流而已。

從比較現代的觀點看幾首中國舊詩

用比較現代的觀點去看一些中國舊詩人的作品，而發現他們乃是禁得起用任何時代任何新的理論觀點去研析的，這乃是一件極可欣喜的事。

前些時有兩個大學的現代詩社來邀我為他們講演，他們的意思原是要我談一談有關現代詩的問題，可是對於現代詩我實在乃是門外漢，我自己既沒有創作現代詩的經驗，讀過的現代詩也不夠多，所以不敢妄談有關現代詩的問題，但是同學們的盛意又難以推卻，因此想到我既是個在課堂上講授舊詩的人，何不就用個新舊截搭的題目，一方面既可以滿足同學們現代的要求，一方面也仍不離我所教的本行舊詩的內容，所以就先後以「從比較現代的觀點看幾首中國舊詩」為題，做了兩次講演，這二次講演的內容實在並不完全相同，而這一篇文稿就是這二次講演的合併整理。

首先我要簡單說明我所謂的現代觀點是什麼，一般說來，西方現代文學批評理論中，對於詩歌方面所最重視的有二點：第一點乃是意象 (Image) 的使用，所謂意象不一定限定為視覺的，它可以是聽覺的，也可以是觸覺的，甚至可能是全部屬於心理的感覺。至於意象在作品中之作用也有多種，它可以是明喻的，也可以是隱喻的，更可以是象徵性的。總之其目的乃在於把一些不可具感的概念，化成為可以具感的意象。因為詩歌原為美文，美文乃是訴之於人之感性，而非訴之於人之智性的。所以能予人一種真切可感的意象，乃是成為一首好詩的基本要素。中國文學批評對於意象方面雖然沒有完整的理論，但是詩歌之貴在能有可具感的意象，則是古今中外之所同然的，在中國詩歌中，寫景的詩歌固然以「如在目前」的描寫為好，而抒情述志的詩歌則更貴在作者能將其抽象的情意概念，化成為可具感的意象，如李後主〈清平樂〉一詞之「離恨恰如春草，更行更遠還生」，秦少游〈減字木蘭花〉一詞之「欲見迴腸，斷盡薰爐小篆香」，及李太白〈登金陵鳳凰臺〉一詩之「總為浮雲能蔽日，長安不見使人愁」。後主詞乃是以「更行更遠還生」的「春草」之意象來明喻「離恨」，少游一詞則是用「薰爐」中「斷盡」的「小篆香」之意象來暗喻「迴腸」，太白一詩則是以「浮雲」「蔽日」之意象來象喻讒諂之蔽明，而傷「長安」之「不見」。這三句詩之所以成為被傳誦的名句，就正因為他們都能以鮮明具感的意象來表現抽象的情意，因而使讀者能得有極深切的感受的緣故。可見從西方文學理論「意象之使用」一點來看中國舊詩，乃是大可一試的欣賞的新角度。另外一點西方文學批評理論所重視的則是詩歌在謀篇一方面所表現的章法架構（Structure），以及在用字造句方面所表現的質地紋理（Texture）。如我在前面所說，詩歌乃是一種美文，作為一件藝術品而言，如何把一些素材用字句和章法組織起來，自該是作為一個藝術家之詩人的要務，這種藝術性的對於遣辭、造句以及謀篇的安排運用，其重要性也是古今中外之所同然的，本文因篇幅所限，討論的重心將只以章法為主而以句法為副。以下我們先分別舉兩個例證來看一看章法與句法在中國詩歌中之重要性。如杜甫〈醉時歌〉贈鄭廣文一首，開端之「諸公袞袞登臺省，廣文先生官獨冷，甲第紛紛厭粱肉，廣文先生飯不足，先生有道出羲皇，先生有才過屈宋」，在章法上，前四句乃是兩股對比，以「諸公」之「登臺省」及「甲第」之「厭粱肉」來與「廣文先生」之「官獨冷」及「飯不足」作鮮明之對比，極突出地表現了一片悲慨不平之意，而五、六兩句，則把「諸公」與「甲第」一面拋開，只剩下了廣文先生，可見「諸公」與「甲第」之並不足貴，而廣文先生之獨可尊仰，而且在短短六句中連稱了四次先生，極淋漓地表現了杜甫對鄭廣文的一片傾倒賞愛之心，這種經過對比以後再表現獨尊的章法正是使杜甫這一首詩成功的重要因素。又如王維〈山居秋暝〉一詩之「竹喧歸浣女，蓮動下漁舟」及〈觀獵〉一詩之「風勁角弓鳴，將軍獵渭城」諸句，則都是先說出了「竹喧」、「蓮動」、「風勁角弓鳴」等直接的感官上的感受，然後纔說出「歸浣女」、「下漁舟」、「將軍獵渭城」等理性上事件的發生因素，這種置「果」於前，倒「因」於後的句法，也正是使王維這幾句詩之所以顯得特別真切有力的緣故，因此我們可以說，除了「意象」以外，章法與句法乃是成為一首好詩的另一重要因素。要想把中國舊詩中所使用的「意象」與章法句法的各種類型加以通盤地整理，乃是一項極為龐大的工作，何況中國文學批評中既一向缺乏這一方面的理論體系，而如果硬把西方的理論強用到中國來，使姓李的戴上姓張的帽子，也總不免有不盡適合之感，因此我並不敢妄想在這篇小文內對這一方面作精密的理論方面的研析，我現在只是想從我所偏愛的幾位詩人中，選取一些稍具代表性的作品來試作一個新角度的觀賞而已。在中國舊詩人中，我所喜愛的作者很多，但現在我想提出來討論的則只是陶淵明、杜甫及李義山三位詩人的作品。我所以選取這三位作者，一則固然因為我對他們有較深的偏愛，再則也因為這三位作者在中國舊詩人中可以代表幾種不同類型的緣故。我以為在中國所有的舊詩人中，如果以「人」與「詩」之質地的真淳瑩澈而言，自當推陶淵明為第一位作者；如果以感情與工力之博大深厚足以集大成而言，自當推杜甫為第一位作者；而如果以感受之精微銳敏，心意之窈眇幽微，足以透出於現實之外而深入於某一屬於心靈之夢幻的境界而言，自當推李義山為第一位作者。這三位作者的作品，都是與他們個人平生的生活與情感深相連繫著的。就西方現代文學批評而言，他們以為意象與章法句構，乃是形成一篇詩歌的重要因素，關係著詩歌本身之價值，所以乃是重要的；而作者本人則是並不重要的，因為作者生平與詩歌本身之價值並無直接的關係，所以在《文學的理論》(*Theory of Literature*) 一書中，倫・衛里克 (Rene Wellek) 在其所寫的〈文學與作者生平〉(Literature and Biography) 一章中就曾經說：「文學作品並不是作者生平的證明文件」，「作者生平之研究雖然對文學史方面有某些價值，可是我們仍不能說它對文學批評有什麼真正的重要性。」這種理論與中國傳統之著重於作者年譜的編訂與作品本事之考證的態度，乃是完全相反的。我以為這二種態度似乎都不免各有所偏，詩歌之真正價值固然在於作品的本身，而並不在於作品以外的作者，然而孟子說得好，「誦其詩，讀其書，不知其人可乎，是以論其世也」，而尤其是像陶淵明、杜甫和李義山這種作品與作者深相連繫著的詩人，要談到他們的「詩」就要談到他們的「人」，幾乎乃是無法避免的一件事，所以我雖然標出了「意象」與「章法句構」兩個較現代的觀點，可是在論到這三位作者的「詩」時，仍不免要用傳統的舊觀點論到他們的「人」，好在我的題目原來就是一個新舊截搭的題目，則內容方面的新舊截搭，讀者自然也就可以原諒其無怪其然了。

先說陶淵明，淵明乃是這三位詩人中時代最早的一位作者，在淵明的時代，中國文學在理論方面根本還沒有一本像樣的著作，更遑論意象之使用的理論的覺醒，可是儘管如此，在淵明詩中卻已充滿了極豐富而完美的意象之表現了。如其〈擬古〉九首，竟幾乎每一首都是意象化的表現。其以具體之物象為喻者，像「榮榮窗下蘭」，「翩翩新來燕」，「迢迢百尺樓」，「蒼蒼谷中樹」，「種桑長江邊」，「皎皎雲間月」諸詩句，固然皆可使人一望而知乃是象喻之作，而其他一些從表面看來乃是敘寫人事的作品，像「辭家夙嚴駕」，「東方有一士」，「少時壯且厲」諸首，雖看似敘事，而其實其所寫的「無終」之地，「別鶴」、「孤鸞」之曲，「伯牙」與「莊周」之「路邊高墳」等等，也無一不是一種託喻的意象，如果竟認為單純敘事之作，那就未免有失淵明之用心了。其實在淵明詩中，凡是他的最好的詩篇，往往都是既非單純的敘事，亦非單純的寫景，也不僅是單純的抒情而已，淵明的佳作往往乃是表現其心靈中意念之活動的一種狀態或境界，這是淵明詩之一大特色。淵明自己在其〈飲酒〉詩之「結廬在人境」一首，就曾於描寫一大段景物之「山氣日夕佳，飛鳥相與還」之後，而卻說是「此中有真意」；清朝的王夫之評淵明〈擬古〉九首之七的「日暮天無雲，春風扇微和」二句，也曾經說：「摘出作景語，自是佳勝，然此又非景語，雅人胸中勝概，天地山川無不自我而成其榮觀。」（見《古詩評選》）另一位清朝人邱嘉穗評〈擬古〉九首之五的「東方有一士」一首也曾經說：「此公自擬其平生固窮守節之意」（《東山草堂陶詩箋》）。可見淵明詩中所表現的往往乃是他自己心靈中的一種境界，而並非如世俗的寫景敘事而已，宋朝的黃山谷就曾說：「淵明不為詩，自寫其胸中之妙耳。」（《詩人玉屑》）要想把抽象的意念表現於以感性取勝的詩篇，原已並非易事，何況淵明的這一份「胸中之妙」，要想表現於詩歌中，當然就更非易事了。只是淵明卻獨以其豐美的想像，為他胸中這一份妙理找到了許多可以具感的意象，這些意象既恰好足以表現其「胸中之妙」，而其「胸中之妙」更是非要藉著這些意象來表達不可，這正是淵明詩中所以富於豐美之意象的一個重要原因。至於說到淵明詩中的章法句法，則淵明在句法方面雖然多用古詩一貫的平實的句法，可是在章法方面則表現為兩點迥然相反的特色，乃是極可注意的：一種是平實的表現得次第井然的結構，另一種則是突變的表現為空中轉身的結構。前者如〈歸園田居〉第一首之自「少無適俗韻」，經過「誤落塵網中」，到最後的「復得返自然」，以及〈飲酒〉詩第四首之寫一隻「日暮」「獨飛」的「失群鳥」，經過「無定止」的「徘徊」，終於遇到了一株可以託身的「孤生松」，於是乃自欣「得所」，而誓以「千載不違」，這些都是屬於第一類的次第井然的結構；後者則如〈飲酒〉詩第十五首之自「貧居乏人工，灌木荒余宅」的對於貧居荒蕪的描寫，忽然轉到「宇宙一何悠，人生少至百」的對於人生苦短的悲慨，再轉到「若不委窮達，素抱深可惜」的對於自己素抱的可惜，以及〈詠貧士〉第一首之由「獨無依」的「孤雲」，轉到「遲遲出林翮」的「飛鳥」，再轉到「量力守故轍」的貧士，這些都是屬於第二類的空中轉身的結構。由表面來看，這二種結構乃是截然不同的兩面表現，可是就淵明之寫作態度而言，這二種表現卻是同出於一因，那就是淵明的「任真自得」的態度，淵明之詩原來就是一種「胸中之妙」的自然流露，他原無意於以艱險來故標新異，所以有時乃逕作平直之敘寫，這是淵明詩之表現為第一種結構的原因；而同時他也無意於以淺易來必求人知，所以有時乃全任其精神意念之自然流轉，這是淵明詩之表現為第二種結構的原因。現在就讓我們舉出二首淵明詩為例證，試從意象及章法二方面，來一加研析：

棲棲失群鳥，日暮猶獨飛，徘徊無定止，夜夜聲轉悲，厲響思清遠，去來何依依，因值孤生松，斂翮遙來歸，勁風無榮木，此蔭獨不衰，託身已得所，千載不相違。

（〈飲酒〉詩二十首之四）

萬族各有託，孤雲獨無依，曖曖空中滅，何時見餘暉，朝霞開宿霧，眾鳥相與飛，遲遲出林翮，未夕復來歸，量力守故轍，豈不寒與饑，知音苟不存，已矣何所悲。

（〈詠貧士〉七首之一）

我們先看第一首「棲棲失群鳥」一詩，在淵明詩中，「飛鳥」乃是他最常使用的一種意象，雖然在不同的作品中，「飛鳥」有著不同的意含，但總之大體說來乃是淵明之生活或心靈的一種象喻，例如〈歸園田居〉之「羈鳥戀舊林」的「羈鳥」，乃是淵明在入世之生活中本性被摧抑的一種象喻；〈經曲阿〉一首之「望雲慚高鳥」的「高鳥」，乃是淵明所嚮往的一種高遠自由之象喻；〈歸鳥〉一詩之「翼翼歸鳥」則是淵明失望厭倦於世以後終於決心歸隱的一種象喻。這些意象有時僅出現於全詩的一句之中，如〈歸園田居〉及〈經曲阿〉二詩；有時則通篇皆為象喻，如〈歸鳥〉一詩，我們現在所要看的「棲棲失群鳥」一首，便是一首通篇皆為象喻的詩，全詩寫淵明之心靈自徬徨矛盾而終於覓得託身之所的一般痛苦的經歷，而全以飛鳥為意象，是一篇極完整的象喻之作。首句「棲棲」二字，用《論語》「丘何為是棲棲者與」的「棲棲」二字，不僅字義上表現出一份遑遑不安之感，而且因為《論語》乃是一部眾所熟知的書，因之這二字所引起的關於《論語》的聯想，乃更加深了「棲棲」二字的意含，於是這一隻鳥的遑遑不安，也似乎並非全然無謂，而更有一番深意在了❶。下面「失群」二字，表面看來自然乃是寫鳥之孤飛無侶，而其實乃是寫淵明內心中的一份孤獨寂寞之悲，淵明之所以「失群」，當然也自有其可求的深意，淵明在〈歸園田居〉中就曾經說過「少無適俗韻」的話，在〈感士不遇

❶ 我最近在《純文學》五卷五期所發表的一篇〈論溫韋馮李四家詞之風格〉的小文，於論及溫詞有無託意之時，曾經說凡是確實有所託喻的作品該是從其敘寫的口吻中就直接可以感受得到的，像淵明這一首詩，僅此開端一句，便已可使人感到有託喻的意味了。

賦〉中也曾說過「感哲人之無偶」的話，在〈歸去來辭〉中更曾說過「世與我而相遺」的話，以淵明之質性的真淳自然，理想之超然高遠，與此「真風告退大偽斯興」的人世當然並不能相合，何況淵明的「不慕榮利」，在此唯知以爭逐名利為事的社會中，當然更鮮同調，當眾鳥都急於稻粱蟲蟻之競逐的時候，卻有一隻鳥遠離這一份爭逐，而獨自為某一種理想之尋覓而遑遑不安著，則這隻鳥之「失群」，毋寧是必然的結果了。下面「日暮猶獨飛」一句「獨飛」二字，正承上句之「棲棲」、「失群」而來，「失群」所以「獨」，「棲棲」所以一直在不安地「飛」著。「猶」字乃依然仍舊之意，曰「猶」「獨飛」可見其「獨飛」之久，「日暮」則正該是倦飛的鳥應該投林棲宿的時候，這隻鳥既經過長日的「獨飛」，可見其要覓得一個託身之所的願望是何等迫切，然而下面承接的是「徘徊無定止」五個字，是其徘徊徬徨雖久，期待願望雖切，而卻終然沒有找到一個可以定止的託身之所，於是乃有下一句之「夜夜聲轉悲」的一夜較之一夜更為悲苦的哀啼，再繼之以「厲響思清遠，去來何依依」二句❷，「厲響」一句正承上句之「聲轉悲」而來，「去來」一句則承更上一句之「徘徊無定止」而來，古直《陶靖節詩箋》注此二句云：「厲，烈

❷ 按此二句焦竑本作「厲響思清晨，遠去何所依」，然而前面既然已有「夜夜」之言，則此一夜與彼一夜之間，當然已曾有過清晨的到來，此處再去思清晨殊覺無味，故一般多不用焦本。

也，急也，凡厲急之聲皆必清遠。」其實淵明此句原不僅寫聲之清遠而已，而更主要的乃是寫由厲響之聲所表現流露出來的其中心所懷思嚮往的清遠，古人有云「言為心聲」，其實不僅人類為然，即使是動物中的鳥獸，我們也往往可從牠們鳴吼啼叫的聲音來查知牠們內心中的一份情意，這二句表面自然仍是寫鳥，謂自其鳴聲之厲急可知其懷思之清遠，而其實乃是淵明自寫其內心中的一份哀吟與遠想。而繼之以「去來何依依」一句，表面上自然仍是寫鳥之來去飛翔，既不得棲止之所，而又不能斷然遠去的依依不決之情態，然而就淵明而言，則當是寫他內心中對於出處去就之間的一份徬徨矛盾之情。淵明既曾深受儒家思想的影響，他本人又生而具有一種仁者的襟懷，而況凡是才人志士也往往有一種不願使自己生命落空的心情，因此淵明早歲之曾抱有用世之念，乃是極自然的一件事，我們看淵明在〈雜詩〉中所寫的「猛志逸四海，騫翮思遠翥」，以及在〈擬古〉詩中所寫的「少時壯且厲，撫劍獨行遊」諸句，都可以想見其少年時的志意，然而淵明卻畢竟辭官歸隱了，這其間當然曾經有過許多徘徊矛盾之情，淵明既不幸以其質性之真淳自然生於此大偽斯興的人世，更不幸而生在東晉末年的無與有為的時代，因此他的徘徊矛盾中還更蘊蓄著有許多對此世痛心失望的悲哀也是可以想見的。朱子就曾經說過「陶欲有為而不能者也」（《朱子語類》），因此從欲有為的初心到最後歸田園的決志之間，淵明確實曾有過一番內心上痛苦掙扎的經歷，而這首「栖栖失群鳥」中間的一段，就以飛鳥之「徘徊無定」、「去來依依」的意象，表現出了他這一段內心中的經歷。可喜的是這隻鳥終於找到了牠可以託身的那一株孤生的松樹，淵明也終於在精神和生活兩方面都找到了他可以棲心立足的所在，他在精神方面的任真自得，既如同松樹之有著長青的榮采，他在生活方面的躬耕固窮，也如同松樹之在風雲艱難中有著耐寒的節操，而他與世相遺之寂寞無偶的心情又使他有著極深切的孤獨之感，因此他所取喻的意象乃不僅是「松」，而且是一棵「孤生松」。這一首詩所蘊含的情意雖極為繁複深微，而其所取喻的意象則是極為完整的。通篇全寫飛鳥，結構方面更是次第井然，這是淵明一首極好的代表作。

現在我們再看第二首，這一首的象喻，不像前一首那樣完整，而是幾層不同的意念的輾轉承接，開端「萬族各有託，孤雲獨無依，曖曖空中滅，何時見餘暉」四句以「雲」為象喻，首二句寫雲之孤獨無依，與各有託的萬物之各種族類相較，則鳥棲於林，魚游於水，孤生竹尚且可以結根於泰山之阿，而只有天上那一朵飄泊的孤雲是浮遊於太空之間全然無所依倚的，這二句真是寫盡了一顆孤寂之心靈的無依之感。次二句則寫雲之生命的短暫無常，「曖曖」二字，丁福保引王逸《楚辭注》云：「昏昧貌。」「曖曖空中滅」者言浮雲在迷濛昏昧之中冉冉而消滅之意，「何時見餘暉」一句，自當仍指雲而言，「暉」

字當指浮雲之光影，所謂天光雲影者也，而浮雲倏而變滅，一旦消逝之後，乃更無殘餘之光影可見矣，而淵明在〈形影神〉三首中所寫的「適見在世中，奄去靡歸期」的人類，其生命之短暫無常豈不與此短暫變滅之浮雲正爾亦復相似，前四句浮雲之象喻寫盡了淵明心靈中的孤獨寂寞的悲哀與對於人生的空幻無常的體認。然後下面的「朝霞開宿霧，眾鳥相與飛，遲遲出林翮，未夕復來歸」四句，乃轉入了另一「飛鳥」之象喻，「相與飛」的「眾鳥」象喻著孜孜為名利而爭逐著的眾生，當早晨的「朝陽」驅散了昨夜所留存在空中的積霧的時候，一天的爭逐也就從此開始了。然而在「眾鳥相與飛」的爭逐中，卻有著另一隻不肯與眾鳥爭飛的與眾不同的鳥，這隻鳥遲遲地纔展動著牠的雙翼飛出林來，而卻早早地在天色尚未完全夕暮時就斂翮歸來了。前一句的「出林翮」實在乃是指出林的一隻鳥，用一個指鳥翼的「翮」字來代表一隻整體的鳥，一則因為自「翮」字可以想見其展翅「出林」的飛動之態，再則上一句的「翮」字可以直貫到下句的「歸」字，大有前一首「斂翮遙來歸」的意味。這四句當然正象喻著淵明之淡泊名利翩然歸隱的選擇和決志，於是最後的「量力守故轍，豈不寒與饑，知音苟不存，已矣何所悲」四句，遂自「浮雲」及「飛鳥」的象喻轉為一己的自敘，正式寫出了一個貧士的心情和志意。「量力」者，自己知道自己所具有的資質與能力是什麼，也知道以自己的資質能力所能得到的是什麼，而不做絲毫的過分之想，此一般所謂「量力」者也。對於淵明而言，他正是一個自知甚明，自持甚堅的人物，他深知自己所有的是什麼，也深知自己所能做到的是什麼，更深知自己所不肯為的是什麼，淵明在〈歸去來辭〉中就曾說過「質性自然，非矯勵所得，饑凍雖切，違己交病」的話，在〈與子儼等疏〉中也曾說過：「性剛才拙，與物多忤，自量為己必貽俗患，僶俛辭世，使汝等幼而饑寒。」的話，凡此都可見到淵明之「量力」的持守，以及對生活之「豈不寒與饑」的體認，但是淵明卻寧可過這種饑寒交迫的生活，也不肯做改弦易轍的打算，他在〈飲酒〉詩第九首中就曾說過「紆轡誠可學，違己詎非迷，且共歡此飲，吾駕不可回」的話，可見他的「守故轍」之堅定的心意。只是淵明這種「量力守故轍，豈不寒與饑」的心意與節操，畢竟並不是一般人所容易了解和接受的。淵明在〈與子儼等疏〉中，在說過上面一段「自量」、「辭世」而不免使家人「饑寒」的話以後，下面接著就說了：「但恨鄰靡二仲，室無萊婦，抱茲苦心，良獨惘惘。」的話，不但沒有友人的相知，甚至連家人妻子的諒解也無法得到，則其內心之孤寂可以想見，然而淵明卻在他的艱苦的生活及孤寂的心靈中覓致了他自己精神上一份任真自得的天地，他不僅對於饑寒的生活，曾說過「豈不實辛苦，所懼非饑寒，貧富常交戰，道勝無戚顏」的從容無懼的話，對於任真的自得之樂，更曾說過「此中有真意，欲辯已忘言」，「俯仰終宇宙，不樂復何如」的悠然自得之語，所以淵明乃在這一首詩的「量力守故轍，豈不寒與饑」的二句之下，淒然而同時也是悠然的以「知音苟不存，已矣何所悲」兩句說出了深辨甘苦而又超脫悲喜的一份至高的修養的境界。這一首詩雖然被我分成「孤雲」、「飛鳥」與「貧士」三段來說明，然而淵明的精神，卻實在乃是貫串全篇的。開端四句「孤雲」的象喻，其所表現的「無依」的孤寂，正遙遙與結尾的「知音苟不存」二句的孤寂相映對，而「曖曖空中滅」的空幻無常的體認，則正是淵明所以能將世俗一切利祿得失都能全然不置於懷，而充滿解脫妙悟之智慧的心理基礎，此一心理基礎不僅就是下面四句「飛鳥」之象喻所寫的那隻「遲遲出林」、「未夕來歸」的鳥所以能不與眾鳥相爭逐的心理基礎，同時也是末四句所寫的貧士之所以能做到「量力守故轍」的固守饑寒之生活的心理基礎，而中四句所寫的飛鳥，也就正是後四句貧士的象喻，而後四句中前二句之「量力」與「饑寒」，既緊承中四句的「未夕來歸」的飛鳥而言，而末二句之「知音不存」的孤寂則又逕與首句之「孤雲」相呼應，如此說來，則這首詩豈不是全以淵明心中意念之活動流貫全篇，其迴環相貫串之妙，可以超越幾種不同之意象而運行無礙，這正是淵明詩中極可重視的一首代表作。以這首與前一首相較，則前一首通篇以「棲棲失群鳥」為象喻，其意象乃是單純的，而且全篇的結構乃是平實而次第井然的近於理性的結構；這一首則以「孤雲」、「飛鳥」兩種不同的象喻層層逗引，最後轉為貧士的自敘，其全篇結構乃是以心靈意念之層轉為線索，而表現為空中轉身之突變的另一種結構。從以上兩個例證，我們已足可以窺見淵明之善於使用意象，以及他在章法結構方面之兩點不同的特色。

其次我們再談杜甫，說到杜甫，一般人所認識的杜甫乃是一位寫實的詩人，而殊不知這一位寫實的詩人，其作品中卻同時也充滿了意象的表現，而且在章法與句法方面，更有著極驚人的成就，我們在前面曾經分析過淵明詩中何以富於意象之表現的緣故，以及淵明詩在章法結構方面的特色，現在讓我們對杜甫也試一作簡單之分析。一般人所共同承認的杜甫詩之好處約有二點：其一，就內容方面而言，杜甫有極深厚而博大的情感和襟懷，無論是對君國，對百姓，對家人，對朋友，甚至對一切有生或無生之物，杜甫莫不有一份極深厚的關愛之情，杜甫是一位關心現實而且熱愛現實的詩人，因此在杜甫詩中，不僅富於寫實之作，而且這些寫實的作品中，莫不有杜甫極深摯的感情的投射，這是眾所公認的杜甫詩之好處之一；再則，就工力技巧而言，杜甫有著一份極為可貴的集大成的容量，博綜兼採，不僅能盡得古今各體之長，而且無論在謀篇造句或遣辭各方面都有著融貫出新的表現，這是眾所公認的杜甫詩之好處之二。可是如果從本文所標舉的現代觀點來看，則前者就正是造成杜甫詩之富於意象表現的重要原因，而後者也正是造成杜甫詩在章法句法方面有獨特之成就的重要原因。先說第一點，杜甫雖以寫實著稱，而其所寫之現實正不僅只是平板客觀的現實而已，杜甫無論對其所寫之任何客體，都有著極深摯的感情的投射，因此杜甫所寫的現實乃往往在其感情之投射籠罩下染上了極濃厚的意象化的色彩。因此杜甫的一些佳作，都往往一方面是寫實，而另一方面卻又是感情與人格之意象化的表現，這是杜甫的一大特色，如其〈瘦馬行〉一首，從字面看來杜甫該只是寫他真正見到的一匹現實的瘦馬，可是歷來注家都有人或者說這首詩是為傷房琯之被黜免而作，或者說這首詩乃是杜甫罷拾遺以後的自況之作；又如其〈佳人〉一首，從表面看來該也只是寫他真正見到的一位在現實中因戰亂而兄弟死喪復為夫壻所棄的佳人，可是歷來注家卻有人或者說這首詩乃是杜甫託棄婦以比逐臣，傷新進獨狂老成凋謝而作，或者以為乃是杜甫自喻之作❸。以一種深摯的感情投射，使所寫的現實中之事物成為象喻著感情與人格的一種意象，這是杜甫詩雖多為寫實之作，而同時也極富於意象化之表現的緣故。再從第二點來說，杜甫既有集大成的稱號，因此他在章法句法方面的

❸〈瘦馬行〉一首黃鶴注以為為房琯罷相而作；蔡興宗以為公自傷貶官而作。〈佳人〉一首仇兆鰲引舊注謂託棄婦以比逐臣，楊倫《鏡銓》云帶自喻意。

推陳出新的種種變化幾乎是不可遍舉的。我現在只提出他在原則方面的幾點特色來討論。先說章法方面，杜甫之所以能成為一個集大成的作者，實在因為杜甫乃是一位感性與理性二方面都兼長並美的詩人，因此他在章法上往往一方面既自感性之聯想表現為突變的轉折，一方面又自理性之邏輯表現為照顧呼應之周至。如其最著名的〈哀江頭〉一詩，自「翻身向天仰射雲，一笑正墜雙飛翼」二句對當年玄宗與貴妃遊幸曲江的一段歡樂的描寫，忽然轉入下面「明眸皓齒今何在，血污遊魂歸不得」二句對貴妃慘死的悲悼。自歡樂突接入悲悼，自然是突變的轉折，而自字面所予人之直感的聯想言之，則前一句之「正墜雙飛翼」雖為對射獵歡樂的描寫，可是「雙飛翼」之「墜」也就正暗示給了讀者一種比翼之飛而中途竟折的不祥的預感，因此下面乃逕接以貴妃之死，這種突變的轉折，自然出於感性的聯想，可是就〈哀江頭〉一詩之內容情意言之，則撫今追昔，由今日之潛行曲江，追憶到昔日的歡樂，再由歡樂射獵的昔遊到死生離別的今日，這中間也隱然自有一種理性的呼應安排；又如其另一首著名的詩篇〈赴奉先縣詠懷〉，自「凌晨過驪山」的旅途之敘述，接以「御榻在嵽嵲」，然後便以一大段筆墨寫朝廷之淫靡奢侈，最後再以「朱門酒肉臭」一句對前面的淫奢作一總結，再以「路有凍死骨」一句重新拍回到沿途的旅程來，這種章法自然為理性之呼應照顧，可是從「酒肉臭」到「凍死骨」則是出於對比的聯想，這其間就也隱然有著感性的意味了。這是杜甫在章法方面的感性與理性兼長並美的特色。至於句法方面，則杜甫所同於常人的好處姑且不論，至其不同於常人者，則我以為杜甫最大的特色乃是但以感性掌握重點而跳出於文法之外的倒裝或濃縮的句法，如其〈遊何氏山林〉之「綠垂風折筍，紅綻雨肥梅」、〈寄岳州賈司馬巴州嚴使君〉之「翠乾危棧竹，紅膩小湖蓮」此所謂倒裝句也，順之，則當為「風折筍」「綠垂」，「雨肥梅」「紅綻」，「危棧竹翠乾，小湖蓮紅膩」，然而倒裝起來纔顯得更為意象鮮明更為矯健有力，又如其〈洗兵馬〉之「萬國兵前草木風」其「草木風」三字，舊注以為乃是用「風聲鶴唳草木皆兵」一則故實。如果把此三字按字面解作被風吹之草木，則平日見風吹草木乃尋常景象而承接於上面的「兵前」二字之下，則風吹草木皆令人生疑懼之感矣，總之這五個字的匆促迷亂的結合，恰好造成了一種惶恐疑懼的感覺，乃是極為成功的一種句法。又如其〈秋興〉八首的「香稻啄餘鸚鵡粒，碧梧棲老鳳凰枝」二句，有人也以為是倒句，其實這二句與前面所舉的倒裝句並不全同，前面的倒句，順排起來就可得到句之本意，可是「香稻」二句如果按一般人的說法，順排為「鸚鵡啄餘香稻粒，鳳凰棲老碧梧枝」，就變成為實寫有鸚鵡啄稻鳳凰棲梧的兩件實事了，然而這都並非杜甫本意，私意以為此二句當以「香稻」、「碧梧」為主，至於「啄餘鸚鵡粒」五字則為「香稻」之形容子句，寫香稻之豐盛，有鸚鵡啄餘之粒；而「棲老鳳凰枝」五字則為「碧梧」之形容子句，寫碧梧之美好為鳳凰棲老之枝，如此則當年開天盛世渼陂附近之景物如在目前，故杜甫乃逕置「香稻」、「碧梧」於二句開端，而並不計及以「香稻」置在「啄」字上，以「碧梧」放在「棲」字上，在一般人觀念中是何等不易被人接受的句法，這雖與前面舉的倒裝句並不全同，但仍是杜甫只以感性掌握重點而超越於一般文法之外的特色。下面就讓我們舉二首杜甫詩為例證，來對其意象之使用及章法句構方面一作研析：

雨中百草秋爛死，階下決明顏色鮮，著葉滿枝翠羽蓋，開花無數黃金錢，涼風蕭蕭吹汝急，恐汝後時難獨立，堂上書生空白頭，臨風三嗅馨香泣。（〈秋雨歎〉三首之一）

昆明池水漢時功，武帝旌旗在眼中，織女機絲虛夜月，石鯨鱗甲動秋風，波漂菰米沉雲黑，露冷蓮房墜粉紅，關塞極天唯鳥道，江湖滿地一漁翁。（〈秋興〉八首之七）

先說第一首〈秋雨歎〉，無疑的，這首詩所寫的乃是秋日風雨中被吹打的一叢決明，決明是一種植物，有羽狀複葉、秋日開黃花，杜甫所寫的原只是現實的一叢決明而已，而杜甫卻把感情投注於這一叢決明上，而使之具有了象喻的意味。開端「雨中百草秋爛死」，不僅寫出了秋日風雨中百卉俱腓的凋落淒涼，而且「爛死」兩個字所表現的摧傷慘痛，可以說真是使人觸目驚心，杜甫一向用筆到切至之處，便往往不避一切醜拙激烈之辭。此詩「爛死」二字不僅與下一句決明的「顏色鮮」造成了強烈的對比，使人更覺百草都已「爛死」之後的決明之獨能依舊「顏色鮮」的彌足珍貴，而且另一方面「爛死」二字所表現出來的無情摧毀之力的強大，也預示了決明恐亦終難逃此一摧毀傷殘之大劫的可哀可慮。而在這種哀傷憂慮的反襯下，杜甫卻於次二句更用了「翠羽蓋」、「黃金錢」二句，把決明的鮮茂美好著意描寫了一番，說它所附著的滿枝綠葉，宛如以翠羽為飾的傘蓋，而其盛開的黃色花朵則更如無數光彩奪目的金錢，試看這二句所用的字樣，如「滿枝」、「無數」所表現的是何等豐盛充盈，而「翠羽」、「黃金」所表現的又是何等鮮麗珍貴，而且雖然這一首詩的體裁原為古詩，可是杜甫在這二句卻用了如此工整的一聯對句，從這些地方我們都可以看出杜甫是以何等珍重愛惜的心情，傾全力來寫這一叢在百草都已爛死後的風雨中仍能如此鮮茂的決明之可貴。然後筆鋒一轉，突接以「涼風蕭蕭吹汝急，恐汝後時難獨立」二句，再回到開端的風雨中來，而且接連用了兩個極親切的「汝」

字來呼喚這一叢決明，又於上一句用了一個「吹」字，把蕭蕭的風雨完全加在如此親切的「汝」字之上，這是何等可痛心的情事，因此下一句就又用了一個「恐」字加在「汝」字之上，表現了一份極深沉的憂慮，在百草都已爛死的整個大環境中，又有哪一個是能夠獨自站立支持得長久的呢？所以說「恐汝後時難獨立」，七字中有無限憂慮關愛之情。全詩至此，都以寫一叢風雨中的決明為主，而以下杜甫卻忽然介入了人物，寫出了「堂上書生空白頭，臨風三嗅馨香泣」的歎息，於是堂上之書生遂與階下之決明驀然交感神光閃爍，風致環生，這真是二句神來之筆。堂上是徒然空空白首而無所成就的一位書生，階下是慘遭風雨吹襲恐終不免於爛死之下場的一叢決明，書生對自己之老大無成既深懷自傷，對階下決明之相視而不能相救，則更加有莫可如何之痛，所以下面纔有臨風三嗅其馨香而終然泣下的哀歎，「馨香」雖僅只二字，卻包容和暗示了決明可珍惜的全部資質之美好，以如此美好之資質，而且如此堅毅地挺立秀出於風雨摧傷之下，卻終不免要遭到與百草同樣爛死的命運，此所以三嗅其馨香而終然泣下者也。「三」字不必作數目之確指，不過為加甚之辭而已，「三嗅」之者，愛之深而痛之切也；用筆如此，自然會使人感到這一叢決明似乎已不僅只是一叢無知覺無感情的草木而已，而當是一種人物的情操品格之象喻，所以在《杜詩詳注》中仇兆鰲乃以為這首詩中的決明是確有指喻的，說「此感秋雨而賦詩，三章各有諷刺，房琯上言水災，國忠使御史按之，故曰『恐汝後時難獨立』也，……語雖微婉，而寓意深切，非泛然作也」。又引申涵光曰：「『涼風吹汝』二句說君子處亂世甚危。」於是這一叢現實的決明遂充滿了象喻的意味，成為一個動人的意象，暗喻一種情操與人格的持守，而不僅只是寫實而已了。這正是杜甫寫實而能使現實意象化的一種特色，至於從階下決明轉到堂上書生，以一句突然宕開，又以「三嗅馨香」一句立即拍轉再回到決明來，而在字面上「堂上」二字又遙遙與前面的「階下」二字相對，凡此開合呼應之妙都可以見杜甫在章法方面既以感性為轉折又以理性為呼應的兼長並美的妙處。

至於第二首「昆明池」一章，則原是杜甫一組連章之作〈秋興〉八首中之第七首，這八首詩乃是杜甫晚年羈旅飄泊之目的作品，當時杜甫寓身四川夔府，因值秋日興感而緬懷長安，八首原為一體，或以夔府為主而遙念長安，或以長安為主而映帶夔府，是杜甫連章之作中章法最完整而變化又最多的一組詩，我以前曾寫過《杜甫秋興八首集說》一書，其中專有一章討論這八首詩的呼應變化之妙，但現在為篇幅及體例所限，只能截取一章來作為例證，因此只能做簡單的說明而已，這一首詩杜甫所懷念的乃是長安的昆明池，而昆明池則是當年漢朝的武帝為了要西征昆明夷，而使吏役開鑿以習水戰的處所，所以開端即言「昆明池水漢時功」，一方面既切合昆明池之史實，一方面借漢喻唐，因漢武之功而慨唐代國勢之一蹶不振，有無限衰殘冷落的今昔之慟，而於開端全力作反提，極寫漢代武功之盛，不但於第一句就明明點出武功的「功」字，而且更於第二句「武帝旌旗在眼中」七字，把當日之「功」寫得旌旗飄動盛況如在目前，然後下面「織女機絲虛夜月，石鯨鱗甲動秋風」二句，則陡然跌落承接以今日之衰殘，這二句自表面看來乃是記實之筆，因為石鯨與織女之雕像原來都是昆明池畔所實有的景物，據班固〈西都賦〉、張衡〈西京賦〉及《文選．西都賦》注所引《漢宮闕記》皆載云：「昆明池左右有牽牛織女二石像以象天河。」又據《西京雜記》載云：「昆明池刻玉石為鯨，每至雷而鯨常鳴吼，鬐尾皆動，漢世祭之以祈雨，往往有驗。」是昆明池畔確有織女之石像，池中亦確有石刻之鯨魚，然而池畔織女徒然以織為名，卻並不能如一般女子真正地鳴機夜織，則不過夜夜空立於月明之中而已，所以用一「虛」字以表示其落空無成徒然負此夜月，故曰：「織女機絲虛夜月」也；至於石鯨則雖然亦為石刻之像，然而風雨之中，於池水洶湧起伏之際，此石鯨乃真有鬐尾皆動之意，所以用一「動」字，以寫其在秋風下之波水起伏中的動蕩不安之狀，故曰：「石鯨鱗甲動秋風」也，是則此二句原為昆明池實有之景物，可是這二句除表面寫實的意思外，更可注意的乃是它們所能帶給人的一種落空無成與動蕩不安的感覺，所以金聖歎唱經堂《杜詩解》評此二句乃云：「織女機絲既虛，則杼柚已空，石鯨鱗甲方動，則強梁日熾，覺夜月空懸，秋風可畏，真是畫影描風好手，不肯作唐突語磞磕時事也。」又王堯衢《古唐詩合解》亦云：「石鯨鱗動，比強梁之人動而欲逞，織女機虛，比相臣失其經綸，猶織女停梭虛此夜月，亦是深一層看法。」中國傳統的評說，一向好為附會時事之言，有時當然不可盡信，只是就這二句而言，則「虛夜月」、「動秋風」之意象中，確實表現有一種徒然落空的悲慨，與動蕩難安的感覺，則是確實可以感受得到的，以寫實的筆法而造成了象喻的效果，這正是杜甫詩之一大特色。再下面二句「波漂菰米沉雲黑，露冷蓮房墜粉紅」，從表面看來也不過只寫現實之景物而已。菰米乃是生長水中的一種植物，葉如蒲葦，秋日開花成長穗，結實如米，謂之菰米，亦曰雕胡米。此句當然乃是寫昆明池秋日之景色，正當秋季菰米結實之候，而池水荒涼，既無人採摘整理，則唯有一任其凋零漂蕩於池水之中，而菰米甚多，其浮沉水中者乃但見團團之黑影如雲影之沉於水中，故曰「波漂菰米沉雲黑」也。而秋季又為蓮花凋謝之時，於風高露冷之季，蓮花片片之紅色粉瓣乃逐漸飄墜萎褪於湖水之中，故曰「露冷蓮房墜粉紅」也，至於不曰「露冷蓮花」而曰「露冷蓮房」者，「蓮房」乃蓮實所在之地，正為蓮心深處之花房，且蓮花之瓣既已墜粉飄紅，故曰「露冷蓮房」，是寒露直冷到花心深處、更無庇護，則花之寒意可知，飄零可想矣。這二句也有人以為不僅只是寫實景物而已，言外亦當更有喻託深意。邵寶《杜詩分類集注》即曾評此二句云：「嘆池水之荒廢為武備之不脩。」錢謙益《杜詩箋注》則云：「菰米不收而聽其漂沉見長安兵火之慘矣。」金聖歎《杜詩解》則云：「五、六，轉到黎民阻饑，馬嵬亦敗，亦以不忍斥言，故為隱語。」則是以菰米之漂沉為喻黎民之饑，以蓮花之凋落為喻貴妃之死，雖然這些牽強附會之說，並不可盡信，但是只要我們仔細體味杜甫此二句中所用的「漂」、「沉」、「冷」、「墜」一些字所予人的凋謝堪憐的意味，言外之悲慨也是不難感受得到的。以上六句都是寫杜甫懷念中的長安，然後下二句「關塞極天唯鳥道，江湖滿地一漁翁」纔反跌出杜甫今日所羈身的夔府。「關塞」二字含意甚廣，歷來說法甚多，蓋就眼前所見者言之，則有白帝之高城；就蜀地之具有代表性者言之，則有劍閣之危關；而就詩人之所感慨者言之，則當慨秦蜀間道路之隔絕險阻。至於下面「極天」二字則正寫其高危艱險，「鳥道」二字，則太白〈蜀道難〉詩曾有「西當太白有鳥道」，及「不與秦塞通人烟」之言，杜甫此處之「鳥道」不必專指一地，不過泛言秦蜀之間關塞高危，唯有飛鳥可通行之道路而已，蓋深慨長安之不能得返也。而且在章法方面，這一句乃是從前面所回憶的長安回到今日羈身之夔府的一個引渡，「鳥道」便正是其間的唯一的一條通路。所以下面的「江湖滿地一漁翁」一句，就回到今日在夔州的羈旅飄泊之生活，以一片漂流無所底止的沉哀作了全篇的結束。關於此句之「江湖滿地」四字，歷來注家也有許多不同的說法，有以為指今日所寓居之夔峽者，有以為指即將前往之瀟湘洞庭者，有以為「江湖」二字乃指「滔滔者天下皆是」之意者；有以為「江湖」二字乃自「陸沉」二字變化出之者❹。是則此句除寫杜甫乘舟下峽，寄跡江湖有似漁人之泛泛無歸的真實生活以外，另外也可能更象喻著天下滔滔、神州沉陸的悲慨。總之杜甫這一首詩表面上所寫的雖然多只是現實中之景物情事，然而同時卻又充滿了象喻的意味，於是乃使其所寫的種種現實情事，都染上了意象化的色彩。這正是前面我所說過的杜甫詩之寫現實而同時具有意象化的特色。至於以章法而論，則此章所懷念者為長安之昆明池，故即從昆明池詠起，首二句先敘昔年漢武開鑿之功，自第三句跌入今日之衰，然後分詠昆明池之景物四事：「織女」像、「石鯨」魚、「菰米沉雲」、「蓮房墜粉」，再以第七句「鳥道」直轉入今日夔府之飄泊，遂以「漁翁」作結，而且末句之「江湖」也仍是以寫「水」為主，與通篇之寫懷

❹ 王維楨《杜律頗解》云：「江湖指所寓之地」；張綖《杜工部詩通》云：「江湖謂瀟湘洞庭」；金聖歎唱經堂《杜詩解》云：「顧此江湖，滔滔皆是，將何底止邪」；黃生《杜詩說》云：「江湖滿地，即陸沉二字變化出之。」至於詳細解說可參看拙著《杜甫秋興八首集說》。

念長安而全以「昆明池水」為主的寫「水」的主題亦復完全相合，凡此都可以看到杜甫在章法方面於承轉變化中，不忘以理性為安排呼應的特色。至於以句法言之，則黃生《杜詩說》曾評此詩之三、四兩句云：「並倒押句，順之則『夜月虛織女機絲，秋風動石鯨鱗甲』也，句法既奇，字法亦復工極。」其實這二句主要乃是標舉出「織女像」和「石鯨魚」兩個與昆明池有關的名物，然後以「機絲虛夜月」與「鱗甲動秋風」來作引申補述的形容，不過「機絲虛夜月」乃是「夜月之中機絲徒虛」的濃縮和顛倒，而「鱗甲動秋風」則是「秋風之中鱗甲欲動」的濃縮和顛倒，只是如果逕作平直的敘述，則事事落實，便無言外之慨，一定要以如此顛倒而濃縮的句法，纔能顯示出夜月中的一片虛幻空茫與秋風中的一片動蕩飄搖的悲慨來，這正是杜甫在句法方面的特色。前一首〈秋雨歎〉之「著葉」、「開花」二句也是極為精鍊濃縮的句子，如果引申為通順的句子，便該如我在前面所解說的乃是說「所附著的滿枝綠葉如同翠羽為飾的傘蓋，所盛開的花朵如同無數黃色的金錢」，然而杜甫卻把「滿枝著葉」倒敘為「著葉滿枝」又把「如同」二字的說明省略，逕接以「翠羽蓋」三字，然而也就正是這樣的句法，纔使得這二句詩充滿了勁健的筆力和閃爍的光彩，杜甫自敘為詩的態度，曾有「語不驚人死不休」之言，句法的鍛鍊，正是他所致力的一點，這種句法與淵明所表現的古詩一貫平順的句法迥不相同，是可以清楚地看到的。

最後我們將再談到另外一位詩人李義山，義山乃是最長於意象之使用的一位詩人。如果以義山與淵明及杜甫相較，則淵明詩之富於意象，乃是「以心託物」之結果，杜甫詩之富於意象乃是「以情入物」之結果。他們詩中之意象，或者乃是心念之活動的自然流露，或者乃是感情之深摯的自然投射，總之他們詩中之富於意象乃是一種自然而然的表現，姑不用說在他們寫詩的時代，中國文學批評方面尚沒有關於意象之理論方面的自覺，即使在他們使用意象時，該也只是「行乎所當行，止乎所不得不止」的一種順乎自然的表現，並不一定存心要去安排製造，有著什麼「意象化表現」的自覺，因此在他們詩中雖有意象化之意味，可是他們所用的意象，及意象所象喻的情意，都仍然有著某種可以用理念去研析和接受的現實的基礎。如淵明之「飛鳥」與「孤雲」不僅其所取象者乃是現實中所可有之事物，即其所象喻之內心的矛盾掙扎的過程與夫寂寞孤獨的貧士，也都是現實中可以理念接受的情意。至於杜甫詩中之決明、織女像、石鯨魚及菰米、蓮房等，則更是現實中真正具有之實物，而其所象喻的風雨摧傷中的品格與夫國勢之動蕩衰殘，當然也更是現實中可以理念接受的情意。而義山詩則不然，義山所用的意象既多為非現實之事物，而其所象喻者也往往是一種極難以現實理念解說的窈眇幽微的情意，義山的時代雖然在中國文學批評方面也仍然還沒有理論方面的自覺，可是義山之使用意象，卻隱然是有著一種使用方面的自覺的。我們以前既然曾經分析過淵明與杜甫詩中何以富於意象化之表現的緣故，那麼對於義山這種非現實的更為隱約幽微之意象化的表現，當然也就更值得研析了。我以為義山之所以走上了如此隱約幽微的途徑，其重要的原因似乎可以分為先天性的與後天性的兩方面來看，先從先天性的因素來看，無論任何一位天才都有屬於他自己所特有的一種稟賦的資質，以及他自己所特有的一種表現事物的方式。以稟賦的資質來說，義山似乎生來就具有著一種纖細銳敏到幾近於病態的感覺和感情，他所見的世界往往不同於一般人所見到的僅只是事物的外表而已，而是一直透視到一切事物的心魂深處，而且特別耽溺於心魂深處的某一種殘缺病態的美感，這種稟賦資質本來就不是可以用清楚的理念來表達說明的了，何況義山所特具的表現方式也是全以感性之感受為主，而並不注重理性的說明，因此義山詩往往只表現為意象之錯綜的組合，而其所使用之意象更往往都是遠離現實的一些窈眇之心魂的產物，充滿了瑰奇神祕的色彩，這是義山詩之所以走上如此隱約幽微之途徑的兩點屬於先天性之因素；再從後天性的因素來看，也有幾點可述之處：據張爾田《玉谿生年譜會箋》，義山九歲喪父，他少年時代的生活是非常酸辛淒苦的，在其〈祭仲姊文〉中，就曾經說過：「年方就傅，家難旋臻，躬奉板輿，以引丹旐，四海無可歸之地，九族無可倚之親……及衣裳外除，旨甘是急，乃占數東甸，傭書販舂。」的話，而義山以傭書販舂米來奉養寡母的時候，不過僅只十二歲的年齡而已，則義山少年時代心理上所經受之創痛可知，此其一；其後以文章受知於令狐楚，年十八從令狐楚天平幕府，辟署為巡官，年二十六又以楚子令狐綯揄揚之力登進士第，而義山登第後卻又以文采為王茂元所賞，以女妻之，而當時唐代政壇有牛李之黨爭，令狐父子為牛黨，王茂元為李黨，於是義山遂以一介孤寒之書生，因偶然之遇合而陷身於政壇黨爭的恩怨之間，一則為兩代之世交，一則為翁婿之情誼，而猜嫌一起，終身莫白，遂為義山平生一大隱痛，此其二；而況義山生當晚唐多故之秋，歷經憲、穆、敬、文、武、宣六宗之世，其所聞所見可資悲慨之情事甚多❺。而這些有關國事的悲慨，也有著難以具言的苦衷，此其三。有此外在之諸種因素再加以前面所舉的一些內在因素，二者相成，遂造成了義山詩之多以非現實之意象來表達極窈眇之情意的一種獨為隱約幽微的特色。因此一提到義山詩，就會使人先興起一種「一篇〈錦瑟〉解人難」、「只恨無人作鄭箋」的歎息，可是義山詩儘管如此之難解，而愛好義山詩的讀者偏偏卻又很多。我以為義山詩之難於被人理解與易於被人賞愛，其實乃是同出於一因，

❺ 可參看繆鉞所著《詩詞散論》。

那就是因為他往往並不是從理念方面下手來寫詩，而乃是以感性方面的意象來組成一篇詩歌的緣故。這些被組成的意象雖不可以確解，然而卻可以確感，而確感正是詩歌之所以感人之第一要素，所以義山詩雖然難解，而卻完全無害於讀者對它們的欣賞喜愛。面對這些不屬於理念但憑意象組合的詩篇，而卻要以理念來解說，原來就是不可能也不必要的一件事，所以欣賞義山詩最好就是以自己之心靈和感受去面對那些充滿炫惑感人之力的一些幽隱深微的意象，忠實於自己之感受，也忠實於詩篇之本身，如此去作一番深入的體認，這是欣賞義山詩最好的一條途徑。而切不可先把自己拘限於某一偏狹之理念的成說之內，這是最重要的一件事。當然這也並非就是說一些屬於理念的知識全然無用，不過那些理念的知識僅可以供參考之用而已，切不可先被它所拘限蒙蔽。下面就讓我們舉義山兩首詩為例證，來從一己直接對於意象的感受一作探研：

錦瑟無端五十絃，一絃一柱思華年，莊生曉夢迷蝴蝶，望帝春心託杜鵑，滄海月明珠有淚，藍田日暖玉生煙，此情可待成追憶，只是當時已惘然。（〈錦瑟〉）

風光冉冉東西陌，幾日嬌魂尋不得，蜜房羽客類芳心，冶葉倡條徧相識。暖藹輝遲桃樹西，高鬟立共桃鬟齊，雄龍雌鳳杳何許？絮亂絲繁天亦迷。醉起微陽若初曙，映簾夢斷聞殘語，愁將鐵網罥珊瑚，海闊天寬迷處所。衣帶無情有寬窄，春烟自碧秋霜白，研丹擘石天不知，願得天牢鎖冤魄。夾羅委篋單綃起，香肌冷襯琤琤珮，今日東風自不勝，化作幽光入西海。（〈燕臺〉四首之一）

我們先看第一首〈錦瑟〉，這是義山最為著名的一首詩，幾乎已被視為義山之代表作，大約歷來評說義山詩的人沒有不提到它的，因此我雖明知關於這首詩已經有了過多的解說，卻仍不免要舉這一首詩來作為義山詩的第一個例證。關於這首詩前人之說約有以下數種：或以為此詩中四句乃寫錦瑟之為樂有〈適怨清〉和〈四調〉（見《緗素雜記》）；或以為錦瑟乃人名，為貴人愛姬，甚至竟指為令狐楚青衣（見劉貢父《詩話》及《唐詩紀事》）；或以為乃悼亡之詩（見三家評朱注本朱彝尊說及馮浩注）；或以為乃自傷之辭（見三家評朱注本評及張爾田《玉谿生年譜會箋》）。前二說之誣妄固屬一望可知，至於悼亡或自傷之說，則原來都不失為讀者的一種感受，只是如果像馮注之必云：「滄海句美其明眸，藍田句美其容色。」或者像張氏會箋之必云：「滄海句謂衛公毅魄久已與珠海同枯，令狐相業方且如玉田不冷。」則亦不免於有過於穿鑿附會之病。現在且讓我們把這些成說暫時拋開，來面對詩歌本身所使用的意象，以及它們所能給予讀者的感受與聯想來一作分析。首句「錦瑟無端五十絃」，「錦瑟」二字，朱注引《周禮樂器圖》云：「飾以寶玉者曰寶瑟，繪文如錦曰錦瑟。」是錦瑟乃樂器中之極珍美者。至於「五十絃」三字，則朱注引《漢書・郊祀志》云：「泰帝使素女鼓五十絃瑟，悲，帝禁不止，故破其瑟為二十五絃。」則是五十絃瑟乃樂器中之極悲苦者，以如此珍美之樂器，而竟有如彼悲苦之樂音，此真為一命定之悲劇，然而誰實為之？孰令致之？此所以為「無端」也。在本句中，「無端」二字乃是虛字，然而全句的悲慨之意，卻正是完全藉著這兩個虛字表達出來的。「無端」二字乃是無緣無故之意，所謂「莫之為而為者，天也」，錦瑟之珍美與五十絃之悲不可止，在此「無端」二字的結合下，乃形成了一種莫可如何的悲劇之感，於是以錦瑟之珍美乃就命定了要負荷此五十絃繁重之悲苦，正如以義山心靈之幽微深美，卻偏偏有如彼不幸的遭遇和如彼沉重的哀傷，這都同樣是「無端」的命定的悲劇，所以說「錦瑟無端五十絃」也。至於下面的「一絃一柱思華年」一句，則以兩個「一」字與下面的「思」字相承，似乎在述說著一些追思中的繁瑣的事項。如果以上一句的「五十絃」三字，為某種稟賦極珍美而負荷極繁重的生命之象喻，那麼這句的「一絃一柱」就該是此一生命所彈奏出的每一樂音，而每一樂音所象喻的則是生命中的每一點前塵每一片舊夢。而在這些點點片片的前塵舊夢中有多少對於流逝不返的華年的追思和留戀，所以說「一絃一柱思華年」也。首二句乃是一篇回憶的總起，後面就以兩聯四句標舉出四種意象。先看「莊生曉夢迷蝴蝶」一句，這一句當然用的乃是《莊子》一書的典故，《莊子・齊物論》云：「昔者莊周夢為蝴蝶，栩栩然蝴蝶也，自喻適志與，不知周也。俄然覺，則蘧蘧然周也。」馮注以此詩為悼亡之作，所以解說此句云：「取物化之意，兼用莊子妻死惠子弔之，莊子則方箕踞鼓盆而歌。」馮浩把《莊子・齊物論》的化蝶講為化為異物的死亡物化之意，已是一大誤解，何況又把蝴蝶之夢與鼓盆之歌牽附在一起來立說，當然就更加不可信了。其實我以為義山這句詩雖然用了「莊子」、「夢」、「蝴蝶」幾個出於《莊子》的字面，而其取義與《莊子・齊物論》的超然化出於萬物異同之外的原意卻並不盡同，義山之用此一則寓言之故事，不過藉之表現為一種意象，而卻賦予了它另外一種情意。此句中最可注意的應該乃是原不見於《莊子》，而為義山自己所加入的「曉」字和「迷」字，「夢」而曰「曉夢」，則不過為破曉前之短夢而已，其為夢的短暫無常可知，「夢」下面更著一「迷」字，則其夢境中之耽溺癡迷亦復可想。至於必用《莊子》之「蝶夢」，則因一則「蝴蝶」一辭所予人之聯想，可使人恍如見其顏色之明麗與姿態之翩翻，再則如杜甫〈曲江〉詩所寫的「穿花蛺蝶深深見」，是則蝴蝶在花叢中的癡迷沉醉的情意也正復如在眼前。如果我們在人生的旅途中，果然曾有過如蝴蝶之明麗翩翻更復如蝴蝶之沉醉癡迷的一段情事，那將是何等值得留戀和珍惜，然而在無常的人世中，一切可珍惜留戀的，充滿明豔之彩色與癡迷之耽愛的情事，卻不過都只如破曉前的一場短夢而已，正像晏小山詞跋文所說的：「悲歡離合之事，如幻如電，如昨夢前塵，但能掩卷憮然感光陰之易遷，歎境緣之無實」而已，此所以說「莊生曉夢迷蝴蝶」也。再看「望帝春心託杜鵑」一句，朱注引《蜀王本紀》云：「望帝使鱉靈治水，與其妻通，慚愧，且以德薄不及鱉靈，乃委國授之。望帝去時，子規方鳴，故蜀人悲子規鳴而思望帝。」又引《成都記》云：「望帝死，其魂化為鳥，名曰杜鵑，亦曰子規。」馮注則引《華陽國志》云：「望帝禪位於開明（按鱉靈號開明），帝升西山隱焉，時適二月，子鵑鳥鳴，故蜀人悲子鵑鳥鳴也。」又引〈蜀都賦〉注：「《蜀記》曰：『杜宇王蜀，號曰望帝，宇死，俗說云宇化為子規，蜀人聞子規鳴，皆曰望帝也。』」觀夫上文所引，我們已經可以知道蜀望帝杜宇死，其魂魄化為杜鵑之傳說的大概，只是義山取用這一則傳說，又究竟何所取義呢？我以為對這一句詩我們所當注意的也該和前一句一樣，看義山於用典以外，他自己增加了哪些字樣。上句他自己所加的乃是「曉」字和「迷」字，而這一句他自己所加在上面的則是「春心」二字。「曉」字「迷」字，既為上一句之主旨所在，那麼「春心」二字就自當為本句的主旨所在了。至於「春心」二字的取義，則義山另一首〈無題〉詩的「春心莫共花爭發，一寸相思一寸灰」二句，大可作為參考之用，「心」字上著以一「春」字，已可令人生多少旖旎芳香之想，何況此一「春心」，又是「寸寸相思」的與「花爭發」之心，則此春心之多情繾綣可知。只是〈無題〉詩的二句義山乃是從反面下筆，其意蓋謂與花爭發的春心，既然最後只會落得寸寸成灰的心碎的下場，那麼還是不要與花爭發地如此耽溺於相思吧。至於本句之「望帝春心託杜鵑」，則全從正面著筆，是望帝之心不僅為多情繾綣之春心，而且此一多情繾綣之心更復至死難休，雖在魂魄化為異類的杜鵑以後，也依然是歷劫不已，故更繼之以「託杜鵑」三字。夫杜鵑之為物，其鳴聲之淒厲固已足可使聞者斷腸，而況其哀鳴之切，更復每至泣血不止，而望帝死後之魂魄既化為杜鵑，其「春心」又更復就寄託於如此悲鳴泣血的杜鵑之上，則望帝所執著以邁越生死的一份「春心」，其哀怨淒傷也就可以想見了，而這種癡迷的執著，又何僅望帝為然，義山不過藉此一故實之意象以表現所有的不能消蝕的一份「春心」而已，故曰：「望帝春心託杜鵑」也。再看「滄海月明珠有淚」一句，朱注引《文選》注云：「月滿則珠全，月虧則珠闕。」又引郭憲《別國洞冥記》云：「味勒國在日南，其人乘象入海底取寶，宿於鮫人之宮，得淚珠，則鮫人所泣之珠也。」又引《博物志》云：「南海外有鮫人水居如魚，不廢績織，其眼泣則能出珠。」馮注則引

《大戴禮記》云：「蚌蛤龜珠，與月盛虛。」又引義山〈回中牡丹〉一詩之「玉盤迸淚傷心數」句，注云：「左思〈吳都賦〉注：『鮫人臨去，從主人索器，泣而出珠滿盤，以與主人。』」又引義山〈題僧壁〉一詩之「蚌胎未滿思新桂」句注云：「《呂氏春秋》『月望則蚌蛤實，月晦則蚌蛤虛。』」從前面所引的幾種說法來看，則一來因為大海之上產蚌蛤，而蚌蛤之珠則與月盈虛者也，所以月滿之夜，滄海上之蚌珠應該顆顆都是勻圓明亮的。再則珠之有淚則有二種可能，其一，珠之勻圓閃爍，其本身就有如晶瑩之淚點，故望之如有淚光之閃爍；其二，則既有鮫人泣珠之說，則此勻圓閃爍之珠顆，原來即為鮫人之淚點所化，故其上仍有淚光之閃爍。典實與句意既明，現在我們就可以來看一看這一意象所予人的感受何似了。「滄海月明」，僅此四字已可使人感到一片廣海浩瀚空茫，孤月在天蒼涼皎潔，在空茫和虛明中充滿了一種無可言說的哀感。再繼之以下面的「珠有淚」三字，則無論其所指的乃是淚之成珠或珠之似淚，總之在空茫虛明的情境中，顆顆的明珠上都似有淚光之閃爍，即淚即珠，即珠即淚，而珠是何等勻圓珍美，淚是何等痛苦哀傷，以如此勻圓珍美之珠顆，奈何竟一如彼痛苦哀傷之淚點？以如彼痛苦哀傷之淚點，奈何又盡化為如此勻圓珍美之珠顆？在這種珠與淚的結合中，遂使人感到詩人之哀傷悲感乃是何等珍美而又何等淒涼，更加以前面「滄海月明」之背景的陪襯，其珍美而淒涼的哀傷，乃直有欲在茫茫廣海中凝化為一片虛明的寥闊蒼涼之感，此所謂「滄海月明珠有淚」也。再看「藍田日暖玉生煙」一句，朱注引《長安志》云：「藍田山在長安縣東南三十里，其山產玉，亦名玉山。」張氏會箋則引《困學紀聞》載司空表聖語云：「詩家之景如藍田日暖良玉生煙，可望而不可置於眉睫之前也，李義山玉生煙之句，蓋本於此。」義山此句與前一句為明顯之對比，「藍田」為產玉之地，與前一句產珠之地的「滄海」正復相對，且藍田既為產玉之名山，有此二字乃可使下文的「玉生煙」三字更為生色動人，至於「日暖」二字，更直寫出麗日之下的一片暖靄晴光，再加之以下面「玉」字所予人的溫潤之感，「煙」字所予人的迷濛之狀，玉而生煙則溫潤而迷濛，自有一種感受極親切而又無從把捉的迷惘之情。這一句與上一句之「滄海月明珠有淚」相對，私意以為義山乃是藉二種不同的意象來表現人生中種種不同的境界和感受，所以這二句乃處處為鮮明之對比，因為唯有在對比中纔能誇張地顯示出境界之不同的多種變化之可能性，如此則無論其為明月之寒宵，無論其為暖日之晴晝，無論其為寥落蒼涼之廣海，無論其為煙嵐罨靄之青山，無論其為珠有淚的淒哀，無論其為玉生煙的迷惘，凡此種種乃都成為了詩人一生所經歷的心靈與情感之各種不同境界的象喻。然後再繼之以「此情可待成追憶，只是當時已惘然」二句的結尾，於此而反顧全篇，則「錦瑟」二句乃是總起，寫對於已逝之華年的思憶。然後以「莊生」、「望帝」二句，寫人生之蝶夢匆遽易醒，而春心之執著則至死難保。再以「滄海」、「藍田」二句寫無論在蒼涼或溫藹之境界，其淒哀與迷惘之情之並皆不得解脫。然後以最後一聯為總結，「此情」者前二聯所寫之「蝶夢」、「春心」與夫「珠有淚」、「玉生煙」之種種情事也，「可待成追憶」者，謂「可能要等到追憶之時嗎？」乃是一句問話的口氣，張相《詩詞曲語辭匯釋》解釋「可」字，即曾引義山此句之「可待」以為乃「豈待」或「哪待」之意。如果把此句與下文合看，則義山之意蓋云此情豈待到追憶時始覺惘然，只就在當時也已經足以使人悵惘低迴了。這首詩之意象，雖然在初看時似頗為參差錯綜，因為中間四句幾乎每一句是一種不同的象喻，各個不相關聯，可是縱觀全篇卻又自有其分明之脈絡可尋，首二句總起，中四句分舉四種不同的意象，末二句為總結，乃是極完整的一篇詩，而且全篇又恰好寫出了義山對整個一生的感情方面的體認和感受，這當然乃是足可作為義山之代表作的一首好詩。

至於第二首〈燕臺〉四首之一，則在此不擬作詳細之解說，一則因為這首詩字數過長，如每句詳細解說，在本文篇幅之比重上似嫌過重，再者我以前在《純文學》二卷二期中曾發表過一篇談〈燕臺〉四首的稿子，讀者可以參看，所以不擬在此再加贅述，然而我現在卻不肯取義山另一首詩為例，而仍然要選取這首詩的緣故，則乃是因為這首詩在意象之使用及章法句法方面都有可稱述之處的緣故。先說章法，這首詩乃是以敘述的口氣為開端及結尾，而中間則是錯綜的意象的組合，開端先寫春之來臨，從「風光冉冉」所象喻著的春心之覺醒寫起，然後以「嬌魂」象喻所追尋之某一窈眇幽微之對象，以「蜜房羽客」及「冶葉倡條」象喻自己追尋之心意的懇摯與追尋的周至，以「暖藹」、「高鬟」二句象喻迷濛中之恍若有見，以「雄龍雌鳳」及「絮亂絲繁」二句象喻完美之境界之終不可得與絕望後之意惘情迷，以「醉起微陽」及「映簾夢斷」二句象喻迷惘中之將幻作真的顛倒癡迷，以「愁將鐵網」及「海闊天寬」二句象喻縱有堅毅之心意而終然落空一無所獲的可哀，以「衣帶無情」及「春煙自碧」二句象喻有情之憔悴與無情之冷漠的對照，以「研丹擘石」及「願得天牢」二句象喻現實之磨蝕與幽怨之長存，然後末數句則轉為敘述之口吻，以「夾羅委篋」及「香肌冷襯」二句寫三春既逝，炎夏方來，於是繼之以「今日東風自不勝」一句總結春光之已老。而最後一句則又以「化作幽光入西海」一句重回到象喻的筆法，寫春光之長逝不返。綜觀以上二例，義山詩通篇之多為錯綜之意象表現，而其意象又復極幽隱深微難於以理念說明已可概見一斑，至於章法方面，則私意以為義山詩也有一大特色，那就是義山之詩篇雖多為意象之組合而其起結之際卻隱然有一種理性之提挈，如前舉二例，〈錦瑟〉詩首二句為總起，末二句為總結，固屬明白可見，即如〈燕臺〉詩雖通篇全為錯綜之意象所組成，而其開端與結尾之處則也曾用一些較近於敘述的理性的口吻。以理性之提挈來錯綜地標舉一些感情的意象，這乃是義山詩章法方面的一大特色。至其句法方面之特色，則義山往往乃是用理性之句法來組合非理性之辭彙，如其「高鬟立共桃鬟齊」一句，「『什麼』立共『什麼』齊」這在句法上原是通順的，合於理性的，可是義山卻用了「桃鬟」一個非理性的辭彙；又如其「化作幽光入西海」一句，「化作『什麼』入『什麼』」原來也是合於理性的通順的句法，可是義山卻用了「幽光」、「西海」等辭彙，說「東風」可以化作「幽光」而進入「西海」，組合句子的方法雖然是理性的，可是組成的句意卻是非理性的了。前一首〈錦瑟〉詩，以句法而論，也多是通順的合於理性的句法，可注意的是這些用理性組成的句子，卻表現了非理性的意象，這正是義山詩最大的一點特色。

最後我要把以上所舉的三位詩人對於意象所使用的材料及方法做一個總括的比較，我以為一般說來淵明所使用的意象，其取材多出於現實中可有之事物；杜甫所使用的意象，其取材多出於現實中實有之事物；而義山所使用的意象，其取材則多出於現實中無有之事物。自然這種分別只是就他們幾首代表作所予人的一般印象而言，如果有意尋求例外的詩證，則淵明〈讀山海經〉之「丹木」、「青鳥」，其取材豈不也有出於現實中無有之物者，而義山〈暮秋獨遊曲江〉之「荷葉」與〈夕陽樓〉之「孤鴻」，其取材豈不也有出於現實中實有之物者。只是就這三位詩人一般所表現的為人與為詩的態度而言，則淵明乃是一位從平實真樸中見深微高遠的人，其為詩與為人都一向以平實真樸為主，而不喜歡炫奇立異。而另一方面，淵明又是一位以精神勝過物質的人，他在詩中所表現的事物，也往往只是遺貌取神的抒寫，所以在他詩中所活動著的，也往往只是某一些事物的概念，而並不是那些事物的實體，因此在淵明詩中一向沒有刻露的寫景詠物之作。他所寫的孤雲、飛鳥、松樹、菊花，都只是他對這一些事物的概念，而且往往只是淵明以個人精神所體認的概念，而決非客觀的現實中某一實有之個體，正如我在前面曾說過的，淵明詩中之意象，只是「以心託物」之結果，他只是把心中的概念用他所體認的物的概念來作表現而已。只是淵明心靈活動之領域雖極精微高遠，而其為人之態度卻又極平實真樸，這是他之所以雖不取象於現實中實有之個體，而卻依然取象於現實中所可能有的某些事物之概念的緣故。至於杜甫則不然了，杜甫之特色乃在於以最大的關心留意現實，以最大的勇氣面對現實，以最大的天才敘寫現實，杜甫乃是一位寫實詩人的巨擘，這是千古不易的定論，其詩篇中所敘寫的泰半為現實中實有之事物，這原是無足怪的一件事。只是杜甫同時卻又是一位感情最為深厚熱摯的詩人，他經常把他自己的一份強烈的感情，投注於他所寫的一切事物之上，使之因詩人的感情與人格的投注，而呈現了意象化的意味，正如我在前面所說的杜甫詩之意象化乃是「以情入物」的結果，他原來就是因了把自己的感情投入，而使一切他所寫的現實之事物意象化起來的，因此我說杜甫詩中之意象多取材於現實中實有之事物，那正因他的詩篇原就是以寫實為主的緣故。至於義山，這纔真的是一位意象化的大師，我之所以這樣說，乃是因為淵明與杜甫詩中意象化之表現儘管其如何豐美，可是在作者而言，卻仍不過只是一種自然的流露而已，而在義山詩中我們卻可以清楚地感到作者對於意象的有心製造和安排。有時在義山詩中所表現的就是一片錯綜繁複的繽紛的意象，這與淵明杜甫之於敘述之際尚有理念可尋，而意象僅為心靈或感情之自然地寄託或投射的情形完全不同。而且如我在前面所言，義山既以其天生之稟賦與後天之遭遇特別耽溺於殘缺病態哀傷的情調，又特別愛用隱約幽微的表現方式，因此其意象之所取材也就是特別偏愛於某些帶著恍惚迷離之色彩的非現實之事物，因為唯有這些非現實之事物纔能夠表現出他的哀傷窈眇的幽隱的情思，這是我之所以說義山詩之意象多取材於現實中無有之事物的緣故。至於章法方面，則這三位詩人也有不同之處，淵明之態度乃是以任真為主，或者表現為層次井然之平敘，或者表現為心念流轉之跳接；杜甫則是以理性與感性兼濟，縱使由於感性的聯想發為突然的轉接，也依然不忘在理性上作先後之呼應；而義山則往往乃是以一些意象的錯綜並舉為主，而卻有時在首尾發展之際略作理性之提挈。至於句法方面，則淵明大多用古詩平順直敘之句法為主，杜甫則有時只掌握感性之重點而在句法上表現為顛倒或濃縮，義山則是以理性之句法來組合一些非理性之辭彙。杜甫的句子有時只要將之平順地伸延倒轉過來，就可以成為明白易解的語句，義山則是儘管其文句完全合乎文法，也依然不可具解。如果說杜甫的一些句子乃是文法上的難懂，則義山的一些句子就是本質上的難懂，義山的詩在本質上就是完全只可以感性去體認而不可以理性去說明的。從淵明的以心託物的意象表現及其任真自得的章法與平順直敘的句法，到杜甫的以情入物的意象表現及其轉折呼應周至的章法與顛倒濃縮的句法，再轉為義山的有心使用意象表現，及其雖以理性提挈然而全為意象之綜合的章法，與其本質上全屬於感性的句法，我以為我們不僅可以從此看出三家的風格之不同，而且在他們的不同間，似乎還有著某些屬於文學表現方式的歷史的演進的意味。我這樣說並不是揚義山而抑淵明，淵明之高妙乃是無人能及的，只是淵明之高妙乃是全屬於一種人格本身的自然流露，而並不屬於表現之技巧的自覺性的演進，而杜甫之鍊句謀篇，與義山之標舉意象則是有著某種技巧方面的自覺性的演進的。

用比較現代的觀點去看一些中國舊詩人的作品，而發現他們乃是禁得起用任何時代任何新的理論觀點去研析的，這乃是一件極可欣喜的事，而且說不定這種研析還有可資現代詩人的參考借鏡之處，那當然就更可欣幸了。

序《還魂草》

周先生的詩，其發意遣辭，都源於一份真切的詩感，無論其篇幅之為長為短，其用典之為舊為新，其用字造句之為古典為現代，他都能以其詩人的心靈作適當的掌握和表現。

我是向來未嘗為任何人任何書寫過序文的，然而兩天前，當周夢蝶先生要我為他即將出版的詩集《還魂草》趕寫一篇序文時，我竟冒昧地答應了下來。其一，當然是有感於周先生的一份誠意；其二，則因為我原是一個講授舊詩的人，而周先生居然肯要我為這一本現代詩集寫序，則無論這一篇序文寫得如何，至少不失為新舊之間破除隔閡步入合作的一種開端和嘗試；最後，一個更大的原因，則是因為我對周先生之忠於藝術也忠於自己的一種詩境與人格，一直有著一份愛賞與尊重之意，因此，雖明知自己未必是為此書寫序的適當之人選，也依然樂於作了這種「知其不可而為之」的承諾。

周先生之要我寫序，也許因他曾偶在報刊中看到過我所寫的一些有關舊詩詞之評賞的文字，其實，批評古人的舊詩詞，與批評今人的現代詩，並不盡同，一則因為舊詩詞的作者，已屬無可對質的古人，則我信口雌黃之所說，在讀者而言，縱未必盡信其是，然也不能必指其非，而對今人之作，則我在論評之間，就不得不深懷著一份惟恐其未必能合作者原意的惶懼。再者，對於舊詩詞的閱讀和寫作，我是早在三十年前就已經開始了的，而對於現代詩，則我不僅從來不曾有過寫作的嘗試和經驗，即使閱讀，也僅是近二三年來，偶然涉獵瀏覽過一些極少的作品而已，但美之為美，天下有目之所共賞，我對於現代詩中的一些佳作，也極為賞愛。但如說到論評，則刺繡之工既不盡同於編織，轀轡的控持，也必然不同於方向盤之操縱，如今我欲以一向慣於論評舊詩詞的眼光來論評現代詩，則即使不致如扣槃言日之盲，似乎也頗不免於燕說郢書之妄了。

以我習慣於論評舊詩詞的眼光來看，我以為周先生詩作最大的好處，乃在於詩中所表現的一種獨特的詩境，這種詩境極難加以解說，如果引用周先生自己在〈菩提樹下〉一詩中的話「誰能於雪中取火，且鑄火為雪」，則我以為周先生的詩境所表現的，便極近於一種「自雪中取火，且鑄火為雪」的境界。

我在為學生講授詩詞的時候，常好論及詩人對自己感情的一份處理安排之態度與方法，由於其對感情之處理與安排的不同，因此詩人們所表現的境界與風格也各異，如果舉一些重要的詩人為例證，則淵明之簡淨真淳，是由於他能夠將其一份悲苦，消融化解於一種智慧的體悟之中，如同日光之融七彩而為一白，不離悲苦之中，而脫出於悲苦之外，這自然是一種極難達致的境界。其次則如唐之李太白，則是以其一份恣縱不羈的天才，終生作著自悲苦之中，欲騰擲跳躍而出的超越；杜子美則以其過人之強與過人之熱的力與情，作著面對悲苦的正視與擔荷；至於宋之歐陽修，則是以其一份遣玩的意興，把悲苦推遠一步距離，以保持其所慣用的一種欣賞的餘裕；蘇東坡則以其曠達的襟次，把悲苦作著瀟灑的擺落，以上諸人其類型雖儘有不同，然而對悲苦卻似乎都頗有著一種足以奈何的手段。此外更有著一種從來對悲苦無法奈何的詩人，如「九死其未悔」的屈靈均、「成灰淚始乾」的李商隱，他們固未嘗解脫，也未嘗尋求過解脫，他們對於悲苦只是一味的沉陷和耽溺。另外更有一種有心尋求安排與解脫，而終於未嘗得到的人，那就是「言山水而包名理」的謝靈運，大謝之寫山水與言名理，表現雖為兩端，而用心實出於一源，他對山水幽峻的恣遊，與對老莊哲理的嚮往，同樣出於欲為其內心淩亂矛盾之悲苦，覓致得一排解之途徑。然而佛家有云：「境由心造」，若非由內心自力更生，則山水之恣遊既不過徒勞屐齒，老莊之哲理亦不過徒託空言，所以大謝詩中的哲理，若非自其「不能得道」作相反之體認，而欲於其中尋覓「得道」的境界，就未免南轅而北轍了。

至於周先生的詩作，則自其四十八年出版的第一本詩集《孤獨國》，到今日準備出版的第二本詩集《還魂草》，其意境與表現，雖有著更為幽邃精緻，也更為深廣博大的轉變，然而其間都有著一個為大家所共同認知的不變的特色，那就是周先生詩中所一直閃爍著的一種禪理和哲思，周先生似乎也是一位想求安排解脫而未得的詩人，因之他的詩，既不同於前所舉第一種之隱然有著對悲苦足以奈何的手段之詩人，也不同於第二種之對悲苦作著一味沉陷和耽溺的詩人。如果自其感情之不得解脫，與其時時「言哲理」的兩方面來看，雖似頗近於大謝，然而，若就其淡泊堅卓之人格與操守來看，則毋寧說其更近於淵明。周先生之不同於大謝者，蓋大謝之不得解脫之感情，乃得之於現實生活之政治牽涉的一份淩亂與矛盾，而周先生之不得解脫之感情，則似乎是源於其內心深處一份孤絕無望之悲苦；再者，大謝之言哲理，只不過是在矛盾淩亂中的一份聊以自慰的空言，而其所言之哲理，並未曾在其感情與心靈之間發生任何作用，而周先生詩中的禪理哲思，則確實有著一份得之於心的觸發和感悟。雖然周先生並未能如淵明一樣，做到將悲苦泯沒於智慧之中，而隨哲理以超然俱化，但周先生卻實實做到了將哲理深深地透入於悲苦之中而將之鑄為一體，故其詩境乃不屬於以上所舉之三種詩人的任何一類型之中。周先生乃是一位以哲思凝鑄悲苦的詩人，因之周先生的詩，凡其言禪理哲思之處，不但不為超曠，而且因其汲取自一悲苦之心靈，而彌見其用情之深，而其言情之處，則又因其有著一份哲理之光照，而使其有著一份遠離人間煙火的明淨與堅凝，如此「於雪中取火，且鑄火為雪」的結果，其悲苦雖未嘗得片刻之消融，而卻被鑄煉得如此瑩潔而透明，在此一片瑩明中，我們看到了他的屬於「火」的一份沉摯的淒哀，也看到了他的屬於「雪」的一份澄淨的淒寒，周先生的詩，就是如此往復於「雪」與「火」的取鑄之間，所以其詩作雖無多方面之風格，而卻不使人讀之有枯窘單調之感，那便因為在此取鑄之間，他自有其一份用以汲取的生命，與用以鎔鑄的努力，是動而非靜，是變而非止。再者，周先生所寫之境界，多為心靈之境，而非現實之境，如果我們可以把詩人的心靈比做一粒晶球，則當其閃爍轉動於大千世界之中的時候，此一粒晶球雖並不能包容大千世界的繁複博大之實體，而其每一閃爍之中，卻亦自有其不具形的隱約的投影，在周先生詩中，我們就可看到此一粒晶球的面面之閃爍，以上是我所見的周先生詩中的境界。

其次，我想再談一談周先生詩中文字的表現，我以為周先生在文字的表現一方面，也有其極為獨到的一種鎔鑄和運用的能力，我是一個一貫主張要把古今與中外交融起來的論詩者，而在周先生詩中，我就清楚地看到了這種交融運用的成功，在周先生詩中，有大似古樂府江南曲的極質拙而真切的排句，如其〈虛空的擁抱〉之後數句：「向每一寸虛空，問驚鴻底歸處，虛空以東無語，虛空以西無語，虛空以南無語，虛空以北無語」；有極近於宋詞的頓挫和音節，如其〈逍遙遊〉的前數句：「絕塵而逸，回眸處，亂雲翻白，波濤千起。」至於其時時可見的對偶之工，與一些舊辭舊典的運用，更屬熟練之極，多不勝舉。其實，用舊並不難，而難能的是周先生所用之舊，都賦有著新感覺與新生命，既不迷於舊，亦不避其舊；而此外周先生更善於以其銳敏的感覺與精鍊的工力，鎔鑄出極為新穎而現代化的詩句，如其「縱使黑暗挖去自己的眼睛，蛇知道：牠能自水裡喊出火底消息」（〈六月〉），「你將拌著眼淚，一口一口嚥下你底自己，縱然是蟑螂，空了心的，在天國之外，六月之外」（〈六月之外〉），「而泥濘在左，坎坷在右，我，正朝著一口嘶喊的黑井走去」（〈囚〉），像這些詩句可說是頗為費解的現代化的詩句了，然而不必也不須更加解說，我們豈不都能自其中聆聽到一份呼號，感受到一份震撼，所以，求新穎與現代也並不難，而難能的乃是在其中真正充溢著有一份詩人之銳感與深情。以上尚不過是我有心於古典與現代之兩面求相反的例證，如果不存此有心分別之成見，而在周先生詩集中尋求一些交融著古典與現代，交融著火的淒哀與雪的淒寒的詩句，則更屬俯拾皆是，隨處都可看到翠羽明珠之閃爍。總之，周先生的詩，無論就意境而言，無論就表現而言，其發意遣辭，都源於一份真切的詩感，如此，所以無論其篇幅之為長為短，其用典之為舊為新，其用字造句之為古典為現代，他都能以其詩人的心靈作適當的掌握和表現，不故意拖沓以求長，不故為新奇以炫異。周先生之詩作，一直在現代詩壇上，受到普遍的尊敬和重視，其成就原不是偶然的，而我以一個外行人竟然如此嘵嘵，匆匆草畢此文，乃彌覺有多事之感，惟願此一詩集能早日與世人相見，而一些其他的外行人，或者因我這一些外行話，而反而留意於此一現代詩集，則我之嘵嘵，或者也尚非全屬徒然，是為序。

幾首詠花的詩和一些有關詩歌的話

陳子昂與張九齡的兩首〈感遇〉詩，他們所寫的感情已不是單純地得之於直覺，而是對生命經過了一番反省和思考以後的感情。

昔鍾嶸《詩品・序》云：「氣之動物，物之感人，故搖蕩性情，形諸舞詠。」劉勰《文心雕龍・明詩》篇也說：「人稟七情，應物斯感，感物吟志，莫非自然。」在宇宙大自然界之中，足以感人情志的物至多。而「花」則正是其中重要的一種。所以古今詩人之作中牽涉關聯到「花」的作品也極多。我文題中所謂「詠花的詩」，就泛指一些關涉到「花」的作品而言，既不限定題目必是「詠花」，也不限定內容必是「詠花」。我只是想略將人之情志與物的感應作一分析，並試圖從幾首關涉到「花」的作品中，尋見一些詩歌在內容方面和技巧方面演進的痕跡。

首先我所要談的是「物之感人」與人之「應物斯感」的問題。陸機〈文賦〉曾經說過：「遵四時以嘆逝，瞻萬物而思紛，悲落葉於勁秋，喜柔條於芳春。」外界的物既常挾有一種不可抗的力量使人心震撼；人的內心也常懷有一種不可遏的感情向外物傾注。所以「物色之動，心亦搖焉」。這種人心與外物的感應，是如此之微妙，而又如此之自然。其原因當然很多，但是其中最重要或者可以說最基本的一個原因，我以為則是由於生命的共感。在宇宙間，冥冥中常似有一「大生命」之存在。此「大生命」之起結終始，及其價值與意義之所在，雖然不可盡知，但是它的存在、它的運行不息與生生不已的力量，卻是每個人都可以體認得到的事實。生物界之中的鳥鳴、花放、草長、鶯飛，固然是生命的表現；即是非生物界之中的雲行、水流、露凝、霜隕，也莫不予人一種生命的感覺。這大生命是表現得如此之博大，而又如此之紛紜，真是萬象雜呈，千端並引。而在這千端與萬象之中，卻又自有其周洽圓融的調和與完整。「我」之中有此生命之存在，「物」之中亦有此生命之存在。因此我們常可自此紛紜歧異的「物」之中，獲致一種生命的共感。這不僅是一種偶發的感情而已，甚至可以說是一種與生俱來的本能。所以「梧宮秋，吳王愁」、「木葉落，長年悲」，這種感應正是一種自然而且必然的現象。

至於「花」之所以能成為感人之物中最重要的一種，第一個極淺明的原因，當然是因為花的顏色、香氣、姿態，都最具有引人之力，人自花所得的意象既最鮮明，所以由花所觸發的聯想也最豐富。此外還有一個重要的原因，我以為則是因為花所予人的生命感最深切也最完整的緣故。無生之物的風、雲、月、露，固然不能與之相提並論，有生之物的禽、鳥、蟲、魚，似乎也不能與之等視齊觀。因為風、雲、月、露的變幻，雖或者與人之生命的某一點某一面有相似而足以喚起感應之處，但它們終是無生之物，與人之間的距離，畢竟較為疏遠。至於禽、鳥、蟲、魚等有生之物，與人的距離自然較為切近。但過近的距離又往往會使人對之生一種現實的利害得失之念，因而乃不免損及美感的聯想。而花則介於二者之間，所以能保有一恰到好處的適當之距離。它一方面近到足以喚起人親切的共感，一方面又遠到足以使人保留一種美化和幻想的餘裕。更何況「花」從生長到凋落的過程又是如此明顯而迅速，大有如《桃花扇》餘韻〈哀江南〉一套曲辭中所寫的：「眼看他起朱樓，眼看他讌賓客，眼看他樓塌了。」的意味。人之生死，事之成敗，物之盛衰，都可以納入「花」這一個短小的縮寫之中。因之它的每一過程，每一遭遇，都極易喚起人類共鳴的感應。而況「花」之為物，更復眼前身畔隨處可見，所以古今詩人所寫的牽涉關聯到「花」的作品也極多，這正是必然的結果，也正是本文為什麼選取「詠花的詩」的緣故。

說到詠花之作，我最先想起的便是《詩經》中的〈桃夭〉和〈苕之華〉兩首詩。現在把這兩首詩鈔錄在後面：

桃之夭夭，灼灼其華，之子于歸，宜其室家。
桃之夭夭，有蕡其實，之子于歸，宜其家室。
桃之夭夭，其葉蓁蓁，之子于歸，宜其家人。（《詩・國風・桃夭》）

苕之華，芸其黃矣，心之憂矣，維其傷矣。
苕之華，其葉青青，知我如此，不如無生。

牂羊墳首，三星在罶，人可以食，鮮可以飽。（《詩・小雅・苕之華》）

這兩首詩所表現的乃是懸殊迥異的兩種情調。前一首詩使我們體會到生之喜樂；後一首詩則使我們體會到生之憂苦。《莊子・至樂》篇曾說過：「人之生也，與憂俱生。」據《聖經・創世記》的記載，當我們的始祖亞當初犯罪時，神就責罰他說：「你必終身勞苦，纔能從地裡得吃的，地必給你長出荊棘和蒺藜來，……你必汗流滿面纔得餬口。」所以人自有生，便已挾憂患勞苦以俱來。這使我不由得想起周公瑾的「既生瑜，何生亮」的歎息。大塊既「載我以形」，奈何又「勞我以生」？但生命之與憂患勞苦之相對待，則確是不可移易的事實。所以生之喜樂與生之憂苦，乃成為人類最基本最原始的兩種感情。而〈桃夭〉與〈苕之華〉便恰好是描寫這兩種最基本最原始的感情的兩首詩。

我們先看〈桃夭〉一詩，夭夭是少壯美好之貌，灼灼是繁花盛開之貌。我在前面已經說過，宇宙間似有一大生命之存在。此大生命是運行不已，生生不息的。所以人之生雖與憂患俱來，但人類對此生命之發生與成長卻都有一種本能的欣喜之感。雖然有些宗教家或哲學家曾發大慈之心、生大哲之想，他們以為欲求解脫人生之憂苦，必當先斬斷此生命之洪流。所以釋迦有「滅度涅槃」之法，叔本華有「否定意志」之說。但億萬年來這生生不已的事實告訴我們，這種慈心哲想都屬徒然，因為這洪流乃是無始無終，浩浩蕩蕩莫之能止的。所以求「生」是人之本能，因而對「生」之感到欣喜也是人之本能。而且這種欣喜不僅於人為然，對一切生物莫不皆然。如「竹」之「苞」，如「松」之「茂」，只要看到生命的成長發生，人對之便自然會產生一種欣喜之情。而〈桃夭〉一詩中所寫的夭夭的桃木、灼灼的繁花，所表現的就正是這種極自然的對「生」之欣喜的感情。第三句「之子于歸」則是從「花」寫到「人」，花之生意既如彼之令人欣喜，則人之生意之令人欣喜不言可知。「于歸」者，婦人謂嫁曰歸，這正是生命已成長臻於最美好最成熟的一個時期，正如夭桃之已開出滿樹繁花，所以人對之所感到的生之欣喜之情也最甚。結之以「宜其室家」，和樂美滿，幾乎可以令人忘去人間一切憂患之事。這首詩確是表現生之欣喜歡樂的一首代表作（後二章不過為首章之反覆詠歎，故不復加解說）。

至於〈苕之華〉一詩，首章：「苕之華，芸其黃矣，心之憂矣，維其傷矣。」除第一句外，接連三句都用「矣」字結尾，讀起來自然便令人有一種沉悲不返的感覺。關於首二句的解釋，《毛傳》云：「苕、陵苕也。將落則黃。」孔疏以為「苕華，紫赤色」，「及其將落，則全變為黃」。「芸」正是「極黃之貌」。是「苕之華，芸其黃矣」二句乃寫將落之「苕華」的憔悴黯淡之狀。昔人有詩云：「美人自古如名將，不許人間見白頭。」

對於花，我也覺得枝頭上憔悴黯淡的花朵，較之被狂風吹落的滿地繁紅更加使人覺得難堪。後者雖使人對其夭亡深懷惋惜，而前者則使人清清楚楚地認識到生命由盛而衰，由衰而滅的殘酷的事實。後者尚屬可避免之偶然的意外，前者則是不可逃避的一切生物之終結的定命。因而面對著這憔悴的將落的芸黃的苕華，這生於衰亂之世，深感人生之悲苦無常的詩人，遂發出了極深長的歎息。故曰：「心之憂矣，維其傷矣。」正由於蘊結於衷心的憂傷已至不可負荷的程度，所以自然而然不加思索不假琢飾地率然脫口呼出了這兩句悲苦的呼聲。

次章：「苕之華，其葉青青，知我如此，不如無生。」《毛傳》云：「華落，葉青青然。」《朱傳》云：「青青、盛貌。然亦何能久哉。」「青青」為茂盛之貌，這是盡人皆知的解釋，只是面對此「青青然」茂盛之綠葉，詩人何以竟發出了「不如無生」的哀感，這其間就似乎殊欠關聯，頗為費解了。因之《毛傳》就往「青青」之前推想，於是乃想到了華之落，說「華落，葉青青然」。《朱傳》則往「青青」之後推想，於是乃想到了葉之衰，說「然亦何能久哉」。其實這種「心」與「物」的感應，往往是極微妙而且朦朧的。並不一定都可以指出，更不一定都必須指出它們銖兩悉稱的關聯所在。《毛傳》及《朱傳》的想法，在詩人來說，都可以有，但也都可以沒有。我以為就當詩人面對此「青青」之綠葉時，即使不往前想到華落，也不往後推想到葉衰，亦可生出「不如無生」的哀感的。李義山〈咏蟬〉詩曾有「一樹碧無情」之句，韋端己〈謁金門〉詞曾有「斷腸芳草碧」之句。此二句頗可與「其葉青青」一句相發明。一個人，尤其一個善感的詩人，當他面對著「一碧無情」的青青綠葉時，自會產生出一種悲哀寂寞的難以述說的微妙的感情。這種觸發，全屬無意的感情的直覺，絲毫沒有理念的思索比較存乎其間。所以「樹」之「碧」可以令人有「無情」之感；「草」之「碧」可以使人有「斷腸」之悲；於是「葉」之「青青」，亦令詩人生出了「不如無生」的哀感，這正是詩人極自然的感觸。所以我一方面既不反對毛朱二家的說法，但一方面我也不願為毛朱二說所拘限。至於第三句「知我如此」，並未明白說出「如此」究竟是「如何」，只是當我們讀到第四句「不如無生」時，在這一句的反襯之下，則前一句「如此」二字所暗示之生活的憂患勞苦，已經不言可喻。因為求生之欲與樂生之心，既然原都是人之本能，而「不如無生」一句，竟一言而完全加以否定，而且說得如此之斬截，如此之沉痛，則「知我如此」一句所暗示之憂患勞苦對人的沉壓重迫當然可想而知了。

第三章：「牂羊墳首，三星在留，人可以食，鮮可以飽。」《毛傳》云：「牂羊，牝羊也。墳，大也。留，曲梁也（說詳〈小雅．魚麗〉篇傳疏）。牂羊墳首，言無是道也；

三星在罶，言不可久也。」孔疏云：「牂羊而責其大首，終無是道也。以興周衰而求其大興亦無此理也。」又云：「三星之光耀，在於魚罶之中，其去斯須不可久也。以喻周室之亡期將至，欲望其存，亦不可久也。」這種說法雖極精微，然而我總覺其轉折過多，似不免牽強之跡。所以我寧可取《朱傳》的說法。《朱傳》云：「牂羊，牝羊也。墳，大也。羊瘠則首大也。罶，笱也。罶中無魚而水靜，但見三星之光而已，言饑饉之餘，百物彫耗如此，苟且得食足矣，豈可望其飽哉。」這一章，是詩人對憂苦生活較具體的敘寫。人生於世，假如饑寒困苦而竟至於死，則斯亦已矣。最可悲者，莫過於不至於竟死，而不得不長期陷於此憂勞困苦之中。而況人類既生而有生之欲，此生之欲萬端，其不得滿足之苦亦萬端。「人可以食，鮮可以飽」，這二句真是寫盡了人類的悲哀。然後我們再返觀首章的「心之憂矣，維其傷矣」的生之歎息，次章的「知我如此，不如無生」的死之嚮往，我們就會覺得這首詩真是寫人生之憂勞困苦寫得極深切的一首代表作。

其次我所想起的詠花之作，則是唐朝陳子昂與張九齡二位詩人的兩首〈感遇〉詩。此二詩，題目雖非詠花，然而就其字面來看，則明明說的是花。正是我前面所說的牽涉關聯到花的作品。現在把這兩首詩也鈔錄在後面：

蘭若生春夏，芊蔚何青青。幽獨空林色，朱蕤冒紫莖。遲遲白日晚，嫋嫋秋風生。
歲華盡搖落，芳意竟何成。（陳子昂〈感遇〉）

蘭葉春葳蕤，桂華秋皎潔。欣欣此生意，自爾為佳節。誰知林棲者，聞風坐相悅。
草木有本心，何求美人折。（張九齡〈感遇〉）

前所舉〈桃夭〉與〈苕之華〉二詩所寫的感情，乃是人類最基本的兩種感情。因為生之欣喜與生之憂苦，是凡有生之人都可直覺感受得到的。至於陳子昂與張九齡的兩首〈感遇〉詩，所寫的則是較後起的兩種感情，因為他們所寫的感情已不是單純地得之於直覺，而是對生命經過了一番反省和思考以後的感情，那就是生命之價值，與人生之理想。人生既是短暫無常而又充滿了憂苦，那麼如何賦予這短暫憂苦的生命以一些意義和價值，我想這正是千古來的「志士」所共同努力的一個目標。所以古人有「立德、立功、立言」之說，又有「疾沒世而名不稱」之歎。或者想利用此短暫之一生，對彼綿延不已之大生命留些有益的貢獻；或者想利用此短暫之一生，為藐小的個人留些不朽的聲名。所以多少人在那裡孜孜矻矻所努力的，只是想從那必須朽壞的東西中，找出些不朽壞的東西來。然而世人之機遇不等、才智不齊，其所孜孜矻矻努力以追求者，亦有幸有不幸，有得有不得。一旦發現自己所追求者竟未能得到，而自己之生命竟是一片虛空，這對一些「志士」來說，真是最大的悲哀。正如魏文帝《典論・論文》一篇中所說的：「日月逝於上，體貌衰於下，忽焉與萬物遷化，斯志士之大痛也。」於是針對著這生命價值落空的悲劇，古人又對我們提出了另一個勉勵和安慰，那就是人生的理想。孔子說：「道不同不相為謀。」「富而可求也，雖執鞭之士，吾亦為之，如不可求，從吾所好。」屈子說：「人生各有所樂兮。余獨好脩以為常。」「不吾知其亦已兮，苟余情其信芳。」所以夷齊之隱首陽、顏回之樂簞瓢，那在憂苦的生活中予他們以支持的，在虛空的生命中予他們以安慰的，就是這一個理想。這種對生命的價值和人生的理想之追求，自是對生命有了反省和思索以後的事。若以之與前面所舉的〈桃夭〉及〈苕之華〉二詩相比較，則前二詩所寫的生之欣喜與生之憂苦的感情，自較後二詩為原始而且單純。前者只是由於生活所得的直覺的感情；後者則是透過了思致的感情。二者相較，我們就可以體見詩歌在內容上已經有了一種顯著的演進。

我們先看陳子昂的一首詩，這首詩所寫的，我以為乃是生命價值落空的悲哀。首二句「蘭若生春夏，芊蔚何青青」，這兩句所表現的欣欣生意，與〈桃夭〉首二句頗有相似之處，但它們在詩中的作用卻不全同。「桃夭」二句只是表現單純的生之欣喜而已；「蘭若」二句則是想以生之可喜反襯出後面生命價值落空之可悲。「桃夭」二句所寫可能是詩人眼前所見之實景；「蘭若」二句所寫則可能只是存於詩人概念中的景物。「桃夭」二句該只是出於直覺；「蘭若」二句則一起便已有思致存乎其間了。三四句「幽獨空林色，朱蕤冒紫莖」，唐汝詢曰：「雖居幽獨，而其花葉之美足使群葩失色，所謂空林色也。」「朱蕤」、「紫莖」，極寫其資質之美，是在首二句所寫的生之欣喜之外，更加上了一份對美好的資質之珍惜矜持的感情，於是乎生之可喜與可貴乃達於極點。五六兩句「遲遲白日晚，嫋嫋秋風生」急轉直下，「日月不淹」、「春秋代序」，此可喜可貴之生命，乃終必趨於滅亡。昔魏文帝〈與吳質書〉之評應瑒云：「德璉常斐然有述作之意，其才學足以著書，美志不遂，良可痛惜。」「死亡」當然是每個人命定的結局，但這種結局對每個人所造成的悲劇的成分卻各有不同。「無才」更復「無志」的人，姑且不論；有「才」而無「志」的人，其「才」雖可惜，但就其無「志」而言，則其死並無大可憾恨之處；至於有「志」而無「才」的人，其「志」雖可惜，但就其無「才」而言，則其死亦並無大可憾恨之處；有如應德璉之「有意述作」、「其才學亦足以著書」的人，而竟「美志不遂」，這纔是最可痛惜的一件事。此詩末句所云「芳意」，當即為「美志」之喻，既曾有過「芊蔚青青」之生命，也曾經有過「朱蕤」、「紫莖」之才質，而竟致「歲華搖落」、「芳意」

無成，生命的價值與意義全部落空，這真是「志士」最大的悲劇，也是死亡對生命最大的諷刺。

次一首張九齡的〈感遇〉詩，我以為乃是寫追求理想的自得。首四句「蘭葉春葳蕤，桂華秋皎潔。欣欣此生意，自爾為佳節」，這幾句簡截了當地說明了宇宙間眾生所追求之理想的不同。「春蘭」的「葳蕤」，「秋桂」的「皎潔」，所生的季節既有別，姿貌也各異，但它們卻都同樣地具有求生之心，也同樣地得到了遂生之樂，譬之於人，人生觀既不同，為生之道也各異。在這種情形下，當然最好的是「各從其志」。既不必強異為同，也不必各以所長相輕所短。每個人只要有其所追求的理想，而且有可以追求理想的自由，便都可以得到這種自得之樂。所以說：「欣欣此生意，自爾為佳節。」這種對理想的追求，原只是源於對理想的一種單純真切的嚮往之情，既無須乎求人諒解，也無意於求人知遇，黜陟毀譽，都不在計慮之內。所以「林棲者」的「聞風相悅」原非「春蘭」、「秋桂」之所求，因之結尾乃云：「誰知林棲者，聞風坐相悅。草木有本心，何求美人折。」是則寧為「蘭之生谷雖無人而自芳」，而不欲為「玉之在山以見珍而終破」。柔婉之中更別有一種嚴正之意，充分地表現出品格操守的高潔堅貞，與追求理想之外無所貪慕的一份自得之樂。這種喜樂可以超越前面〈苕之華〉一詩所寫的生之憂苦，而卻又迥然不同於〈桃夭〉一詩所寫的單純的生之欣喜。這種情操的養成，無疑的是人類的一大進步。

最後我所想起的詠花之作則為王國維先生的兩首七律。現在把這兩首詩也鈔錄在後面：

生滅原知色即空，眼看傾國付東風，驚回綺夢憎啼鳥，罥入情絲奈網蟲，雨裡羅裳寒不寐，春蘭金縷曲方終，返生香豈人間有，除奏通明問碧翁。

流水前溪去不留，餘香駘蕩碧池頭，燕銜魚喋能相厚，泥污苔遮各有由，委蛻大難求淨土，傷心最是近高樓，庇根枝葉由來重，長夏陰成且少休。❶

以這兩首詩與前面所舉的〈桃夭〉、〈苕之華〉二詩，及陳張二氏的兩首〈感遇〉詩相比較，我們就可以清楚地看到詩歌在內容上演進的又一階段。〈桃夭〉及〈苕之華〉二詩所寫的單純直率的感受，當然自有其可愛之處；陳張二氏的兩首〈感遇〉詩所寫的反

❶ 此王國維七律二首，詩見民國十六年十月出版之《國學月報》王靜安先生專號所附之插圖。乃王先生自沉昆明湖前一日為逑學社社友謝國楨君所書扇面之一。詩無標題。《觀堂集》亦未載。意者當為詠落花之作。

省自覺的思致，當然也自有其可貴之點；而至於王先生的兩首詩所寫的，則是較之「單純直率」及「反省自覺」尤進一步的一種更加窈眇更加精微的感覺和情思。這種感覺情思不似前二者之易於具體指明。因為感覺情思雖同樣是不可聞見觸摸的東西，但其間卻顯然有兩種極大的差別：一種是較近於現實的，針對著某件特殊的情事，遵循著某種固定的思路，由現實生活的影響觸發而產生的；另一種則較近於理想的，既不針對著任何特殊的情事，也不遵循著任何固定的思路，而是純由心靈上某種精微銳敏的感受而產生的。在中國過去的舊詩中，自以寫前一種感覺情思的為多。諸如那些兼善天下的抱負，獨善其身的志節，吟詠花月玩賞山水的閒情，傷離怨別歎老悲窮的哀感，這些該都是屬於前一種的較現實的感覺情思。而王先生這二首詩所寫的則是偏於後一種的感覺情思。此種作品在古人之作中雖然也並非完全沒有，但那常只是一種無意的偶然流露；而在王先生之時代，此種作品之出現，則似乎是出於有心的努力和詩歌演進的一種必然之趨勢。王先生的〈人間詩敘〉文中曾經說過：「不勝古人，不足以與古人並。」那些抱負、志節、閒情、哀感，雖是古今之人所同有的感覺情思，而詩人中也確曾有不少人將它們寫成了美妙偉大的詩篇。但無可諱言的，即使是一種可貴的素材，而抒寫的時間過久，作者過多，也難免不成為濫言，流為習套。佛家有偈云：「丈夫自有沖天志，不向如來行處行。」所以近代一些有才有志的寫舊詩的詩人們，他們都曾多少做過「舊瓶新酒」的努力和嘗試。何況隨著時代的演進，人類的感覺情思已日益趨於精微繁複，而西方的文學哲學的流入，更使詩人們對生命和生活有了新的感受和思索。所以舊詩之需要有新境界之融入，實在已不僅是由於爭勝古人的好強之心而已，而是由於古人所抒寫的單純現實的內容，確實已不能使近代的詩人們感到滿足。他們自有一些古人所從未抒寫過，甚至從未感受過的情思需要表達。在這種需要下，舊詩之融入新境自成為一種必然之趨勢。只是自新詩之興起而且大行之後，舊詩之融入新境的趨勢又已日趨於沒落。那便是因一部分新意境已被詩人納入了新詩中的緣故。就新詩之發展來看，其古今中外兼容並包的語彙和句法，對於表達現代人的一種精微新穎的情思，確有其較舊詩更佔優勢之處。所以好的新詩常可表現一種舊詩所不曾表現，甚至也不能表現的新意境。雖然新詩的寫作，也許現在仍沒有完全達到精美成熟的地步，但這種新意境的出現於新詩中，則無疑地已為新詩顯示了光明的前途。但在三四十年前，則新詩在詩壇上尚無絲毫地位與成就之可言，所以當時的詩人所可致力的只是「舊瓶新酒」的努力和嘗試。而王先生就正是這一階段的詩人的代表。以王先生的才識學養，無疑的曾使這種嘗試，得了頗大的成功。雖然近來新詩的發展和進步或者已使這種嘗試失去了繼續努力的需要和價值，但王先生所曾獲得的成果（並其在詞一方面的成就而言），則畢竟已在舊詩演進的歷史上，留下了值得珍視的一張新頁。

現在我們來看一看王先生的這兩首七律，我在前面已經說過，這二首詩既不同於〈桃夭〉及〈苕之華〉二詩之所寫的單純直率的感情；也不同於陳張二氏兩首〈感遇〉詩之所寫的理路分明的思致。如果我們要勉強給它下一個界說的話，我以為我們或者可以稱它為一份洋溢著詩情的哲想，或是一份透過哲想的詩情。這種情思原是精微而不易指明的，我的解說當然未必能與王先生的原意完全相合。但我卻可以自信，我的解說的途徑和原則是並沒有多大錯誤的。

我們先看第一首，首句「生滅原知色即空」。在解說這一句前，我以為我們當對王先生的詩歌更有一點認識，那就是他使用「陳言」而賦予「新生命」的能力。惟其他善於使用「陳言」，所以寫出來的作品纔像道地的舊詩；又惟其他善於賦予「陳言」以「新生命」，所以寫出來的舊詩才不致流為濫言而能有新穎的意境。在這兩首七律中，王先生使用古人的「陳言」之處甚多，但他對這些「陳言」卻都有他自己的一份新鮮真切的感受。就以此詩首句而言，「生滅」、「色空」原是盡人皆知的言語，而王先生寫來仍自有其震撼人心的力量，那便是因他自己的感受極真的緣故。有「生」即有「滅」，即「色」即是

「空」，復益之以「原知」二字，這確是極斬截真切的體認。但這尚不過只是一個抽象的概念而已。次句「眼看傾國付東風」，用「眼看」兩個字便使這一抽象的概念變成了具體的事實。這事實使人更真切地感到前一句的概念之可信與可驚。「傾國」而「付東風」，所指的當然是花，所以我以為這二首詩乃是詠落花之作。不過在本文開始時我已曾說過，花所予人的生命感最為親切，所以詠「落花」實在也就是詠「人生」。而花之飄零殘落，也就正象徵了人生的虛幻無常。雖如此，然而在這大千世界中的眾生，豈不都各自營謀生計長養子孫地生活得很好，正如王先生在另一首詠蠶的詩中所說的：「……蠕蠕食復息，蠢蠢眠又起，……耑耑索其偶，……蟲蟲長孫子。」而王先生在這首詩的結尾，卻對這些蠢蠢群蠶發出了「嗟汝竟何為，草草閱生死」的歎息疑問（詩見《觀堂外集》卷二）。這種醒覺，與其說是可喜，毋寧說是可悲。所以第三句便說：「驚回綺夢憎啼鳥」，「綺夢」當然就是指那「蠕蠕」、「蠢蠢」、「耑耑」、「蟲蟲」的生之大夢。「啼鳥」者，孟浩然〈春曉〉詩云：「春眠不覺曉，處處聞啼鳥，夜來風雨聲，花落知多少。」金昌緒〈春怨〉亦有句云：「打起黃鶯兒，莫教枝上啼，啼時驚妾夢，不得到遼西。」詠「落花」而云「啼鳥驚夢」，自然所用的仍是古人之「陳言」。不過王先生之所謂「啼鳥」卻已決不是孟金二氏詩中的現實的「啼鳥」了。我以為王先生此句之「啼鳥」，實乃指喚醒生之大夢的一種觸發。這種觸發，或由於某時，某地，某人，某事，或可指，或不可指，但無論其可指明與否，總之醒覺既是一件可悲的事，那麼使人醒覺的觸發無論是什麼都該是一件可「憎」之物了，所以說「驚回綺夢憎啼鳥」。「醒覺」之所以可悲者，因為「醒覺」是與生之本能相違背的。「醒覺」要使人達到「無生」之境界，而「求生」之本能則使此一境界成為必不可達。在這種衝突與矛盾的痛苦中，人不得不覓求一個甜息慰安之所，關於這一點，宗教自有其可寶貴與可尊敬之價值在，因為它一方面雖使人憬悟於人生之虛幻無常，而另一方面卻能使人得到更高的嚮往和寄託。但對一個沒有宗教信仰的人說來，則在這死生草草萬事皆空的短暫的生命中，最使人能得到甜息慰安之感的，應當莫過於人與人之間的「愛」的感情了。無論是父子，兄弟，夫婦，朋友，任何人與任何人之間，最能破除人心靈間的隔閡，消滅人心靈中的寂寞，填補人心靈上的空虛，使人生煥然充滿光彩的，就是從此人之心向彼人之心所發出的一種微妙的感應——愛。不過自一個感覺銳而理想高的詩人看來，則他很快地便會發現，在這煥然的光彩之下，竟然散佈著許多污穢的黑點。所以第四句便說：「罥入情絲奈納蟲。」「情絲」對「人」來說，自是指愛的牽掛；而對「花」來說，則應當是指蛛網之絲。落花而罥掛於蛛網之上，這原也不失為一個頗可甜息的處所。而無奈的是同甜於蛛網之上的還有醜陋的蟲屍，人世間的愛也正如這蛛網一樣。它所罥入的：有花朵，也有蟲屍；有美麗，也有醜惡；有真誠，也有虛偽；有犧牲，也有自私；有崇高的一面，也有卑污的一面。任何一根別人罥掛在你身上的「情絲」，或任何一根你罥掛在別人身上的情絲，都或多或少免不了這污點的沾染。對詩人來說，這真是一種極可怕而且可悲的認識。一個人如果有了這種認識，那真是孤寂無親，一寒澈骨。所以第五句便說：「雨裡羅裘寒不寐。」這句當然用的是李後主〈浪淘沙〉：「簾外雨潺潺，春意闌珊，羅衾不奈五更寒。」的詞句，但這句所寫乃是對整個人生所感到的心靈上的孤寂寒冷，與後主所寫的現實之寒冷大有不同。人生之大夢既醒，所以孤寒之感彌深，孤寒之感彌深，乃更加使人不能重新入夢。而時節如流，光陰有限，大夢方醒，瞬已春闌，杜秋娘〈金縷曲〉云：「勸君莫惜金縷衣，勸君惜取少年時，花開堪折直須折，莫待無花空折枝。」既然已經是春去枝空，則此詩前面所說的對「少年」、「金縷」之珍惜，都成虛語。所以第六句便說：「春蘭金縷曲方終。」往者不可追，逝者長已矣，這是如鐵的事實，僅有的一次「生」既已告終，便永不會有再嘗試一次的機會。所以第七句說：「返生香豈人間有。」人生竟絲毫自己做不得自己的主張，這真是可悲哀而且可困惑的一件事。《老子》云：「天地不仁，以萬物為芻狗。」天地如果無知，那麼人之「生」原無意義價值之可言；天地如果有知，那麼這使我們生生滅滅的天地，其理想又究竟是什麼呢？這一切困惑既非淺薄愚笨的人類所能解答，所以最後乃呼天而問曰：「除奏通明問碧翁。」這一句是通篇深悲幽怨所匯聚的一個最後的究詰。

我們再看第二首，首句：「流水前溪去不留。」古〈前溪曲〉有「花落隨流去，何見逐流還」之句。去者難留，逝者無還，生滅色空，早當了悟。然而最使人難堪的，是逝去之後所留下的難忘的遺跡和難斬的餘情，所以次句便說：「餘香駘蕩碧池頭。」這「餘香」的「駘蕩」，真是亂人心意。尤其在前一句「流水前溪去不留」的對比之下，這種「餘香駘蕩碧池頭」的悲哀惆悵，就更加使人覺得徒勞無益，而又解脫無從。三四兩句：「燕銜魚喋能相厚，泥污苔遮各有由。」寫遇合之無定，命運之難憑。同是落花，或則漂流隨水，成為游魚唼喋的食餌；或則零落沾塵，成為飛燕銜取的巢泥。方其相喋相銜之際，豈不亦大似有相親厚之意，然自落花觀之則其所遇者無論為「魚」為「燕」，為「喋」為「銜」，都不過大夢將覺前之一段夢幻泡影而已。昔韓偓〈惜花〉詩有句云：「總得苔遮猶慰意，若教泥污更傷心」，「魚喋」、「燕銜」之相厚，既同歸虛幻，「苔遮」、「泥污」之際遇，更復各有因緣，在彼此的「傷心」與「慰意」之間，既無須相憐，也無須相羡，因為在命運的遇合中，強求固是癡想，強免亦屬妄念，所以說：「泥污苔遮各有由。」這「各有由」三個字，寫得似頗通達了悟，且極簡單輕易，而其間卻蘊蓄著一種極深的無可奈何的悲哀，這種「知命」的悲哀，決不是意氣方盛的少年所能體會得到的。有了這種體會之後，於是詩人便會想到，在求生存的途徑上既是如此不可憑恃，那麼在求解脫的途徑上又是如何呢？所以第五句緊接著便說了「委蛻大難求淨土」的話。委化於世俗之外，蟬蛻於塵埃之中：這該是深感生之悲苦的人，所必然要尋求的一條路，只是「委蛻」之餘，又究竟何所歸往呢？這種追求探索的結果，往往不但是勞而少功，而且會徒增困惑。正如《莊子．秋水》篇所云：「計人之所知，不若其所不知，其生之時，不若其未生之時，以其至小求窮其至大之域，是故迷亂而不能自得也。」所以王先生在另一首〈宿硤石〉詩中，就曾歎息說：「試問何鄉堪著我，欲求大道況多歧，人生過處唯存悔，知識增時只益疑。」（詩見《觀堂外集》卷二）這四句恰好可以作「委蛻大難求淨土」一句苦悶困惑的心情的最好的說明。這種苦悶困惑，一般人也偶然可以感受得到，只是感受的程度卻大有不同，大抵感覺愈銳敏，感情愈真切，理想愈高超的人，對此種苦悶困惑之感受也愈深刻。所以第六句便說：「傷心最是近高樓。」〈白雪〉〈陽春〉，曲高和寡，瓊樓玉宇，高處偏寒，蘇東坡〈次韻郭功甫〉一詩有句云：「九萬里風安稅駕，雲鵬今悔不卑飛。」這正是「近高樓」的「花」之可「傷心」之處。實則王先生此句詩乃是用杜甫〈登樓〉詩「花近高樓傷客心」之句，不過杜詩之所謂「傷心」，是就「人」而言；王詩則是就「花」而言。杜詩所寫乃是現實的傷時憂世的歎息；王詩所寫則是理想的高舉遠慕的悲哀。此等處，自然仍是王先生之善用「陳言」而賦予「新生命」之特色。至於末二句：「庇根枝葉由來重，長夏陰成且少休。」則該是王先生於悲哀困惑之餘，自沉之志已決的一個最後的交代。因為人既生存於此時間與空間都各相綿延連結的大生命中，則在人我施受之間，有多少當盡的報償的義務；在往者來者之間，有多少當負的啟承的責任，又如何可以只為了逃避與解脫一己之悲哀困惑，遽便輕棄此種義務與責任於不顧。只是就「花」而言，則既已到了生命末日的「長夏」，就最可貴重的「大生命」之所需要的「庇根枝葉」而言，亦復已經是「子滿陰成」，則當盡之義務不可謂為未盡，當負之責任不可謂為未負。那麼，對一個疲於生之悲苦困惑的人說來，到此時的唯一願望，自然只是早日求得一個休息之所了。所以說：「長夏陰成且少休。」這正是王先生自沉前最後的自解之詞。

我之選此二詩為例而說之，自然並不是想標舉或宣揚王先生的悲觀思想，只是因為這二首詩恰好可以作為詩歌在內容意境方面演進的一個階段的代表，我們從這二首詩可以看出，詩歌如何自單純直率的感受，及理路分明的思致中蛻變出來，而且掙脫了舊詩傳統的情思的束縛，而有了一種精微新穎的意境。當然，這種精微新穎的意境，並不限於表現悲哀，同樣也可以表現欣喜，只是我一時未能在詠花的詩中找到適當的例證而已。

以上是就內容的演進而言，現在我們再從這幾首詠花的詩中，看一看詩歌在表達情思之技巧一方面的演進。如我在本文開端所言，「情」與「物」之感，原為一種自然而且必然的現象。而在詩歌之創作中，則此種感應更為一種不可缺少之要素。蓋詩歌中所寫之「物」，往往必須經過「情」的投射，始能使之有活潑之意趣；而詩歌中所寫之「情」，亦往往必須憑藉「物」來表達，始能使之有鮮明之意象。如此說來，則如何將「情」與「物」之感應揉合為一體而寫成為詩，正為詩歌之寫作之一大技巧。我們仍從前面所舉的幾首詠花的詩來看，則可以知道〈桃夭〉及〈苕之華〉二詩，不但所寫的內容是最簡單最原始的兩種感情，所用的技巧也是最簡單最原始的兩種技巧。這兩種技巧，古人已曾給予它們兩個定名，那就是「比」和「興」。關於「比」和「興」的解釋，歷來說者已多，知者已眾，本文不再一一徵引，我們現在只單就「情」與「物」的感應來看，則約而言之，所謂「比」者，其「情」與「物」之關係，除感情之感應外，尚有理智之權衡比較存乎其間，故其關聯較有理路可尋。至於所謂「興」者，則其「情」與「物」之關係，但為直覺之感應，絲毫沒有理智之權衡比較存乎其間，故其關聯亦無明白之理路可尋。不過，當人之內心與外物發生感應時，其感情與理智之間，實難作絕對清晰之劃分。所以單純的「比」與「興」實在並不多見。一般之所謂「興」者，既常不免有「比」的對舉的意念；而一般之所謂「比」者，亦常不免有「興」的感應的觸發。如〈桃夭〉一詩，《毛傳》及《朱傳》都說是「興」也，其實就「桃花」之「欣欣生意」與「之子于歸」之「欣欣生意」之相對並舉而言，亦未始沒有一些「比」的意味存在其中。至於〈苕之華〉一詩，《毛傳》以為是「興」也，《朱傳》以為是「比」也，因為《朱傳》以為此詩乃是「詩人自以身逢周室之衰，如苕附物而生，雖榮不久」。其實這種解說頗為拘執，我以為〈苕之華〉一詩實較〈桃夭〉一詩「興」的意味更多，尤其第二章「苕之華，其葉青青，知我如此，不如無生」四句，如依我前面對此詩的解說，以為其感應「全屬無意的感情的直覺」而言，則此章實是最近於單純的「興」的一首詩。不過我所要說明的還不只是「比」與「興」的分別，我所要說的乃是「比」與「興」何以被我認為是寫詩的最簡單最原始的兩種技巧。「情」與「物」之感應之為詩歌之要素，既已如前所述，那麼，我們便仍從「情」與「物」之感應一方面來看；在「比」與「興」之作品中，其所感應之物多為眼前身畔所實有之物，此其一；在「比」與「興」之作品中，其「情」與「物」雖有感應，然而感應之餘卻並未泯滅了「人」與「物」對立之痕跡，此其二。如

「桃之夭夭」之與「之子于歸」，「苕華芸黃」之與「心之憂傷」，其「物」既皆為眼前身畔之所實有，而其「人」與「物」對立之痕跡亦復顯然可見。至於陳張二氏的兩首〈感遇〉詩，則對於「情」與「物」的揉合，已有了進一步的技巧，這二首詩中的「朱蕤」、「紫莖」、「桂華」、「蘭葉」諸物，既已超離了現實而蒙上了理想化的色彩，而「草木」之珍惜其「本心」、「芳意」之歎息於「無成」，亦復已泯滅了「人」與「物」對立的跡象，融合為完整之一體而不可或分。這種將「情」與「物」的感應理想化完整化了的寫作技巧，古人也曾給予它一個定名，那就是「託喻」。這種以情託物，以物喻情的揉合「情」與「物」的技巧，自是由「比興」演化而來的一種更進步的技巧。只是在中國舊詩中，這對「託喻」的作品卻受到了兩種限制：其一是載道的觀念拘限了它的內容；其二是分明的思致拘限了它的意境。於是我們從王國維先生的兩首七律中，便可以看到這種拘限解脫出來的另外一種表現的技巧。這種技巧，古人未曾給予它定名，我則以為它與近代所謂「象徵」之作頗有相似之處。在〈桃夭〉與〈苕之華〉二詩中，所寫之「物」是實有之實物；在陳張二氏的兩首〈感遇〉詩中，所寫之「物」是理想化之實物；而在王先生的兩首七律中，其所寫之「物」則已不復是實物，而只是一種理想化之意象而已。諸如「綺夢」、「情絲」、「羅衾」、「金縷」、「苔泥」、「魚摭」、「淨土」、「高樓」，都不過只在喚起人一種意象，而其目的則在將一種極精微的情思作象徵化之表現。在這表現中，不但「人情」與「外物」對立之痕跡已完全泯滅而不可見，而且「情」與「物」更已同進入一渾茫之境界而無涯際可尋。所以在不受拘限一點來說，象徵之作自較託喻之作更佔優勢。當然，象徵之作在另一方面也被人認為有其缺點存在，那就是容易引起人「郢書燕說」的誤解，和「撲朔迷離」的困惑。但無論其為佔優勢或有缺點，總之，從寫實到理想，從託喻到象徵，是文學藝術演進的一種必有的階段。如果我們將這幾種詩歌中表達「情」「物」感應的技巧，順序排列起來，那該是由無意的「興」到有意的「比」；復從「人」與「物」對立的「比興」，進而為「人」與「物」融為一體的「託喻」；然後更從現實的「託喻」，進而為超現實的「象徵」。這其間實在沒有什麼得失高下之比較可言，而只是一種窮極則變的演進的自然趨勢而已。這種文學藝術上演進變化的趨勢，在西洋的繪畫中有更明顯的表現。雖然我們並不能將中國的詩歌與西洋的繪畫相提並論，而二者在演進上所經之階段也迥然有別，但我們仍不得不承認，全世界的文學藝術之演進，在無數差別中仍然自有其相通之點。現代的詩壇畫壇上，我們可以清楚地看到一種「感覺」重於「理解」的趨勢，和一種忽視「正常」偏愛「變態」的徵象，而我們中國的現代新詩似乎也正向著這一方面在演進。王國維先生的兩首七律，則該是這種趨勢已在暗中萌動，而新詩尚未興起前的一個階段的產物。雖然他所用的仍是舊詩的格律辭字，但我們卻不得不承認他所走的途徑是與這一趨勢相吻合的。至於民初一些改組派的新詩之在內容上並未能就此趨勢當下繼承的緣故，則是因為當時一些作者對這種白話化了的寫詩工具，尚未能運用純熟，因而不易在意境上有新穎精微之表現。所以自新詩產生到現在，雖只短短三四十年的時間，而新詩的內容與技巧也曾屢經變易，但無疑的，現代的新詩所走的卻正是這種「偏重感覺」、「超越現實」的路子。當然，這些現代的新詩，在這條途徑上已較王先生的時代，更向前邁進了極大的一段路，而且在內容上也有了更新穎精微的意境（其有強不知而為知，以荒謬為神奇者，自不在所論之內）。這種意境之出現於新詩中，對一般讀者來說，不是贊成或反對的問題，而是一種文學藝術演進的趨勢下所造成的必然現象。

最後，我要對本文作幾點聲明：其一，我所舉的一些例證只是信手拈來，我只想藉這些例證說明詩歌之演進曾有此一階段，而並未指定某一演進之階段必起於何人始以何詩；其二，語云：「人心不同，有如其面」，我對諸詩之解說，當然未必盡合作者之意，更未必盡合讀者之意，然而就人面之同者言之，則耳目口鼻人所共具，所以一人之心亦復正是千萬人之心，如能自其所同之大體觀之，則或者亦不甚相遠；其三，我本文所寫只是一些偶然想到的話，當然並不足以言「通古今之變」，所以我只稱它為一些「有關詩歌的話」而已。

由《人間詞話》談到詩歌的欣賞

王先生論詞的好處，便在他能以這種「通古今而觀之」的聯想和感受，給讀者一種觸發，而由此觸發，便將其他讀者也帶入了一個更深更廣的境界。

在我國盈篇累牘的詩話詞話中，王國維先生的《人間詞話》，可以說是其中路線最正確而價值也最高的一本作品。這是凡講中國文藝批評的人所共同承認的。俞平伯在〈重印人間詞話序〉中，就曾對之深加讚美說：「此中所蓄，幾全是深辨甘苦，愜心貴當之言。固非胸羅萬卷者不能道。」只是有一點未免使讀者覺得憾惜的，就是它所給予人的多只是「點」的簡括的概念，雖極精要，但卻缺少了「線」的條分縷析的說明。關於這一點，當然並不足為王先生病。這一則因為我國語文傳統的發展，一向過於求簡求美，原不宜於作精密之推理；再則因為這種精美而簡要的「點」的概念的觸發，常可使人感受到一種詩的意味。所以有些人對此雖也覺得憾惜，但在憾惜之餘，卻偏偏仍有著一種欣喜愛悅。俞平伯就曾說過：「其實書中所暗示的端緒，如引而申之，正可成一龐然巨帙，特其耐人尋味之力或頓減耳。明珠翠羽，俯拾即是，莫非瓌寶，裝成七寶樓臺，反添蛇足矣。」又說：「頗思得暇引申其義，卻恐佛頭著糞，遂終於不為。」而夏濟安先生在《文學雜誌》三卷三期〈兩首壞詩〉一文中，談到《人間詞話》則說：「中國人的批評文章是寫給利根人讀的，一點即悟，毋庸辭費。西洋人的批評文章是寫給鈍根人讀的，所以一定要把道理說個明白。」又說「天下到底是鈍根人多」。我個人深知自己並沒有把明珠翠羽裝成七寶樓臺的能力，也從來沒有敢存過這種奢願。只是我卻頗有一個「鈍根人」的想法，我以為七寶樓臺固然不易裝成，但我們卻無妨將其中少數性質相近似的明珠或翠羽檢拾出來，作一個略有系統的排列。當然我還要聲明一句，這排列的系統，只是依照我個人一己的看法。

我現在所要排列整理的，是想從《人間詞話》中的幾則，窺見一些王國維先生對詩歌的欣賞的原則與態度。現在我先把這幾則詞話鈔錄在後面：

一、詞以境界為最上，有境界，則自成高格，自有名句。

二、滄浪所謂興趣，阮亭所謂神韻，猶不過道其面目，不若鄙人拈出境界二字，為探其本也。

三、有造境，有寫境，此理想與寫實二派之所由分，然二者頗難分別，因大詩人所造之境，必合乎自然；所寫之境，亦必鄰於理想故也。

四、南唐中主詞：「菡萏香銷翠葉殘，西風愁起綠波間」，大有眾芳蕪穢，美人遲暮之感。乃古今獨賞其「細雨夢回雞塞遠，小樓吹徹玉笙寒」，故知解人正不易得。

五、「我瞻四方，蹙蹙靡所騁」詩人之憂生也，「昨夜西風凋碧樹，獨上高樓，望盡天涯路」似之；「終日馳車走，不見所問津」詩人之憂世也，「百草千花寒食路，香車繫在誰家樹」似之。

六、古今之成大事業大學問者，必經過三種之境界，「昨夜西風凋碧樹，獨上高樓，望盡天涯路」此第一境也；「衣帶漸寬終不悔，為伊消得人憔悴」此第二境也；「眾裡尋他千百度，驀然回首，那人正在燈火闌珊處」此第三境也。此等語皆非大詞人不能道，然遽以此意解釋諸詞，恐晏歐諸公所不許也。

七、尼采謂一切文學余愛以血書者，後主之詞真所謂以血書者也。宋道君皇帝〈燕山亭〉詞亦略似之，然道君不過自道身世之戚，後主則儼有釋迦基督擔荷人類罪惡之意，其大小固不同矣。

八、「君王枉把平陳業，換得雷塘數畝田」政治家之言也；「長陵亦是閒丘壠，異日誰知與仲多」詩人之言也。政治家之眼，域於一人一事；詩人之眼，則通古今而觀之。詞人觀物須用詩人之眼，不可用政治家之眼。❶

在這幾則詞話中，我們所首先要解說的，當然就是「境界」兩個字。對此二字，王先生並未曾加以正面之確切的說明。只是從後面一段，將嚴滄浪所謂「興趣」及王阮亭

❶ 上引諸則詞話，其排列之次序，乃但為解說方便計，與原書固不盡相合。至所引諸詞之作者姓名及原詞，則具見徐調孚編之《校注人間詞話》中，本文對之不更加注釋說明。

所謂「神韻」都視為「面目」，而獨以「境界」為「探其本」的話看來，我們可以知道，「境界」必該是較之「興趣」與「神韻」都更為切實，更為基本的一種東西。如果依我個人的意思來給它下一個解釋的話，我以為「境界」就作者而言乃是一種「具體而真切的意象的表達」；就讀者而言則是一種「具體而真切的意象的感受」。所以說「有境界，則自成高格，自有名句」。正因為詞是一種美文，而美文主要之作用則原在使人感受而不在使人知解。這是一切講美學及文藝批評的人之所共知的原理。所以表達及喚起一種「具體而真切的意象」，也就成了一切美文的一個基本要求。我這種解釋在《人間詞話》另一則評宋祁及張先詞的話中也還可得到證明，如王先生之評宋祁〈玉樓春〉詞「紅杏枝頭春意鬧」一句云：「著一『鬧』字而境界全出」；又評張先〈天仙子〉詞「雲破月來花弄影」一句云：「著一『弄』字而境界全出」，而「鬧」字與「弄」字的好處，豈不都正在使讀者所得之意象更為「具體」更為「真切」？由此看來，則我所下的解釋或者也尚有可信之處。只是詩詞中所表現之「境界」，還不只是外界現實之景物而已。詩詞之能事，更在將人內心的一種理想之意境與抽象之情思，作意象化之表現，而且要使讀者得到同樣具體同樣真切的感受。所以「境界」一辭，實不僅指景物而已，同時更指人心中之種種「境界」，而《人間詞話》也曾經有過「喜怒哀樂亦人心中之一境界，故能寫真景物真感情者謂之有境界」之言。既然所寫之境界不限於外界之實物，於是王先生遂又提出了前面所舉第三則詞話的「造境」與「寫境」之說，以為乃「理想」與「寫實」二派之所由分，而尤重要者，則在王先生後面所加的一段說明，云：「大詩人所造之境，必合乎自然；所寫之境，亦必鄰於理想。」「造境必合乎自然」者，是說所寫者雖為理想之意境與抽象之情思，然而此種「意境」與「情思」卻必須憑藉自然中之實物來表達，因為如此始能將之化成為具體而真切的意象；至於「寫境必鄰於理想」者，則是說所寫雖為自然之實物，而讀者卻往往能自其所寫之具體意象中，喚發一種理想之意境與抽象之情思，而如此讀者所感受的也纔更加深遠。於是由此一說，遂又自美文在予人一種「具體而真切的意象」的問題，牽涉到另一個「抽象之情思」與「具體之意象」如何結合的問題了。這一問題的答案，我想也是講美學及文藝批評的人所共知的，那就是創作與欣賞中的聯想作用。

說到「聯想」，我以為那是伴隨著詩歌而同時興起的一種普遍作用。這種作用，在詩歌之創作與欣賞中，有著不可或缺的重要性，就創作而言，則自三百篇之所謂「比」，所謂「興」，實在早已集「聯想」之大成；就欣賞而言，則自《論語・學而》篇孔子讚子貢的話：「賜也，始可與言詩已矣，告諸往而知來者」，及〈八佾〉篇孔子稱讚子夏的話：

「起予者商也，始可與言詩已矣。」看來，可知欣賞者之聯想，也是久已被稱賞的了。不過欣賞者之聯想與創作者之聯想，實在有一個明顯的不同之處：創作者所致力的，乃是如何將自己「抽象之情思」經由聯想而化成為「具體之意象」；欣賞者所致力的，則是如何將作品中所表現的「具體之意象」經由聯想而化成為「抽象之情思」。創作者的聯想，我們可以找到兩個簡明的例證：其一是李後主〈清平樂〉詞中的二句：「離恨恰如春草，更行更遠還生」；其二是秦少游〈減字木蘭花〉詞中的二句：「欲見迴腸，斷盡薰爐小篆香。」自「離恨」到更行更遠還生的「春草」，自「迴腸」到薰爐斷盡的「篆香」，這當然是由於聯想作用。而「離恨」和「迴腸」是抽象的情思，「春草」和「篆香」則是具體的意象，使讀者自此「具體的意象」中，對「抽象的情思」得到鮮明真切的感受，這正是創作者的能事。

至於欣賞者的聯想，則最好的例證，就是本文前面所舉的四、五、六三則《人間詞話》。王先生在《人間詞話》中，雖然未曾特別標舉過「聯想」兩個字，但我們從他的詞話中，卻可以看出他實在是在欣賞方面最為著重聯想，也最善於運用聯想的一個人，我們看他在第四則中批評南唐中主〈攤破浣溪沙〉詞的一段話，就可以知道他之所以認為「菡萏香銷翠葉殘，西風愁起綠波間」兩句之必勝於「細雨夢回雞塞遠，小樓吹徹玉笙寒」兩句者，只是因為前兩句於寫景之外，更能喚起人一種「眾芳蕪穢，美人遲暮」的聯想而已。至於第五則之自晏殊〈蝶戀花〉詞之「昨夜西風凋碧樹」三句，想到詩人之「憂生」；復自馮延巳〈鵲踏枝〉詞之「百草千花寒食路」二句，想到詩人之「憂世」，這種將「昨夜西風」與「百草千花」兩個具體的意象，化成為「憂生」與「憂世」的「抽象的情思」的作用，自然仍是由於聯想。至於第六則三種境界之說，則自原詞觀之，晏殊之「昨夜西風凋碧樹，獨上高樓，望盡天涯路」不過寫秋日之悵望；柳永之「衣帶漸寬終不悔，為伊消得人憔悴」不過寫別後之相思；辛棄疾之「眾裡尋他千百度，驀然回首，那人正在燈火闌珊處」不過寫乍見之驚喜，與所謂成大事業大學問者之境界，更屬了無干涉。而王先生竟比並而立說，其牽連綜合之一線，當然也仍是由於聯想。我們從這一連串的聯想看起來，就可知道聯想在詩歌之欣賞中，實佔有極重要之地位，而從作品的具體的意象中，感受到「抽象的情思」，也正是欣賞者之能事。這種由彼此之聯想，而在作者與讀者之間構成的相互觸發，形成了一種微妙的感應。而且這種感應既不必完全相同，也不必一成不變，只要作品在讀者心中喚起了一種真切而深刻的感受，這就已經賦予這作品以生生不已的生命了。寫到這裡，我要談到在本刊上期所刊載的，我的〈幾首詠花的詩〉一文中的一個錯誤。在那篇文中，我曾舉了兩首詠落花的詩，最初我原以為是王靜安先生的詩，送去發表後，才知道原來是聽水老人陳弢菴的詩。我之造成此一錯誤，第一當然是因為我未曾讀過《聽水軒詩集》。我生的時代較晚，雖然陳氏的詩，當年曾為人傳誦過一時，但我卻未能躬逢其盛，而今日此地他的詩集則又是如此之不易得見（如有讀者藏有其詩集者甚望能惠借一閱）。我之見到這兩首詩，是從《國學月報》王靜安先生專號所附的插圖上看到的，那是王先生自沉前一日為謝國楨君所寫的一張扇面，既未題原作者之姓名，而詩中所寫的情調，則又與王先生自沉前之心情如此之相似。何況王陳二氏所生之時代相同，其運思用筆，皆不免有相同之時代色彩。所以我當時雖曾查檢過《觀堂集》，發現沒有這二首詩，但一種潛在的主觀成見，竟使我寧願冒荒唐疏忽的過失，而仍然樂意作如此一廂情願的相信。再則如本文之談欣賞者之聯想所言，則王先生在自沉前一日之所以要選擇這二首詩來給人書寫，也必是因為這二首詩所寫的意境情調與他當時的心情極多契合之處的緣故，是則姑不論陳先生此二詩之原意為如何，而以王先生欣賞詩歌之善用聯想而言，則當這二首詩被王先生寫出時，尤其當他在自沉前一日寫出時，此二詩實定已融入了王先生當時之心情與意境。此心情與意境，固不必與陳先生完全相合。此正如中主之不必有「美人遲暮」之慼，晏馮之不必有「憂生」與「憂世」之心，辛柳諸人之不必有「三種境界」之念。只是王先生之欣賞態度有一點極可貴的地方，那就是他決不以個人一己之聯想指為作者之用心。所以即使王先生在自沉前一日書寫此二詩時，或者亦不免曾有過如我所說之一想，但對我而言，則仍是不可恕之荒唐謬誤。那便因我並非以聯想來解說，而竟因作者之誤認，便指為寫作之用心的緣故。所以我願藉草此文之便，來聲明我的錯誤，也說明我致誤的原因，並以為我個人好用主觀成見，而竟致因固蔽而導致錯誤的鑒戒。

就以上所說來看，則此欣賞者之聯想實極為自由，是則不論欣賞者之所見之為「仁」為「智」，只要其所感受者確為真切深刻，便都能賦予此作品以生生不已的生命了。但在這漫無拘限的自由中，王先生卻又提示了我們一條極重要的該遵循的途徑，這自前面所舉的七、八兩則詞話中，我們可以窺見一點端倪。在第七則詞話中，王先生批評宋徽宗之〈燕山亭〉詞，以為「不過自道身世之戚」；而評後主詞則以為「儼有釋迦基督擔荷人類罪惡之意」，又云：「其大小固不同矣。」其所以被王先生認為有此種差別的原因，我以為大約有二點：其一則宋徽宗所寫之「裁剪冰綃，輕疊數重，淡著燕脂勻注」等景物過於現實，不易引人由聯想而得理想之境界；其二則此種過於現實之景物，多不免拘於一時一地，是其所寫者乃但為個人偶然之事件而已。至於後主所寫之「春花秋月何時了」、「自是人生長恨水長東」等詞句，則其所寫之景物雖亦為現實之所實有，但卻已不為現實之所拘限，而染滿了理想之色彩。且其所寫者，已不復為個人偶然之事件，而是將千古所有的人類，都一網打入這「春花秋月」、「人生長恨」的大網之中了。所以王先生在另一則詞話中，就又曾稱讚後主說：「詞至李後主而眼界始大，感慨遂深。」其所以成其「大」與「深」者，正因為後主所寫之境界既鄰於理想，復為天下人心之所同的緣故。至於在第八則詞話中，王先生對羅隱〈煬帝陵〉一詩之「君王枉把平陳業，換得雷塘數畝田」二句，則認為是「政治家之言」；而對唐彥謙〈仲山〉一詩之「長陵亦是閒丘壠，異日誰知與仲多」二句，則認為是「詩人之言」。此二詩，初看意境似頗相似，但若仔細體味，便可感到前二句詩所寫之得失成敗，但為個人偶然之事件，且頗有利害計較之心存乎其間；後二句詩所寫之盛衰今昔，則為千古人類之所同，且已超然於利害計較之外。所以王先生在此一則詞話下，就下了一個結論說：「政治家之眼，域於一人一事；詩人之眼，則通古今而觀之。」這結論不但適用於創作，也同樣適用於欣賞。不但創作時，當持此種眼光以觀「物」；欣賞時，亦當持此種眼光以觀「詩」。所以王先生在對詩詞作欣賞批評時，雖常不免就個人之聯想立論，但他的立論，卻總有著一個不離其宗的途徑，那就是「通古今而觀之」。而王先生論詞的好處，便在他能以這種「通古今而觀之」的聯想和感受，給讀者一種觸發，而由此觸發，便將其他讀者也帶入了一個更深更廣的境界。雖然每個人之所得仍不必盡同，但每個人卻都可以各就其不同的感受而加深加廣。這種觸發的提示，是極為可貴的。而欣賞最大的快樂，也便在於作者與讀者之間，或評者與讀者之間，能由聯想引發聯想，在內心最真切的感受中覓取和享受人心與人心間的一種相互的觸發。

最後，我要對本文所整理的幾則詞話，作一個簡單的歸納和結論：第一、二兩則，主要在說明美文在表達及喚起人一種具體而真切的意象；第三則，在說明具體之意象與抽象之情思的關係；第四、五、六三則，在說明欣賞者之善用聯想往往可由作品中具體之意象而得抽象之情思；第七、八兩則，在說明此種欣賞者之聯想，當以「通古今而觀之」為其重要之原則。此種排列與整理，如果尚有可取之處，則是因明珠翠羽之本身原具有可貴之價值，如果沒有可取之處，則其罪疚固在排列者之愚拙。

禪與老莊

吳怡

「本來無一物，何處惹塵埃？」由慧能開創出來的中國禪宗，實已脫離印度禪的系統，成為中國人特有的佛學。本書以客觀的方法，指出中國禪和印度禪的不同，並且正本清源，闡明禪與老莊的關係，強調禪是中國思想的結晶，還給禪學一個本來面目。

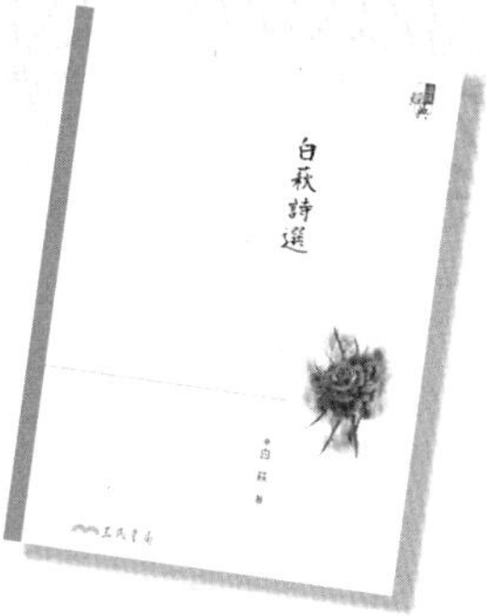

白萩詩選

白萩

本書乃白萩《蛾之死》、《風的薔薇》、《天空象徵》三本詩作的精選集，收錄了八十三首創世名詩：以圖像自我彰顯的〈流浪者〉、探究存在主義的〈風的薔薇〉、不斷追逐的〈雁〉、一條蛆蟲般的〈形象〉、舉槍將天空射殺的〈天空〉、直探生死議題的〈叫喊〉……，每一首皆是跨越時代、膾炙人口的經典之作。

肚大能容——中國飲食文化散記

逯耀東

逯耀東教授可說是中國飲食文化的開拓者，將開門七件事——油、鹽、柴、米、醬、醋、茶等瑣事提升到文化的層次。透過歷史的考察、文學的筆觸，與社會文化變遷相銜接，烹調出一篇篇飄香的美文。

生命的學問

牟宗三

牟宗三先生學貫中西，融會佛儒，是享譽當代的哲學大家。他融合德國哲學家康德與中國思想，開闢出獨霸一方的哲學體系。在中國近代思想史上，有其卓然不凡的地位。本書收集了他哲學專題的探討、人生問題的思索、生活心情的紀實，以及前塵往事的追憶等文章，充分展現一代大哲的真情至性。

琦君說童年

琦　君

每個人都有童年，不管是苦是樂，回憶起來都是甜美的。善於說故事的琦君，與您一起分享她魂牽夢縈的故鄉與童年。書中有她家鄉的人物、生活和風光，也有好聽的神話和歷史故事。篇篇真摯感人，字裡行間充滿了愛心與情義，在欣賞琦君的散文之餘，更別有一番溫馨感受。

兩地

林海音

本書為林海音最早期的作品，也是最重要的作品之一。在北平成長，戰後才返回故鄉臺灣。客居北平時，遙想故鄉的人事；回到臺灣後，又懷念北平的一切。對這兩地的情感，釀出一顆想念的心。

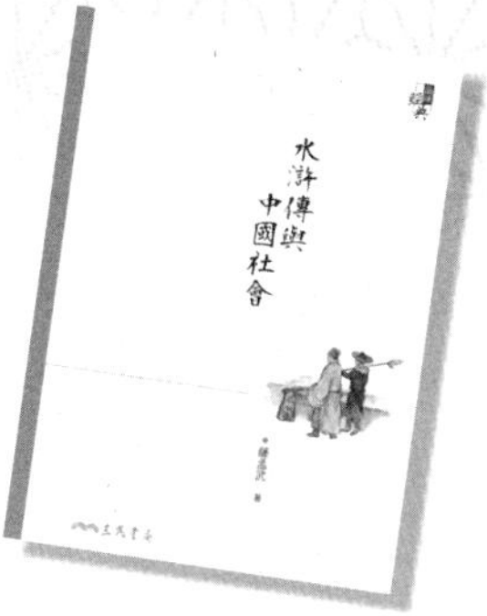

紅樓夢與中國舊家庭

薩孟武

小說是社會意識的表現，家庭是社會現象的縮影。作者薩孟武先生，以社會文化研究的角度，不落俗套、深入淺出，徵引多方史料，帶領讀者清晰認識賈府這個大家庭的興衰，以及其所反映出的中國社會現象。

水滸傳與中國社會

薩孟武

《水滸傳》中替天行道的梁山泊一〇八條好漢，仗義疏財、劫富濟貧的種種作為，讓讀者莫不拊掌稱快，大呼過癮。但你知道嗎？這些水滸好漢，卻大多是出身低微、在社會底層討生活的「流氓份子」。且看薩孟武先生從政治、經濟、文化等多個不同的角度，精采的分析、詮釋《水滸》故事，及由此中所投射、反映出來的古代中國社會。

西遊記與中國古代政治

薩孟武

本書為《水滸傳與中國社會》之姐妹篇，薩先生利用《西遊記》之材料說明政治的原理及中國古代之政治現象。據薩先生之意，政治不過「力」而已，要防止「力」之濫用，必須用「法」。如唐僧之用緊箍兒控制孫行者一樣，但唐僧能夠控制孫行者，孫行者無法控制唐僧之亂念咒語，於是許多問題就由此發生。薩先生依此見解，指出權力制衡的主張，凡研究政治者，本書實為良好參考書。

小歷史——歷史的邊陲

林富士

小歷史的範疇包羅萬象，社會的邊緣人物如童乩、女巫、殺手，被視為奇幻迷信的厲鬼、冥婚、鬼婚，關乎頭髮、人肉、便溺、夢境的另類研究主題，都是值得關注的焦點。當你進入小歷史的世界，探訪這些前人足跡罕至的角落，你將會發現，歷史原來如此貼近你我。